# ACT!《アクト》

By Masato Harada

原田眞人

文藝春秋

## ACT！ 目次

アレックス・ジョアノー（20）……IAで三分に六〇個の風船を膨らませる

デーヴィッド・パティンキン（20）……ホラー映画オタクで映画監督志望

トム・オシェイ（24）……度の強い眼鏡をかけた白人

ヤン・ブラッド（22）……フレンチ・カナディアン

オーエン・バローズ=OB（21）……シェイクスピア信者

ラファエル・アントニオ・アコスタ（40）……メキシコ出身の元ハリウッド・スター

**★女子生徒**

テリー・アイザックソン（23）……ユダヤ系の金持ちの娘

トリッシュ・ヴァン・スライク（21）……モデル系ブロンド。作家の娘

ナターシャ・マックラッケン=マママック（27）……黒人女性。本業は警官

ランヒー・リー・バートン（22）……アフリカン・アメリカン。父は韓国人

アニータ・ボナヴェンチュラ（19）……保母のバイトをしている。泣き虫

ジェニファー・キージー=ジェンジー（20）……ジェンドンと仲が悪い

アビゲイル・デサントス（23）……スペイン系。ひどく無口

ジェニファー・ランドン=ジェンドン（24）……あまりクラスの話題にならない生徒

**【その他】**

ジェームズ・ヴァン・スライク……トリッシュの父。作家

メイ・タオ……ジェームズのエージェント

マイケル……OBの大学の先輩

**主な登場人物**

城島ペン=PJ（20）……演劇学校B.I.T.Sに留学してきた日本人青年

城島千枝=ペニー・ジョー……ペンの母。元ハリウッド女優

壇崎……ペンをバックアップしてくれるヤクザ

**【B.I.T.Sの教職員ら】**

クリメント・ジャルコフ……B.I.T.Sの共同創設者。スタニスラフスキイの愛弟子

メイエルホリド……クリメント・ジャルコフの師

サイラス・ケイン……B.I.T.Sの共同創設者。80代だが健在

コール・パウンダー……演技の教師。40代後半。白人

タマラ……ヴォイス&スピーチの教師。「杏色のダンサー」

ビル・ベア……ダンス教師。黒人

イラーニ……ダンスのアシスタント。インド系

リチャード・クリスプ……図書室の司書

**【B.I.T.Sのクラスメートたち】**

**★男子生徒**

タイラー・ウィルミントン（18）……オハイオ州デイトン出身の道化師タイプ

ジェイミー・バスケス（18）……タイラーの相棒。チョコレート・ブラウンの肌

アート・セパラ（22）……フィンランド移民の第三世代

ルー・レオーニ（23）……モンゴル、中国、オランダ、イタリアのミックス

装画　柳　智之
装丁　関口聖司

# ACT《アクト》！

# ACT1

## ペニー・ジョーが愛した街

## （一）ぼくの人生についての苦情の数々

事務室の奥の階段を降りると劇場があった。色は三種類の黒。頑丈な黒と剝げかかった黒と剝げた黒。ステージは客席の一列目からは一メートルほど高く、横に真直ぐ長い。

杏色のレオタードに黒のショーツを重ね着した手足の長い女性がひとり、沈黙のダンスを舞っている。

太極拳のようにも思える動作だが、速度はもっとのろく一定している。ひとつの点を運ぶ東洋的な優雅な動きよりも、西洋的な、関節ごとに連続する力強い動きが勝っている。

客席は階段式で七列。各列一八席ある。椅子は古い映画館のタイプ。固く澄ましている。夏の始まりのマンハッタンにはほどよい冷たさだ。

日曜日だから昼近い時間帯でもクラスはなかった。杏色のダンサーは左手をゆらゆらさせながら上半身を開いて、ドアのところに立っているぼくに横顔を見せた。くっきりとした顎の線を際立たせる長い首がゆるやかに軋《きし》む。ちょっと寸詰まりで上を向いた鼻と、後ろで無造作に束ねた濃い茶色の髪のかすかな乱れが、バランスよいプロファイルを作り出した。

「あなた、だれ、なの？」

みっつの英単語は行儀よくみっつの音節にわけられてぼくのところまで押し出された。ドアは最前列と同じ低い位置にあった。その分だけ質問の調子にも見下ろす角度がついていた。

「明日からクラスが始まるので、下見に来たんです。ついでに、中を覗いてみたくて、いえ、あの、事務室の人から許可はもらいました」

彼女の体は回転を続け、ぼくが言い終える前に顔が正面を向いた。皮膚の色からも、顔だちからも、東洋人なのか西洋人なのか、白人なのか黒人なのか、瞬時にはわからない。そのことにぼくは感動すら覚える。

そういう美しさというものに触れたのが初めてだった。ニューヨークにしか成立しない美しさのようにも思えた。

寸詰まりで上を向いている鼻が、正面から見ると、細い小さな顔の輪郭と完璧な調和を保っている。瞳は緑。

目があった瞬間、もう一度、同じトーンで質問が繰り返された。

「あなた、だれ、なの？」

彼女の右の瞳が斜視だと気付き、その分だけ、ぼくの答える間合いが遅れた。

「城島ペン。日本から来ました」

「一階奥の、ラウンジの、暖炉」と杏色の彼女は続ける。等間隔に放たれる言葉。

「その周りに、いろいろ写真、貼ってあるわ」

ぼくは無防備に頷《うなず》く。

「日曜日にはそういうものを見てからメットへ行きなさい」

最後は自然体で言葉が奔出した。そのときだけ、一定の速度は崩れ、両腕がトルネードに巻上げられるようにクロスした。首筋ものびて、両足の筋肉が獲物を前にした野獣のように張った。感情のシフトが入れ替わってアクションが激しくなった。東洋人ではないことは明確だ。

ぼくの存在は忘れさられ会話の痕跡すら残さない。

なにかのミュージカルの振りなのだろうか。それとも、出された課題と目いっぱい取り組んでいるのだろうか。

教師なのか生徒なのか。メットへ行けというのはなんなんだ。杏色のダンサーは、二〇歳になったばかりのぼくのニューヨーク生活を彩る最初の不思議だった。


ぼくは、B.I.T.S.というイニシャルだけで親しまれている演劇学校に入学した。「ビッツ」と発音する。端役という意味がある。少し自虐的な呼び名だ。
B.I.T.S.が何の略なのかはわからない。ネットでは、BとIは二〇〇年続く演劇学校という意味でBicentennialの最初の二文字、もしくはBilateralのBとI、あるいはBだけを取って、IはInternationalかIntricateではないか、という意見が多かった。TとSは議論の余地なくTheatrical Schoolの意味だとされている。
正解が何にせよ、ビッツはステラ・アドラー・ステュディオ・オヴ・アクティング、ネイバーフッド・プレイハウス、ジ・アクターズ・ステュディオとならんでニューヨーク演劇学校の頂点に君臨し、数々の著名な俳優たちをブロードウェイやハリウッドに送り出している。無論、端役のまま絶望して田舎へ帰った元俳優たちも数多く輩出している。

開校したのは第二次大戦終了後まもない時期。「システム」演劇理論を世界に広めたK・S・スタニスラフスキイの愛弟子だったロシア人のクリメント・ジャルコフとミシガン州出身のサイラス・ケインが共同で創立した。

ジャルコフは開校後わずか一年で病没したが、ケインは八〇歳を越えた現在も壮健で、年に一回、特別授業の教鞭をとる。それは、ニューヨークの神話のひとつにも数えられていた。というのも、ケインのメディア嫌いは伝説の女優グレタ・ガルボや巨万の富を築いたハワード・ヒューズなみに有名で、校舎ビルの最上階で謎に包まれた隠遁生活を送っていたのだ。


地下の男性用ロッカー・ルームの位置を確認したあと、杏色のダンサーの指示に従って一階奥のラウンジへ向かった。正面の暖炉を中心に、三面の壁いっぱいに一枚一枚小さな額に入れられた写真が飾ってあった。すべてモノクロ。高い天井までモノクロがひしめいてモザイク模様で彩られている様は壮観だ。

キャプションによると、高名な戯曲家や演出家を招いての授業風景ばかりだ。

しかし、サイラス・ケインの写真は一枚もない。

入学通知によれば、ぼくは、ケインの「特別な配慮」により面接を免除されたことになっていた。受講する六週間のサマー・セミナーの生徒たちは、一ヵ月前に一度学校に来て面接試験を受けているのだ。

「特別な配慮」がなんなのかよくわからないのは「特別な気味悪さ」にもつながった。その人のイメージもつかめないから「特別な気味悪さ」がそれなりの重みをもってくる。

教室は二階にみっつ。三階にふたつ。職員用のラウンジも三階にあった。四階は図書室。入るといきなり等身大のシェークスピアの絵。その裏側に一九二三年から一九二四年にかけてアメリカ・ツアーを行ったスタニスラフスキイ率いるモスクワ芸術座公演のポスターがコラージュしてあった。

ここだけは日曜日も開いていて、狭い空間を迷路のように入り組んだ本棚が占拠していた。演劇関係が中心だが映画や他のヴィジュアル・アート、古典といったセクションがひとつひとつ小さな砦のユニットを形作っている。

最も大きな砦はロシア演劇でプーシキン、ゴーゴリからチェーホフ、マヤコフスキイ、トレチャーコフなどの戯曲やマヤコフスキイ、アントコーリスキイ、パステルナークの詩集、スタニスラフスキイなどの演出論に関する書籍が天井までぎっしり並んでいた。次に大きなセクションはイプセンとストリンドベリを中心にした北欧、イギリス、フランス、イタリア、スペインなどのヨーロッパ勢。その隣がオニール、オデッツ、シャーウッド、ウィリアムズ、ミラーなどのアメリカ演劇。最も小さな砦は日本の現代演劇だった。

窓は五五丁目に面している側だけにあった。司書がいるカウンターの両側は、ヴィデオの棚が仲のよい七〇年代のステレオセットのように広がっている。

司書は、白髪頭が薄くなった老人。ぼくが近づくと、老眼鏡の縁ごしの一瞥で値踏みをした。無理して微笑むと、微笑み返すわけでもなく、むっつりした顔で自分の仕事に戻った。

五階には教室がひとつ。残りのスペースは女性用のロッカー・ルームと小さなダンス用教室になっていた。

エレヴェータはらせん階段の中央にふたつ。ひとつは身体障害者専用、もうひとつにはペントハウス専用というはり紙があって途中階では使えない。

つまり、サイラス・ケイン専用だ。

ドアは朝鮮半島を南北に分ける鉄条網のように二重になっていた。該当者以外のものが乗ると三万ボルトの高圧電流が流れるんじゃないか、と半分本気で考えた。こういう発想の仕方をするようになったのは、多分二番目のガールフレンドのせいだ。彼女は在日韓国人で親戚が北朝鮮にいた。

屋上への階段を昇った。ドアに鍵はかかっていない。

開けると隣接するビルの壁面がかなり間近に迫っている。踏み出して左手に細長いスペースがあった。3オン3のバスケット・ボールくらいは出来そうだが、いくつものパイプが邪魔をして真直ぐに走ることはできない。

五五丁目側の眺めはケインの住むペントハウスに遮断され、高層アパートの気取った上半身だけが見えた。ケイン自身も屋上には興味がないらしい。こちら側には通用口もなく、無愛想な煉瓦の壁。

ぼくは少し心細くなったときのくせで、空を見上げた。空といっても流れの速い雲に祝福された青空の切れ端だ。

両隣のビルはともに十数階建て。真後ろは二〇階以上。周囲のビルの腰にも満たない見下ろされるだけの空間。東京とは違う古参の摩天楼にまとわりつく風が、囁《ささや》くように降りて来る。

一週間前、ぼくは渋谷のパルコの地下にある高級車専用の洗車場で働いていた。ニューヨークで演劇を学ぶことなど遠い夢だった。

追い出されたのか追ん出たのかはっきり思い出せないほどの大喧嘩をして、母とふたりの生活に終止符を打って以来、友達やガールフレンドの家を転々と渡り歩いていた。

堕落したとは思わないが、これといった将来の設計とも縁がなかった。

ただ、女優だった母の影響で「演ずる」ことには興味があったし、余裕があると芝居や映画を見に行った。一流とはいえないが、演技やダンスのクラスもバイトの合い間を縫って通っていた。

母と三年ぶりに逢ったのが、一週間前のその日だった。

「あんたの人生をあんたに委せておくとろくなことにならないでしょ。だからあたしが決めることにしたから」と彼女が宣言し、自分でも驚くほど素直に、その方針に従ったのだ。

人生を変えた日は朝から雨が降っていた。

普通の洗車場ならクローズしてしまうのに、ぼくの勤めているところでは、「雨降りの顧客」が何人かいた。

防水用のワックスがけを慌てて頼み込む新興宗教の渋谷支部長。酸性雨に怯えるブティックの経営者。雨の日にだけ洗車するのがダンディズムだと思い込んでいるJリーグのストライカー。毎日洗車することが苦労して手に入れたポルシェ911への最大の愛情表現だと信じ込んでいるヤクザなどなど。

ぼくは、雨の日の仕事場がかなり気に入っていた。ユニークなオーナーや名車が多かったし、必ずチップにもありつけた。

「ペンちゃんはなに、芝居やってるんだって？」

夕方やってきたポルシェのヤクザが、手拭き仕事を飽きもせず眺めながら訊いてきた。

ここではたいてい「城島くん」だけど、ポルシェのヤクザだけは「ペンちゃん」だった。しかも、いつも指名。いつも万札のチップ。そして、いつも閉店直前にやってきて、ぼくを相手に積み木将棋と崩し将棋に夢中になる。積み上げるのが往路、崩すのが復路という表現を、彼は好んだ。箱根駅伝の熱狂的なファンでもあった。

この日はいつもと違う時間帯にやってきていつもと違う話題を切り出した。

「演技のクラスにはときどき通っています」

仕事の手を休めずに答えた。

ポルシェのヤクザがいった。

「おれね、若いころ、マーロン・ブランドに憧れてたの。『波止場』なんて最高だよ。女のアパート行ってさ、階段登ったとこで噛んでたガムをキュッて、手すりかなんかにくっつけるの。女の家訪ねるたびに、おれなんかガムくちゃくちゃやってさ。手すりがないときゃ、ドアかなんかにこすりつけてたの」

「そんな場面ありましたっけ？」

記憶を探りながら口に出していた。「波止場」は母にとってはバイブルみたいな映画の一本で、ぼくも最低でも五回は見ていた。母のお気に入りのシーンはマーロン・ブランドとエヴァ・マリー・セイントの公園のシーンだった。女が落とした手袋をマーロンが即興で芝居に使ったと母はいうのだ。その即興性が会話に真実味を与えていると、彼女は何度も熱を込めて語った。

「おれね、最近、記憶違いって結構あるわけよ。これはもう三〇年間実践して来たことだから確実なんだけどさ」

「そうですか?」

「信じてない目だね。そもそもペンちゃんが『波止場』見ていることが意外なんだよな」

「親の影響で」

「あ、そうか。それはあるよな。でも一回かそこら見ただけで、『波止場』のブランド理解したつもりになったら大怪我するよ。おれなんかさ、三〇回は見ているから」

胸を張って宣言すると、ポルシェのヤクザは声を潜めて付け加えた。

「ここだけの話だけどさ、おれね、本気でニューヨーク行って役者修業しようかって思ってたの」

ポルシェのヤクザこと壇崎さんはおよそ「ヤクザ」のイメージからかけ離れている。まるで五〇代のNBAのコーチだ。上背があって、きりっとしたスーツで感情を縛り上げている。それもこれみよがしのヴェルサーチやアルマーニじゃない。職人気質の仕立屋でしっかりとした関係を築きながら作ったやつ。

パット・ライリーやフィル・ジャクソンとの違いは仕立屋のスーツかどうかと、シーズン・

オフがあるかないかの差だけだ、と同僚に話したことがあった。

渋谷の感覚に合わせてヤクザたちもイメージチェンジしているのだ、とその同僚は答えた。六本木のヤクザのように。地域のイメージに合わせて。

「壇崎さんなら今からだって遅くないですよ。鼻筋だってギリシャ人っぽいじゃないですか。アメリカでもイケてますよ」

本音で言った。この人に誘われたら自分はヤクザになってしまうかもしれない、と日頃から思っている。

「年寄りにヨイショはいらないの」

壇崎さんは多少照れて続けた。

「英語がね、どうにもならなかったからね。親を恨んだっていえば、その一点だね。なんでテメエらがアメリカ人になってからオレ産まなかったんだよってさ。ホンキで恨んだね」

「そういう考え方もあるんですね」

ホンキで感心して応じた。世の中には英語がうまくならないことで親を恨む人間もいるんだ。テメエらアメリカ人になれ、それからオレを産め。すごい発想だと思う。

壇崎さんはぼくの反応を楽しんでから軽く言った。

「ペンちゃんはいいよね。かあちゃんがペニー・ジョーだし」

遠い昔の母の芸名を聞いて、時給九〇〇円のぼくの動きは硬直した。「やべえ」と書かれた大きな旗が目の前でバサバサ翻った。

「気にしなくていいの。身辺調査、得意だから。マンパワーあるし。うちにリクルートしようと思ったの」

　壇崎さんはぼくの混乱を相手にせず続けた。

「そしたらペニー・ジョーでしょ。考えちゃったよ。いい条件揃ってるのになにやってんだろ、こいつはって。おれね、ファンだったの。ペニー・ジョーと一緒におふろ入る夢見ながら射精したの。今、もうだめ」

「何が、だめなんですか?」

「ムセイ。夢の射精。中高校生の特権だよね、ありゃあ」

　それから壇崎さんは時間をかけて微笑みを消し、懐から老眼鏡を出して鼻に乗せた。分厚い財布からメモ用紙を抜き取って、ぼくに突き付けた。

「おっかさん危篤だって知ってる?」

　危篤という一語よりも、さっきは「かあちゃん」と呼んだのに、なんで今度は「おっかさん」なんだよという疑問がわき起こった。

　壇崎さんはメモを読み上げた。病院の名前と住所だった。

「八方手をつくしてペンちゃんのこと探してるんだよ。会いに行かないんなら徹底的にくいものにしちゃうよ、ペンちゃん。ペン公だよね、そうなったら」

　出遅れた「危篤」が少しずつ体に回って来た。

　壇崎さんはとっくに老眼鏡をはずして、今まで見たことのないような業務用の顔になっている。目が沈みVの形にとんがった顎の先っぽが目立った。「やべえ」の旗がぼくの頭部をぐるぐる巻きにしていく。呼吸困難になった。

「おれの持ち物全部磨くんだよ。ポルシェばっかじゃないの。全部。そういう生活でいいの？　よかあねえだろ」

最後の「よかあねえだろ」だけ、やけに重々しかった。

関内の病院までは壇崎さんが送ってくれた。

会話はなく、車を降りてから、「ありがとうございます」といって雨のなかで頭を下げた。

壇崎さんは早く行けというようにジェスチャーすると、携帯をとりだして何やら喋り始めた。運転席の窓には雨がたたきつけられ、表情まではわからない。

夜間通用口を抜けて館内に入った。

うっすらとした光がリノリウムの床を照らし、その向こうに待合室のベンチがひっそりと控えている。ぼくは立ち止まって濡れた頭髪をハンカチで拭き、そのひっそり感が心に浸透するのを待った。

壇崎さんは「危篤」という以外母の容態を説明してくれなかった。だけど、彼女の性格ではひっそりと死んでいくことなど考えられない。

城島千枝ことペニー・ジョーがアメリカ映画界にデビューしたのは一九六二年だった。ハリウッド製のコメディでゲイシャの役だ。サンフランシスコの大学に留学していたときに「発掘」されたのだ。

ぼくが生まれたのは、一九七七年の秋。ＵＣＬＡ（カリフォルニア大学ロサンゼルス校）付属病院での出産だった。そのころの彼女の恋人は白人が多かったが、ぼくの父だけはたまたま日本人だったらしい。

この容貌から逆算すると、そういうことなのだ。

ずっと後になって、彼女に父親のことを尋ねたときに日本人だと確認しただけだ。それ以外のことは教えてくれなかったし、追及もしなかった。

今ならば、世間の常識に従って、ぼくも「父親」というものを考えることもある。だから、あのときもっと追及すべきだったと思ったりもする。ただ、一旦、「父親」という存在は「シフトする」とインプットされた心に、精子提供者としての男性を唯一無二の父親として解釈しろといっても無理なのだ。

記憶にある「父親」は、一九八〇年代末まで彼女とふたりでロサンゼルス周辺の様々な豪邸を「泊まり歩いて」いたときの家主たちだ。

つまり、「父親」は家を移るたびに代わった。共通項は白人でうすい髪の毛。

だから、子供時代は「世間一般でいう『父親』とは、順繰りにシフトしていく髪の毛のうすい白人男性のこと」と思い込んでいた。

彼女はそういうことにはまったく無頓着だったからなんの説明もなかった。後になって、友人との会話から、シフトしない父親がいる、と知ったときの衝撃は大きかった。

だからといって、母に反発することもなかった。

日本の方が景気がいいから、とバブルが弾ける直前に彼女がペニー・ジョーの名前を捨てる決断したときも黙って従った。現実には、七〇年代に入ってからというもの、ペニー・ジョーに台詞のある役は回って来なかったのだ。

日本での彼女はショー・ビジネスの世界とは縁を切り、引っ越しも一度だけだった。初老の財界人の「おめかけさん」として、山下公園近くのマンションに住み、気が向くと好きなミステリー小説を翻訳するような毎日だった。

シフトしていった父親たちと彼女との修羅場のいくつかは今も記憶に鮮やかだし、ぼくが家を出たときも、罵倒の声とともに目覚まし時計やらワインラックやらが飛んできた。そういうときには、彼女は修羅場を演ずることに酔っているようにも見えた。

男をつなぎとめるために「死ぬ」と騒いだことも一度や二度ではなかった。

そういうと、人は彼女のことをすごくアメリカナイズされているように思うけれど、ぼくから見れば日本的情緒に溢れたおばさんだった。

ただ、修羅場のすべてが英語だった。興奮すると彼女は英語を使った。日本語よりもダーティ・ワードが豊富で響きがいい、というのが理由だ。

今、ぼくに必要なのは、夜の病院の待合室のようにひっそりとした鎧を心に着せることだった。

なにを言われても逆らうのはやめよう。彼女を興奮させ怒鳴り合いになることだけは避けよう。

頭髪が乾くのとひっそり感が体のすみずみに浸透し終えるのは殆ど同時だった。待合室の端にあるエレヴェータに乗って五階に向かった。

降りると正面に窮屈なナース・ステーションがあった。奥の控え室のドアが半分開いていて、ナースの組んだ足だけが見えた。

自力で病室を探すことにした。

五三号室の札の下に名前があった。城島千枝。他にも三名。

個室ではないことに驚いた。ドアは開いている。

部屋のなかからはヴォリュームを落としたＴＶの音。ベッドがふたつ見える。

ドアに近い方のベッドでは、寝間着をはだけた薄い胸のおじいさんが口をぱっくり開けて足元のＴＶを見つめていた。その傍らにはセーラー服の女学生がいてブランケットの下の足をさすり番組の解説をしている。ひょっとしたら援交の新しい形かもしれない。

窓側のベッドにはチューブで上半身をぐるぐる巻かれた、いわゆるスパゲティ状態の老婆が眠っていた。こちらは頑丈な体つきの中年女性が付き添っている。

体を乗りだし反対側のふたつのベッドを見た。

窓側は編物をする中年女性。手前は横臥状態の二〇〇歳の老女。

母の姿はなかった。

もう一度名札を確かめ、一歩病室に踏み込んだ。薬品と老人特有の体臭が入り混じった匂いが薄手のカーテンのように体にまとわりついた。

時間をかけて四つのベッドを眺めた。すると、奥の窓側にいる付き添いのプロといった女性が頭を下げた。眼差が何かを問いかけている。

まさか、と思いながらスパゲティ状態の老婆に近づいた。

時おり唇が痙攣したような動きをするものの、老婆の目は閉じられている。ぼくは自分の膝頭が震えていることに気付いた。

もしこの老婆が母だというのなら、体重は三年前の半分もない。

髪の毛は白くよじれ、とても五〇代には見えなかった。壇崎さんは母のこの状態を見て一切の解説を控え「危篤」と言い切ったのだろう。最悪の状態だが生きている、という意味で。

「ペンさんですか？」

イントネーションのない日本語で、付き添いのプロが尋ねた。ぼくはベッドの柵にもたれて歩みを止め、頷いた。

「ときどき、目がさめると、だれか探します」

付き添いのプロは自分の席をぼくに譲ってくれた。

かろうじてため息をひとつ吐き出す。

「付き添いさんですか？」

「はい。二ヵ月前、城島さんが入院してからずっと。マサコ・プエンゾ、申します。マサコは正しい子、書きます。サンパウロから来ています」

正子プエンゾはお茶を出し、入院してからの母の様子を報告してくれた。

彼女を雇ったのは母の面倒を見ていた財界人の秘書で、そちらの関係者は一度も面会には来ていないらしい。話の様子から医者はとっくに見放しており、母は精神力だけで生き抜いていることがわかった。

正子は余計な感情をさしはさまないで、事実だけを報告してくれる。それは、ひどくありがたいことでもあった。

「今晩、ぼくが付き添ってもいいですか?」

「はい、いいですよ。でも」

彼女はベッドサイドの引き出しから一本のヴィデオ・カセットを取り出した。

「なるべく早くこれを見てください。そのことだけを、城島さんは気にしていました。来週には授業が始まるから」

「授業?」

「ニューヨークの学校ですよ」

「なんですかそれ?」

「三年も遠ざかっている方がもっと、なんですかそれ、ですよ」

付き添いさんからも、ぼくの人生についての苦情を聞く羽目になった。


また明日来ます、と正子さんに言ってエレヴェータに乗ったあと、母の手すら握らなかったことを思い出した。病室には一時間いた。母は眠ったままだった。

エレヴェータは正面の壁に鏡が張り付けてあった。「不肖の息子」の姿を眺め、つぶやいた。まあいいや、全部まとめて明日にしよう。

外に出ると雨は止んでいた。

壇崎さんのポルシェが同じ場所に止まっていた。壇崎さんはハンカチでボンネットの滴を一粒一粒取り除いている。崩し将棋のときのような慎重さだ。

近づくと、背筋を延ばして唇だけで微笑んだ。

「もらった？」

ぼくは小脇に抱えたヴィデオを見せた。

「ペンちゃん、元気でやってるの、なんてやつだろうけど、気になるよね」

「すごく」

「付き添いさんに聞いてから、おれもずっと気にしてたの、実は。どっか近くで見てみる？」

「一緒に？」

「面白いこと言うね」

V字形の顎が少しだけUになった。

## (二) 初夏のセントラル・パークで秋を探す

ビッツは五五丁目イーストの北側にある。

二〇世紀初頭に建てられた商工会議所を改築した建物だ。正面にはビルの幅いっぱいに五段の階段がついている。

建物を出て、その五段をゆっくりと斜めに降りてみた。

路上に降り立ってからビルを見上げた。周囲のビルに比べるとちっぽけなその建物が、ペントハウスにサイラス・ケインが住んでいるというだけで、どっしりとした歴史のある銅像のようにも思える。

見上げる者にのしかかってくるようでもある。

周囲のどのビルよりも、このビルが若い野心や情熱を貯め込んでいることは間違いなかった。

五五丁目を真直ぐ五番街まで歩いた。途中、ザガットのレストラン・ガイドに載っている何軒かの店に気付いた。サンデイ・ブランチをやっている店はなく、いずれもひっそりとドアを閉ざしている。

地図は頭に叩き込んである。五番街の標識を確かめ右折する。ウィンドウ・ショッピングしながら北上してセントラル・パークへ向かった。

ぼくが生まれる前、母はニューヨークに住んでいた。そのころ、最も気に入っていた場所と時間が、「七六丁目イーストからセントラル・パークに入ったあたりの秋」だと言っていた。

ゆるやかな散歩道と道沿いにカーヴを描く長いベンチ、その足元をさらさらと踊り舞う枯葉のざわめき。それに釣られて歩くといつの間にかメトロポリタン美術館の近くに来てしまう。

何回も何回もその様子を描写してくれた彼女の語り口を覚えている。

歩きながら、杏色のダンサーが言った「メット」の意味に思い当たった。

メトロポリタン美術館。

ニューヨーク・アート・シーンの気取りのない頂点。

母の昔話にも何度も登場したし、アーウィン・ショーだって、「夏服を着た女たち」のなかでフランセスに言わせている。日曜日のニューヨーカーはいつだってメットへ行こうか行くまいかというところから行動を起こすのだ。

プラザ・ホテルを左手に見ながら、セントラル・パーク・サウスを渡った。その先、五番街の左側には緑が広がっていた。

右手はアメリカ有数の富豪が住む歴史的なビルや格式高いホテルがならぶ。ぼくは母に敬意を表し、五番街に沿って七六丁目まで歩くことにした。

秋を眺めることは出来なくても、初めてセントラル・パークに入るときぐらい彼女の好きなエントランスを使おうと思ったのだ。

ブロックの数は一六。ゆっくり歩いて一五分。

日曜日でも人通りはそれほど多くなかった。一〇ブロック北のメットに向かうとおぼしき足早のカップルひと組と出会っただけ。犬を散歩させるにせよジョギングするにせよ、セントラル・パークの外側より内側の方が気持ちいいに決まっている。

七六丁目から入ると、散歩道は林を抜けて僅かに下っていた。すぐに三叉路に出て、長々と続くベンチが目に入った。

直線ではなく、道のうねりに合わせた黒い柔らかな曲線のベンチだ。その一番端に腰掛けた。何組もの家族連れが通過し、犬と散歩を楽しむ白人たちが微笑みを送ってくる。多分、二十何年か前に母を迎えたのと同じ微笑みだ。

ぼくは昨日ＪＦＫに降り立ってから、母のことばかり考えていた。

彼女とふたりだけの時間があまりにも長かったし、父親を知らないせいで、自分はマザコンの気が強いことは承知していた。

それにしても、一週間前の再会以来、彼女のことが片時も心を離れないのは、勝負でいえば、自分の敗けだと思う。三年間、意地で離れていた反動がいっぺんに襲って来たのかもしれない。

彼女も多分、劇的効果を計算してヴィデオに遺言を吹き込み、殆ど手遅れになるまでぼくを探そうとしなかったのではないか。

その結果、彼女の敷いたレールを素直に歩こうとしている自分がいる。


ヴィデオ・メイルは壇崎さんの知り合いの店で見た。

関内から一六号線で横須賀方面に向かう途中にあるギリシャ料理店だ。壇崎さんの鼻筋がギリシャ人っぽいといったことへの「お返し」かと思ったが、そんなこととは関係なく病院から最も近い行き付けの店として選んだようだった。

店内では、会社帰りの男女のグループがタラモやギリシャ風のサラダやフライにしたイカや鱒の大皿を囲み、活発に飲み食いしていた。

日本人の女主人とギリシャ人のコックは壇崎さんを迎えるために厨房から飛び出して来た。壇崎さんの腕をつかみぼくの背中をさすりあげボックス席に押し込むと、とっておきのウーゾを運んで来た。

壇崎さんは一通り料理のオーダーをすませたあとで、「こいつ、生きるか死ぬかのヴィデオを見なくちゃいけないんだ。カセットデッキ貸してやってよ」と言った。

女主人は鷹揚に微笑んで、店の二階に連れて行ってくれた。ギリシャ各地の観光ポスターが賑やかに貼ってあった店内と異なって、女主人の居間は籐の家具で統一され、彼女がアジア各地に旅行して集めたらしい骨董品がところ狭しと飾ってあった。

ヴィデオ・メイルはジョン・ウェインから始まった。

タウンゼント・ハリスを演ずる彼が日本式の風呂につかっていた。日本人の女優がデュークと呼ばれた大スターの背中を流し、一緒に湯船に浸かって日本人の美徳を語った。

次はウィリアム・ホールデンと日本女性との風呂場の場面だった。

ぼくは、四〇年代から六〇年代にかけての大スターふたりを、母がデュークとかビルとかいう愛称で呼んでいたことを覚えている。共演こそしなかったものの、かなり親しかったことは言葉の端々からわかった。

画面では、白人の俳優とアジア系女優との「風呂場」のシーンが次から次へと繰り広げられた。

「007」シリーズの一本でのショーン・コネリーと日本風女性たちとの混浴シーンや「将軍」の混浴シーンにぼくは失笑し、何年経っても変わらぬハリウッド的な白人男のファンタジーに胃のあたりがむかむかしてきた。

やがて、ペニー・ジョーと白人スターたちの混浴シリーズになった。

彼女は胸から腰にきっちりと白いバスタオルを巻いた姿で男の背中を流し、愛くるしくたどたどしい英語で、日本女性の貞節を白人男性に説いた。それからふたりは一緒に湯船に浸かって、行儀のよいキスをした。

同じようなシーンが相手役を変えて五回続いた。

ジョン・ウェインやウィリアム・ホールデンが、あらかじめ「胃腸にすっきり」の役をしてくれなかったら、ぼくはきっと嘔吐していたに違いない。

母の出演した映画を、子供のころ一本だけ見たことがある。

そのころは、こういった入浴シーンがなにを意味するのか深く考えもしなかった。母と一緒に風呂へ入っていたころのことだ。

映画の彼女が、バスタオルを体に巻きつけ風呂に入っていることを不思議に思っただけだ。五回まとめて見たのはこれが初めてだった。

そういう場面が繋がっているだけで、彼女やほかのアジア系の女優たちが当時立たされていた位置が明確になった。

美徳も背徳も一緒、淑女のエレガンスも商売女のあつかましさも一緒、くそもみそも一緒。アジアの女を舐め切った厚顔無恥なハリウッドの男たちの下卑た言い分がはっきりわかった。ハリウッドでのキャリアは、彼女にとって屈辱の歴史だったのだ。だから、日本へ帰国して以来、メディアにも一切登場しなかったのだろう。

突然、「作品集」は切れた。

母が映し出された。

入院する直前に撮影したものらしい。どこだろう。マンションのヴェランダで撮ったにしては背景の建物が違うようだ。カメラマンとして雇った知人の家かもしれない。三年前に家出したころと比べると多少やつれてはいるが、ペニー・ジョーの残り香は十分にあった。

彼女は英語を選び、カメラを見つめていきなりこう言った。

「ガンが転移しちゃってるから、長いことないんだって。面倒くさいから入院するけど、抗ガン剤みたいなもん、打ちたくないんだよね。そんなことはいいんだけど、あんたの将来について、ちょっと一言」

そこで一端途切れて時間経過。

ほぼ同じ位置で今度はタンブラーを片手に彼女はカメラを睨んでいた。ドライ・シェリーのオンザロック、レモンのトゥイスト入り。

日本語での宣戦布告だ。

「あんたの人生をあんたに委せておくとろくなことにならないでしょ。だから、あたしが決めることにしたから」

いつもなら反発する言い方なのに、ゆるい気分で耳を傾けることができた。

彼女は咳払いで日本語を振り払い、映画とは比べものにならない流暢な英語で続けた。

「ビッツって知ってるでしょ、ニューヨークの。夏の六週間のコース、あんた行くことになったから。授業料は払い込んだ。ニューヨーク往復のオープン・ティケットも買ってある。あんたがこのヴィデオ見た時点で予約入れればいいの。六週間やってみて、本気で俳優やる気があるんなら、二年制の本コースに進みなさい。進級できるかどうかはサマー・セミナーの出来次第だけど、一応、こっちの授業料も振り込んであるの。あんたが本コースに進めなかったら、授業料はそっくり戻って来るから。ま、これが財産の生前贈与だね。子供に大金残すのは主義に反するけど、このくらいなら、あんたもひねくれないで受け取ってくれるよね」

それから、母は彼女自身がビッツで学ぶに至った顚末を話した。

何本かの作品に出ているうちに、本物の演技を追求したくてニューヨークへ行ったのだという。初耳だった。

「頭に来ちゃったのよ、お風呂のシーンばっかりで。日本人からは国辱女優だなんていわれるしさ。女優としてしっかり出来るってこと見せてやりたかったのよ。友人たちはアクターズ・ステュディオを薦めたけれど、リーは雰囲気が教祖様っぽいし、エモーショナル・メモリーを奨励する『メソッド』も、あたしにいわせれば精神科の治療法だからね、遠慮した」

リーというのは、アクターズ・ステュディオの芸術監督であり顔であるリー・ストラスバーグのことだ。「エモーショナル・メモリー」は喜怒哀楽の個人的な記憶を掘り起こす作業。悲しいシーンなら過去にあった悲しい出来事を思い出し、感情を掘り下げるやり方で、ぼくも、日本の演技教室で学んだことがある。

同時に、感情の掘り下げは、映画の撮影現場のような時間制限のある環境では実践的ではないとも聞いている。このメソッドにハマった俳優の気分次第で現場が止まってしまうようなことが、かつてのハリウッドにはかなりあったらしい。

母は、ストラスバーグと同じグループ・シアター出身でも、彼の「メソッド」に疑問を持って脱退したステラ・アドラーの演技塾に入るつもりだったと言う。グループ・シアターというのは一九三一年にストラスバーグがハロルド・クラーマン、シェリル・クロフォードと立ち上げた演劇集団だ。

ステラは、一九三四年にパリでコンスタンチン・スタニスラフスキイから五週間にわたって直接指導も受けている。スタニスラフスキイはテキストこそ「金の鉱脈」であり、ひとつのシーンという given circumstances（与えられた状況）からインターナル（想像力、感情、行動、意志）とエクスターナル（キャラクター造型、動作、発声、表情）を駆使して役を生きることが演技であると、ステラを導いたそうだ。ステラはストラスバーグのメソッドとの対立姿勢を明確にした。

「それがなんでビッツになったのか」と言って、ペニー・ジョーは息を継いだ。「長い話を端折っていうと、単純にメモした住所が間違ってたわけ。ステラのところへ行くつもりでビッツへ行っちゃったのよ。サイラスはその日、丁度、ステラとランチする予定があってね。オスカー・トゥッチのデルモニコズ。あたしも招待してくれたの。三人で食事して、そのままステラがあたしを引き受けるはずだったんだけど、デザートのベイクト・アラスカを食べながら、サイラスが、以前から日本人の俳優を育ててみたいと思っていた、と言い出したのよ。あの頃、ステラは六〇代でサイラスは五〇代。彼は、言ってみれば、ステラの舎弟分。ステラはビッツ創立の一人だったクリメント・ジャルコフとも親しかったし、たちまち商談成立よ。勘定はサイラス持ちってことで、あたしは『売られた』わけ」

短く笑うと彼女は表情を引き締めた。

「死ぬ気でがんばったわよ。ビッツの二年間。それでハリウッド戻ったら、仕事が来ないの。まいったわ」

そこまで言って長年溜め込んだ思いを吐き出し「あのときは本当にまいったわ」と繰り返した。

しばらく言葉が出て来なかった。

生の感情を制御して洗練し、見せることを意識した「生の感情」を立ち上げようとしているようにも思えた。そんな意識を一切放棄しようと足掻いているようにも思えた。女優のペニー・ジョーとしての言葉を出そうともがいているのか、母親としての言葉を探しているのか。そのあたりの見極めは、人生経験の少ないぼくにはまだ無理だ。

「あいつらにはあいつらのイメージがあって、それに従わない日本人女優なんてだれも使おうとしないの。そのうちにあんたも生まれたし。まあ、二人でよく引っ越しをしたよね……」

強くもなく弱くもない、耳に心地よいトーン。

ぼくは一言一言を堪能しようと身を乗り出した。

「で、結局、日本に戻っておめかけさんだよ。くやしいじゃないの。いつか仕返ししてやるぞってさ」

うなるような呪詛の言葉がしばらく続いた。

ファッキン・バスターズ、シッティ・ブレインデッズ。

ぼくはひとりの観客として、ペニー・ジョーの痛みを共有した。彼女の可能性をつぶした男たちに憤りを覚えた。その怒りが筋金入りかどうかはわからない。マッシュポテトや生卵を投げつけることで満たされてしまう程度の怒りなのかもしれない。なんとなくパフォーマンスに興味をもつ二代目としてはなにができるのか。

「だからさ、ペン、仇《かたき》とってよ」

母の呻《うめ》きが聞こえた。

日本語でもう一度「仇討ってよ」と、ペニー・ジョーはつけたした。

Ｈｏｗ？　とぼくは問いかける。

再び英語に戻ったとき、彼女の表情には母親の威厳のようなものが加わっていた。声はまろやかで歯切れのよいリズムがあった。

「アメリカ映画で当り前の日本人を当り前に演じてくれればいいのよ。サイラスは、日本人Ｓを主人公にした『レッズ』みたいな映画を見てみたい、その主役を演ずる若者を育てたい、なんていってるけど、まあ、無理よね」

「日本人Ｓ」？　だれのことなんだろう。

「レッズ」はウォーレン・ベイティが製作・監督・主演した一九八一年のアメリカ映画だ。ロシア革命を取材した唯一のアメリカ人記者ジョン・リードと彼のパートナーでもあった女性ジャーナリスト、ルイーズ・ブライアントの話だ。ルイーズはベイティのガールフレンドだったダイアン・キートンが演じた。

母は封切りの時見て、アカの映画をハリウッドが作った、と興奮していたのを憶えている。

「あんたが、当たり前の日本人を当たり前にやってくれればいいの。それで業界紙かなんかに取材されたら、ペニー・ジョーがやりたかった演技ってこういうものなんだって言ってくれれば、あたし、大満足なのよ。アカデミー賞のスピーチで言ってくれたら、もっとザマアミロだけど、そこまでは要求しないわよ。親バカになったらみっともないしさ。とにかく、スタートの一歩がビッツよ。あんたにやる気さえあれば相当なことができる筈よ、時代が違うんだから」

そこまで吐き出して彼女は自分の言葉に頷いた。

「そうなんだよ。時代がね、違うんだよ」

長い間があった。それにしても、「日本人S」ってだれなんだろう。ジョン・リードの時代を生きた人なのか、ジョン・リードのように理想に燃えてモスクワに行ってしまった知的な冒険家なのか。

サイラス・ケインに聞いてみるしかなさそうだ。


母は、色々な思いが心を駆け巡っていくのを「眺めて」いた。インターナルな感情にエクスターナルのスイッチが入った。声と表情が詩人になった。

「ニューヨークに着いたら、最初の日曜日にはメトロポリタン美術館に行くのよ。六月中旬から六週間、あんたがニューヨークで生活すると思うと、そのころはあたしも元気が出ると思うわ。行く前にくたばったら仕方ないけど」

派手な笑顔。一気に若返るペニー・ジョー。だけどカメラを見据え、ぼくのハートを見据えた目は笑っていない。尖ったナイフの眼差。

「一旦ニューヨークへ行ったらあたしの葬式ぐらいで帰らないこと。ルール違反しないでよ。もうちゃんと葬儀の手配は済ませてあるから。あんたのすることはなんにもないから」

それから、ふっと思いついたように言い足した。

「昔の仇討ちってのはね、親の仇をやっつけるまでは何年も何十年も国へ帰れなかったんだから。あんたもそういう日本人を見習ってよね」

母は頭を下げた。

「たのみます」

　彼女は最後まで日本的情緒に溢れたおばさんだった。

　壇崎さんとは朝まで一緒に飲み、日が昇ってから一度だけ病室へ戻った。

　正子プエンゾは母のベッドの脇の小さな空間で律儀な姿勢で眠っていた。彼女を起こさないように気づかってベッドの脇に立ち、母の手を握り締めた。それから五日後にニューヨークへ出発した。

　母の意識は戻らなかったが、それ以上悪化することもなかった。ひょっとすると、息子がビッツで学ぶ六週間の情景を夢に見ながら生きながらえているのかもしれない。

　ぼくはベンチから立ち上がるとコンサーバトリー・ウォーターの北岸にあるブロンズ彫刻の「不思議の国のアリス」を眺めた。アリスと仲間たちには触って確かめることのできる物理的な陽気さがあった。

　小道を抜けてメットを目指した。

　初夏の林からあふれ出る輝く緑のエナジーが、一歩ごとに体内に蓄えられていった。

　七九丁目の出口へたどりつくと、白い断崖のようなメットの側面が見えた。

　五番街に向かって解放された壮大な正面階段には、各国からの観光客やアーウィン・ショーの言いつけを守るニューヨーカーが群れていた。

　展示の名称を記載した垂れ幕が、寝転んだエンパイヤ・ステート・ビルを彷彿とさせるビル正面に何枚も翻っている。一枚一枚が一〇〇畳敷きといった広さを誇り、あでやかな色彩を競い合う。

入り口への階段は優に野外劇場三〇〇〇席のスペースがあった。

立派な階段を昇ってひとつの入り口に向かうとき、人間は立派な決意を形作ることができるのではないか、と思う。メットの階段をだらだらと昇るものはいない。

階段の中途でNYPD（ニューヨーク市警）の制服を着た警官とすれ違った。思わずバッジに目が行く。ポケットのなかで踊る純金のNYPDバッジを握り締め、警官に微笑んだ。ラテン系の警官は澄ました様子で頷き、ドイツ語と韓国語の入り混じる人波に消えていった。

ポルシェで空港まで送ってくれた壇崎さんの餞別が、その純金のバッジだった。「金に困ったら売ればいいさ。何千ドルかにはなるだろ」

壇崎さんの言葉がありありと蘇った。

「でも、なんで、NYPDなんですか？」

ぼくが尋ねると、彼は眉根に皺を寄せて古くカビついた答えを引き出した。

「ニューヨークに行きたいって思ったときの記念。ていうか、もうニューヨークには行けないってあきらめたときの記念だな。PDはポリス・デパートメントじゃないの。おれの芸名のイニシャルのつもりなの。ポール・ダンザーキ」

おごそかでシャイな壇崎さんには男の色気があった。こういう顔の男が「シフトしない父親」だったなら、とも思った。

メットへの壮麗な石段を昇り切り、餞別のバッジをポケットから取り出した。じっくり観察すると、Dの部分はJに見えて来た。

ＮＹＰＪ。

だとしたら、ニューヨークのペン・ジョージマ。

見上げると、杏色の垂れ幕が巨大な赤カラスの翼となって羽音をたてていた。心細いのか、希望にあふれているのか、自分でもよくわからない高ぶりが体を突き抜けて行った。

# ACT2
## 魂の捜索者たち

## （一）ミックスされたナッツ

午前九時一五分にビッツに到着した。

宿泊しているのは歩いて一〇分ほどの距離にあるＹＭＣＡ。スーツケースを広げたら動き回る余地のない部屋だけど、それでも一晩六〇ドル近くする。ニューヨーク生活のためにかき集めた現金は五〇万円にも満たないから、こういう出費を抑えていかなければ先々の生活が不安だ。

いざとなったらアメリカ国籍をもっている強味で働くことは出来るけど、授業は一〇時から始まって一七時までびっしり。台詞の暗記などの宿題も多い。最初の何週間かはクラスに追い付くだけで精一杯の筈だ。だから、今度の土日にはなんとしてでも格安の長期滞在ホテルを探さねばならない。ひょっとするとクラスメイトからも情報が得られるかもしれない。

事務室で名前を言った。肥った白人女性がロッカーの鍵をくれた。15Ｂ。

事務的な「ウエルカム」を一発決めたあと、「クラスルームは5Ｃ。五階へあがればわかるから。ロッカールームは地下」とだけいって彼女は背を向けた。むきだしの両肩にざらざらむちむちしたほくろが束で波打っていた。

階段を降りるとロッカーまでの間に電話、ベッド、カウチセット、スキンヘッドの若者が並んでいた。

正確にいうなら、若者はカウチに横になっている。

同年代のようだが、声をかける気にはなれなかった。脇には大型扇風機があって若者の足元に微風を運んでいた。態度のでかいやつだ、と思いながら、劇場を覗いた。中は暗くて人の気配もない。この時間に杏色のダンサーがいるわけもなかった。

廊下の奥のロッカー・ルームではふたり着替えていた。犬顔と鼠顔。

15Bのロッカーを開けると、犬顔が「タイラー！」と名乗って勢いよく片手を差し出して来た。笑顔が若い。その意味では、高校生活が始まったかのような錯覚に陥る。

「ペン・ジョージマ。日本から」と答えると、日本人の名前をジョークにした笑い話を立て続けにふたつ、タイラーは披露した。

どこの高校、どこのクラスにもいる道化師タイプ。そう思っただけで、「その通りなの」とタイラーはしなを作って見せた。ぼくの表情を読んだのだ。

「オハイオ州デイトンから追放されたばっかのハイスクール・クラウン、タイラー・ウィルミントン！　一八歳！」

一瞬にして「しな」から絶叫タイプのTVエヴァンジャリストに感情を入れ替え、相棒の鼠顔をバックバンドの感じで紹介した。ジェイミー・バスケス。ふたりともこの春高校を卒業したばかりだった。

色白で唇がぽってりのタイラーは色褪せたような金髪で、騒いでいなければ病弱のスピッツのイメージ。ジェイミーは対照的にすべてがこぢんまりとした濃い系。チョコレート・ブラウンのラテン系肌、ジェット・ブラックの髪、太い眉。体型だけはふたりとも似通っていて細身系。多分、筋肉もぼくの方がついている。

タイラーの独演会が続くなか、カウチに寝転がっていたスキンヘッドがゆったりロッカーを開け着替え始めた。動くとスリムで知的な雰囲気が漂う。彼は会話には加わって来ない。タイラーも誘おうとはしない。スキンヘッドを敬遠しているというよりも、知的な雰囲気を敬遠しているようだ。

ということは、ぼくがそれほど知的に見えなかったってことか。

ぼくたち三人は、着替えながら今までの演技体験の有無を話し合った。ぼくのお粗末なキャリアを聞いただけで、タイラーの元気さが急速に萎えていった。ジェイミーと顔を見合わせ、吐きそうな顔をする。それを得意のお笑いに立ち上げる余裕もない。その余裕のなさにぼくはちょっとだけ優越感を味わった。

スエットシャツに着替え終わると、階段脇のブリテンボードをチェックした。クラスはＡＢＣ。三階のＡ組が３Ａと呼ばれ、九時開始。３Ｂが九時半。そして五階のＣ組が一〇時開始だった。

各クラスは二〇人。男女比はほぼ半々。日本人はぼくひとりしかいない。総体的にアジア人は少なかった。

簡単なルールが書いてあった。麻薬はだめ。酒飲んでクラスに出るな。携帯電話の持ち込み禁止。その脇にはルームメイト求むなどというメッセージ。

その間にも生徒たちがどんどん到着した。

一階にあがると、五階のロッカー・ルームで着替え終わった女生徒たちがにぎやかに情報交換をしていた。押されるようにしてドア付近へ行った。

一五分前にはだれもいなかったビル正面の階段が、生徒たちの社交場と化している。タバコを吸うやつ。座り込んで喋るやつ。瞑想するやつ。携帯電話をかけるやつ。クロスワード・パズルに夢中なやつ。

メットといい、ビッツといい、マンハッタン島の階段には文化を育てる温もりがあるのかもしれない。日差しさえあればの話だが。

いきなり腰を突かれ、振り向いた。肩のあたりにソバカスだらけの顔があった。首を突き出して、大人に抗議する議論好きの小学生といった角度で見上げている。首から下にはドアごしの朝の光が斜めにあたって、タンクトップの胸が豊かに波打って見えた。驚くほど大きな黒い瞳は小刻みにせかせかと動き回る。相手の右目と左目とを交互に見つめるくせがあるらしい。

愛らしいといえば愛らしい。が、背の低い分、ヘアのトップをパンキッシュに尖らせて、それがポップな喜劇味を加えていた。

推定年齢は一四歳から四四歳の間。

「あんたC？」

「え？」

「クラス」

「あ、５Ｃ」

「てことはＣよ」

一瞬たりとも目線をはずさないで、彼女は質問を浴びせてきた。センテンスはすべて短くスタッカート。小柄な体には似つかわしくないハスキーな声。

推測年齢を一九歳から二六歳の間に絞り込む。

「あんた、日本人？」

「そう。アメリカ人でもあるけど」

「こっち生まれ？」

「ＬＡ《エルエイ》」

「ばっかみたい」

「ＬＡで生まれたのが？」

「たぶん」

「それって偏見じゃないのかな」

「ペン・ジョジーマ？」

「どうして知ってるの？」

「リストにあったから」

「記憶力いいね」

「ばっかみたい」

ぼくの感覚では「ばっかみたい」なのだけど、実際に彼女がぶつけてきたのは「Silly goose」。

直訳すると、アホなガチョウ。二度も言われると多少ムカつく。

「正確に発音するならジョージマだけど」

「ペン・ジョージーマー」

「近い」

「ジョージマ」

心に名前を刻むなどという生易しい念の押し方ではない。その黒い強烈な眼差でわしづかみにされたような痛みがある。

「そっちは？　なんて名前？」

「想像して」

わしづかみの視線をいきなり外したかと思うと、彼女は黒人の女生徒に「あんたはC？」と尋ねた。無礼さと行動力が不器用に同居している。

推測年齢をぼくとどっこいどっこいのあたりに修正。

タイラーとジェイミーの姿を探した。とりたてて話したい相手ではないけれど、だれかと話していないと不安だった。

話しかければ、気さくにだれもが答えるのはわかっている。しかし、ここ数年、日本人とばかり付き合って、精神の日本化が起きていた。それに、わしづかみの視線でなんだか調子を狂わされてしまった。そんな言い訳を心で繰り返しながらタイラーを探すが、ドア近辺の雑踏に彼はいなかった。早めに五階へ向かった。

　５Ｃの教室にはドアが真ん中にあった。

　普通の教室なら前と後ろ。そのつもりで入ると、部屋の中央に立っている。正面は窓。これは、実に奇妙だ。しかも、ドア自体、ごつく重い。

　シーンを演ずるときにドアはアクセントとして使われる。演技者の感情をぶつけやすい大道具でもある。華奢なドアでは激情を受け止めることができない。それにしても、このドアのごつさは大げさだ。それとも、生徒の感情がこれに匹敵するほど激しくなるのだろうか。

　出入り口のドアはそれひとつだが、正面右手奥にもうひとつ、軽量級のドアがあった。そちらは鍵がかかっている。その側にシングルベッドがふたつとソファがひとつ。車輪つきのＬ字型のバーカウンターがひとつ。立って肘をつける。

　生徒の席は反対側二列に並べられたパイプ椅子だった。二列目は台の上に椅子が並んでいる。壁はすべてぼこぼこ。殴ったあとがいっぱいある。役者志望の若者たちの夢のあと。先生の木机もぼこぼこ。

　ぼくは二列目の奥に座った。窓側だ。教師の机からは最も離れた位置だ。

　やがてひとりふたりと生徒が入って来て適当に座り、自然に雑談が始まった。いつの間にか、隣にはスキンヘッドの若者が座り、穏やかに故郷のルイジアナ州の話を始めた。

　彼の名前はアート・セパラ。フィンランド移民の第三世代。二歳年上だが、感性としては、タイラーやジェイミーやわしづかみの視線の女の子よりもよっぽど近いものがあった。

　授業は一〇時から始まる。最初は九〇分の演技クラス。三〇分休憩して九〇分のジャズダンス。休憩なしで発声のクラスを九〇分。これは、地下の劇場。三〇分休憩が入り、五階に戻って再び九〇分の演技クラス。

体力がなければついていけない、とアートは言った。

去年の夏、大学の先輩が受講して四週目でドロップアウトしたそうだ。

クラス全体を見回すと、全米各地の大学演劇部に籍を置くものが大半のような気がしてくる。元気を回復したタイラーは、にぎやかに振る舞って存在をアッピールしていた。

一〇時近くなると雑談の輪がひとつふたつと消え、未知なるものへの期待感が教室を支配した。

タイラーが重圧を跳ね除けようとして行動を起こした。軽量級のドアに飛びつく。ロックされている。ノックする。応答はない。

クラス全員の注視を十分引き付けてから振り向いて、パンチラインを繰り出した。「だれかこのドアの向こうに隠れている象の話をしない?」

寒い笑いがひとつふたつ起きた。ドアが前と後ろにあるクラスなら剽軽度ナンバーワンでも、ドアが真ん中にあるクラスでは粗大ゴミ扱い。タイラーは大きな失望を全身で表現し、やけくそのチャップリン・ウオークで自らの席に退却した。

彼の背筋をしたたり落ちる冷や汗の色が見えた。

軽量級のドアの上にある時計が一〇時を指した。その瞬間、ごつく重いドアが勢いよく開けられた。

一列目の生徒たちの背筋がギクリと伸びるのが、ぼくの位置から見えた。

教師は大きなストライドで机に達した。そのへりに座り、鉄砲水の唐突さで自己紹介をした。

「コール・パウンダー。これから六週間、君たちの演技の教師だ」

　パウンダーは決して長身ではないが、厚い胸板とレスラーのような毛深い長い腕をもっていた。四〇代後半。白人。

　そして、髪は後頭部が若干薄い。

「シフトする父親」のひとりが戻って来たような、懐かしい感覚に包まれた。

　パウンダーは、間髪を容れずに出席をとった。名前を呼んで各人の出身地を尋ねる。どんな地名でもパウンダーは行ったことがあった。オール・マイティの旅行者だ。

　例えば、タイラー。

「オハイオ州デイトンから来たって？　一九八三年に行ったよ。悪い思い出しかないけど」

「ぼくは悪い思い出の顔なんですね」

　タイラーが控えめに混ぜ返した。

「バンドと一緒にライヴコンサートやってギャラが出なかったんだ。ダウンタウンのメイベリーってホテルに泊まってた」

「知ってます。ぼくの叔母がフロントで働いてます」

　ジェイミーが興奮した声を出した。

「君の叔母さんには内緒にしてくれよ。一週間分の宿泊代、改めて請求されたらかなわないから」

　自分の番になったときの「突っ込み」をあれこれ想像する。次第に教室のやりとりに集中できなくなった。それでも、わしづかみの視線の女の子のときは好奇心が湧いた。パウンダーが

「テリー・アイザックソン」と呼ぶと、彼女は手を上げて存在を示したのだ。

ああ、そうか、と納得した。自分の名前のすぐ下、Ｉの次のＪで「ジョージマ」があったからぼくの名前を記憶しただけなのか。

パウンダーは彼女の手が見えない振りをしている。すると、さもつまらなそうに「ここです」と彼女はつぶやいた。さらにパウンダーが聞こえない振りをすると、彼女はお得意の「Silly goose（ばっかみたい）」を繰り出して肩をすくめた。

パウンダーが彼女の正面に回り込んだ。

「オーケー、テリー、どこから来た？」

「血筋的に？　それとも地理的に？」

「地理的に」

「アッパー・イーストサイド」

「アパート？」

「自分のコンド」

「両親は？」

「自分のコンドの真上のコンド」

生徒たちから冷やかしの喚声が起きた。テリーは「ばっかみたい」と例のスタッカートで吐き出した。

皆を鎮めてからパウンダーが尋ねた。

「金持ち？」

「たぶん」

「血筋的に？」

「父はジューイッシュよ。ご想像のとおり。でも、母はフィリピンとポルトガルが半分ずつ」

ならオレの方がリッチだ、という声が前に座っている生徒からあがった。黒い長髪の青年だ。一段低く座っていても、ぼくとほぼ同じ位置に頭がある。肩幅も広い。褐色の皮膚。顔はアパッチ族。

「君は？」

「モンゴル、中国、オランダ、イタリアの混血。ルー・レオーニ」

「親戚が集まるとすごいだろ」

「すごいっす。いろいろな言葉が飛び交うんで、オレは自分がだれだかわかんなくなる」

「結局はなにもの？」

パウンダーが生真面目を気取って尋ねた。

「アメリカンっすよ。マンハッタンに長いし。ていうか、マンハッタンにしか住んだことないし、英語しか喋れないもんな」

胸を張ってルーは答えた。

テリーは例のスタッカートで「ばっかみたい」と吐き出して口を閉ざした。そこから、順番が狂った。

名簿のアルファベット順に読み上げていたのをやめて、ルーの隣、そのまた隣という具合にパウンダーは指名していく。アイザックソンの次に自分が呼ばれると思って心の準備をしていたので、完璧にハズされた感じ。

　気になるのは、一瞬だけ、パウンダーは名簿を見てぼくの顔を確認したことだ。なんだか次がだれだかわかって予定を変更したような感じもする。その証拠に、一列目が終わると、二列目はドアに近い側から始めてしまった。となると、ぼくがトリということになる。

　結構うざい。

　おかげで二列目の生徒たちの情報が頭に入らなかった。

　九〇分かけて毎朝郊外から通う生徒がいたり、ユタやカリフォルニアから来た生徒、フランス語なまりの英語を喋る生徒、間延びしたブリティッシュ英語の生徒、シェークスピア大好きアリゾナ青年、美しい娘たち、タフな娘たち。そんな大ざっぱな断片が入って来るが、顔と名前は結び付かなかった。

　気付くと、隣のアートが答えている。

　スターテン・アイランドの従姉のところに間借りしてフェリーと地下鉄を乗り継いで通っているという話題。今朝は従姉の都合で一時間も早く着いてしまったことなどぼそぼそ答えた。

「どう思う？」

　いきなりパウンダーがぼくに振った。

「なにがですか？」

　上ずった他人の声が勝手に飛び出した。

「ここまで一九人。ひとり休んでいるから一八人か。日本代表は君ひとりだよ、ＰＪ」

「さびしいです」

「それでそんな端っこに座っておれから逃げようとしている？」

パウンダーは両足を踏ん張って腕組みし、そのくせ爽やかな笑顔を浮かべていた。一列目から首だけひねってわしづかみの視線を送ってくるテリー・アイザックソン。お節介で嫌味なパンクのトッピング。

「別に、逃げるなんて」

「避けてる？」

「なんで避けるんですか？」

「サイラス・ケインの『特別な配慮』できみが面接をパスしたからかな？」

小さなどよめきが生徒の間を駆け抜けた。ぼくはめまいを覚える。パウンダーはそのことで敵意をもっているのだろうか？　自分の背中をしたたり落ちる冷や汗の色すらわからなくなった。

ひょっとすると、パウンダーは日本人が嫌いなのかもしれない。ただし、彼の表情からはむき出しの差別意識も嫌悪感も読み取れなかった。

好意的に解釈するなら、パウンダーは、**サイラス・ケインの「特別な配慮」で入った日本人に興味をもっている**、というだけなのかも――。

彼は辛抱強く答えを待っている。

クラスのみんなは興味津々のロープの端を握って、ぼくの絞首刑に参加する気だ。無論、その先頭にはテリーがいる。

ぼくは気の利いた答えが隠れていそうなドアを次々とノックした。どのドアもぴたりと閉ざされたまま。仕方なく口を開いた。

「ぼくにも『特別な配慮』というのが、よくわからなくて」

その瞬間、テリーの口が「ばっかみたい」を吐き出すために動くのがわかった。いただき！無我夢中でテリーの口真似をグレード・アップして繰り出した。Fuck a duck! まあ、ニュアンスとしては「ぶったまげた」だけどテリーのgooseもぼくのduckも羽毛布団の仲間だし。

両者がぶつかって、コンマ何秒かの差で、ぼくの「ぶったまげた」がテリーの「ばっかみたい」を抑えた。

パウンダーが間髪を容れず「まったく」と同意した。

不意をつかれたテリーの「ばっかみたい」が取り残され、みんなの笑いを誘った。タイラーはモーツァルトの悲鳴のような笑い声で祝福してくれた。ルー・レオーニとアート・セパラがハイファイヴの手を差しだしてきた。右手でアートの左手をたたき、左手でルーの右手をたたいた。

険悪な表情でそっぽを向くテリー。

ぼくは確実にひとりの敵を作ってしまった。それなのに、パウンダーの追及の手はゆるまない。

「ペン・ジョージマ。PJ。きみは今、うまいモーメントを利用して存在を皆にアッピールした。だから、賢いきみに聞く。演ずるってなんだい？」

反射的に「仇討ち」と出そうになった。

その一言を抑えたために続く言葉が喉の奥で渋滞する。後ろからホーンを鳴らされても「仇討ち」は動かない。

パウンダーは質問の角度を少しだけ変えた。

「アクトって言葉を辞書で引いたことはあるか？」

そんなことあったり前じゃん、と思うが、辞書で改まって引いたことなど、あったっけ？

「いえ、ありません」

「だれか、辞書を引いたもの？」

クラスが静まり返った。

ぼくはパウンダーの毛深い腕がゆっくりと上がって来るのを見守った。その腕は節くれだった人さし指一本の陰に隠れた。その指はぼくの頭のすぐ後ろの壁を差した。

生徒たちの視線がその一点に集まる。テリーだけは、ぼくを睨んでいる。慌てて体をひねり壁を見上げた。

「そこに書いてあるのが、アクトの定義だ。最初のクラスで、二列目奥の窓側に座る生徒は、その壁の文字を読んで深く感銘を受け、崩れるようにそこに座る。無論、ＰＪのような例外もいる。ＰＪ、声に出して読め」

Acting is living truth under given imaginary circumstances.

小声で記憶してから言い放った。

「演技とは、与えられた想像上の状況における真実を生きること」

「全員で繰り返せ」

パウンダーの言葉に生徒全員が唱和した。

「この定義は絶対である。なぜならば、サイラス・ケインがこの定義を絶対だと言っているから。ピリオド。第一週目は毎朝この定義を言ってもらうぞ」

サイラス・ケインはパウンダーにとって「教祖」なのかもしれない。敬語も敬称も使っていないのに、その名前を発するときのパウンダーには、なにか根源的な信仰を感じさせる力があった。

何人かの生徒たちが慌ててメモを取った。彼らもケインの信者になるために来ているのだろうか。

「もうひとつ、この表現もしっかり頭に叩きこめ。演技の基盤とは、やっちゃったリアリティだぞ」

パウンダーが教師の権威を楽しみながら続けた。

何人かが困惑した顔で彼を見た。ぼくもそのひとり。

「リアルにやる、じゃなくて、やることが生み出すリアリティ。だから、思考するよりも先に演じていなければならない。となれば、どんな些細なモーメントにも意義と真実が宿る」

ざわめきが起き、ルー・レオーニがクラスを代表して質問した。

「わかりやすく言ってくださいよ。英語しかできないからオレ」

パウンダーは口角を上げて笑った。

「今、わかる必要はない。六週間のプロセスでわかるようになる。さっきのＰＪにはそれに近いものがあった。だから、みんな笑えたし、テリーは傷つきながらも、ＰＪに殺意を抱いてはいない。だろ、テリー?」

テリー・アイザックソンは肩をすくめただけ。

やはり相当アタマに来てる。

「そうか。それじゃあ、テリー、椅子をもって前に出て」

パウンダーが思慮深い声で命令した。

「なぜ?」

「なぜならば、おれが教師できみが生徒だから。なぜならば、授業が始まっているから」

テリーが不貞腐れた様子で前へ出た。パウンダーはぼくを見つめてニンマリ笑った。

「ＰＪも。椅子をもってステージにあがれ」

うお、マジかよ。思わず日本語が口をついて出た。そのくせ、体は素直にパウンダーの命令に従っていた。

客席とステージという分け方でのステージはない。教室のほぼ中央、生徒の視線が集まるところがステージだった。そこに、ぼくとテリーは座った。他の生徒たちと向き合って。

パウンダーはその間を動いた。教師というよりも、獲物を前にしたボクサーだ。どんな風にフィニッシュのパンチを繰り出そうかと測っている。

長い一〇秒が過ぎた。横にいるテリーの表情はわからない。少しだけ特異な状況を楽しむ余裕が出て来た。

パウンダーが移動をやめ、ぼくとテリーをまっすぐ観察した。

「この教室に電球はいくつある?」

テリーがまるでその質問を予期していたかのように間髪容れずに答えた。

「七個」

ぼくは座ったまま数え、「八個?」訊く感じで答えた。

「訊くな」パウンダーが鋭くカットする。

「オーケー、八個」

「なにがオーケーなんだ。なんでふたりの答えが違うんだ。ふたりとも自分で調べて答えたのか? 確かなのか?」

「ここで眺めたかぎりでは——」

テリーが言い出して、パウンダーが遮った。

「なんでそこで眺めているんだ? ひとつひとつ触って数えたのか? 電球として機能するかどうか調べたのか? 真実にはどうやったら到達できるんだ?」

テリーが音を立てて席を立った。壁の照明に近づいた。

ぼくは反射的に椅子をデスクの上に乗せた。その上に登って天井の蛍光灯カヴァーをはずした。すると、ひとつだと思っていた光源が四つの電球であることがわかった。同じようにして出口のサインを調べると、なかにある電球のひとつは切れていた。

ぼくとテリーは先を争うように電球の有無を確かめた。教室のなかを走り回る。一三個目の電球を確認したとき、テリーがぜえぜえ息を吐きながら「一三個」と報告しているのが聞こえた。

不思議と勝ち敗けの感覚はなかった。ぼくはすべてを確認しおえて「一三個」と報告した。パウンダーが頷いた。

「きみたちは真実に到達できた。なぜなら、本気で探し回ったからだ。世の中にフェイクは多いぞ、みんな。だが、この教室の電球の数に関する限り、ふたりはフェイクじゃない！」

クラスメイトの拍手を受けてぼくたちは席へ戻った。

電球を数えただけなのに、なんだか大きな達成感すらある。テリーは勿論、別の感情を持っているだろうけど。

## （二）ダンシング・タマラ

午前中のクラスが終わると三〇分の休憩になった。それがランチタイムを兼ねていた。ぼくとアートはルーに誘われ一番街のベーグル・ショップまで歩いた。すれ違う昼休みのホワイトカラーたちが、奇異な目でぼくらを見た。東洋人と北欧系スキンヘッドと巨漢長髪のモンゴリアン・チャイニーズ・ダッチ・イタリアン青年の組み合わせは、アップタウンでは珍しいのだろう。

飲み物とベーグルをカウンターで受け取り、細長い店内を見ると、奥のテーブル席でナターシャとトリッシュが手招きをしていた。

ナターシャはぼくとテリーが電球を数えたあと「ステージ」に引き出され、天井のマス目を数えた筋肉系黒人女性。声も腕も太い。ぼくとアートは秘かに「ママ」と呼んでいた。どう見ても、クラスの最年長者だ。

トリッシュはナターシャが天井のマス目を数えたあと呼ばれ、スイッチの数を数えたモデル系ブロンド。二一歳。

五人でひとつのテーブルを囲んだ途端、熱せられたポップコーンの勢いでクラスの話題が弾け飛んだ。それぞれが大きな刺激を受けてハイになっている。パウンダーの教え方がそれだけ熟練しているという証《あかし》でもあった。

日本にいるころは、彼のような演技教師とは一度も巡り会うことはなかった。ビッツの方法論で教える演劇学校はあっても、教師のレヴェルが違った。

パウンダーには熱気とチャームがある、そんなことを言うと、アートがつけたした。

「パウンダーがすごいってことはいかにサイラス・ケインがすごいかってことだろ？」

みんなが同意して、サイラスの伝説が次々と披露された。

「去年の夏の特別授業はなかったみたいよ」

ナターシャが悲観的に言った。

「トリッシュの情報なんだけど、もう声帯が完全にイカレちゃってるんだって。ね？」

トリッシュがブレインのベーグルを頬張って頷いた。

「ていうか、声帯がないからね。喉頭ガン」

一瞬、病室のペニー・ジョーの姿がかぶさる。ぼくは慌ててそのイメージを振り払った。

トリッシュはベーグルをミント・ティーで飲みくだして続けた。

「人工声帯だから機械の音で喋るんだって。怖いくらいクールなんだって。九〇分の特別講義が終わったとき、一〇人の生徒がみんなトランス状態よ。わかる？　脳みそ溶けちゃったファックの感じだって」

「それならオレも経験ある」

ルーが勝手に納得した。

「わかりっこないわ。神がかりファックよ。性格変えちゃうファックよ。一生に一度あるかないかのファックよ。我に返ったときには、サイラス・ケインの車椅子が専用エレヴェータに吸い込まれてそれっきり。もう二度とお姿も拝見できずってわけ。スーパークール」

ナターシャが「スーパー、スーパークール」と相槌を打った。

「ケインって車椅子なの？」

ぼくがおずおずと口にした。

「三、四年前から車椅子だって話だぜ」とルーが答えた。

トリッシュがテーブルをバーンと叩いて修正した。

「五年前、家でシェイカーにつまずいて転んでっから」

「シェイカーにつまずくわけ？」

再びぼくの無邪気な質問。

「シェパードよ。愛犬の名前」

そんなことは常識といったトーンでトリッシュが続けた。

「転んで腰骨を折って半年寝たきりだったの。回復はしたけど、以来ずっと車椅子。サイラス・ケインは毎年ひとつずつ大事なものを失ってるのよ。去年はシェイカーも死んじゃったし」

ケインの話題は、トリッシュの青白い頬と瞳をきらきら磨きあげていく。彼女はスパーク・プラグ美人だ。きれいなくせに隠していたのか。

「なんでそんなに詳しいんだよ」

ルーがぶっきらぼうに尋ねた。

「私、サイラス・ケインの追っかけだもん。ケインとファックしたくて入学したんだもん」

屈託なく言ってスリムな形のいい喉を震わせ、トリッシュは笑った。その拍子にベーグルを買いに来たゲイのカップルらしき二人に気付くと、嬌声をあげ彼女は走り寄った。カップルの背の高い方と抱擁し、キスを交す。

そんな光景を見ながらナターシャが体を乗り出して来た。

「あんたたち、彼女、ただのトリッシュじゃないんだから。トリッシュ・ヴァン・スライクなのよ」

「オランダ系の苗字が最近の流行かい?」ルーが肩をすくめた。

「ばかねえ。作家のジェームズ・ヴァン・スライクの娘よ。スーパーモデルに限りなく近いところにいるのよ。スーパーハイソな情報量もすごいんだから。あのカップルだって美術界か文学界のスーパー有名人じゃない?」

ナターシャが憧れマークでトリッシュと友人たちを眺めた。

「いつからスーパー・トリッシュのこと知ってんだよ?」

ルーが皮肉たっぷりに尋ねた。

「きょうの朝よ。ロッカーが隣だったから」

「てことはさ、ナターシャ、スーパー・ナターシャ、天井のマス目と同じでさ、見たまま聞いたままを信じてるってわけだ」

ルーがたたみかけた。ナターシャは天井のマス目を数えるときに触って検証する作業をやらなかった。それで「真実」に到達できなかったのだ。

「だってトリッシュがカヴァーになった『コスモポリタン』見たもの。彼女は間違いなく『持つもの』よ」

To Haveというヘミングウェイ好みの表現まで使い、ダース・ヴェイダーの声を演じたジェームズ・アール・ジョーンズの貫禄で、ナターシャはトリッシュの「名声」を宣伝した。

たぶん、彼女が正しいのだろう。

トリッシュには既にハリウッドからのオファーも殺到しているのだ。彼女のカヴァー写真を眺めて「やりたく」なった監督やプロデューサーからのオファーが。

「見てよ」ナターシャが言った。彼女の視線を追ってトリッシュを見た。「ゲイのふたりはリッチ系よ。トリッシュの話し方だって違うでしょ」

確かに、ぼくたちを相手にしたときとは違っている。

「『持つもの』には『持つもの』の語彙とマナーがあるのよ」

ぼくはちょっとだけため息をついた。

合わせて三個のベーグルを囲むぼくたち四人は明らかなHave Notだった。同じ店で「持つものと持たざるもの」が隣り合せになる。

それがマンハッタン。

「二年先には、オレだってあっち側さ」ルーが言ってベーグルをちぎった。

「二年先には、わたしたちみんなあっち側に行っているのよ」ナターシャがドスの利いた口調で訂正した。やはり、彼女は、ママと呼ぶにふさわしい。

ぼくの心を見透かしたかのようにナターシャがウィンクした。

「ケインの特別授業は一〇人しか選ばれないのか」

アートが深刻な顔でつぶやいた。

「この夏やったとしてね」ルーが悲観的に付け足した。

三クラス六〇人のなかから一〇人しか選ばれないとなったら厳しい。深刻さが浸透するまえに、ナターシャがテリー・アイザックソンの話題を持ち出し、再び会話が活気づいた。

だれかを笑いの種にすることで結び付く連帯というのは、どこの国でも存在する。テリーには申し訳ないが、ぼくは彼女が自ら蒔いた種だと考えるようにした。彼女の「ばっかみたい」には、みんながカチンと来ていたのだ。

気付くと、トリッシュとゲイのカップルは消えていた。


五階のダンス用教室まで男子生徒はぞろぞろぶらぶら階段を昇った。女生徒たちは先に来て準備体操している。トリッシュの姿は見えなかった。

ライトブルーのトレーニングパンツにTシャツを着た黒人教師は午前中にもクラスがあったらしく、汗びっしょり。腰にポケベル。ダンスベルトがこんもり。彼の名前はビル・ベア。アシスタントの女性は、何年か前に本科の生徒だったというイラーニ。インド系の顔だちだった。ビル・ベアの最初の注意事項は「クラスではどんな場合でも敬礼しないこと」だった。ヴェトナム戦争を体験した彼には敬礼のジョークがきつい。その代わり、といってビル・ベアは合掌し腰をふたつに折って頭を下げた。拝むのは大歓迎なのだという。これが授業開始と終了の挨拶として定着した。

ビル・ベアは五人ずつ前に立たせ出席表と照会した。ハウス／テクノジャンル系を流しっぱなしで体を動かさせる。

男子生徒からは型やぶりなダンスが次々と出て来た。その存在すら感じさせなかった生徒が、くねくねと体を動かしてビル・ベアを感動させた。太めなのに骨が異様に柔らかい。片足をまっすぐ上げて両手で抱え、一本足でぴょんぴょん飛び跳ねる。ビル・ベアが名前を尋ねると、「デイデイデイ、デーヴィッド・パパパパパティンキン」と吃って答えた。「レインマン」のダスティン・ホフマンをまねているのだ。午前中のクラスではこんな喋り方をしていなかった。

「いつもそんな風に喋るのか？」

ビル・ベアが尋ねると、デーヴィッドは、とろんとした目で「イヤー」と答えた。レインマンになりきっている。

「サンフランシスコにいるころから、ずっと、そそそ、そうだな。本当は、ややや役者めざしてないいな」

「なにを目指してるんだ、デーヴィッド？」

「監督だな。ホホホ、ホラー映画だな」

「『13日の金曜日』系統か？」

「あれは邪道だな。ぼぼぼ、ぼくはヴァル・ルートンとかジャック・ターナーが好きだからな」

ビル・ベアはデーヴィッドの口調を信じたらしく、彼の身体能力を絶賛し下がらせた。タイラーはここでも目立った。踊りがゲイっぽい感じでユニークなのだ。そして、ビル・ベアはとにかくよく誉めた。

「すごいぞ、タイラー。路上で踊れば金になるぞ」

「ＰＪ、おまえは日本人のイメージを完璧にくつがえした。足の線がタイラーよりも美しい！」

「アート、おまえのダンスには哲学がある」

「ルー、さすが四ヵ国連合軍だ。ぶらんぶらんの迫力はクラスで一番！」

女子生徒たちにはもう少し真実味のある賞賛が続いた。そのせいで、スタイルの悪い子たちも終了間際には最前列で溌溂と体を動かすようになっていた。

テリーとは一度も目線を合わさずにすんだ。

九〇分体を動かして汗だく状態だったが、発声のクラスがすぐに始まるので、男子生徒は地下のロッカー・ルームへ殺到した。ここにはおもちゃみたいなシャワー設備もあるけれどだれも使おうとはしない。着替え終わると、劇場へ向かった。

劇場はステージだけが明るく階段式で七列の客席はうしろが暗い。ほとんどの生徒が二列目から四列目までの間に散らばっていた。ぼくはアートを探してその隣に座った。その途端、凜と澄んだ女性の声がいちばん後ろの列から聞こえた。

「みんなステージにあがって」

聞き覚えのある声だ。振り向いても、七列目はほとんど闇。人影がひとつかろうじて見極められる程度。

声には見下ろす角度がついていた。杏色のダンサーに間違いなかった。

「仰向けになって」

再び彼女の声がして、ぼくたちは思い思いの格好でステージに寝転んだ。冷房は効いていないが、フロアはひんやりとして心地よかった。

気持ちいい、たっぷり眠れそう、といった声があちこちで上がった。

隣に横たわった生徒の手にぼくの足が当たった。「ごめん」と言って方向を変える。「気にしないで」と丁寧に押し殺した声で答えたのはテリーだった。ぼくは急に落ち着かなくなる。

「私の名前はタマラ。呼びかけもタマラで結構。これから六週間、あなたたちのヴォイス＆スピーチを担当します」

タマラの声がゆっくりと降りて来た。そのまま呼吸法の講義が始まった。彼女は話しながらステージにあがり、昨日のダンスのような速度で生徒の間を抜けて行った。何人かの頭の下に本を入れ姿勢を正す。

ぼくは彼女の動きを目で追い続けた。一瞬といえども体の線が崩れない。髪形は昨日と同じに束ねている。レオタードは濃紺。体の線は官能。

腹式呼吸の練習が始まった。五秒吸って五秒吐く。「ブリーズイン」と「ブリーズアウト」

のやさしくリズミカルな反復。ジャズダンスのあとだから催眠効果も強い。うとうとし始めると、彼女の指導の声が響いた。

「呼吸音は出さないで。息を吸うたびに自分の体をチェックして。吐くたびに自分の体に尋ねてみて。絶えず確認する。胸で呼吸しちゃだめ。ブリーズイン、ブリーズアウト」

次第に隣近所から聞こえる寝息が増えていった。タマラの緑の瞳を思い出しながら睡魔に身をゆだねた。

体は音もなく流れ落ちる滝に吞み込まれ、ゆっくりと降下していった。逆さまになった状態で青空を「見下ろし」ていた。悦楽とはこういうものか、と思いながらぼくは沈黙の滝壺に徐々に吸い込まれて行く。そのとき、青空のいちばん深い青のなかから声が落ちてきた。

「さあ、起きて、ＰＪ」

深く甘い余韻を与えられた「ピー」と「ジェイ」。

薄く目を開けるとタマラの緑の瞳が、意外な近さにあった。照明はステージのトップにあるのに、彼女の瞳のあたりにはうっすらとしたバウンシングの明かりが来ている。そうやって眺めると、緑色の斜視には神々しいエロスが宿っているようだ。

彼女が馬乗りになってくれますように、と神に祈った。下半身で彼女の腰の重さ、あるいは軽さを測れたら、どんな色の幸福感にひたることができるのか。

タマラの頰がわずかにまるくなった。

あ、微笑んだ。思わず声に出し、覚醒した。ダンスベルトをしていない下腹部が屹立していた。

彼女の体が遠のいて、ステージの上のざわめきが戻って来た。みんなはそれぞれに目を覚まし、上半身を起こして、次のレッスンに備えている。

突然、「ばっかみたい」というつぶやきが聞こえた。見るとテリーが首を回している。ぼくのテント状態の下半身に向けられた「ばっかみたい」だという証拠はないが、なんだか、秘めごとを覗かれたような気分だ。

タマラの動作は嵐のように激しくなり、発声練習に入った。

「マンマンマンマ！　体を起こして！　繰り返して！」

目覚めの遅い生徒のところへタマラは走った。両手で頭を抱え、マンマンマンマンマとぶつけた。アートがやられた。だれもが、タマラの勢いに巻き込まれて行く。「マンマンマンマンマ」のコーラスがステージいっぱいに広がった。

「一〇回続けて。鼻腔で共鳴させて。感じとって。唇も下顎もバイブレートしてる？　顔全部がバイブレートしてる？　立って動いて、顔が全部バイブレートしたら横になる！　体全部で感じて！　どこがバイブレートしてどこがしてないか、自分で発見して！　マンマンマンマンマはバイブレーション発見の音よ！」

一八人の若者がステージに寝てマンマンマンマンマを競い合う様は異様だ。そう思いながらもぼくは意欲的にマンマン音を飛ばしていた。

テリーの「ばっかみたい」だって「マンマンマンマンマ」に比べたらシニカルな敗け犬の遠吠えじゃないか。

ビッツの正面階段を降りながら、ひどく空腹なことに気付いた。考えてみたら、きょう一日、オニオン・ベーグルを半分食べただけだ。

マンハッタンの夕暮れを眺めながら五五丁目に沿って二番街の方へ歩いた。

発声のクラスのあとは、休憩になっても午後の演技のクラスになっても、マンマンマンマンマが頭の中をぐるぐる廻っていた。だれかと喋る気もしなかった。口を開くとマンマンマンマンマがこぼれて来そうで怖かった。クラスメイトの大部分が、同じ気持ちだったように思う。だれもが口を噤《つぐ》んだまま帰路についた。「さよなら」は右手を上げるだけ。「また明日」はちょっと敬礼っぽく右手を曲げるだけ。

昼にはあれだけ盛り上がっていた感情が、一日の授業が終わってみるとその分だけ大きな疲労感となって返ってきた。

あまりに多くのことを学び、まだあまりに多くのものを学ばなければいけないという使命感のようなものが、ひとりひとりに取り憑いていたような気もする。不愉快とか不安といった感情とは違うもっと希望に満ちたものだ。

経験を積んだプロの教師たちの手で、肉体的にも精神的にもしごかれたことは確かだ。昨日までの生活では使っていなかった筋肉や感情が凝縮された時間のなかで磨かれ、初対面の若者たちとの葛藤や協調にまで広がったということ。とてつもなくすごい体験をしてしまったのではないか、と思う。

それは、「とてつもなくすごい」感謝の気持ちをペニー・ジョーに抱いていることでもあった。

　サイラス・ケインの「特別な配慮」がなんであれ、ペニー・ジョーの「たっての頼み」で入学出来たことだけは確かだ。その彼女が望む以上、これからは母と子の絆よりも、ビッツの先輩と後輩の絆を優先させて行こうと思う。


　五五丁目にもラッシュアワーはあった。テールランプの列が進行方向に連なっている。苛立った様子のイエロー・キャブがいきなり行く手を遮ってＵターンをした。客と怒鳴りあいながらハンドルを切る運転手の顔が目の前に迫る。顔つきと英語の訛りから察してインド人かパキスタン人だ。

　二番街との交差点にピザ・パーラーがあった。ソフトドリンク付スライスが三ドル五〇セントと大きく書いてある。安くて早ければなんでもよかった。

　食費はできるだけ切り詰めて、一本でも多くの舞台を見ることが当初からの計画でもあった。そうやって、到着した日には派手な仕掛けが売り物のミュージカルを観たし、昨日はオフ・オフ・ブロードウェイの前衛芝居を観た。ミュージカルは当日の割引券をタイムズ・スクエアで買ったが、五〇パーセント引きでも四〇ドルだった。内容も観光客向けの大味なものだ。きょうは、空腹が収まり次第ベッドへ直行したい気分だった。

　ピザ・パーラーへ入ると、カウンターの後ろで、前後左右どこから見てもイタリア系だとわかる兄ちゃんがひとり、やけに愛想よく笑っていた。その前には七種類のピザが並んでいる。

ぼくはペパロニのスライスを選んでマッシュルームとハラペーニョのトッピングを追加した。イタリア兄ちゃんは素早くトッピングを振りかけ「ターバン、巻いてたろ？　はん？」と歌うように口にした。

「ターバン？」

「イヤーイヤーイヤー、ターバンさ」

修羅場はお手のものといった目つきで五五丁目の方をねめつけて、ピザをオーヴンに運んだ。ぼくが轢かれそうになったところを見ていたらしい。

「若いころのボビー知ってるだろ？『タクシードライヴァー』？　はん？　ボビー・デ・ニーロ？　はん？　ああいうキャビーはいなくなっちまったよ。インド人かパキスタン人だ。そうでなけりゃホームレス一歩手前の連中だ。コンビニのカウンターには韓国人だ。コーヒーショップのオーナーはギリシャ人だ。そこで働いているのはだれだ？　はん？　メキシカンかプエルトリカンさ。そうさ、マイ・フレンド、英語は喋れないくせにギリシャ語を話すメキシカンがめっちゃ増えてんだ。おかしな時代だよ、マイ・フレンド」

それだけ言うのに、イタリア兄ちゃんは修飾語の「ファック」を一五回使った。数えることができる程度には、ぼくの頭も営業しているようだった。

## (三) マンハッタン・ナイト・マラソン

四七丁目のＹＭＣＡは安心感があるのか、日本からの旅行客が多かった。いつ見てもロビーにはブランド品で武装した日本女性がガイドブックを片手にうろついている。それを目当てにやってくる様々な人種の遊び人たちもいる。

一〇台ある公衆電話は大繁盛だった。携帯電話がどれだけ浸透してもYの公衆電話は不滅だ。一ダースの言語が飛び交う様は二ブロック東の国連ビルが移動してきたようだ。

エレヴェータの前で黒人ガードのチェックを受けて、九階の部屋に戻った。

窓を開けて夏の初めの夜気を吸い込んだ。四七丁目を走る救急車の音も一緒に流れ込んで来る。部屋には電話もシャワーもなかった。でも今欲しいのはベッドだけだから、これといった不満もなかった。シーツをめくる気力もなくベッドに倒れ込んだ。

ブリーズイン。ブリーズアウト。

タマラの口調をまねてつぶやき眠りの劇場へ入って行った。

ブリーズイン。ブリーズアウト。

何回かつぶやいているうちにおまじないが効いて来た。

ブリーズイン。自分の声が遠のいて行く。

ブリーズアウト。耳もとでタマラの息を感じている。


ぼくは三種類の黒で作られた見慣れた劇場の通路を進んでいた。しかし、歩いても歩いてもなかなかステージに到達できない。ステージは何マイルも向こうにあるらしい。タマラの声だけを頼りに進んだ。

ブリーズイン。ブリーズアウト。

一列通り過ぎるたびにその列の椅子が音を立てて崩れた。それがトントン、トントンと短めの二連音を立てている。パタパタとかバタバタではなく、トントン、トントン。

まるでだれかがドアをノックしているようだ。

だれかがドアをノックしていた。

「だれなんだよ？」

枕に顔を埋めたまま、訊いた。

答えはない。二連音のノックは続く。

時計を見ると九時をまわったばかりだった。まだ二時間しか寝ていない。ベッドを降りて一歩でドアにぶつかった。ドアチェーン半分の長さだけ開けた。

ぼくの目よりもかろうじて開いているすき間に、ブロンドの髪をかきあげる女の左手が見えた。左手の向こうに、ファッション雑誌のグラヴィアでしか見たことのない妖しく高価な眼差が輝いている。

さすがニューヨークだ、と感心した。ＹＭＣＡでも高級娼婦が出没する！

「開けてよ、ＰＪ」

サーモン・ピンクの唇をエスティローダーのＣＭみたいにすぼめて高級娼婦がいった。

「金がないからまたね」

閉めようとするとドアに中指が差し込まれた。随分大胆だ。その中指はドアチェーンをちゃらちゃらもて遊んだ。

「ＰＪ、私よ、開けて」

彼女は辛抱強さを弄んでいた。笑いたいのを我慢しているふうにも聞こえた。そこでようやく相手がだれなのかわかった。

「トリッシュ？」

知覚した途端、二ダースの疑問が睡魔を吹き飛ばした。

「どうやって入ったんだよ」

かろうじてひとつだけ疑問を口にした。黒人ガードは、鉄壁のディフェンスの筈だ。

「ヘイ」と勢いをつけてからトリッシュは啖呵を切った。

「ザ・ピエールのスイートへ潜り込むのに比べたら、Yなんて地下鉄に乗るようなものよ」

彼女が入って来る勢いでぼくは後退した。スーツケースにつまずいて仰向けに倒れた。

「半端じゃなく狭い！」

トリッシュはベッドに飛び乗り、叫びながらジャンプした。安物のスプリングが軋んだ。大笑いするトリッシュの喉首がくねくねと動いていた。隣室の住人が怒って壁をたたき始める。窓からは絶え間なくパトカーの音が這いあがって来る。ぼくは為す術も無く、彼女の喉首の踊りを眺めていた。

トリッシュが走っている。

四七丁目を西に向けて、風のように無責任に。笑い声を長いマフラーのようになびかせて。バギー・パンツからのびた時給数千ドルの足が、渚を走るように溌剌と街の空気を裂いていった。

畜生、なんでこいつはこんなに元気なんだ。罵りながら、後を追った。足も腰も胃もまぶたも重い。ジャズダンスで使った筋肉が泣きを入れていた。それでもトリッシュを追いかけた。

彼女はハイ。ぼくはロウ。

彼女は「持つもの」。ぼくは「持たざるもの」。

唐突に壇崎さんの警告を思い出した。

「ペンちゃん、ニューヨーク行ったらな、絶対やっちゃだめなことな、覚えておきな。日が暮れたら走るな。いいか、走っちゃだめだぞ。走るのは犯罪者だけなんだ、あの街じゃあ。夜、わけもなく走るなんて殺してくださいって騒ぐようなもんなの。あっちのおまわりは廃棄処分に回す銃をがめてもち歩いているぞ。走ってる有色人種射ち殺して死体のそばに置いておくためなの。わかる？　走ってない日本人は白人だけど、走ってる日本人は黒人なの」

トリッシュと一緒なら安全だ、と心で叫び返した。

彼女はまるでこの街を所有しているかのように容赦なく走る。意地の虫がとんがった頭を持ち上げた。こうなったらおまわりが追いかけて来るまで走ってやるよ、壇崎さん！

ブロードウェイの劇場街に近づくにつれネオンの数が増えて来た。トリッシュは角をふたつ曲がって、そこに立っていた初老のドアマンにぶつかっていった。彼女は笑いながら、ドアマンの仰々しい制服の体によじ登ろうとする。そんな奇行に慣れているのか、ドアマンはにっこり微笑んで「まさかお父様とニューヨーク・マラソンではないでしょうな」と言い放った。

ぼくが惨めな状態でたどりつく間に、トリッシュは二〇ドル紙幣をドアマンのポケットに滑り込ませた。

「いつまでも頑丈でいてね、バーニー」と声をかけ、ホテルへ入るトリッシュ。成り行き上、「今晩は、バーニー」と声をかけ、続くぼく。

話をしたいからちょっとそこまで付き合ってよ、とトリッシュは言って、通りへ出るなり走り始めたのだった。

それが、一〇ブロック近く全力疾走してジ・アルゴンキン。

高価なアーム・チェアがそこかしこに置かれたロビーを見れば、由緒あるホテルであることはわかる。

今のぼくには縁もゆかりもない世界なのに、トリッシュは容赦ない。濃厚な赤と茶色で編まれた絨毯を颯爽と踏みつけて、オークのパネルに埋め込まれたエレヴェータに向かった。

「そこがローズ・ルーム」

トリッシュはシャンデリアが輝く空間に顎をしゃくり、「ヴァニティ・フェア」のスター・ライターだったというドロシー・パーカーの名前を口にした。

「アルゴンキン・ラウンド・テーブルは一九一八年にドロシー・パーカーが演劇評論家のロバート・ベンチリーとここでランチを食べたことから始まったのよね、ケネス」

「あの昼食会にはもうお一方いらっしゃいました。劇作家のロバート・E・シャーウッド様でございます」エレヴェータ脇の定位置に控えていたバーニーと瓜二つのケネスがうやうやしく応じた。

「そのトリオにしばらくして加わったのがスノッブな演劇評論家でラジオ・パーソナリティだったアレグザンダー・ウールコットと『ザ・ニューヨーカー』の初代編集長ハロルド・ロスだったわね」

「左様でございます。ロス様の出版社ビルは四三丁目にあって、裏口が当ホテルに通じておりました。すべては当時ベルボーイだった父ケネス・シニアから伝え聞いたことでございます、ミス・ヴァン・スライク」

トリッシュは腕をからませぼくを引き寄せると二〇世紀初頭のニューヨーク文化人の名前を並べ立てた。

「女優のタルラー・バンクヘッドやエヴァ・ル・ガリエンヌ、コメディエンヌのエステル・ウィンウッド、マークス兄弟のハーポなんかもアルゴンキン・ラウンド・テーブルの常連だったのよ」

かろうじて顔を思い浮かべることができたのは、日本人には「マルクス・ブラザーズ」の名前で親しまれていたハーポ・マークスだけだ。

「要は著名文化人の社交場ってことか」と言ったぼくの無知な感想をトリッシュは鼻で笑ってねじ伏せた。

「一九一九年から一九二九年まで週に一回、ワイズクラックとワードプレイとウィットを競い合う昼食会がアルゴンキン・ラウンド・テーブルなの。高慢チキだけど魅力に溢れたニューヨーカー気質の脊髄《ヴァーダプレイ》を形づくった一〇年よ。軽くあしらうとニューヨークから追放だよ」

ケネスがエレヴェータのドアを開け、トリッシュのフロアを押した。乗り込んだ彼女はローズ・ルームを振り返り「改装されたけど当時の雰囲気は残ってるわ。帰り際にちゃんと味わいなさい」まるで「当時」を生きていたように付け加えた。

Tシャツとジーンズの侘しさをかみしめていたぼくは、さらに間の抜けた質問をしてしまった。

「なんで一九二九年で終わっちゃったのかね」

「大恐慌に決まってるじゃない」

トリッシュはサッカー・ボールのように言葉を蹴り出した。顔面直撃の一発だった。

部屋はロビーの一部がそのまま移動してきたような、二間続きのスイートだった。落ち着くといえば落ち着くし、落ち着かないといえば落ち着かない。

ペニー・ジョーと一緒に泊まり歩いていた屋敷にも、こういう雰囲気のところはあった。だからビビリはしない。しかし、彼女がなにをしようとしているのかわからない。居心地の悪い期待感といったものが、ほんの少しある。なにに期待しているのか、と問い詰められたらさらに自分の無知を曝け出すことになりそうだけど……。

「出版社がジェームズのために部屋を借りてくれているのよ」

「ジェームズって？」

「ダッド」

一瞬、人の名前かと思う。ダッド。ああ、オヤジさんか。

「わかるでしょ？　私、スポイルされてるから。なに飲む？」

「ビール」

「ドスエキスしかないけど」

「歓迎です」

部屋の片側を占領する本格的なバーへ進んだ。トリッシュはドスエキスを出してから、自分用のケイン・ファイヴを開けた。ナパ・ヴァレー産のカベルネ・ソーヴィニヨンの逸品だという話を、シフトした父親のひとりから聞いたことがある。トリッシュは味よりも銘柄のケインに魅かれているに違いなかった。確か両方ともスペルは同じＣＡＩＮ。

バーの脇に段ボール箱が七個並べられていた。どの箱も上蓋が浮いていて書籍であふれている。

「ジェームズの次回作の資料ボックスよ。日本語の本もどこかにあったわ」

そういってトリッシュは段ボール箱を探り始めた。父親の資料を勝手にいじって許されるものだろうか。ぼくは不安になる。でもそれはあくまでトリッシュの問題だから気にかけるのはやめ、直撃キックを受けない程度の疑問を口にした。

「君のおとうさん、日本語がわかるの？」

「中国語はできるのよ。日本語は、コロンビア大学の『中世日本研究所』所長が友達だからちょっとしたことは彼女に教えてもらっているし、翻訳が必要な場合は日本語科の学生を雇ってる——。ほら、あった」

三つ目のボックスに日本語書籍が三、四〇冊詰め込まれていた。トリッシュは一冊取りだし表紙を見せてくれた。

「何て書いてあるの？」

「『なすの夜ばなし』。きっとエッセイだ。作者は土方与志。聞いたことがあるような気がするけど、よくわからない」

「こっち来て中を見て。きょうの授業みたいに、一三個の電球を確認するの」

「電球に触るようにはできないよ」

「ジェームズは、わたしが、資料を引っ掻き回した痕跡を見つけると、涙を流して喜ぶのよ」

彼女の言い分を一〇〇パーセント信じたわけではないけれど、父親と娘との関係はそういうものかもしれないとも思った。ぼくは段ボール箱の中を調べた。

「築地小劇場史」、「プロレタリアート演劇の青春像」、「風雪新劇志」、「小山内薫」、「丸山定夫・役者の一生」といった古本が並んでいる。ひょっとしたら「日本人Ｓ」に関する書籍があるかもしれないとも思ったがざっくり見た限りではわからない。

「真実は？　見えた？」

早川書房の文庫本「土方梅子自伝」のオビを読みながら「与志さんと梅子さんが夫婦だってことはわかった」と伝え、土方梅子の肖像写真のページをトリッシュに見せた。彼女は、クール、ゴージャスといった感嘆詞を並べた。

「日本的美人の枠を超えたレディね。一九世紀イギリスの貴族令嬢みたい」

写真には「結婚直後（１９２０年頃）。」というキャプションがあった。ぼくは目次を目で追った。「貴族社会への訣別の第一歩」、「与志の外遊と関東大震災」、「新しい演劇をめざして」、「築地小劇場の開場」、「小山内先生の急死」といった章題が目に飛び込んでくる。

そういえば、築地小劇場はなんとか伯爵の息子と明治後期からの新劇指導者小山内薫が立ち上げたと聞いたことがある。なんとか伯爵の息子が土方与志なのだろう。

「ビッグ・ピクチャーは見えた？　ひとりで納得していないでシェアして」

「おそらく、君のおとうさんは――」

「ジェームズ」

「ジェームズは、関東大震災の直後に始まった日本の新しい演劇に興味があるんだと思う。戦争や災害で荒廃した世界で、新しい音楽や演劇が生まれるのは世界共通だったし――」

「リー・ストラスバーグたちが俳優を集めてグループ・シアターを立ち上げたのは大恐慌直後だった」

築地小劇場と言われて反射的に思い出したことが一つある。

「日本で初めてプロンプター・ボックスが設置されたのが築地小劇場だ」

「時代の先端を行ってたってこと？」

「うん。おしゃれな環境でヨーロッパの戯曲を中心にプログラムを組んだから左翼からはプチ・ブルだと攻撃された。プロレタリアート演劇も盛んだったからね。でもそれ以上に権力による弾圧があった。上演戯曲は検閲でズタズタにされたんだ」

「左からも右からも攻撃されたわけね、ツキジ・プレイヤーズは」

次第に、戦禍を生きた演劇人たちの記憶が甦って来た。母や、劇団員仲間や演劇コーチから、表現の自由が弾圧された時代の話を聞いて、時には涙を流したこともあった。そういう負の歴史をすっかり忘れていた。もっと勉強しておくべきだったとも思う。

だけどアルゴンキンのスイートでひとつ自覚したことがある。

プロの俳優になるということは、虐げられた役者たちの無念を晴らすことであり、彼らの苦闘の歴史を学ぶことでもある……。

「何を深刻ぶって考えているの？」

トリッシュの声が聞こえて反省会は中断された。

「ん？　いや、ジェームズは何を書こうとしているのかなと思って」

「知ってるけど教えない。日本の演劇についてじゃないことだけは確かよ」

「『日本人S』のことでもない？」

「だれ、それ？」

「だれだか知らないけれど、サイラス・ケインが気にかけている日本人」

トリッシュはワイングラスをバー・カウンターに置き、開け放たれた日本語書籍の段ボール箱に近づいて上蓋をきちんと閉じた。

「彼は今、どこで何をしているの？」

「サイラスがどこで何をしているか知るわけないでしょ」冷ややかに応じて、トリッシュはケイン・ファイヴのグラスを摑んで残りを飲み干した。

「ジェームズのことを聞いたんだけど」

「ジャマイカで執筆している」

「じゃこの部屋は？」

「出版社が違うの。来年の春書く作品のために押さえてくれてるだけ」

「気前がいいね」

「ジェームズはAリストだもの」

売れっ子作家という意味での「Aリスト」なのだろう。世間話のリズムが戻ってきた。

「クラブへ行ってもよかったんだけど、あんた、二一歳未満でしょ？　私だけ飲んでも悪いと思って」

「ニューヨークじゃ二一歳と二〇歳の差は大きいんだ」

「不当に大きいわよ。私はフェイクIDで結構しのいだけど」

トリッシュが一瞬だけ、不安を滲ませた笑顔を見せた。

親に見捨てられた子供が、通りかかった最初の大人に向けるような眼差。ひょっとすると、彼女は無理をして「トリッシュ・ヴァン・スライク」を演じているのかもしれない。

その笑顔に見覚えがあった。

ペニー・ジョーと半年暮らしたニコラス・キャニオンの豪邸に住む少年がそんな目つきをしていた。Aリストのプロデューサーの息子でぼくよりふたつ年下だった。兄弟同様とまではいかなかったが、それなりに親しくなれた。五年前の夏、その少年は死んだ。ドラッグのやり過ぎだった。

彼女が業務用の笑顔を取り戻して尋ねた。

「ケインの『特別な配慮』ってなに？」

「え？」

「パウンダーが言ってたよ、きょう」

「あ、あれ」

「確かにあんた、面接のときはいなかったし」

「どうってことないと思うけど」

「どうってことあるのよ。面接にはうるさいのよ、ビッツは。私だって仕事があって、別の日にしてくれといったんだけど、全然だめ。どうしてＰＪには『特別な配慮』があったの？」

トリッシュはワインを注ぎ、その色を透かしてぼくの心を探ろうとする。これが今夜のメインテーマだったんだ。ぼくは多少余裕を取り戻す。

「あなた、ケインの関係者？」

ドスエキスにむせながら、聞き返した。

「関係者ってどういう？」

「隠し子とか」

「まさか。一〇〇パーセント日本人だぜ」

「ほんとうに？」

愉しげに口にしてトリッシュはカウチに横になった。一九二〇年代の家具に収まり損ねた両足が、ぶらんぶらんと動いた。

「なんで隠すの？」

「隠してなんかいないよ。ぼくにも理由がわからないんだから」

「私とファックしたい？」

心の準備をしていたのに、生つば、ごくり。

「PJがケインの関係者なら、私はあんたとファックしたい」

「残念だけど、ぼくには、その資格はないと思うよ」

クールに聞こえることを祈りながら口にしてみた。

トリッシュは顎をぐいとあげて宝物の喉のラインを誇示した。目線はぼくに据えたまま、片手で器用に喉首をなでおろす。

ここまで入るディープ・スロートというデモンストレーションなのか、無意識の娼婦性なのか。二一歳未満のぼくにはわからない。

彼女はふっと笑って呪縛の眼差を解いた。

「だったらいいわよ。調査するから。ネットワークは広いんだから」

彼女は、起き上がってなにやらメモ用紙に書きなぐり、それをインディアン・ポーカーのようにおでこにかざした。

「この人はだれ？　読んで」

MEYERHOLDと書いてある。

「だれのことかはわからないけれど、マイヤーホールドさん？」

「本気でいってる？」

「メイヤーホールド？」

「メイエルホリド。フセーヴォロト・エミーリエヴィチ・メイエルホリド」

ロシア語のわからないぼくにも、ほぼ完璧なロシア語の発音だと納得させる響きだった。

「聞いたことない？」

聞いたことはあるかもしれない。でも、そんな記憶を辿るより、手っ取り早い答えを選んだ。曖昧に肩をすくめた。

「彼はクリメント・ジャルコフの師匠。ロシアが生んだ最も偉大な演劇人だと私は思ってる」

ビッツの共同創設者の名前がここで出るとは思わなかった。

「ジャルコフの師匠ってスタニスラフスキイだろ？」

「スタニスラフスキイはメイエルホリドに教え、メイエルホリドはクリメントに教え、クリメントはアメリカへ亡命してサイラスと組んだ。スタニスラフスキイは一九三八年に病没。メイエルホリドは一九四〇年に粛清された。日本だかイギリスだかのスパイであると汚名を着せられてね。メイエルホリドをしっかり学習するならＮＹＰＬへ行くことね」

ぼくはＮＹＰＤと聞き違えて困惑した。警察署でメイエルホリドのことを調べるの？　と口まで出かかった。彼女は嫌味なくらい丁寧に発音し直した。

「エヌ、ワイ、ピー、エル。ニューヨーク・パブリック・ライブラリー。一九九二年に四年かけた修復を終えたのよ。マンハッタンの知の砦は復活したのよ」

言ってから何かを思い出して言い直した。「修復はまだ済んでないかも。三階のメイン・リーディング・ルームは今年の七月から二年間閉鎖されるって記事が出ていたわ。フットボール・フィールドみたいな巨大な閲覧室よ。映画で見たことあるでしょ？　ＮＹＰＬのシンボルだもの」

ぼくは、「ゴーストバスターズ」で見た、と答えた。「ビル・マーレイとダン・エイクロイドが閲覧室へ入って行ったよね。確か、エントランス部分は修復工事の足場ができていて……」

記憶を辿るぼくを無視して、トリッシュはアンティーク・デスクの背後にまわった。それから「ゴーストバスターズ」の通俗レヴェルではない「作家の椅子」を撫で、ヒップを肘掛けに預けた。まるでそこに座っている父親の体温を感じているように注意深く、権威を持って。

「ジェームズは、スターリンに殺されたメイエルホリド、アプトン・シンクレアに裏切られたエイゼンシュテイン、二〇世紀ロシアで『何度も死んだ』革命詩人マヤコフスキイの友情を描く小説を書くつもりなの。クリメント・ジャルコフを語り部にしてね」

トリッシュは手早く「おしまい」と宣言してぼくの質問を封じ、ポケットから紙切れを出してひらひらさせた。取りに来い、ということだ。

電話番号とアーチーという名前が書いてあった。

「長期滞在するならYよりよっぽどいいわよ。クーラーはないけど、眺めのいい部屋が一ヵ月五〇〇ドルくらいで借りられるし。アーチーに私からの紹介っていえば、だれかを追い出してでも入れてくれるわ」

お礼の言葉をいう前に、トリッシュはドアを指差し警告した。

「わかっていると思うけど、この密会のことを話さないで。色々面倒くさいから。ジェームズの次回作のこともノーノー」

「大丈夫だよ、口は固い方だから」

「帰っていいよ」

たまった塵をほうきのワンスイングで掃き出すように短くいって、彼女は次の間に入って行った。仕切りのドアを閉じるとき、目が合った。

あらゆるものを持っている眼差だった。ぼくはなんにも持っていないものの眼差を返した……。

四四丁目からブロードウェイに出て劇場街を歩いた。近辺には座席数五〇〇以上の大劇場が二九館軒を連ねている。一一時に近くなると、その二九の劇場から「持つもの」と「持たざるもの」が一斉に吐き出される。そんな人波に紛れ込みたかった。

三〇億円かけてリモデルされたフォード・センターから半ブロックのところにポルノショップがあった。その前では黒人がふたり、無表情でチェスボードを囲んでいた。四二丁目の地下鉄入り口ではホームレスの女がイングリッシュ・ホルンを吹いていた。すべてのコーナーに、上昇する「持つもの」と上昇する「持たざるもの」があふれていた。ニューヨークにはメットのスケールで語られる知的生活もあれば、路上で奏でられる知的生活もある。共通しているのは、そのどちらも多国籍の交易の場であるということ。偉大な才能は常にどこか身近で、多国籍の風景のなかにあった。

ぼくは一晩中交易を観察し、睡眠不足の頭でリペティションのクラスに投げ込まれることになるのだろう。

## (四)　マーロン・ブランドが噛んだガム

パウンダーは教室に入って来るなり大声を出した。

「なんだこのクラスは！　活気ってもんがないぞ！」

その勢いでごつく重いドアを、建物に叩き付けた。

教室が振動する。ドアのごつさは教師の感情を受け止めるためだったのだ。

活気は確かになかった。みんなは、時差ボケ睡眠不足のぼくのようにふらふらと入って来て、決められているわけでもないのに昨日と同じ席へ座り、同じ顔ぶれで雑談しながらパウンダーの登場を待っていた。

唯一違ったのは、昨日欠席した女生徒が、ペンキのついたつなぎを着てテリーの隣に座っていることだった。

褐色の美しい肌をしたアフリカン・アメリカン。どこか東洋的な雰囲気もある落ち着いた女性だった。

「もっと賑やかにしろよ。一度しかない人生だぞ」

パウンダーは普通の声でいって普通に出席を取った。新顔はランヒー・リー・バートンと名乗った。

「インパクトのあるファーストネームだな」

パウンダーは口のなかで何回か「ランヒー」を転がし「東洋の神秘が匂う」と人さし指を突き立て、回し、鼻をくんくんさせた。

「父が韓国人なので」ランヒーは静かに答えた。

「特別な意味のある名前？」

「ランが娘。ヒーがプリンセス」

「なるほど。親父さんの強い願望が感じ取れるな」

彼女はトロントの出身で、パウンダーはその街に悪い思い出を持っていた。

「先生はぼくたちの街にも悪い思い出があるから気にしなくていいよ」

タイラーが口をはさんだ。

ランヒーは僅かに片手をあげて、バイバイというように振った。指にもペンキがついていた。

タイラーはそんな拒絶に傷つき、その感情をパントマイムで表現した。

「おまえら、昨日飲みに行ったのか？」

パウンダーがクラス全員を両手の人さし指で狙って尋ねた。何人かの生徒がぼそぼそと答えた。飲みに行かなかったいい訳ばかりだ。クラスの半分近くが二一歳未満であることも関係している。

「ひと組ぐらいは飲みに行っちゃった&やっちゃったカップルができると思ったけどな」

両手を派手に揺すって、パウンダーは嘆いて見せた。

ぼくもトリッシュも、もちろん昨夜の出来事を話すつもりはなかった。話したとしても、トリッシュは冷ややかに否定するだろう。朝、階段で顔を合わせたときから、彼女は昨夜の気配をいささかも感じさせなかった。といって妙によそよそしいわけでもない。

妖しい眼差を期待していたわけではないけれど、昼と夜の彼女の違いには驚かされる。

「ビッツの生徒がよく行くレストラン・バーがある」

パウンダーが真面目な口調になった。

「セカンドを五六丁目方面に曲がったところだ。『スリッパーズ』。未成年者には甘いし値段も悪くない。そこでつるんで、ろくでもない教師どもの悪口を言い合うのが伝統だ」

何人かがノートにメモった。覗きこむと、ルーは「伝統」のところに傍線を引いた。

演技の定義を全員に唱和させたあと、パウンダーは質問をした。

「エリア・カザンの『波止場』を見たことないものはいるか？」

間髪を容れず、パウンダーは続けた。

「いるわけないよな。あの映画を見たことなくて役者になりたいなどと思う奴はいるわけがない。で、クイズだ。マーロン・ブランドがエヴァ・マリー・セイントに会いに行くとき、噛んでいたガムを取り出して階段の手すりになすりつけた。なぜだ？」

速攻で壇崎さんの顔を思い浮かべてしまった。彼ならばなんと答えるだろう。ホラー映画おたくのデーヴィッドが最初に答えた。

「監督が指示したから」

タイラーとジェイミーがブーイングで応じた。一九歳のアニータが答えた。

「相手の女性とその家族に対する敬意です。あんまり下層階級に見られたくないし。そういうことだと思います」

色々な答えが出たがパウンダーはそのすべてに肩をすくめるか目をぐるっと回すかで答え「ほかに？」と訊くのだった。発言がほぼ出尽くしたとき、ガムをくちゃくちゃやりながらトリッシュが答えた。

「ガムの味がなくなったから」

みんなが笑い、ルーやアレックスが冷やかしの拍手を送った。騒ぎが鎮まるのを待って、パウンダーは口を開いた。

「そういうことなんだよ。味がなくなったから、ブランドはガムを捨てたんだ」

嘘みたい、答えた当のトリッシュがつぶやいた。するとパウンダーは上半身と両腕をフルに使って否定した。

「違う違う違う！　わからないか？　本当に味がなくなったんだよ！　本当に噛んでいて、味がなくなったんだ！」

毛深く重い両腕をブンブン振り回しながら、彼は「本当に！」というキーワードを教室のすみずみに叩き付けた。教師の熱血がクラスに浸透する。

静まり返った生徒を見渡し、パウンダーは背中をまるめ、ふたつの掌を顔の前に持って行った。拝むような仕草で微妙なニュアンスを伝えようとしているのだ。一言一言、正確に、誠意をこめて。

エンパイヤ・ステート・ビルによじのぼったキングコングのように逞しかった体が、一瞬にして野に咲く一輪の薔薇に変化した。

「真実なんだよ。本当にやったんだ。計算じゃない。自然に。これが、考えるよりも先に演ずるってこと」

ふたつに合わさっていた手が離れ、右手が目の高さにあがった。手首でアングルのついた腕は独特のポーズを形作り、人さし指は再びぼくの後方の壁を指していた。

“Act before you think!”の標語だ。

ごつい指先が震えている。興奮している。それを見て、ぼくも興奮した。

彼は「本当の熱気」を「教育」に注ぎこんでいる。

「リペティションはそこに到達するための訓練なんだ」

パウンダーは抑えた透明な声でいった。


昨日――。

午後の演技クラスで最初にステージへ呼ばれたのはトム・オシェイだった。一日中、暇さえあればクロスワード・パズルの専門誌に顔をつっこんでいた度の強い眼鏡をかけた若者だ。自己紹介のときに、ニューヨーク州の北部から毎朝九〇分かけて通うとも言っていた。

トリッシュがクラスの西半分のスイッチを数えているときに東半分を数えたのが彼。生徒のパイプ椅子をどけたり二列目の台を取り除いたり、力仕事ばかりやっていたけど、上からぶらさがっている裸電球のスイッチには最後まで気付かなかった二四歳。父親の釣り具店を手伝っている。

ジャズダンスでは、ジェダイの踊りというのをやって「スター・ウォーズ」フリークであることをアッピールした。そういえばチューバッカみたいに毛むくじゃらでモミ上げをハン・ソロふうにアレンジしていた。

アートにいわせると、ノーマン・ロックウェルの絵画に出て来そうな「レトロ感覚のオール・アメリカン・ボーイ」だ。

パウンダーはルーを対戦相手としてピックアップした。

ふたりを向き合って立たせ、ゆっくりと子供に言い聞かせるように、「聞いた通り、繰り返せ」といった。オシェイもルーも「なにそれ？」と聞き返した。

パウンダーが辛抱強く答えた。

「これはリペティションという訓練だ。聞いた通り、繰り返せ。ゴー」

しかし、ふたりは固まったまま何も出来なかった。先に助けを求めたのはトム・オシェイだった。

「ミスター・パウンダー、どんなことから始めたらいいんですか？」

パウンダーが答えを実践した。

「ミスター・パウンダー、どんなことから始めたらいいんですか？」

オシェイ以上にオシェイ自身の心細さがこめられていて、観客席のぼくたちが笑った。その表現を、両腕を大きく使ったジェスチャーで、パウンダーはルーに押し出した。さあ、ボールはおまえのコートに入ったぞ。

「だけど、もう少しルールかなんか説明してくれないと」

ルーが憮然とした顔で答えた。パウンダーのコミカルなパントマイムが続いても、ルーは腕組みして動かなかった。頑固だ。ルールがわからないうちはゲームに参加しようとしない。

パウンダーはルーを席に戻らせ、出走ゲートでうずうずしていたタイラーをオシェイにぶつけた。

「チューバッカはバッファローで氷ボケ」

いきなりタイラーが切り出した。オシェイがその通り繰り返した。タイラーが氷ボケを強調して繰り返した。オシェイがフラットに繰り返した。そこで、パウンダーが止めた。

「タイラーが言ったこと、どう思った、トム・オシェイ？」

「むかついた」

「なら、その感情を言葉に込めろ」

オシェイが考え込んだ。パウンダーの合図でタイラーが再び口を開いた。

「ボタンのとれたブルーのシャツ」

違うことを言われたオシェイは立ち往生だった。

「客席に向かって立て」

パウンダーがオシェイに命じた。オシェイはずりさがってもいないパンツと眼鏡を気にしながら言われた通り、ぼくたちに向き直った。

「これから突つくからその度合に応じて痛いと言ってみろ」

後ろに回ったパウンダーの言葉にオシェイがびくついた。右目がホラー。左目がパニック。みんなの忍び笑いが続くが、ぼくは笑えなかった。オシェイの恐怖を共有していた。

パウンダーの右手が僅かに動いた。背中をチョンと突く。

ぼくは「痛い」とつぶやいた。オシェイがワンテンポ遅れて「え？　あ、痛い」といった。

パウンダーが肩をすくめ、みんなの忍び笑いがクスクス笑いにレヴェルアップした。

見世物になった「恐怖心」は、確かにほほえましい。そう思った瞬間、ぼくも、観客の側に立ってオシェイを眺めていた。

パウンダーはふくらはぎを軽く蹴った。柔らかくおっとりした「痛い」がオシェイの口から流れ出た。その途端、パウンダーは平手でオシェイの頭のてっぺんをバッツンと叩いた。

「痛い！」と叫んだオシェイの顔から眼鏡がずり落ちた。

「それだ！」

　パウンダーの叫びに、オシェイは思わず後退りした。

「三種類の衝撃に対して三種類の痛いが出てきただろ？　おまえがさっきやっていたのは同じトーンの繰り返しだったぞ。いいか？　言葉でも感情を突つき叩くことはできるんだ。相手のニュアンスで痛みも違う。それをファースト・モーメントという。その痛みの度合を自分の言葉に注ぎ込んで相手に返すんだ。リペティションとは、本気で聞き、本気で喋ること。わかったか？」


　二日目の朝のクラスでは三組六人が指名されリペティションをやった。三組目がアート・セパラとぼくだった。

　出だしは照れ臭かった。言葉だけがふたりの間を往復した。前の二組と同じようにつまらなかった。パウンダーが何回か煽りを入れてきた。

　Be alive!　もっと生き生き！

　それでも一本調子が続き、パウンダーはストップをかけた。そそくさと席に戻ろうとすると、彼がいった。

「まだまだ。そう簡単には釈放しないぞ、ＰＪ」

「す、すいません」

　口に出した途端、深い自己嫌悪を覚えた。ぼくは「哀れな日本人」を演じている！

「おまえは英語以外の言葉を喋れるんだよな。ルーと違って」

「日本語なら二〇年勉強してます」

「それを使え」

アートが渋い顔をしたのが目に入った。

「いいんですか？」

「いいんだよ。意味を言う必要はない。アート！」

「はあ」

「わかってるな、ＰＪの喋るとおり発音しろ」

「ぼくは日本語を二〇年も習ったわけじゃないんで」

アートは、消極的に抗議したが、パウンダーは無視してパンパン手を叩いた。

「さあ、集中して。ＰＪ、なにかがおまえをピンチするまで待って、それから始めろ。ゴー」

ピンチ？　ピンチって、鋏む？　跳ねる？

ぼくは改めてアートと向かい合った。おかしなことにこの時初めてアートがおびえているのがわかった。

ぼくはスパーリングを始めるかのように横に移動した。円を描くように。アートはその分だけ逆に動いた。「スパルタカス」のカーク・ダグラスになった気分だ。心の友を倒すために、ぼくは闘技場にいる。

そんなことが「ピンチ」なのだろうか。なにかが跳ねているのだろうか。

思い付いた言葉をくり出した。

「おまえは、もう死んでいる」

アートの顔が苦痛で歪み、それでも精一杯の生真面目さでぼくの日本語を繰り返した。

オマー、モー、デ、ルー。

なにいってるかわかんねえよ、バーロー、そういいたくなるのをこらえ、「おまえは、もう死んでいる」を繰り返した。繰り返しながら嘘っぽさを感じた。

「オママワ、モーシ、デール」

めちゃライヴのお笑い感覚。

こういったやりとりにクラスは敏感に反応した。クールなトリッシュでさえ椅子を揺らして笑っていた。そういう姿は見えたが、不思議と笑う声は聞こえて来なかった。

自分の血液が、鉄砲水となって体内を駆け巡る音の方がうるさかった。

「とことん、やったるでえ！」

ぼくは叫び、アートが立ち往生した。言葉が出ない。クエッション・マークだけを吐き散らしている。ぼくは繰り返した。

「とことん、やったるでえ！」

「トークトークトーン、イエットルーディー」

「とことん、やったるでえ！」

「トックトー、タルデー、イェー！」

ぼくたちはどんどんエキサイトする。繰り返す度に欲求不満がたまる。それを解消するためには怒鳴るしかない。

アートも怒鳴り返した。何度繰り返しても、アートの答えはその度に違った。

ぼくは壁を叩きデスクを蹴って「とことん、やったるでえ！」を叫び、アートは「トコトーアリディーイェーイェーイェー！」と壁に体当りした。

「ちげーよ、ばーか」ついにぼくの正直な気持ちが出たとき、アートがつんのめって転んだ。

そのとき初めて、クラスの笑い声が耳に入って来た。

ぼくはレフェリーの制止を振り切る野獣派ボクサーとなってアートにのしかかり、繰り返した。するとアートの口から「ちげーよ、ばーか」が出た。ぼくは小躍りして「ちげーよ、ばーか」と笑った。アートも笑いだし「ちげーよ、ばーか」を続けた。

「よし！　よくやった！」

パウンダーの力強い声が聞こえ、ぼくたちはその場に崩れ落ちた。みんなが拍手しているのがわかり、アートのところへ這いずって行き抱き合った。

「よくやった。二〇分のラウンドだったぞ。よくやった」

パウンダーは笑っていたが、目はうるんでいるようにも見えた。本気で誉めた勢いが余って涙になったのかもしれない。

午後三時からの休憩を利用して、生徒たちは入り口の階段に集まった。５Ｃのほぼ全員が五段の階段のどこかに座って、充足感を分かち合っていた。

ぼくたちのかたまりにはアートやルーやママ・ナターシャといった「常連」の他にヤン・ブラッドが加わっていた。

ヤンは、ケベック州から来たフレンチ・カナディアン。水着のような半ズボンとTシャツでローラーブレードに乗って登校して来る。それだけで注目を浴びているのに、きょうの朝は、トイレの順番待ちで新たな伝説を作ったばかりだった。

男性用ロッカー・ルームには便器がふたつしかない。しかも、完全遮断の個室ではなくスイングドアで仕切られただけ。だから、ラッシュ時には順番を待つものと目が合ってしまう。そういう環境であるがゆえに、みんなは一様に臭いを気にして、臭い消しスプレーを片手に列に並んだ。

ヤンが使用中のとき、次に並んでいたのがルーだった。ヤンは、臭い消しスプレーを適当にシュッシュッとやりながら使用したのだが、ルーがふざけて「くせえ！　早く出ろ！」と騒ぎ始めた。イタリア訛りのファックやシットをコミカルに散りばめて、だ。これに、ヤンが応酬した。

ヤンはフランス訛りの英語だが、なぜか、ファックやシットが収まるべき場所に聞き慣れない「ファジャ」や「シュポン」といった言葉が挿入された。

ファック・ユーの代わりにファジャ・ユー。

この奇妙なヴォキャブラリが、関心の的になった。トイレに用のないものまでルーのうしろに列を作り、ヤンを煽り出した。

宗教上の理由で、卑猥な言葉を口にすることを戒められているらしい。それで、似て非なる造語で言い返すのだ。

トイレを出たヤンに、ルーがひどく真面目な顔で尋ねた。

「ヤンってどういう発音なんだ」

ヤンは、舌を突き出して静止した。みんなの視線が彼の口もとに集まった。吠えるように「ヤンヌヌヌ」と発音した。ルーが発音をまねした。ヤンが訂正した。ぼくとアートも試した。これも、ヤンが訂正した。だれがどう発音しても、ヤンはむきになって訂正した。結局、一日中、どこかでだれかが、「ヤンヌヌヌ」と舌を突き出し、すぐに別のだれかが「イヤンヌヌヌ」と訂正するジョークのネタになった。

ヤンのやることなすことは、そういう喜劇性をはらんでいた。計算がないから、みんな余計面白がる。その意味で、タイラーとは対照的だった。努めて笑いを勝ち取ろうというタイラーの方法論は人気がなかった。

ヤンの天然ボケは、人前に出た途端、インパクトを倍増した。人一倍緊張する性質と恥ずかしがり屋の本性を勢いでごまかそうとするのだ。言葉につまると、やつぎばやに音を出して来た。この豊富なヴァリエーションのなかにファジャやシュポンが入っていた。


休憩時間に集まったとき、アートが生真面目なトーンで言った。

「パウンダー先生がヤンの病気を発見したらどう対処するのかな」

ママ・ナターシャが即座に答えた。

「イヴェントになるね。ケベック州が独立を宣言できるくらいの」

そのとき、機械のうなる音が聞こえてきた。玄関ホールの奥からだ。エレヴェータのさえずり。ぼくはひとり仲間の輪から抜け出た。

ほんの数歩で二基のエレヴェータが見えるコーナーに来た。先に視界に入ったのは身障者専用の一基だ。動いていない。ペントハウス専用と書かれた方が、鋼鉄のワイヤーを軋ませながら上昇していった。

サイラス・ケインが中にいる、と思った途端、らせん階段に突進していた。

エレヴェータは頑丈な鉄の籠だ。側面や背後からは内部を覗けない。一段飛ばしで走るようにして昇ると、二階を過ぎたところで膝から力が抜けた。それでも、駆け上がった。三階と四階の間でエレヴェータを追い越した。四階ホールで息が切れ、エレヴェータの通過を待った。ドアは二重になっている。四階のドアは鉄柵。しかし、上昇するエレヴェータ側のドアは正面にも窓はない。目の前を通過する鋼鉄の箱をただただ見守るしかなかった。

やがてエレヴェータは四階を越え、神の領域に吸い込まれて沈黙した。すると、枯葉のざわめきにも似た笑い声が、背後から流れてきた。振り向くと、図書室の入り口にふたり立っている。ひとりはうっすらとした白髪頭の司書。もうひとりはシェークスピア。等身大の飾り絵だ。

笑い声を立てていたのは、もちろん、司書のじいさんの方。

一日の授業が終わると、ヤンがまっ先にローラーブレードでいなくなった。ルーは「夜のお勤めがある」と言ってそそくさと去った。アートはひとりで街を歩き回りたいといって出て行った。オシェイは知らない間にフェイドアウトし、デーヴィッドはアパート探しにあたふたと駆け去った。タイラーでさえも、簡単に気配を消してしまった。

ぼくは階段を登って四階へ行った。途中で何人かの女子生徒とすれ違った。気楽な「また明日」という言葉しか出て来なかった。テリー・アイザックソンともすれ違った。気楽な「また明日」すら出て来なかった。片手を上げると彼女は中指だけ上げて、さっさと階段を降りて行った。

図書室でケインの著作を探した。演劇論の書籍を集めた小さな砦には日の名残りがまだあった。ケインの著作は五五丁目の窓に向かって置かれていた。いちばん古い一冊を引っぱり出して窓際の椅子に座った。

パウンダーが言ったことは殆どがそこに書かれていた。しかし、その通りに日本でやっても効果がなかったのと同様、パウンダーの「本気」と「情熱」がなければなんの刺激も生まれなかったことは確かだ。ケインの書いたものは「聖書」だとしても、パウンダーのような伝道師がいなくては「感動」には繋がらない。

声帯まで失ったケインが、特別授業を減らし人前に姿を見せなくなったのはなぜだろう。声帯を失ったぐらいで、授業という情熱を「減らす」人だろうか。もっと別の、何かを失ったからではないか、とぼくは思う。トリッシュのような形での「崇拝」は、ぼくには受け入れられそうにない。

では、エレヴェータを追いかけた時のあの感情はなんだったのか、と自問してみた。アイドルの追っかけそのものではないか。トリッシュのように、「私はケインの追っかけだもん」と言い切る方がはるかに純粋ではないのか。答えは簡単には見つからなかった。

ぼくはロシア演劇の砦に移動して、クリメント・ジャルコフの本を探した。一冊もない。メイエルホリドも探してみた。こちらは五冊あった。そのうちの一冊は日本語だった。一九九〇年に岩波書店から出版された「メイエルホリド　粛清と名誉回復」だ。モスクワで刊行された演劇雑誌「演劇生活」一九八九年五号「メイエルホリド特集」の全訳、とある。そのロシア語版はあったが、英語版はない。気を入れて日本語版を読み始めた。

枯葉がざわめくような音がして、乾いた手が肩に置かれた。老人性紫斑の浮き出た手。白髪頭の上品な司書が立っていた。

「月曜日は六時で閉めるよ」

喋り声もまた枯葉のざわめきのように不安定だった。時計を見ると既に六時半だ。

「メイエルホリドの本を研究するものには三〇分のグレイスフル・ピリオドをあげることにしとる」

言い終わったときには老人は背中を見せ、カウンターの陰に回り込んでいた。「司書／リチャード・クリスプ」と書かれた札が「ＣＬＯＳＥＤ」の札に変わる。

グレイスフル・ピリオド。

延長許容時間を意味する上品ないい回しが、これほど上品に使われたのは、ぼくには初めてだった。

## (五)「スリッパーズ」とその影響力について

リペティションは毎日進化していった。

何日かすると、パウンダーの演出的な要素が入った。例えば、アリゾナ州立大学三年生オーエン・バローズには、腕をサイドに広げた不自然な格好でリペティションを命じた。

彼は毎朝、ロッカー・ルームで着替える時にシェークスピアの台詞をぶつぶつつぶやいていた。今朝は「お気に召すまま」の「世界はすべて一場の舞台、そして男も女もすべて役者に過ぎない」だった。昨日は、「リチャード三世」、一昨日は「ハムレット」。

シェークスピア信者なのだ。しかも、それを売り物にしている節《ふし》があった。というのも、彼のつぶやきは必ず観客を必要としていたからだ。教養のない「ぼくたち」の尊敬を勝ち取ろうというポーズだとしたら大失敗だった。

ルーを筆頭にアート、デーヴィッド、そしてヤンまでも、オーエンのつぶやきをスノッブなものとして敬遠した。本人がそういうアングルでニックネームをつけてもらうことを期待していたのは確かだ。結局、ぼくらは単純に、彼のことをOBとイニシャルで呼び、ゴルフでのOBにかけた。

OBの相手はテリーだった。疲れたむかつくなんでこんなことをやらせるんだ、というOBの困惑がストレートに相手を直撃し、テリーも負けずにやり返したから緊迫したゲームになった。

ナターシャとルーの場合、内緒で彼女に与えられた指示は「ルーの股間を見つめろ」だった。その演出を耳打ちされたとき、ナターシャは途方にくれてうずくまってしまったが、いざゲームが始まると、目線をルーの股間に固定するだけでなく、目を剝いたりベロを出したり変化をつけ、限りなくルーを困惑させ、クラスを沸かせた。

ダンスをやれ、と言われ、ジェダイの踊りを舞いながらリペティションをしたのはトム・オシェイだった。相手をしたアレックスも一緒になって踊った。

備え付けのベッドのカヴァーをパウンダーがはずし、「ああ大変だ、掃除しなきゃ」といいながら指名したのはジェンジーと呼ばれるジェニファー・キージーとトリッシュだった。トリッシュはベッドメイクしながらのリペティションとなり、生まれてから一度もベッドメイクをしたことがないのがわかった。彼女は苛立ち、怒り、ダーティ・ワードが連打されるゲームとなった。相手がヤン・ブラッドだったら最高のコメディになったかもしれない。

デーヴィッドの最初のリペは声も目も力なく感情レヴェルは低かった。そこをパウンダーに衝かれると、取り乱して笑った。その笑い方、抑え方が異常でおかしい。そこにパウンダーはずかずかと踏み込んでいった。

「デーヴィッド、おまえのチャーム・ポイントは、その不気味な笑顔だぞ」

一言投げられるたびに、デーヴィッドの笑いの異常度はレヴェル・アップしていった。もう一押しでデーヴィッドは泣き出すに違いない、というところでパウンダーは頬の赤いアニータと交代させた。

デーヴィッドは照れやだからレインマンのような極端なキャラを演じていたのだろう。ランチのときも必ずだれかの後を付いていくといったタイプ。ただいったん席についてオーダーするとなると、細かかった。しっかりメニューを見てタックスも算出してからでないと何もオーダーしない。いつもみんなのペースに乗り遅れ、文句をいわれた。

一週目のリペティションは、一コマ平均して三〜四組だった。一組が二〇分近くやらされ、終わると、パウンダーは詳しいコメントを添えた。すべてのコメントが両腕をフルにつかったアクションで補強された。突っ込むべき瞬間をミスしたときには徹底的に検証された。ぼくは授業が終わると図書室に籠り、メイエルホリドやケインの演劇本を読み耽った。

金曜日になった。朝の授業でパウンダーは週末の「過酷なアサインメント」を公布した。それ自体、波乱の幕開けだったが、波乱はそれだけでは収まらなかった。まるでペンキ屋の従業員のように、連日、必ず衣服のどこかにペンキをつけて現われたランヒーから質問が出た。

「リペティションって本当に演技の勉強になるの？」

静かな口調だったが生半可な答えを許さない強靭さがあった。韓国系と黒人と、両者特有の闘争本能が宿ったかのような、静かな強靭さだ。人によっては、それをセクシーだと思うかもしれない。ぼくのように「女が見せる強靭さ」と長い事付き合った男なら、殊に。

しかも、ランヒーには、トリッシュとは違う意味での美しさがある。

「ぼくにも納得がいかないものがある」と同調したのは、ＯＢことオーエン・バローズだった。それだけですませばいいものをこのシェークスピア信者は一言付け加えた。

「見栄えはよくても中身の腐ったりんごだ」

パウンダーがさむけを覚えたように、身震いした。

ぼくは、反射的に、ふたつのことを思った。

その一。ＯＢはランヒーとお近づきになりたいのだ。そういう感情を、人前で披露できる大胆さはうらやましい。

その二。シェークスピア信者ではないぼくには出典はわからなかったが、その一言がシェークスピアの台詞だということはわかった。それを、クラスで、しかも、教師を批判する言葉として使うのは、死刑執行命令書にサインすることではないのか。ＯＢは、阿呆だ。

パウンダーは、老獪な微笑みを浮かべてクラスを見渡した。

「君たちがいついかなる状況でもシェークスピアを引用できることは息をすることと同じくらい重要だ。しかし、教師を批判する気の利いた一言として使うのだけは止めてほしい。なぜか？　わかるか？　新鮮味がないからだ。つまり、息をすることは自慢にはならない。たとえ、オーエンが『ヴェニスの商人』をフルに暗誦できたとしても、だ」

パウンダーの短いスピーチを、ＯＢだけは顔を紅潮させ聞いていた。そして、つぶやいた。

「でも、ぼくは、『ヴェニスの商人』を暗誦できるんです」

「だから、なんだ⁈」

パウンダーの切り返しは驚くほど大きな声だった。ＯＢだけでなく、ぼくたちクラスの全員の体がすくんだ。しかし、パウンダーはすぐに慣れた笑顔で、一瞬の緊張を吹き飛ばした。

「だから、なんだよ、オーエン？　『拳銃王《ザ・ガンファイター》』みたいに早撃ちの挑戦か？　そういう勝負を教師に挑むのなら、授業の時間を使うな」

「じゃあ、ランヒーの疑問に答えてください」

硬い表情のまま、ＯＢはパウンダーに挑んだ。この言い方には、クラスの大半が、うめき声をあげ反発した。ＯＢは、呆れるほど引き際が悪い。

パウンダーは再び、慣れた笑顔で対処した。

「OK。ランヒー、オーエン、これは天才が編み出した聞く喋るリアクションするゲームなんだ。ベッドメイクとか腕をあげたり踊ったりというのは、それ自体独立したアクティヴィティで、演技の定義にもある『与えられた想像上の状況』ということだ。つまり、役柄だ。今はおれが与えている。ゆくゆくは、おまえたち自身に考えてもらう。段々と肉付けされて形が見えて来る」

「だけど、今までのを見ていると感情の垂れ流しで、クラスのみんなに受ければいいみたいなことがあって」

OBが食い下がった。

「おれはそんなことは言ってないぞ、オーエン。だが、ゲームだから楽しい方が頭に入りやすいのは確かだな」

「まだ言い終わってないんですよ、ぼくは」

OBが憮然といって、白々とした空気をダブルアップで教室に運んで来た。

「じゃあ聞こう」

パウンダーの声にもう苛立ちはなかった。

「要するに、このままこんなこと続けてたら殴り合いになる可能性だってありますよね。規律ってものが見えないんだから」

「リペティションにもルールはある」

「でもぼくらには何にも知らされていないし」

「それは生徒の問題じゃなくて教師の問題だぞ、オーエン。おれの方法論は、ルールは体で覚えて行くもの。紙に書かれて暗記するものじゃない。そういうことだ。ルール違反があれば直ちに止める」

「だれかが殺されたら、あ、ごめん、このクラスじゃ殺人は許されていないんだってなるわけですか」

いい加減にしな、常識ってもんがあるだろ、といった生徒の反応がＯＢにぶつけられた。ランヒーまでも、彼を見放すように、首を振った。

孤立した彼は整った顔を歪め抗弁する。

「例えばの話くらいしたっていいだろ！」

「オレもルールにこだわる方だし、最初は面喰らったけどな」

ルーがのっそりと割って入った。

「ＯＢ、おまえは学習能力がゼロだ。一八ホールすべてでＯＢを打ち続けるゴルファーだよ」

大きな拍手が起こってＯＢをからかう合唱が続いた。それを、パウンダーが厳粛な顔で制止した。

「避けなければいけないのは、さっきから言っているように、みんなの大事な時間を無駄にしてしまうことだ。しかし、話がこうなった以上、リペティションの禁止事項を言っておく。蹴り禁止。パンチ禁止。殺人禁止。銃撃禁止。ナイフ禁止。基本的には相手に触ることは禁止」

そこまで一気に言ってテリーを指した。

「彼女にキスしたければ言葉でやれ」

久しぶりにテリーの「ばっかみたい」が聞こえ、クラスが沸いた。ＯＢはそれ以上反論しなかったが、納得した様子もなかった。

彼とだけは、どう転んでも仲間意識を育《はぐく》めそうにはなかった。

その直後、ランヒーにリペティションの順番が回って来た。しかし、彼女は、パウンダーが「体調悪いのか？」と気にするほど普段からクールなのだ。このときもナターシャを相手に抑揚のないやりとりを続けた。もともとリペティションに疑問をもっているから、余計熱がこもっていなかったのかもしれない。

ぼくはパウンダーがいつ怒鳴り始めるのか気が気ではなかった。が、切れたのは対戦相手のナターシャことマママックだった。

彼女のニックネームは、いつの間にかママ・ナターシャからマママックになりクラスに定着していた。ラストネームはマックラッケン。それで、マママック。

声も人柄も懐も、すべてに深みのあるアフリカン・アメリカンだった。

噂では、夜間勤務の警察官で、銃の扱いも抜群だという。ナターシャの体型と声音なら、それもありうる話だが、本人が言い出さない限り、だれも尋ねてみることはしない。ぼくの想像では、警備員かなにかの制服を着て働いているところをだれかが目撃した程度のことだと思う。

始まって五分もしないうちにマママックが凄味を利かせて言った。

「これ以上あたしのレッスンを邪魔する気なら殺すよ」

抑えていても、マママックの怒りは十分ぼくたちに伝わって来た。そんな一言も、ランヒーはやる気のない調子で繰り返すのだった。マママックは怒鳴った。ランヒーの単調さは途切れることがなかった。

そこでパウンダーがストップをかけ、とびきり変わった「演出」をつけた。今まで一度も使ったことのない軽量級のドアの鍵を開け、奥の小部屋にランヒーを入れたのだ。

「ここで待て」とだけランヒーに言ってドアを閉めると、パウンダーはマママックになにごとか耳打ちして、クラスを相手に雑談を始めた。

上演中の芝居の話題や俳優たちのゴシップといったところだ。

ぼくは次第にランヒーが気になって来た。小部屋に閉じ込められた彼女が、教師も加わったクラスぐるみのイジメにあっているような気がしないでもない。それは無論、前と後にドアのある教室の感覚なのだけれど。

パウンダーはことさらジョークを連発し、ぼくたちは大きな声で笑った。

たっぷり一〇分は経過したと思われるころ、軽量級のドアが細めに開いた。

反射的にクラスの全員が会話をやめてドアを見た。やはり、だれもがランヒーのことをどこかで気にしていたのだ。

「どうなってんの」

当惑したような微笑で苛立ちを隠したランヒーが尋ねた。

マママックがその苛立ちをすくいとり、拡大して繰り返した。虚をつかれたランヒーが一瞬言葉に詰まった。

「これって結構キツイよ」

再び正直な感情。しかし、取り繕った笑顔。再びマママックが正直な感情をすくいとって押し返した。

「これって結構、キ・ツ・イよおおお」

「やめてよ！」

ランヒーが大声を出した。

「やめてよ！」

マママックが負けずにやり返した。

大きくため息をついてからランヒーは髪の毛を無造作にいじった。慌ててその動きを止めて歩き回った。自分のくせまでまねされたらたまらない、という防禦本能だ。ランヒーは、混乱して苛立っていた。それでもどこかにパウンダーへの信頼がひっかかっている。

「オーケー、わかってますよ。すごいトリッキーなんだから」

ぶつぶついいながら歩き回るランヒー。だれも知らなかったランヒー。

マママックはそのあとを同じポーズでくっついてユーモラスに歩き回り、繰り返す。どんどんオープンになって行くランヒー。それを巧妙にフォローするマママック。そのうちに、リペティションの歯車が嚙み合い、プラスのエナジーが積み重ねられていった。

パウンダーがストップをかけるとクラスからは拍手が起こった。

肩で息をしているランヒーの背中を、愛情をこめてマママックが撫でた。パウンダーが生まれたばかりの赤ん坊にいうように「ハロー」と声をかけると、ランヒーが強い眼差を返した。

「どんな気持ちだ？」

「リペティション・アレルギーにかかったみたい」

ランヒーはゆっくりと単語を切って発音し「二度とやりたくない」とクールに結んだ。

それから荷物をまとめて教室を出て行った。

パウンダーはなにもいわずに見送り、一瞬だけマママックを促すように見た。彼女がランヒーの後を追った。


「ビッツの生徒がよく行くレストラン・バーってどこだっけ？」

アートが哲学的な調子で尋ねた。

ぼくたちは、一時半からのヴォイス＆スピーチのクラスに出席するために地下のシアターまでやって来て、はり紙に気付いた。休講だ。

タマラの授業は、毎日が刺激だった。「本日のエッチ」といった感じで「本日の彼女の肢体」を思い描く。眠るのが愉しかった。

残念なのは、夢の中で射精する体力が残されていなかったこと。それとも、これは精神力の問題なのだろうか。

いつも、ぼくはタマラの体を眺めるだけ。距離を置いたままの状態で目覚める。ひでえ欲求不満。

この休講のショックは大きかった。

ぼくにしてみれば、週末に会えない分、ディテール細かく彼女の記憶を仕込んでおこうと思ったのに――。金曜と土曜と日曜の夜は甘い夢を見ることができないのだ。しかも、ヴォイス

&スピーチが休講ということは、三時半のパウンダーのクラスまで二時間まるまる空いてしまうことになる。

図書室へ行こうと思った矢先、アートがだれにともなく尋ねた。

ビッツの生徒がよく行くレストラン・バーはどこだっけ？

最初に反応したのは、赤い頬のアニータだったが、曖昧だった。五七丁目かどっかじゃなかった？

即座にルーが修正した。

「スリッパーズ」ノートのメモを参考にしながら、彼は続けた。

「セカンドを五六丁目方面に曲がったところにあると、パウンダー先生は言ったな。『未成年者には甘いし値段も悪くない。そこでつるんで、ろくでもない教師どもの悪口を言い合う』」

トリッシュが「場所は知ってる」といって先頭を切って階段へ向かった。ごく自然に、ほぼ全員がその後に従った。だれもが、いつかは「スリッパーズ」へ行こうと思っていたのだ。そのいつかが、今――。

ランヒーとマママックは、午前中のクラスを飛び出したきり、ダンスのクラスにも戻って来なかったので残りは一八名。「スリッパーズ」の前に到着した時、点呼を取ると、欠けていたのは三名だった。顔と名前が一致する不参加メンバーはOBだけ。朝の授業で厄介者を演じた分、こういう環境で皆と午後を過ごすことは避けたのだろう。

「二一歳未満は、PJ以外にだれとだれ？」トリッシュがわざわざぼくの名前を出して、みんなに尋ねた。一八歳組のタイラー、ジェイミー、一九歳のアニータなど八名が手を上げた。

「フェイクＩＤ持っている人は手を降ろして」トリッシュが続けた。アレックスが誇らしげに手を降ろした。

「未成年者に甘いといってもアルコールをオーダーする時はＩＤを要求されるからね。そういう人は、お兄さんやお姉さんにお願いしてオーダーしてもらう」

トリッシュは、「お兄さんやお姉さん」を強調して二一歳以上組の喝采を浴びた。まるでガール・スカウトの分隊長のような冷静さで皆をまとめると、彼女は未成年組が分散するように隊列を組んだ。

そうやって、ぼくたちは一生の付き合いになるかもしれない「ビッツ生徒御用達」の「スリッパーズ」へ繰り出したのだった。

二重のドアを入るとすぐ右手にバー・カウンターのゆるいカーブが迫っていた。そこから奥へ、カウンターはおよそ三〇メートル続いている。左手には路地に面した窓が大きく切ってあり、それに沿ったベンチはカウンターに正対しながら店の一番奥まで続いている。奥のドアを開けたらそのままマンハッタン島を突き抜けてしまうのではないかと思えるほど、思い切りよく真直ぐに。

どう見ても五〇メートルはありそうだ。

ぼくが感激したのは、カウンターとベンチが織り成す風格のある奥行きは勿論だが、すべてに余裕のあるスペースの使い方だった。天井は、二階分には足りないにしても、たっぷりと高い。ぼくたちが歩くカウンターとベンチの間の通路も、カウンターにはスツールが、ベンチ前にはテーブルが並べられていて、それでも、ふたりが充分すれ違うことができる。

カウンターの後方は、ふたつに分けられた大鏡。

建築素材や調度のすべてに、店の歴史が息づいている。

こんな格式高い店に、ぼくらのような学生が入っていいのか、という気分にはなった。堂々としているのは、トリッシュだけ。いや、よく見ると、テリー・アイザックソンも、当たり前のような顔で奥のテーブル席を物色している。

いつもの仲間は、言い出しっぺのアートも含め、みんな緊張と驚愕がそれぞれの顔に出ている。ルーなどは、口をあんぐり開けっぱなしで、トリッシュに拳を突っ込まれかけたほどだ。

場違いじゃないか、高いんじゃないか、そんな恐れを抱いてぼくたちはカウンターに沿って歩き、テーブル席が一四並ぶホールに達した。

ドアから見えなかったホールの右奥は半地下と中二階があり、それぞれにテーブルがセットされていた。プール・テーブルを含め、ゲーム類が一切ないのは会話を愉しめということなのだろう。

トリッシュは中二階にぼくたちを導いた。テーブルを四つ、ボーイズでくっつけた。

Listen up!　トリッシュの号令がかかった。

みんな、聞いて。そういって彼女は胸のあたりでメニューを開いて見せた。

「これが、『スリッパーズ』のランチ・メニュー。いい？　上の段にはドリンクがあるわ。下の段の食べ物と組み合わせて選ぶの。高くても八ドルよ。例えば、私が頼むクラブサンドとスクリュー・ドライヴァーのセットは六ドル七五セント」

　トリッシュのツアコン型説明の途中で皆から安堵のため息があがった。一〇ドル以上のランチとは縁がない連中が大多数なのだ。

「安心した？　じゃあ、さっきの私の忠告を守ってそれぞれ注文して。次の授業は三時半だから、三時一五分までここにいます。それよりも早く出る人は、テーブルの中央に自分のランチ代と一五パーセントのチップを置いて行くこと」みんなは反射的に田舎のじいさんばあさんツーリストを演じ、拍手と歓声でトリッシュの仕切りを称えた。

「で、あんたは何頼むの、ＰＪ？」トリッシュが無理矢理アートとの間に割り込んで尋ねた。

彼女の腰は、ぴったりとぼくの腰に密着している。多分、食い込んでいる。反対側にずれようとしたが、ルーの重量級の腰はびくともしない。トリッシュはすました顔で、テーブルの下の右足をぼくの左足にからませて来た。

　これはこれで、ひとつのイジメなのだ、と思う。

「き、君と同じものを」メニューに目を通す気力もなかったのでそう答えた。

「スクリュー・ドライヴァー、飲める？」

「当然だよ」

「じゃあ、私がオーダーしなくちゃいけないのね？」

「お願いします」

「ＯＫ」

　そう言ってから彼女は、顎を突き出すようにして、喉をさらりとなでた。その指先は、一度胸元まで降りて、それからぼくに繋がっている方の肩を掻いた。なんだか、ひとつひとつのアクションが、男を刺激する仕掛けになっているようだ。ひょっとすると、タマラの「不在」は彼女の肢体で補塡可能かもしれない。と、思いかけて、ぼくは慌てて否定した。

彼女には、「野心」があるのだ。用心しなければ、足をすくわれる。

ぼくの正面に座るアレックスが、いち早くウェイターに声をかけた。ウォッカ&トニックとリブサンド。

額の禿げ上がったウェイターは、あくびをしながら「IDを見せてくれます?」と言った。二一歳未満組の視線が、反射的にアレックスの手元に集まる。彼は財布から慣れた手付きでフェイクIDを取り出すと、ウェイターに向かってかざした。それだけ。儀式はシンプル。後はみんながてんでに注文し、ウェイターはあくびを三つかみ殺す間にすべてのオーダーを取り終えた。

そこからは、なぜか、向き合った席相手の会話が行き交い、オーダーしたドリンクがすべて配られた時に、みんなは静かになった。

だれかの発声で乾杯を待つモードだ。いつもなら我先に飛び出す個性派も、この時ばかりは殊勝だった。

年長者のマママックはいないし、ここまでの流れは、トリッシュが作っている。自然と、トリッシュの「発声」を待つ形になった。そのことに最後に気付いたのがトリッシュだった。

「え? 何? 私の一声を待っているわけ、みんな?」

「やっぱり、一番世慣れたやつがスピーチすべきだろうな」ルーが応じた。

じゃあ、と言っていきおいよくトリッシュが立ち上がった。その拍子にぼくの左足に絡んでいた彼女の右足が、股間に食い込んだ。

おまけに、彼女のヒップの右サイドが鼻先にある。

特定のアングルから見ると、ぼくはかなり猥褻なポジショニングをしていたように思う。

その特定の位置には、いつものことだが、テリー・アイザックソンがいた。

彼女とは、前世からの宿縁があるのかもしれない。前世のぼくが、きっと前世の彼女を殺したか破滅させたかしたのだろう。

トリッシュは、片手のスクリュー・ドライヴァーを目の高さに上げた。

「きょう、私たちをここに導いてくれたビッツの伝統に乾杯！」

乾杯！

ぼくたちは、ひとつの声、ひとつの心で応じた。

一口すすったトリッシュは、みんなの拍手が広がる前に慌てて付け足した。

「それと、もうひとつ。きょう、私たちの心をひとつにしてくれた民衆の敵にも乾杯しましょう！」このスピーチにはクラスの半数が笑い、半数が戸惑った表情を浮かべた。無邪気なアニータは、困惑を声に出して隣のタイラーやジェンジーに尋ねている。だれのこと？

トリッシュは充分に劇的な間を取って女王の微笑みを浮かべた。そして、宣言した。

「糞生意気なオーエン・バローズに乾杯！」

トリッシュの一言は、盛大な拍手と歓声に彩られた。それから料理が運ばれるまでの一時は、全員が共通の話題、ＯＢへの罵詈《ばり》雑言《ぞうごん》でまとまった。中にはちょっとついて行けない個人攻撃もあったが、ひとりが悪者になることで、育ちも人種もばらばらな若者が急速に結束する事実に、ぼくは感銘を受けた。

それだけ巧妙に、ＯＢが仇役を演じてくれたということかもしれない。

ニューヨークでは、すべての街角に、上昇する「持つもの」と上昇する「持たざるもの」があふれているのだ。メットのスケールで語られる知的生活にも、路上で奏でられる知的生活にも共通しているのは、多国籍の交易の場であるということ。そして、その多国籍の交易を輝かせるために、下降する「持つもの」と下降する「持たざるもの」の存在意義がある。

ＯＢが「持つもの」か「持たざるもの」かは知らない。が、彼は、きょう、下降する者を演じ切ったのは間違いない。彼は、引き際を知らない負け犬であり、青臭い知識の押し売りをした。しかし、それは、本日に限っての役割であり、明日は、また違う風が新しい役をみんなに運んで来る。

いつかは、ＯＢが、ヒロイックな立ち役になる日も来る。その時はその時で、盛大に祝うことにして、ぼくは、本日のＯＢをみんなと一緒になって「笑いのネタ」にした。

この最初の「スリッパーズ」詣でまで、クラスの大多数は学校でしか会っていなかった。休み時間に喋る相手は限られた仲間たちだけ。それが、「スリッパーズ」で一気に弾けた。あのテリーでさえ、気分を昂揚させてテーブルの反対側にいるタイラーに大声で話し掛けた。

あんたのこと、女の子たちはみんなゲイじゃないかって話しているんだけど、どうなの。

タイラーはにやにや笑って親友のジェイミーに抱きつき、その頰にぶちっと大きな音を立ててキスをした。

要は、入学して最初の週であるがゆえに、みんな自分のことだけで精一杯だった。他人に関しては、戸惑いが先行していた。その戸惑いの数々をここでぶつけあったということかもしれない。

だれがゲイなのかというのは、戸惑いの中でも最も垣根の低い戸惑いなのだった。同じように垣根の低い疑問はだれがどんなバイトをやっているのかということだった。アニータのバイトは保母さんだということがわかり、デーヴィッドも実は子供が大好きだと告白した。彼の場合、ベイビーシッターが趣味と実益を兼ねたバイトなのだった。

トム・オシェイは、ひたすら「スター・ウォーズ」のことを話し、「R２－Ｄ２のイトコ・ロボの名前がわかるやつにはぼくがおごる」と騒いでいた。

結局は、バカ話の類いが圧倒的に受けた。食事の半ばでバカ話の競い合いが始まると、後はその勢いで突っ走った。

ぼくは、壇崎さんをイメージした日本人ヤクザが「革命児サパタ」のマーロン・ブランドを気取ってみかじめ料を取る話をした。途中で何を喋っているのかわからなくなったが、一部の拍手と喝采を浴びた。

そこからは、それぞれがお得意のブランド口調で会話を始めた。一五人のマーロン・ブランドは、健康的で明るかった。

要するに、みんなデキ上がってしまったのだ。

でも、頭の片隅で、ぼくたちはアルゴンキン・ラウンド・テーブルの低所得継承者だと思ったりもした。

## (六) メイエルホリドとその影響力について

「スリッパーズ」からまっとうにクラスルームへ帰りつけたものは皆無だった。だれかがどこかで引っ掛かり、神話作りに一役買った。

タイラー、ジェイミー、テリーの三人は、酔い潰れる前にクラスへ戻って寝ておくといって、最初にバーを出た。が、彼らがたどり着けたのは、五階の女性ロッカー・ルームだった。折り重なるようにして寝ているところを戻って来たマママックとランヒーに叩き起こされ、間一髪で授業には間に合った。

二番手で出発したアレックス、アニータ、オシェイ、デーヴィッド、ジェンジー、ヤン、未だに名前の憶えられないふたりの八名は、二階の別クラスの部屋に入り込み、担任教師に追い出されるまで居座ってバカ話を続けていた。

最後に、「スリッパーズ」を出たのは、トリッシュ、アート、ルーとぼくだった。勘定は一五〇ドルを越えていた。五ドル足りなかった。だれかがチップをけちったか、タックスの分をけちったのだ。

トリッシュは、集めたキャッシュをポケットに突っ込むと、自分のクレジット・カードで支払いをすませた。

その間、ぼくたちボーイズは、表で、お互いを支えあい、なんとか立っていた。トリッシュの方向感覚だけを頼りに出発し、気付いたら、学校とは反対方向のシティバンクの中にいた。何をしていたのかは思い出せない。警備員につまみ出されなかったら、そのまま、銀行強盗を働いていたかもしれない。なんでもできちゃう気分だったのだ。

　そういうわけで、午後のパウンダーのクラスは民族の祭典だった――。

　双子のパウンダーは見計らったように五分遅刻して入って来た。他のクラスを占拠していた八人が、大騒ぎしながら席についた直後だ。

「パウンダーには双子の兄弟がいたんだ」

　ぼくは隣のアートに囁いた。

「四兄弟じゃないか?」

　アートが答え、ルーはげっぷをこらえながら「いや、パウンダーは右半分しか来ていない。左半分はまだ職員用のラウンジだ」と言った。

　いずれにせよ、基本形のパウンダーは、にこにこしていた。

「イイ匂いがするなあ」そう言って、彼は全員を見渡した。

「なるほど、約一五名が『スリッパーズ』へ行ったわけだ」

　だれかが、ピンポーンといった。次の瞬間には、みんながぼくを見た。ということは、ぼくが言ったのか?

　パウンダーは、ぼくとアニータにリペを命じた。頭がくらくらしたまま、みんなの前に出た。ふと見ると、OBの憮然とした目線とぶつかった。それがひどくおかしくて、ぼくは笑った。

隣に立ったアニータも、噴き出した。

パウンダーがジェスチャーで、開始、と宣言した。

何を？　とぼくがジェスチャーで聞き返し、アニータが体をふたつ折りにして笑った。あ、そうか、リペか、と思い出し、彼女の笑いをリペにした。途端に、笑いのブレーキが利かなくなった。アニータの方はもっとひどかった。ふたりとも、立っていられなくなり、抱き合って笑った。

「客席」では、タイラーが足をバタバタさせて笑った。笑いの連鎖はヒステリカルだった。シラフのランヒーも微笑み、マママックも笑った。三分経たないうちに、ＯＢともうひとりの生徒以外、全員が笑っていた。

パウンダーはお手上げだというジェスチャーをした。それがおかしいと、テリーとトリッシュが、大声で笑った。そのうちに、デーヴィッドが両腕を振り回しているのに気付いた。目から涙。溺れるもののもがきだった。

パウンダーが誉めた「不気味な笑顔」は、笑いを通り越してしゃっくりになってしまっている。彼は、本当に呼吸困難になってもがいていたのだ。

パウンダーが叫んでいるのが聞こえた。だれか止めろ、笑い死にする前にデーヴィッド・パティンキンを止めろ！

結局、リペはそれだけ。

授業の残りは、パウンダーの講義ということになり、笑い疲れた生徒の大多数が寝潰れてしまった。それでも、パウンダーはすごく愉しげに、サイラス・ケインとクリメント・ジャルコフが受け継いだメイエルホリドの演劇理念を語った。「俳優を目指すものは誰でもスタニスラフスキイを知っている。彼はブランドネームであり聖書だ。彼の遺したものは世界に充満している。演劇の酸素だ。敢えて学ばなくても呼吸をしていれば理解できる。だが、メイエルホリドは違う。まず認知度はガクンと落ちる。このクラスでもメイエルホリドを語れる生徒は半分にも満たない。もっと低いかもしれない。確認する気はないけどな」

それだけ言ってから、あたかもぼくたちのメイエルホリド認知度を確認するかのような一言を投げかけた。

「メイエルホリドは何が違う？」

酔い潰れなかったトリッシュとオーエンが先を争ってメイエルホリドのアヴァンギャルドで革新的な業績を並べ立てた。二人の息が切れたところで、何人かがぼくを見た。パウンダーもにこにこ笑ってぼくを指さしている。またピンポーンと言ったのだろうか。

ぼくは、酔眼モーロー状態だったけれど、メイエルホリドを読み漁っていたおかげでパウンダーの「講義」にはついていけた。誓って言うが真面目に聞いていただけだ。

「今、酔っ払いのＰＪがいいことを言ったぞ。聞こえなかった連中にもう一度、言ってくれ」

焦点をパウンダーの指先に合わせ大きく息を吐いた。何か言ったとしたら頭の中で考えていたことだ。自分でも驚くくらい明瞭に言葉を並べることができた。

「メイエルホリドは一〇代の頃から心に革命を、とっても大きな革命を抱いていたんです」

パウンダーはバシバシと手を叩き、その通りだ、ＰＪ！　と吠えた。

「正直、おまえがメイエルホリドを語るとは思っていなかった。以前から知っていたのか？」

「いえ、つい二、三日の付き合いです」

クラスの大半が笑った。トリッシュは困惑の笑みを浮かべている。パウンダーは好奇心ではち切れんばかりになっている。

「二、三日前に学んだきっかけはなんだ？」

「……友達から話を聞いて」

「その友達ってのは、おまえがさっきから様子を窺っているトリッシュ・ヴァン・スライクか？」

冷やかしの反応をしたのがルーとデーヴィッド。呆れ顔がテリー。

トリッシュはさりげなく首切りの動作をした。二人の密談を喋ったら殺す、というメッセージだ。

まずい展開だ。

トリッシュとの約束は破りたくない。しかし、パウンダーの好奇心は簡単には消えてくれない。酔いは綺麗に吹き飛んだ。

「正確には、友達じゃないです。司書のクリスプさんです。図書室に通ってたら、メイエルホリドを学習する生徒には三〇分のグレイスフル・ピリオドをあげると教えてくれたので、興味を持って」

真実をまぶした嘘の言い訳をした。クリスプ老人も怒りはしないだろう。

パウンダーの好奇心は急速に萎えたようだった。ふん、と鼻を鳴らし、飲み残しのコーヒーを喉に流し込むと講義にもどった。

「要は、一九九七年の今、この街の演劇で斬新だと思えることのすべてを、メイエルホリドは二〇世紀初頭にやってのけたんだ。こうやって語っていても鳥肌が立っちまうのは、ゴーゴリの『検察官』を初演から九〇年後にやってのけた度肝を抜く演出だ」

パウンダーは突如湧き起こった興奮と折り合いをつけるかのように間を作って生徒を見回した。

「一九二六年。フィナーレ『だんまりの場』。何が起こった？」

パウンダーがギアを入れ替えた。言葉は普通の速度で流れるのに、身体動作がゆっくりとなっていった。

「生身の俳優の代わりに登場人物の外貌をグロテスクに模倣した人形たちを登場させた。五〇人以上の俳優を完璧に『凍結』させたんだ」

パウンダーが人形になった。口だけが動いた。

「戦慄のフィナーレだよ」

「その戦慄はゴーゴリの中にあるものだったんですか？」興味津々のデーヴィッドが質問した。

パウンダーは数秒かけて教師の顔に戻り、答えた。

「もちろんさ。主人公のにせ検察官フレスタコーフの前では、人間は命のない口のきけぬ木片でしかないというメタファーだ。国立メイエルホリド劇場の俳優兼写真家だったアレクセーイ・テメーリンがフィナーレの夜会稽古最中の俳優をメイエルホリドの指示で撮影した。小道具工房主任で彫刻家のペトローフが俳優を直接モデルにしたり写真を参考にしたりして手間暇かけて作り上げた。演出もディテールにこだわった。なぜなら」と言葉の流れをスローダウンさせ、一気に吐き出した。「際立った表情の責任は俳優たちにあるからだ！」

そのメイエルホリド信者の高揚のトップで、パウンダーは再び「人形の顔」になった。数秒間表情を凍結させ、静かに続けた。

「スタニスラフスキイ演出の『三人姉妹』には不満たらたらだったアントン・チェーホフが、メイエルホリドの演出をワクワクして待ち望んだ。早合点するなよ。メイエルホリドが巨匠《マーステル》スタニスラフスキイを超えたと言ってるんじゃないぞ。彼らは一つだ。お互いを認め合っていた。だから七五歳のスタニスラフスキイは死を迎えたベッドで六四歳のメイエルホリドの手を握り宣言した。私の正当かつ唯一の継承者は君だ、とな」

「講義」とはいったけど、この時のパウンダーは、教師と生徒という垣根を越えていたように思う。ぼくらのレベルへ降りて来て、兄貴分として喋っていた気がする。

ある意味で、開かれた空間だった。

だから、授業終了のベルと同時に、パウンダーは「おれはメイエルホリドのことを話し出したら止まらないんだ！　おまえたち、付き合え！」と叫び、クラスのほぼ全員が「スリッパーズ」へ戻ることになった。

「スリッパーズ」ではだれもバカ笑いはしなかった。ぼくたちは、バー・セクションを中心にいくつかの塊になって、パウンダーの「人生讃歌」に耳を傾けた。

白ワインのグラスを片手に、彼は教室では聞いたことのない静かな、それでいて、バーの雑踏に負けないよく通る口調でこう口火を切ったのだ。

「俳優になるには、二〇年かかる」

　即座に反論しようとする数人を押し止めて、パウンダーは続けた。

「映画やTVや、それに舞台でも、二〇年のキャリアを積まないうちにいくらでもチャンスは巡って来る。巡って来るやつには巡って来る。おれには巡って来なかった。おまえたちが一生かけて食べた朝食の数くらい、オーディションに顔を出したさ。それでも、世間一般でいうチャンスというものは、おれには巡って来なかった。ここを卒業して、一〇年はそうやって過ごした。何をやってもうまく行かない時に、サイラス・ケインと再会した。彼は、愚痴をならべるおれに、こう言ったんだ。役をもらいたいのか俳優になりたいのか、と。俳優になるには、二〇年かかる、と。社会を癒す俳優になるには、二〇年周期で考えなければだめなのだ、と」

「社会を癒す俳優なんて、いるの？」

　ランヒーが尋ねた。

「いるさ。自分で探せよ。いくつか例を挙げてやる」

　パウンダーは、上機嫌で続けた。

「第二次大戦が終わったベルリン。廃墟の街での最初の演劇に携わった俳優たちは、明らかに社会を癒した。大戦にも、敗戦にも、ナチスにも屈しなかった。その前は大恐慌の後のアメリカだ。グループ・シアターが生まれた。リー、ハロルド、シェリル、ステラ、サンフォード・マイズナー、エリア・カザン、ボブ・ルイス。みんな虚ろになったアメリカ人の心を癒すべく結集した」

「アメリカ演劇が進化したのはそこからですか？」ルーが質問した。

「いや、違う。進化のきっかけは、一九一四年だ。第一次大戦の勃発だよ。ヨーロッパ大陸に戦火が広がるのを見て危機感を覚えた文化人たちがボストン郊外の避暑地に集まった。プロヴィンスタウン・プレイヤーズの始まりだ。それが一九一五年の夏――」解説するパウンダーにトリッシュが口を挟んだ。「一九一六年の夏にはユージン・オニールが加わって、“*Bound East for Cardiff*”を上演しました」

「でもアメリカ演劇の進化とはいえない。オニールには革新の意識がない。人の心を癒そうなんて気持ちもない。自分と家族の傷を曝け出してアマチュアの小劇場活動を活性化しただけだ」オーエンが割り込んだ。

「オニールはヨーロッパ演劇の模倣じゃないオニール的日陰の暮らし《ビハインド・ライフ》という真実に迫る戯曲を書いたんだよ。その影響を受けてワシントン・スクエア・プレイヤーズやネイバーフッド・プレイハウスが生まれたからアメリカ独自の創造演劇の上演なのよ。だから進化。どのアングルで眺めても進化！　憶えておきな」

トリッシュが鋭利な刃物を振りかざすように切り返し、パウンダーは彼女の腕を高々と掲げた。それは鋭利な刃物をもぎ取る動きでもあった。彼は「トリッシュの勝ち」と宣言し「ユージン・オニールに関しては二年制のクラスでたっぷりやる。『登場』も『再登場』も放浪と孤独もエレクトラ・コンプレックスもオイディプス・コンプレックスも一切合切な。オニールを通過したらビッグ2に立ち向かう」と結んだ。

ビッグ2というのは、おそらくテネシー・ウィリアムズとアーサー・ミラーに違いない。そんなことを考えているとパウンダーの腕が伸びて、ぼくの肩をポンポン叩いた。

「日本では何があった、ＰＪ？」

戸惑っているとトリッシュが助けてくれた。本人は割り込んだつもりだったかもしれない。

「関東大震災の後のツキジ・プレイヤーズ」

パウンダーはうなずき、築地小劇場のことを「トゥキージ・ショウゲッキジョー」とガタガタする日本語でいって「日本における演劇の革命だ」と続けた。

その一言にアートが食いついた。

「どんな点で？」

「一九二四年旗揚げ公演の一発目がゲーリングの『海戦』だ。日本に於けるマシンガン・トークの誕生に、観客は度肝を抜かれた」

そこからはみんなでマシンガン・トークの応酬になった。「海戦」の台詞を暗唱するものもいれば「ヒズ・ガール・フライデー」のケイリー・グラントとロザリンド・ラッセルの丁々発止の会話を再現するものもいた……。


タオルを買いたかったので午後八時には店を出た。Ｙのタオルは独特の匂いがする。タイムズ・スクエアまで歩いてもタオルを売っている店は見つからなかった。Ｙに戻ったのは九時半。外はまだ明かるい。ロビーにはきょうも日本人の女の子が群れている。キャピキャピの日本語に安心感を覚えるのはなぜだろう。

もうホームシックかよ、ＰＪ、と自分を戒める。

スキンヘッドの警備員は物言いがきつい。鍵見せろ。そんな態度。ま、いいか。夜が明けたら引っ越しだ。

ローカルニュースは子供が捨てられていたとか暗い話ばかり。殺人も毎晩。やりきれなかったのは、プロムパーティの最中、トイレで堕胎した女の子の話。彼女はそのままパーティに戻って踊って笑って飯食ってた。

そんなニュースを浴びた後、パウンダーのメイエルホリド・トークのメモを読み直した。これと、図書室で読んだメイエルホリドに関するメモを照らし合わせ「メイエルホリド・ノート」としてまとめることにした。

フセーヴォロト・エミーリエヴィッチ・メイエルホリドは一八七四年にモスクワの東南にある小都市ペンザで生まれた。モスクワ大学法学部を中退して演技の道に入り、一八九八年にスタニスラフスキイが創設したモスクワ芸術座に加わった。二四歳でプロの俳優になった。四年後スタニスラフスキイの自然主義を自分なりの演出で試すべく独立、友人たちとモスクワを離れ地方で新劇団を立ち上げた。選んだのはヘルソン。黒海に流れ込むドニエプル川の河口近くにある町だ。二〇世紀に入ったばかりのヘルソンはロシアの「僻地」の一つで鉄道も通っていなかった。当時の人口は約七万人。ランヒーが「メイエルホリドがヘルソンを選んだ理由」を尋ねるとパウンダーは、「『南《ユーク》』という新聞の演劇評の素晴らしさとそれを読む市民の知性を信じた」と答えた。ランヒーはさらに初シーズンの演目を知りたがった。パウンダーはその質問にも丁寧に答えた。

「メイエルホリドはモスクワ芸術座流で通した。チェーホフの『三人姉妹』、『かもめ』、ゴーリキイの『小市民』、イプセンの『民衆の敵』。原則的なレパートリイ政策だ。これで多くの観客を集め、極端に革新的な演出は抑えた」

パウンダーは、その街の戦乱の歴史についても熱心に語った。ロシアの赤軍にも白軍にも占領された。ナチス・ドイツが占領した時代もあった。一九九一年、ソヴェト連邦は崩壊。ウクライナは独立し、ヘルソンにヘルソン州の州庁がおかれた。こういった政治の波に翻弄されるヘルソンは、その後のメイエルホリドの人生そのものでもある、とパウンダーは力説した。

メイエルホリドは一九四〇年に粛清され人生を終えたが、ヘルソンの混沌は二一世紀にも続くだろう、ということだった。ウクライナ出身のニコライ・ゴーゴリの業績ひとつをとっても、ロシア人とウクライナ人は「本家争い」をしているのだそうだ。ゴーゴリはロシア語の語感を大事にしたからロシアの文豪だとロシア人は断じ、いや執筆したのはロシア語でも思考はウクライナ語だったからウクライナの文豪だとウクライナの大統領は言い切ったらしい。

「そんなことより、クリメント・ジャルコフがメイエルホリドと出会ったのはいつ、どこ？」と尋ねたのはトリッシュだ。彼女は二人の師弟関係を詳しく知りたがった。パウンダーは「今日はもう話し疲れた」と降参の仕草をした。アートは、メイエルホリドのような高名な芸術家がなぜ粛清されなければならなかったのか、その事情を知りたがったが、パウンダーはこれも「一晩かかっても語りつくせない」と言って避けた。「きょうは、おまえたちの心にメイエルホリドの存在を植え付けられればそれで充分だ。ヘルソン以後のメイエルホリドを知りたければ自分たちで勉強しろ」とパウンダーが言うと、テリーが「それって追加のアサインメントですか？」とうんざりした口調で尋ねた。パウンダーは、いや違う、自主トレだ、と短く吐き出し、会はお開きになった。

冷房がやかましい。スイッチを切って窓を開けた。暑い。車の軋み。人の叫び。窓外五メートル向こうには超豪華なロフト風アパートが見える。同世代の若者たちが優雅にパーティだ。窓辺に立ってそんなパーティを眺めている自分をセルフで記念写真に撮る。なんの記念？　ニューヨークのフライデイ・ナイト記念。神様、きょうも一日無事に過ごせました。たくさんのことを学びました。ぼくは元気でニューヨークで生きています。ありがとうございます。

図書室で調べたヘルソン以後のメイエルホリドのメモをノートに書き写す。

一九〇六年には首都ペテルブルグへ移って、シンボリズム演劇という時代の波に飛び込む。その地で起きた二月革命、十月革命を経験。一九一九年まで続く首都における彼の業績は演劇活動に於ける革命の連続であり、そういった革命の波がメイエルホリド・ブームを形成。彼は帝室アレクサンドリーンスキイ劇場ではドラマを、帝室マリイーンスキイ劇場ではオペラを演出。権威的な帝室劇場の外では実験的な芝居を作り、意見発表の場としての芸術雑誌「三つのオレンジへの恋」の発刊にまで手を染めた。この時期に、クリメント・ジャルコフがメイエルホリドと出会った筈だが、よくわからない。

なぜ、パウンダーは二人の師弟関係の手前で「講義」を打ち切ったのだろう。あれはどう考えても唐突な幕切れだった。

結局、窓を閉めて冷房をかけた。隣の部屋のＴＶの音。廊下のドアの開閉。上の階からのベッドや机の配置替え、怒鳴り声――。

午前三時になって、ようやく眠りに落ちた。

夢はシュールだった。ぼくは浮遊する魔術師メイエルホリドが演出する「だんまりの場」で、人形になったクラスメイトの間を駆け回る哀れな子グマを演じていた。客席もグロテスクな人形で満席だった。よく見るとメイエルホリドの顔半分はパウンダーで、あとの半分が壇崎さんだった……。

# ACT3
## 新世界

## （一）インターナショナル・ハウス

　土曜日に引っ越しをした。Ｙを出て、インターナショナル・ハウス、通称Ｉハウスに移ったのだ。マンハッタンでは小さなホテルでも一晩八〇～一五〇ドルかかる。Ｙの五七ドルは格安だが、部屋の狭さが尋常ではない。Ｉハウスは月に五〇〇～六〇〇ドルがベースで、眺めがよくなれば高くなる。ただし、どの部屋も冷房はない。もともとはコロンビア大学の学生寮だったが、今は学生以外にも開放している。

　厳密には北棟と南棟に分かれており、前者が長期滞在のアパート、後者が短期滞在用になっている。ふたつの棟の間にはバーベキューができるちょっとした空間とジム。北棟は大学の西端にある校舎と隣接しており、周辺には大学生向けのアパートが林立している。

　Ｉハウスは値段が安い分人気も高く、入居するには手付けを払ってスタンバイになるのだそうだ。ぼくの場合は、トリッシュが紹介してくれたアーチーが、「好きな部屋にいつでも入っていい」と言って南棟を案内してくれた。

木曜日の夕方のことだ。

ハドソン河とリヴァーサイド・パークに面した西側の部屋は、眺めはいいものの、日射しが強く暑かった。それで、北東に面した八階のシングルを選んだ。月五〇〇ドルの部屋だ。広さはYの三倍。

そこには、居住者がいたが、アーチーは「気にするな。金曜日には追い出す。だから、土曜日には入居できる」と電話帳を四、五冊束ねたようなぶ厚い胸を張って保証してくれた。ちなみに、アーチーは身長一九〇センチを超すビッグ・ブラザー。一〇代の頃は黒人ギャング団でアタマを張っていた雰囲気が濃厚だ。

彼は、ぶっきらぼうな言葉で、いくつかの助言もくれた。

先ず、窓外、およそ五〇メートル先に見える線路を指して、その向こうには絶対に行くな、といった。近隣には五階建て以上のビルはなく、線路の向こうにあるアメリカで最も有名なブラック・コミュニティ、ハーレムが見渡せる。

ハーレムには行くなってことか、と尋ねると彼は、野球のバットをスイングするような音を立てて首を振った。

「線路の向こうがハーレムを意味するならカナダだって、アイスランドだって線路の向こうだろ。違うか？　おれは、おまえにカナダやアイスランドへ行くなと命ずるほど大物か？　違うだろ？　線路の向こうっていうのは、つまり、線路の向こう側だ」

どうも、線路沿いに限定した「線路の向こう側」が、不逞の輩がたむろするエリアであるらしい。ぼくが頷くと、アーチーは、新兵を詰問する先任下士官のように、両手を後ろ手に組んで股を開いた。

「ここまでは何で来た？」

「ナンバー九の列車で」

「降りたのは？」

「一一六丁目駅」

「Ｉハウスは、一一六丁目と一二五丁目の間にある。厳密にいえば、一二五丁目から歩くと、成人男子の平均的歩行速度で二分早く着く。が、そこに罠がある。暗くなったら一二五丁目駅には近づくな」

「危ないってことですか？」

「慣れればどうということはない。しかし、おまえは、無邪気なツーリストの匂いがする。犯罪を誘発するタイプだ。おれのブラザーたちを犯罪者にしないためには、おまえが神経を使うべきなんだ」

ホテルマンと客との会話だと考えると、ありえねーってことになる。

世話好きな下宿のおじさんと学生店子《テナント》の会話としたら、充分リアリティがある。ぼくは、アーチーが目一杯友好的な歓迎の意を表してくれたのだと思うようにした。

土曜日は朝から暑くていい天気だった。

引っ越し荷物はスーツケースがひとつと紙袋ふたつだけ。しかし、ＹからＩハウスへはＢか

Dの地下鉄でコロンバス・サークルまで出て、一番か九番へ乗り換えなければならない。スーツケースを抱えていると、これがかなりしんどい。おまけに一一六丁目は高架駅だから地上に降りるまでが面倒だ。で、タクシーで移動することにした。

運転手はギリシャ人だった。乗った途端にいきなり変な英語で尋ねて来た。金持ってるよね。その日二回も乗り逃げされたという。ひとりは黒人。金ないけど乗せてくれ。ダメだ、といっても、なかなか降りない。バスに乗る金もないといいばっている。次は白人。目的地へ着いたら逃げられた。

ほとんど前を見ないで運転して話に熱が入っていく。

知ってるかね、あんた、マンハッタンのコーヒーショップはギリシャ人が経営しているだよ。同じオーナーでもアメリカ人向けとギリシャ人向け。アメリカ人は味がわからない。そうそう。知ってるかね、あんた、ギリシャ語をしゃべるメキシカンが増えた。そこで働いているから。そのうちにメキシカンがオーナーになる。ギリシャ人は次のステップに進むだよ。

どこかで聞いた話だな、とぼくは思う。そうだ、ピザ・パーラーのイタリア兄ちゃんだ。今度は、ギリシャ人がそういっている。ということは、事実と認定していいのだろう。

もうひとつ確かなこと。この運転手には前を見ないでもすいすい先行車を避けて運転する技術がある。

リヴァーサイド・パーク沿いのリヴァーサイド・ドライヴを走ってもらう。

公園の芝生には様々な人種の人々が上半身裸で寝ている。細長い公園の向こうはハドソン河。

向こう岸はニュー・ジャージー州。

考えてみたらニューヨークに到着して以来、タクシーに轢かれそうになったことはあったが、乗ったのは初めてだ。

一五分ほどでIハウスに着いた。建物は、モーニングサイド・ハイツの斜面に建っている。リヴァーサイド・ドライヴからはそのまま一階エントランスに入れるが、反対側のクレアモント・アヴェニューからだとAフロアに通じている。これは地下三階。

TVルーム、公衆電話、ランドリー（洗濯機が八、乾燥機が八）、郵便受けがあるのはその上のBフロア。Cフロアにはカフェテリア、ラウンジ、学生ショップ、ビリヤード、バー、スタディルームが並んでいる。

カフェテリアは、朝食、昼食、夕食の時間帯だけオープン。バーは夜一〇時半から午前二時まで。飲み物は二ドル五〇セント均一というのがありがたかった。といっても、IDのチェックは厳しい。

ぼくは一階の事務所で鍵とレジデンスIDをもらうと八階へ直行した。

部屋に入るなり窓を開け放って荷物を広げる。街の騒音が立ち昇って来る。意外な感じがした。それも、ひっきりなしの騒音ではなくて、単発的なラップだ。

そうか。

ここはハーレムの南端との境界線に位置している。週末に通りをクルーズする車両は例外なくカー・ステレオのヴォリュームをフルにしているのだ。しかも、周囲には邪魔な高層ビルもない。

ベッドの縁に座って窓枠に両肘をついた。正面にハーレムが広がっている。何本かの通りが見え、ゆったりと歩く人影も見える。「線路の向こう側」は本当に危険地帯なのだろうか、と考える。こうやって八階から見渡す限り、危険度はゼロだ。無論、真夏の日射しがすべての暗闇を取り払ってくれていることもある。それ以上に、何か穏やかで和む要素がある。

何かって、なんだろう。

唐突に思い当たった。

夏の風に乗って昇って来るラップのリズムは、どこか、遠い日々の祭り太鼓に似て、温もりがあるのだ。

ぼくにも日本の祭りの記憶はある。


横浜に落ち着く前も落ち着いてからも、ペニー・ジョーはたびたび彼女の実家を訪ねた。彼女の母親は、地方都市にある古い料亭を息子夫婦と切り盛りしていた。息子夫婦というのは、母の弟とその奥さんだ。

祖母も叔父夫婦も、ぼくには驚くほどやさしかったが、母とは、相容れないものがあるようだった。

母と祖母との関係は、一言でいえば、近親憎悪ということになるのだろう。しかし、ふたりは瓜二つというほどに外見は酷似していて、外面も、共通してよかった。だから、他人は、仲のいい姉妹のような親子だと思っていた節がある。ペニー・ジョーは、女優だから、その辺の演じ分けがうまいのはわかる。しかし、おばあちゃんの「演技」も相当なものだった。いずれにせよ、おばあちゃんはペニー・ジョーの英語も嫌いだったし、英語的な表現を多用する日本語がもっと嫌いだった。ぼくの怪しげな日本語も、随分と矯正された。

ぼくが知っている限り、母と祖母は、三回親子の縁を切っている。要は、母が訪れると、四八時間以内に必ずふたりは大喧嘩を始めるのだ。そういうとき、叔父さんの夫婦は止めに入らず、母が飛び出して行くのを静かに待っていた。

後でガールフレンドにそういう話をすると、「男はつらいよ」みたいでいいじゃん、と言われた。それで、この国民的な映画をＤＶＤで初めて見た。一本見て、彼女の言わんとしていることはわかったが、ぼくにとっては笑える映画ではなかった。

一九八〇年代末に初めて祖母を紹介されて以来、五回、母の実家へ行った。年末が一回、年始が二回、夏祭りが二回。最初の帰郷が夏祭りの最中で、ぼくは日本のローカル色豊かな夏に魅了された。

その時の祭り太鼓を、Ｉハウスの八階でぼくは聞いていた。

アサインメント、つまり宿題はひどく厄介だった。

パウンダーは、生徒たちをペアに組ませて、こう言ったのだ。

「週末のうち一日、どちらかがどちらかの部屋へ行け。その部屋の真ん中にウィスキーのボトルを一本置け。ビールでも、ワインでもいい。ただし、開いてないやつだ。夜の七時まで、最低でも二時間、リペティションをやれ。会話は禁止だ。部屋の中でも外でもいい。喋る言葉はすべてリペティション。七時になったら部屋に戻ってボトルを開けていい。乾杯しろ。その後は会話でもなんでも好きなことをやれ」

　ぼくの相手に指名されたのは……テリー・アイザックソンだった。

　日曜日の午後、アッパー・イーストサイドにある彼女のコンドを訪ねることになった。気が重い。ＯＢと組ませられるよりはましだと思うことにした。


　ラップの祭り太鼓を聞き、アサインメントのことをあれこれ考えている間に寝てしまった。それも、ベッドの縁に腰掛けたまま窓辺にもたれて。起きると、両腕がしびれていた。しかし、気分は最高だ。開け放った窓からは夕暮れの心地よい風が流れ込んで来る。

　ぼくはＣフロアに降りて行き、学生ショップとバーとスタディルームを覗いた後、カフェテリアへ入った。ディナー・タイムは週末が五時から七時で、平日が六時から八時。メニューは、パスタ三種、ピザ三種、サラダバー、本日のスペシャル。飲み物こみでも三ドルで足りる。地下一階だが、クレアモント・アヴェニューに面しているため、外光は入る。

　トレイを持ってホット・フードのカウンターへ進んだ。その時、背後から男同士の会話が聞こえて来た。ＰＪがどうのこうの、とひとりが言ったようだった。すると、別の声が間髪を容れず、同じようなことを言って、ぼくの耳には「ＰＪじゃないか」という部分だけが届いた。

　リペティションの授業の影響だ。普通の会話でも繰り返しているように聞こえてしまう。ちょっとやばいかもねーなどと考えながら、本日のスペシャル、スコッチエッグをオーダーした。ところが、背後の会話は無遠慮に近づいて来た。今度は、確かに聞こえた。

「あそこにいるのはＰＪに間違いない」

「あそこにいるのはＰＪに間違いない」

「ここにいるのはまさしくＰＪだぜ」

「ここにいるのはまさしくＰＪだぜ」

振り向くと、ヤンがいた。その隣には、ルー。

「なんだよ、おまえら、なんでえ？」ぼくの質問にふたりはリペを続けながら答えてくれた。

ヤンは、Ｉハウスに住んでいた。ルーは訪問者。ペアを組まされふたりは宿題を忠実に実践している最中なのだった。

ぼくは、彼らのリペに巻き込まれた。

もともと混んではいなかったが、ぼくたちのテーブルの周囲にはだれも近づいて来なかった。リペしながら食事するぼくたちは、他人の目には、「イッテしまった若者」に見えたのだと思う。

ヤンの部屋は四階だった。窓はハドソン河に面している。しかし、樹木が邪魔して眺めは悪い。風もあまり入らない。暑いし、汚い。

二〇年の生涯で訪れた最も汚い部屋だ。棚があるのに使っていない。本から洋服からローラーブレードからすべてが床に置いてある。変色りんご、空缶、ペーパー類に紛れて、ウィスキー・ボトルが一本、リボンをかけて鎮座している。「これって、パウンダーの言ってたあれ？」苦労して座る場所を見つけ尋ねた。カフェテリアから続いていた同じセンテンスを切り上げて、ルーが答えた。「そうさ、あと一〇分だけ我慢して開けるんだ」

ヤンがベッドに寝転んで息をついた。リペが返って来ない。ルーが、繰り返しを促すようにヤンの足を蹴った。ヤンは、義務的に、あくびをしながら言った。「そうさ、あと一〇分だけ我慢して開けるんだ」

それをまた、ルーがリペする。さらにヤンが「一〇分」を「九分三〇秒」に変えて繰り返す。そこからは、同じ文章で、残り時間だけを変えて行くカウントダウン方式に切り換えた。彼らは三時間近くリペをやって、くたくたになっていたのだ。

テリーとのリペを考えて、ちょっとブルーが入る。もしも彼女がパウンダーの言ったことを忠実に実行するなら、午後一時に会うということは、夜の七時まで六時間もリペを続けることになる。マジで？

せいぜい二時間つきあえばいいと思っていたのだが、どうなることやら。

七時になると同時にヤンとルーはハイファァイヴをした。乾杯した途端、ふたりは堰を切ったように話し始めた。リペで押さえ込まれていた自然な会話が、鉄砲水のように流れ出た。

前から聞きたかったことをヤンに尋ねた。「ファック」をいえない理由だ。

「オレもそいつを聞きたかったんだ」ルーが同調した。

ヤンは軽く肩をすくめ、早口で答えた。

「両親がカルヴィニストなんだ」

「それって何？」ぼくが尋ねると、ルーが単純明快な解説をした。

「厳格な宗派さ。簡単にいえば、気持ちのいいことはすべて罪」

むきになって訂正するかと思ったら、ヤンはあっさりと同意した。

「気持ちのいいことはすべて罪」

「よお、リペはもう終わったって」ルーが切り返した。ヤンは窓外に向かってやけになったように「気持ちのいいことはすべて罪だあああ」と叫んだ。

ということは、気持ちのいいことではないセックスをしたからヤンが生まれたのだろうか。ぼくは喉まででかかったが、やめた。

いずれにせよ、厳格な両親によって育てられた彼は、卑猥な言葉への極度の拒絶反応がインプットされてしまっていた。高校まで映画を見たこともなかったという。娯楽はすべて罪である、とヤンの両親は徹底した教育を行った。

ルーとふたりで、見るべきダーティ・ワード氾濫映画をヤンに解説した。ヤンは熱心に聞いていた。そのうちにメモを取り始めた。変わろうという努力だけはするつもりらしい。


「金曜日の『スリッパーズ』、どう思った?」

ぼくはずっと気になっていたことを口にした。ヤンは、ぼんやりした顔で、何の話?　と聞き返しただけだったが、ルーは質問の意図を即座に理解してくれた。

「クリメント・ジャルコフのことだろ?　妙だったよな、パウンダーは。突然、おっとしまった、これ以上喋っちゃいけないんだって顔で話を打ち切った」

「同感だよ。でも、ジャルコフがレッド・カードってわけじゃないだろ?」

「ジャルコフの話がまずいわけじゃない。その先だよな。ジャルコフの交友関係はすべてサイラス・ケインが関わっている。だからきっと、ケインの許可を得ないでそこに踏み込むことにためらいがあるんだ」

「なんでケインの許可を得る必要があるんだよ」とヤンが尋ねた。

「それはな、ヤン、サイラス・ケインがCクラスに特別の関心を持っているからなんだよ」

「なんでそんなことがわかるんだよ」

食い下がるヤンに「街の噂さ」とだけ、ルーは答えた。

酒が進むと、彼らはありとあらゆる感情を操って、会話を続けた。殊に、笑いと叫びのヴォルテージは半端ではなかった。

会話能力のエネルギーはすさまじい。抑えつければ抑えつけるほど大きな反動がある。独房で何日も過ごす囚人なども、こうなってしまうのだろうか。

何度も、どちらかの口を押さえなければならなかった。隣室からの苦情もあった。それでも彼らの「達成感」は途切れることがなかった。ぼくはその熱気に当てられて一番先に酔いつぶれた。

## (二) 日曜日のオデッセイア

日曜日のたびに長距離を歩いている。

アッパー・イーストサイドのテリーのコンドは、先週行ったメトロポリタン美術館からそれほど離れてはいない。つまり、セントラル・パークの東側だ。それも、ミュージアム・ディストリクトと呼ばれる博物館や美術館や大使館が並ぶ一等地のすぐ北側。Ｉハウスのあるモーニングサイド・ハイツは、セントラル・パークの北西。

地下鉄を使うと一旦コロンバス・サークルまで南下しＥラインに乗り換え、さらにレキシントン・アヴェニュー&五三丁目で乗り換えねばならない。だったら、歩いて大学構内を突っ切り、セントラル・パークの北側を探検しながらアッパー・イーストサイドへ行ってみようという気分になった。アルコール分が視界に残っていたが二日酔いというほどでもない。歩いているうちに、すっきりするだろう。余裕を見て、午前一〇時半にはＩハウスを出た。

コロンビア大学のキャンパスには一九世紀に建てられた建築物が威風堂々と並んでいる。ぼくはロウ・メモリアル・ライブラリーの高いドーム形式に見惚れ、学生たちに混じってその壮大な階段広場に立った。階段中央部には彫像。近づくと、ALMA MATERと書かれていた。

アルマ・メーターの彫像を背にすると、目の前には四辺形がデザインされた広場と芝生が広がっている。案内地図によると、このあたりはセントラル・クォードラングルと呼ぶらしい。中央庭園ということなのだろうか。正面には、バトラー・ライブラリーを始めとするコロンビア大学初期の建物が並んでいる。大学構内にはいくつもの図書館があるが、メインはこのバトラーだ。

先週の日曜日はメットの前の「立派な階段」で「立派な決意」を考え、壇崎さんのことを思った。平日はビッツの前の五段の階段で、小さな決意を組み立てている。きょうは、ここ。

伸びをして階段に腰をおろした。両肘をついて両足をのばすとゆったりとした気分に浸れる。

これが、城島式階段浴だ。

　どこからか教会のコーラスが聞こえて来る。キャンパスの南にはマンハッタンを代表する教会がふたつあるそうだが、そこから流れて来るとは思えない。どこか近くの屋外で、練習をしているのだろう。

　ふと見ると、階段の下から駆け上がって来るジョガーがいた。彼は、途中から進路を変更して真直ぐにぼくに向かって来る。

　我らの輝ける「敵」ＯＢことオーエン・バローズだった。

「なにやってんだ？」ＯＢがジョギングのペースを崩さず、階段を上がったり下がったりしながら尋ねた。ヘッドセットからはリチャード・バートンの声が洩れて来る。「リチャード三世」かなにかだろう。

「階段浴さ」

「階段浴？　日本にはそういう習慣があるのか？」

「あるよ。日本人は三度のめしより階段浴が好きなんだ」面倒くさくなってそう答えた。

「わからないでもないな」

「そっちこそ何やってんの？」

「昨日の夜、五〇〇キロカロリー食べ過ぎた。その分、熱量を発散しなければいけない」

「へえ」

「一日の食事のカロリーは厳密に決めてあるんだ」

「すごいね」ぼくは苦笑した。どうもＯＢとは会話の波長が合わない。さっさと行ってしまえばいいのに。

　ＯＢは話し続けた。

「役者になるためには軍隊的な規律は重要だと思う」

　彼の演技論を聞きたくなかったので差し障りのない質問をした。

「この近くに住んでいるの？」

「その先のＩハウスにいる」

　痛あ、という日本語が思わず口をついて出た。なんと言ったんだ？　と尋ねるＯＢに、慌てて
てごまかしの英訳をつけ足す。

「驚いたってことさ」

「そっちも？」

「昨日から」

「そうか。じゃあ、一緒に走らないか」

「アサインメントがあるから」

　アサインメント、と聞いて急にＯＢの表情が険しくなった。

「あれか？　ウィスキーのボトルを部屋に置いて――」

「ウィスキーになるかどうかはわからないけれど、ね」

「あんなもの、なんの役に立つんだ」

「やらないの？」

「やるわけないだろ」

「だって、相手はその気だろ？」

「相手もやる気はないそうだ」

「だれだっけ？」

「泥臭くて意地悪でどん臭い——トリッシュ」

そうか。トリッシュだったら、やらないよな。ＯＢを「民衆の敵」と名指したのも彼女だったし、パウンダーがＯＢとの組み合わせを発表したときも、大声で「シット！」と叫んでいた。

「ひょっとして、今の形容もシェークスピア？」

「『じゃじゃ馬馴らし』」

「でも、インパクトあるよ」

「トリッシュが？　日本人にはそうだろうさ」

「違うって。アサインメント。昨日、ヤンとルーのリペを見ていたんだ。すごかったよ。会話が解禁になった途端、言葉が泡みたいに吹きこぼれた。パウンダーはそれを狙っていたんじゃないかな。会話力の復元性というか、さ」

ＯＢは一瞬、後悔したような顔つきになったが、すぐに打ち消した。くだらない、と言ったけれど、言葉には力がなかった。

面白くなって追い打ちをかけた。

「独房に長いこといると会話への飢餓状況って生まれると思うんだ。それで、元の房に戻されるとやたら話したくなるんじゃないかな。だけど、規制が厳しくてそうそう自由に喋ることもできない。喋りたいのに会話を封じられると、人間は狂暴になる」

似た飢餓状況を訓練したためじゃないかな」

「独房とリペとは違うさ」

「そりゃそうだよ。自分の意志で会話を封ずる状態がリペなんだから、独房よりももっと規律が必要だと思うよ。シェークスピアだって、あれだけ豊富な語彙は、若いころに相当、リペに似た飢餓状況を訓練したためじゃないかな」

OBをからかうつもりで喋りだしたら、普段考えてもいなかった言葉がすらすらと出て来た。それも、今まで使ったことのないような英語表現まで含めて。使ったことがないと言っても、「シフトする父親」たちがすべて豊かな語彙で接してくれたことは確かだ。つまり、耳はそういう表現に慣れていたことになる。無論、昨夜、半分酔いながらも、そんなことをヤンやルーと議論していたこともシミュレーションになっている。

なんというか。

ぼくは苦手だったOBと、対等以上の立場で話している自分に少しだけ酔っていた。トリッシュとのアサインメントを放棄したことを聞いて、思いっきり後悔させてやりたかったことが一番大きな動機だが。

階段浴のままの姿勢のぼくと、小刻みに体を動かして聞いているOB。活動的な筈のOBの方が、俄然意気消沈していた。英語ではこの状態を「OWN／所有する」と表現する。この時間帯、ぼくはOBを所有していた。それで、余裕の一言を投げかけた。

「アルマ・メーターって何よ?」

「ラテン語で『母校』」

ぶっきらぼうに答えてから、ＯＢは意表をつく一言を口にした。

「金曜日の『スリッパーズ』、どう思った？」

昨夜、ルーとヤンに投げかけた一言が木魂のように返ってきたのだ。ぼくはヤンと同じ反応をしていた。何が何？

ＯＢは階段に腰を下ろし、「パウンダーがメイエルホリドの話を途中でやめたのは、おそらく」といって間をとった。彼自身、どう続けようか迷っている風だったが、次に出て来た言葉はルーとぼくが分かち合ったこととは大きくかけ離れていた。

「おそらく、メイエルホリド粛清の背景が整理できていなかったからだと思う」

ぼくは曖昧に同意して素直な聞き手に徹した。

「パウンダーはどう考えても政治オンチだ。スターリンとトロツキイの権力闘争は理解できても、トロツキズムがプチ・ブルのイデオロギイだというソ連の歴史学がわからない。トロツキイ失脚の時はスターリンと共闘していたニコライ・ブハーリンがなぜその数年後に粛清されたのかなんてわかるわけがない」

話が難しくなってきた。

ＯＢは相手の困惑には構わず、シェークスピアの台詞を暗誦するように滔々と続ける。大学での専攻がそっち方面だったのだろう。

ぼくは必死でトロツキイとスターリンとブハーリンのポジションを整理する。要は、ロシア共産党中央指導部を外野の守備にたとえると、トロツキイが過激なレフト、スターリンがセンター、ブハーリンが資本主義にも関心を持つライトということらしい。

「スターリンは、敵対するものに『プチ・ブル性』のレッテルを貼ったレーニン主義を巧みに利用して、大粛清、大テロルに突っ走った。市場経済に基づく民主主義の道を進むか割り当て制の全体主義社会の道を進むのかという岐路でね。悲劇は、ブハーリンがメイエルホリド芸術の賛美者であり擁護者だったことさ。スターリンはスターリンでメイエルホリドの過激な表現芸術をプチ・ブルの象徴として嫌悪していた。スターリンを揶揄する芝居にはブハーリンやルイコフといった中央委員会右派の連中は大喝采した。だから、ブハーリンを一九三八年に銃殺刑にすると、翌年メイエルホリドを逮捕、一九四〇年に処刑したわけさ」

「日本のスパイだったという話もあるよ」

「拷問して自白をでっちあげただけだよ。メイエルホリドの粛清は既定路線だった。ヨシフ・スターリンはすべての芸術家の敵だ」

そう結論づけるとＯＢはにっこり笑って、君とここで会えてよかったと口にした。どうやらぼくを友人として認定してくれたらしい。右の拳でグーを作り、ＯＢに差し出した。彼もグーを作って、ふたつのグーがこちんと触れ合った。

ＯＢは元気いっぱいに立ち上がると、「また明日、よろしく」というなりアルマ・メーターの彫像に向かって走り去った。

後半戦はともかく、序盤戦では完璧にＯＢを所有した（と信じる）ぼくは、勢いに乗ってアッパー・イーストサイドへ乗り込んだ。ニューヨークを代表する教会群も、ニューヨークの東の王者と呼ばれる高級住宅街も、征服者の眼差で踏破した。

しかし。

テリーが教えてくれたアドレスに辿り着いた途端、「持たざるもの」のコンプレックスが頭をもたげてしまった。

アッパー・ウェストサイドにあるザ・ダコタほどではないにしても、おごそかリッチなのだ。あちらは七二丁目とセントラル・パーク・ウェストの角にでーんと構え、セントラル・パークを見下ろしている。こちらは、九二丁目で、公園の東を南北に走るフィフス・アヴェニューから は数ブロック離れている。

そういう意味での格差はある。が、年収一〇億円の人と五億円の人の格差は、下から仰ぎ見る分にはわからない。

こんなところに、テリー・アイザックソンは自分の部屋を与えられて住んでいるのだ。両親が住む下の階に。その事実がおそろしく思える。そういうリッチ・キッドとリペティションをするのだ。何時間も。

感心するのはそこそこにして、ひどくモダンなガラスのドアを抜け、黒人のドアマンに来意を告げた。Yのセキュリティ・ガードの小突くような視線やアーチーの凄み系の親切に馴らされたぼくとしては、この黒人の雅びやかな笑顔に別世界を感じた。砂漠のオアシスが二本足で立ったらこういう笑顔を浮かべるのかもしれない。

初対面の時、テリーは首を突き出して、大人に抗議する議論好きの小学生といった角度でぼくを見上げていた。五階でエレヴェータを降りて二つ目の角を曲がった途端、その顔がドアの下の方から見上げていた。頭がほとんどフロアにくっついている。

「なにしてるの？」

「それ以上近づかないで！」

「ひょっとしてコンタクトレンズ落とした？」

「あんたを迎えようとしてドアを開けた時に、チェーンが顔の前でぶらんとなって、さっと避けたら自分の手で自分の顔をたたいちゃった。ばっかみたい」

同じように屈みこんでコンタクトレンズを探しながら、彼女が言ったことをそのまま繰り返した。

「ばっかみたい！　こんなところでリペ始めないでよ！　これから手順を説明するんだからさ。そのあとは七時まで、たっぷりリペをするわけ」

やはり、彼女は忠実にアサインメントを実践する気でいる。

「だけど、おたくのエレヴェータは広いよねえ。Yのぼくの部屋の倍はあるぜ」

「広いエレヴェータが好きなら倉庫街に住めば？」

「いや、Ｉハウスの部屋はここのエレヴェータよりは広いから満足さ」

「ちょっと」

テリーは作業を止めて間近から覗きこんだ。例のわしづかみの目線だ。

「手伝う気があるなら集中して」

「わかった」

ぼくたちは黙々とコンタクトレンズを捜索した。たっぷり五分かけて、見つけた。五分の静寂は、リペへの飢餓感をぼくに植え付けた。

テリーのコンドには廊下があった。ドアを開けると廊下が真直ぐ居間まで続いている。右側に部屋がふたつ。左側にバスルームとキッチン。壁には家族の歴史を刻んだ写真の数々。ちらっと眺めただけでも旅行写真がやたらと多いことに気付いた。そこまでは建物の外観と、両親が上の階に住んでいるという情報を元にある程度はイメージしていた。

意外だったのは、家具があまりないことだ。居間に関していうと、椅子が一脚もなかった。がらんとして、凝ったカーペットとクッションが無数に転がっている。相撲がとれそうな低い円卓がひとつ。後は、壁一面の本棚と梯子。この梯子が、唯一腰掛けとして使えそうだった。

東洋的と言えば東洋的。当然、靴も日本式に入り口で脱がされた。クッションは、インドありフィリピンありヴェトナムあり、だ。しかし、カーペットはナヴァホ族と北欧系のシンプルでモダンな三原色の二種類。そして、部屋のほぼ中央には無造作に置かれた一本のワインボトル。バローロのかなり高価なやつだ。

隣接効果という言葉がある。ジャクスタポジション。

ヤンの雑然とした五〇〇ドルの部屋と直結してテリーの整然とした三〇〇〇ドルプラスの部屋がある。極端に異なったふたりなのに共通項がふたつある。

ひとつは、ふたりがパウンダーの「教え」を守り、部屋の中央に「宿題の賞品」を置いていること。

二つ目は、どちらの部屋も、全体に目線を低く設定してあること。

ヤンの場合はものぐさな性格のせいだ。棚を使わず、すべてがフロアに転がって無秩序。そのくせ、カルヴィニストの両親に、がんじがらめの精神。

こちらは本人の身長が影響している。地を這う生活も可能な、目線の低い高級感。要は、ごろごろしていて愉しいプレイルーム。だから、キッチンはあるというだけ。使っている形跡はない。食事は、上の階の両親とともにするのだろう。

無性におかしかった。

と、テリーお得意の「ばっかみたい」が飛んで来た。

ばっかみたい、にやにやして。

ぼくは窓辺に立って数ブロック先に屹立する十字架と特徴のある複数の丸い屋根を見つめた。まるでクレムリン宮殿のようだ。

「ロシア正教の教会よ。九七丁目にあるの」うしろからテリーが解説した。

「このあたりはもともとロシア系移民が多かったから、うちの父方も、ジューイッシュだけど、ロシア系だし」

彼女の解説によると、少し南下して八〇番台の通りはドイツ系移民のヨークヴィルと呼ばれ、その南がハンガリアン・ヨークヴィル。七八丁目から下がチェコ系のリトル・ボヘミアと呼ばれているのだそうだ。ずっと南に下ったチャイナタウンやリトル・イタリーほどの「色合い」は強くないが、それぞれの民族の伝統を守るレストランや教会は、まだいくつか残っているらしい。

なるほど、と納得していると、テリーは冷えたダイエット・コークのボトルを押し付け、軽く言い放った。

その辺にごろっとなってよ、本日のルールを説明するから。

本日のルールなるものを聞いて、ぼくは愕然とした。テリーはリペで勝負しようというのだ。リペティションは、どんな一言でもいいのだが、一言投げられたらそれを反復しなければいけない。同時に、その一言を言い出した側も、自分の言葉を繰り返すことになっている。つまり、どの一言も、原則四回、ふたりの間で繰り返されるのだ。

テリーが「きょうはいい天気だね」といえば、ぼくはちょっとしたニュアンスを付け加えて「きょうはいい天気だね」と応ずる。さらに、テリーが「きょうはいい天気だね」と来て、ぼくも、「きょうはいい天気だね」と続ける。ここまでが最低到達点。そこを超えたら同じことを繰り返してもいいし、ピンチが来たら、と言うか、わかりやすく言えばインスピレーション次第で、別の言葉を繰り出しても構わない。

ゲーム性にこだわるなら、そこに「引っ掛け」の入る余地がある。つまり、「きょうはいい天気だね」を各自二回繰り返したあと、テリーが「あ、コーヒーカップそこに置かないでよ、絨毯が汚れるから」と何気なく言ったとする。で、ぼくが「ごめん」といったら、それで減点一というわけだ。そのゲームを彼女はやる気でいる。しかも、街に出て。

で、七時に乾杯した時点で減点の多い方が、ディナーをおごる、と言うのだ。

ぼくの財布には真新しい二〇ドル札が二枚とくしゃくしゃの一ドル紙幣が六枚入っている。

三〇ドル以内で買える安売りのチケットで、今晩芝居を見るつもりだった。残りはディナー代。クレジット・カードは持っていない。

　無論、芝居をあきらめれば二人分のディナーにはなる。が、それは庶民感覚のやつだ。テリーは、いとも簡単に、「ロードハウスのディナー」と指定して来た。確か、ザガットでも、超高級にランクインしている老舗のコンチネンタル料理の店だ。選んだ理由は「ここから歩いて五分だし、支配人が知り合いだから」とこともなげに言う。

「だって、そんなキャッシュ持ってないよ」

「もう負けるつもりでいるの？」

「格好だってこんなだしさ」

「ジャケットはダディのを借りればいいじゃない。お金は、なんとかなるわ」

「なんとかなるって」

「利子なしで貸してあげる」

　最終的に勝負を受けて立ったのは、やはりどこかに「OBを所有した」という自信があったからかもしれない。ここで逃げれば、残り五週間、彼女の蔑むような視線につきまとわれる不安もあった。

　でも、これはどう考えても不利な勝負だった。彼女には失うものはなにもない。ぼくは、負ければ、明日からの食費を大幅にカットせざるをえない。

　レキシントン・アヴェニュー&八六丁目の駅から六番の地下鉄に乗ってグランド・セントラ

ルまで下った。驚いたのは、車内にでっかい姉ちゃんみたいな兄ちゃんが大勢いたことだ。このラインはゲイがたくさん集まる場所なのだろうか。そんな表情を読んだのか、テリーが「きょうはゲイのパレードがあるの」と教えてくれた。「あ、なるほど、そういうことか」と返事した途端、テリーは用意した勝敗表にぼくの減点を記入した。畜生、「きょうはゲイのパレードがあるの」と返さなければいけなかった！

グランド・セントラルで地上に出ると歩行者天国になっていた。色々な屋台も出ている。バーベキューの煙も衣料も、とにかく賑やか。二〇丁目くらいまでずっとホコテンが続いている。あちらこちらでミュージシャンが演奏をしている。みんながそれぞれ個性的でうまい。至るところで歓声が上がる。報道関係の車もいっぱい止まっていた。

五番街ではゲイのパレードが進行中だった。目につくのは、キュートなゲイよりも脂ぎったゲイたちの姿だ。熱気が半端じゃない。フロートも出てみんなが踊っている。

一九世紀ボザール建築のマスターピース、ニューヨーク公共図書館の前でカラフルに盛り上がっていた。テリーとぼくは、多くの見物人と一緒に図書館前の階段に腰掛け、パレードが終わるまで見てしまった。無論、その間もリペは続き、ぼくは減点をさらにふたつ喰らった。一回は、パレードに夢中になっている時に「なんだか静かになっちゃったよ、ＰＪ」と言われて返せなかった。もう一回は、パレードの参加者が近くまで来てハーイと声をかけて来たので応じてしまった。しかし、この時は、ぼくの抗議にテリーがルールを忘れて言い返したので彼女も減点一。

街を愉しみながら、ぼくも徐々に引っ掛けのこつをつかむ。

パレードの後も歩いて南へ向かった。道行く人の中にはぼくたちのリペを面白がって参加して来るものもいた。感覚は、楽器を演奏しながら街を練り歩くのと似ている。街角で出会った演奏者と束の間セッションをして、また歩く。そういう環境では、二時間でも三時間でも、活気あふれるリペを続けることができた。

ワールド・トレード・センターのツイン・タワーを目標に歩くのは、マンハッタンの生活の基本線でもある。ぼくの母の実家周辺の人たちが、毎日無意識に富士山を眺め、崇めている感覚で、マンハッタンの住人はツイン・タワーを眺めているのだという気がする。だから、ニューヨークで南北に移動する時、大体、ぼくは南へ向かって歩き、北へ向かう時に地下鉄を利用するようにしている。

ニューヨーク生活を始めて一週間のぼくでもそういう意識がある。ニューヨーカーならば無意識にそれを実践しているのだと思う。テリーも、同じように考えているのがわかった。

ぼくたちは、イースト・ヴィレッジに入り、いつの間にかロウアー・イーストサイドの民族遺産ツアーを始めていた。

このエリアは、多分、東一二丁目あたりが北の境界線だと思うけれど、その南方には一九世紀以降の六つの民族の建築遺産がごろごろしている。アルファベット順に言えば、アフリカン、チャイニーズ、ジャーマン、アイリッシュ、イタリアン、ジューイッシュだ。

一番広い地域に分散しているのがアフリカンで、狭いのがチャイニーズ。

北のシンボル、アスター・プレイスはアフリカンとアイリッシュが重なり、そこから数ブロック西のワシントン広場ではアフリカンとイタリアンの歴史が繋がる。南では、チャタム広場でアフリカン、アイリッシュ、チャイニーズ、イタリアンが交錯している。

リペをしながらの会話で、テリーはそんな民族分布を教えてくれた。何しろひとつのセンテンスが最低でも四回流れるわけだから頭にはよく入る。彼女自身、ジューイッシュ、ポルトガル、フィリピンの血が混じっているのでエスニシティーのことには深い関心を抱いているようだった。その点、四ヵ国の血が混じりあっているとはいえ、そのどれにも頓着のないルーとは、対照的だった。

日本にも、そういった歴史的な民族結束地域はあるが、マンハッタン島の全域にはちょこちょこある。ぼくとペニー・ジョーが長い時間を過ごしたLAの日系人社会とも大きく違う。

LAには、リトル・トーキョーと郊外のガーデナ市がある。これらの地域は日系人や日本人が作り、維持している。ただし、チャイナタウンやコリアンタウンほどの民族的主張は感じない。他者とさりげなく共生している。

肩ひじ張った拠点、という感覚とは違う。

それにしても、マンハッタン島は歩いていて飽きない街だ。いくつもの民族の融合が、角を曲がる度に刺激的な景観を作り上げている。アメリカ経済の中心であるウォール・ストリートやワールド・トレード・センターを呑み込んだロウアー・マンハッタンが、多民族の歴史を刻んだ通りによってアップタウンの高級住宅地域と分断されているから面白いことが起きる。

ぼくたちはチャイナタウンのマクドナルドでヴァニラ・シェークを買い、ひと休みしてから四番の地下鉄に乗ってアップタウンへ戻った。

地下鉄は日本でいわれていたほど危険度の高いトランスポーテーションではなかった。トンネルや車両への落書きの数々も一九九〇年以降の取り締まり強化と簡単に洗い落とすことのできる洗剤の出現で激減し、こういった軽犯罪が減ることで大きな犯罪も減少したと聞いている。だから、無造作に乗り降りするくせがついていたのだが、テリーは違った。ぼくがドア付近の定位置を確保すると、彼女はいきなり手を摑んでぐいぐい引っ張って車両の奥へ移動する。

リペの最中だから細かくは説明しなかったが、地下鉄を利用する場合の暗黙のルールはまだ存在しているようだった。彼女からのメッセージは、ドア付近は危険、奥は安全ということなのだろう。

東京では、地下鉄に乗るたびにドア脇に立って、過ぎ行く暗いトンネルを眺めるのが好きだった。落ち着くのだ。そういう習慣は、この街では変えた方がいいのかもしれない。

グランド・セントラル駅に着くまでは、ぼくたちは心地よい疲れから、同じ言葉を様々なニュアンスで繰り返していた。少ない乗客は前を見つめて固まっているだけで、奇異な目を向けもしないし参加もしない。たとえ、だれかがだれかに突然の暴力をふるったとしても同じ姿勢を崩さない人々だ。徹底して他者に無関心になる。これも、ニューヨークでの地下鉄生存術なのかもしれない。

ドアが開くと同時にヴァイオリンの音色が流れ込んで来た。乗客の目線が、人種の別なく一斉に音源を探して動いた。白人女性客は立ち上がってドアのところまで進んだ。あまりにも美しく哀切を帯びた演奏だった。ぼくも釣られて、ドアまで進んだ。いくつか並んだホームの向こうに人垣があった。そのすき間から白いシルクのシャツで演奏するヴァイオリニストの姿が見えた。

テリーが言った。

「彼はこの街の伝説のひとりよ。もう何年も前から、地下鉄の駅で演奏しているの。カーネギー・ホールでコンサートを開いたこともあるわ」

ぼくがその通り繰り返す間に、ホームの反対側に入って来た地下鉄によってヴァイオリンの音色も演奏者の姿も隠されてしまった。

しかし、あの音色の効果は抜群だった。彫像のような乗客が一斉に、あたたかな感情を示したのだ。ドアが閉まり、また新たな目的地へ地下鉄が走り始めてからも、その気分は途切れることはなかった。

## (三) 長い尖った夜

妙な感覚だった。

レキシントン・アヴェニュー&八六丁目駅で降りてから、ぼくとテリーはずっと黙って歩き続けた。午後七時までの乾杯に合わせて、彼女の部屋へ戻るには完璧なタイミングだった。

一〇分歩いてエレヴェータに乗って部屋につけば、その時間が来る。

ぼくたちの間を飛び交う言葉はない。

厳密にいえば、グランド・セントラル駅のヴァイオリンの音で、すべてが終わったともいえる。リペティションは充分にやった。

あの旋律は、多分パガニーニだったと思うけれど、我々には「御褒美」だったのだ。だから、ぼくが「彼はこの街の伝説のひとり――」と繰り返したあと、テリーはリペを返しては来なかった。

相手の右目と左目とを交互に見つめる驚くほど大きな黒い瞳は、せかせかと小刻みに動くことをやめてしまった。

そして、彼女は、八六丁目駅に到着する直前、スコアカードをくしゃくしゃにまるめ、改札を出たところにあるゴミ箱に投げ捨てた。スコアは、確か、マイナス五対マイナス五のイーヴンだった筈だ。

そうやってぼくたちは歩き続けた。沈黙はとても居心地がよくて、日の名残りをたっぷり感じさせる時間帯にフィットしていた。

誓ってもいいが、テリーに対する恋愛感情は皆無だ。それでも、なんだか、恋人同士が肩を並べて歩く時のゆとりをぼくたちは分け合っていたのだと思う。道で行き交う人々の視線も挨拶もすべてが温かく感じられた。

テリーが魅力的ではないこともないという事実も、どこかで影響しているのかもしれない。小柄でも、キュっと引き締まったウエストと豊かな胸元のバランスは人目を惹く。タイトで短かめのTシャツと、同じくタイトで短かめのジーンズが、健康的なセックスアピールを発散していないこともない。

ヘアのトップを尖がらせていないテリーは、純粋にキュートなのだ。

訂正。

ヘアのトップを尖がらせていなくて「ばっかみたい」も言わないテリーは、キュートなのだ。

正直に言おう。「妙な感じ」というのは、達成感あるエッチを分かち合った恋人同士の気分だ。長い長いリペティションの締めくくりにヴァイオリンが流れて来たせいで、余計、そう感じてしまったのかもしれない。テリーも同じ気分だとしたら、午後七時の乾杯の後に来るものも予想できる。

何回も誓うようだが、誓ってぼくはテリーをくどくつもりはない。だけど、そうなったとしても不思議ではないムードが、その「散歩」にはあったということ。しかし、スキンを持ってはいないし、今さら買いに走ることもできない。


乾杯はキャンドル・ライトの光に包まれていた。

帰宅するなり、テリーは居間にある三本の大きなキャンドルに火を灯《とも》し、フロアランプをすべて消した。彼女がそういった作業をしている間、ぼくはワインの栓を開けた。すべてが沈黙の儀式の中で進行した。

コミュニケーションはあったが、ぼくたちは声には出さず、ジェスチャーと口の形で伝えあった。喋るとリペをしなければいけない、というような強迫観念があったのだ。

その時間の一分前になると、テリーが音なしのカウントダウンを始めた。七時になって、ぼくはワインを開け、ふたつのグラスに注いだ。そして、思いっきりはしゃいだ声で「乾杯！」と叫んだ。

　一口すすって、貯めこんだ言葉を一気に解放しようとした。その瞬間、テリーの黒い瞳が飛びかかって来た。

　本当に、飛びかかって来たのだ。耳は、彼女の含み笑いを聞いていたと思う。しかし、視界は彼女の黒い瞳に塞がれ、唇には、彼女の唇が押しつけられていた。そこからワインが流れ出て、ぼくの喉を通って行った。

　一端、唇を離すと、テリーはぼくが咳き込む間に、Tシャツを脱いだ。反射的に、ぼくの目は彼女の胸の隆起を捕えた。乳首は小さかったが、胸は大きく形良く尖がっている。

　きょうのテリーはヘアのトップを尖らせる代わりにこんなところを尖らせていたのか。

　場違いの感慨に浸っていると、ふたつの隆起が勢いよくぼくの胸に衝突して弾んだ。テリーはぼくの体によじ登るような感じで、唇を噛んだ。痛ぇっと叫んだ瞬間、彼女の舌が巧妙に侵入して来た。肺の空気を全部奪われる乱暴なキスだった。

　それが何秒続いたのかはわからない。ぼくは酸欠状態でもがいていたのだと思う。ロマンティシズムからは程遠かった。テリーに注ぎ込まれたワインの一部が鼻に逆流し、口は、彼女に占領されたまま。

　本当に、本当に苦しかった。

　こんな苦しいキスは生まれて初めてだった。こういう異文化交流とは縁がなかった。突き飛ばすのも失礼だと思い、無我夢中で彼女の腰をにぎった。

それが、ぼくを救った。彼女は電流に打たれたように身体を大きくのけぞらせ、喘ぎ声を発した。

ぼくは必死で酸素を補給した。

客観的に見るならば、この光景は喜劇だ。一〇歳以下の子供には、生きるか死ぬかの肉弾戦に見えたと思う。一〇代にはヤワなレスリング。

二度目の「特攻」は身構えていたので唇への衝撃も軽く思えた。が、歯と歯がぶつかった。同時に電話のベルが鳴った。

途端に、テリーの全身の力が萎えた。

Shit!

ばっかみたい、ではなく、シットだった。彼女は絨毯の端にある電話機の方へ這いずって行きながら悪態を吐き続けた。

絶対にこの部屋には盗聴器が仕掛けられているんだ。いつだってそうなんだから。決まって電話が鳴るんだから。

要約すればそういうことだが、名詞の数よりも卑猥語の数の方がはるかに多かった。

「なに?」受話器を取るなり不機嫌な声でテリーは言った。相手の言うことに耳を傾け、冷めた口調で抗議する。

「まだ七時だよ。約束は八時でしょ」

しばらく間を置いて「わかった」と答え、テリーは電話を切った。

「五分で上がって来いって」今度はぼくに不機嫌な声をぶつけて来る。

「え？」ぼくはだらしがないくらい狼狽した音を出した。

「ディナー」

「なんで？」

「八時の約束だったけど時間を早めたんだって。あんたが帰る時間を考慮して」

わかんねー。

そういう顔をしていたのだろう。テリーはさっさと着替え始めながら解説してくれた。

「両親があんたをディナーに招待しているの。『ロードハウス』で。そのためにはジャケットが必要なの。だから、上へ来て、うちの父親のジャケットで衣装合わせをしなさいって」

「じゃあ賭けは？」

「なんの賭け？」

「負けた方がディナーをおごるって――」

テリーはとぼけた。それから続けた。「唇が切れてるよ。さっさと洗面所で洗い落として。まるでわたしが殴ったみたいじゃない」

いや、そうなんだよ。

ぼくは、テリーに二、三発殴られたようなものだ。出会い頭にぶん殴られて逃げられた。

「ロードハウス」の前でアイザックソン家の人々と別れたのは一〇時過ぎだった。帰宅ルートは地下鉄での南回りが常識的なところだ。タクシーを使うという非常識な方法もあるが、出費が大きすぎる。セントラル・パークの北部を歩いて帰るというもうひとつの非常識な選択もあるが、こちらは危険が大きすぎる。その地下鉄にしても、ひところよりは犯罪発生率が低下したとはいえ、油断できるトランスポーテーションではないことは、テリーからも、ボビーという愛称の父親からも諭された。

午後のリペの最中、地下鉄に乗ってぼんやりとドア脇に立っていたぼくを、彼女が奥へ引っ張って行った。そのことをテリーは両親に告げた。

「ニューヨークで地下鉄を利用する場合」有能な弁護士であるボビーは食前酒を啜り、陪審員を魅了するかのような営業用の笑顔を浮かべて言った。

「扉の近くに立ったり座ったりしないこと。これがルールその一。ひったくりにあいやすいからね。そうでなければ、ひったくる側に誤解されて事件に巻き込まれることもある。ルールその二は、それとなく周囲に目を配ること。その三は、その二を補足する行為でもあるが、周囲に目を配ってもだれとも目を合わせないようにすること。その四。これが一番大事。車両の中やホームで、決してひとりにならないこと」

「目的地でもないのに乗客がみんな降りてしまったら?」ぼくが無邪気に尋ねた。父親も、テリーも、そして、それまで黙って会話を愉しんでいた母親も、多少の時間差はあったが、ほぼ一斉に同じ答えを出した。

一緒に降りてしまいなさい。

反射的に、車内に三人の乗客しかいない光景が思い浮かぶ。黒人と白人と東洋人のぼく。ルール四を適用するなら、黒人と白人が降りた場合、ぼくも一緒にくっついて降りることになる。しかし、ホームでもひとりになってはいけないのだから、そこで他に人がいなかったらふたりの後をくっついて改札を出ることになる。さらに、ふたりが別々の道を歩いた場合、そのどちらかひとりを追い掛けねばならない。その場合、追い掛けられる側はぼくに対して好意を抱くだろうか。

　もう一度車内に戻って、降りたのが白人だとする。ホームには他にだれも見えない。その場合、ぼくは黒人と一対一で車内に残るべきか、降りるべきか。逆の場合だったら？

　きっとぼくが深刻な顔で考え込んでいたのだろう。ボビーは陽気な笑い声を上げて、妻のメアリー・ケイにキスをした。ふたりはレストランに落ち着いてからというもの五分に一回の割合でキスをしていた。それから、ぼくの腕をぽんぽんと叩いて励ましてくれた。

「大勢の乗客がいてもだれも助けてくれないことだってある。毎年一回はそういう事件が起きる。これはもう、ニューヨークの宿命だね」

「だから、ミュージシャンも多いんですね、この街の地下鉄には」ぼくはグランド・セントラル駅のヴァイオリニストを思い出していった。

「そうだ。みんなが心を閉ざしていれば、オープンにしようよと訴えかける力も出て来る。有名なヴァイオリニストがいてね」

「きょうもいたわ」テリーがグレープフルーツと和えた蟹肉サラダを口に運びながら言った。

「彼が演奏を始めたのは八〇年代の初めじゃなかったかな。八五年にはミュージック・アンダー・ニューヨークというプログラムをニューヨーク市が立ち上げて、地下鉄の駅でのアート・シーンが公共事業になった。ミュージシャンも芸人も、今ではオーディション制度になっているんだよ」

「毎年、五月にグランド・セントラルでオーディションをやるのよ」メアリー・ケイが魅惑の眼差でつけくわえた。


ひかえめにいって、ぼくはボビーにとても気に入ってもらえたようだった。その大きな理由は、地下鉄を巡る会話ではなくて、ロウアー・イーストサイドの探検に関することだった。

テリーに案内されて訪れたスタイヴサント・スクエアのあたりに心惹かれる「伝統の下町の静寂」を感じたと伝えた時、ボビーの瞳がきらきらと輝いた。そこは、彼が少年時代を過ごした環境であり、彼自身の言葉によると、「なにものにも侵されないマンハッタンの秘境」ということだった。

スクエアのシンボルは、西側にある巨大なロマネスク様式のセント・ジョージ教会だ。そのブラウンストーンの建物との調和を考えたいくつもの歴史的な建造物。そういう環境から育った彼の民族の先達、哲学者のモーリス・ラファエル・コーヘンや芸術家のマーク・ロスコ、ベン・シャーン、アーサー・マーレイたちのことを、ボビーは語った。その殆どが、テリーにとっても初めて聞く話だったようだ。

食事は一流中の一流。会話も上質。こういう背景を持つテリーと、冷房もないIハウスの部屋に住み一日一〇ドル前後の食費で暮らすぼくが、グランド・セントラルからチャイナタウンまで歩きながらリペティションをしたという事実は、価値がある。

締めくくりはコメディだったけど、まあ、いい。

ただひとつ、気になったことがある。

テリーの両親がぼくをディナーに招待してくれた理由はなんだろう。それが当たり前だから？　いやいや。彼らがテリーの友人すべてにこういう「接待」をするとは思えない。東海岸と西海岸の違いがあるとはいえ、ぼくの「シフトする父親」たちにもジューイッシュはいたし、母の友人や仕事仲間にもジューイッシュは多かった。しかし、初対面での外食ディナーとなると、記憶にはない。

ぼくがテリーにとって特別な存在だとしても、こういうことにはならない。それは彼女の「ビジネス」なのだ。親が関知することではない。

テリーの両親がそもそもぼくに興味を持っていなければ、「ロードハウス」で御馳走しようという気にはならない筈だ。

それに関係して、もうひとつ、引っ掛かることがある。テリーの両親は、ぼくの親のことを何も聞こうとはしなかった。

考えてみると、これは、とても不思議なことだ。

娘がクラスで親しくしていると思しき東洋人の背景を一切探ろうともしない弁護士の夫妻。興味がなければ、絶対にディナーを共にすることなどありえない。だから、興味はある。どこに？　触れなかった話題に興味があるとは思えないだろうか。

だとしたら、ボビー・アイザックソンはペニー・ジョーのニューヨーク時代を知っているということになる。

ぼくはコロンバス・サークルに向かう地下鉄の中で、アイザックソン夫妻のことを考えていた。ボビーは、年齢的には六〇歳前後。小柄で銀髪。知的で品がある。母が気に入るタイプと言えないこともない。妻のメアリー・ケイは、テリーの言葉を信じるならば、ポルトガルとフィリピンの混血。褐色の肌で、テリーと同じような黒い瞳の持ち主だ。見つめられると、「わしづかみされる視線」を感じないでもないが、娘と違って官能度が強い。見つめられるとゾクゾクする。こういうゾクゾク感は、テリーの視線には決定的に欠けている。

正直、ぼくがニューヨークへ来て以来出会った女性の中で、タマラと双璧をなす官能度といってもいい。このお母さんとお近づきになるためだったら、喜んでテリーと結婚する男がいてもおかしくはない。ボビーが五分に一度彼女と口づけするのは、周囲の男たちに「この女はおれのものだぞ」と誇示するジェスチャーだと思う。そういったジェスチャーは、ハリウッドでのパーティで嫌というほど眺めて来ている。ボビーの頻繁なキスは、ぼくへの警告、という意味ではなくて、長年の習慣からのものではあったけれど。

ともかく、メアリー・ケイは、四五歳だとしても一〇歳は若く見える女性で口数は少なかった。おまけに、神秘的な足技がある。偶然かもしれないが、テーブルの下で、彼女の脚が二度、ぼくの脚に触れた。一度目は、隣に座るテリーかと思った。が、彼女にはそういう茶目っ気はない。両親の前では、なんだか畏縮している。二度目は、完全にメアリー・ケイの靴のつま先だった。ぼくの足首の内側と二秒ほど接触した。これも偶然といえば偶然。不思議な女性だ。

この週末ではクラスメイトの私的な部分に接した。ヤン、ＯＢ、テリー。

ルーの場合はいつでもどこでも四ヵ国連合軍ルー・レオーニでしかないが、それでも、一緒にいた時間が長かったから聞きたくない話まで聞かされた。おかげで親友の気分のようなものも芽生えた。

それで、言葉を交わす人すべての「もうひとつの顔」を気にしてしまうのかもしれない。まるで役柄を分析するように。

ボビーとメアリー・ケイのアイザックソン夫妻が、額面通りの、博愛主義に満ちた人々であったとしてもおかしなことではないのだ。


考え疲れ、ぐったりとした足取りで、コロンバス・サークルで降りた。

乗り換えを間違えたことに気付いたのは一一〇丁目のカテドラル・パークウェイ駅を過ぎてからだった。いつまで経っても地下を走っている。一番か九番だったらとっくに地上に出ている筈なのに。

ぼくが乗ったのはセントラル・パーク・ウェストの地下を走るCラインだった。方向としては間違っていないし、一一六丁目駅もある。が、地上に出てからIハウスまでが遠い。高架線の一一六丁目駅に比べて一〇分程余計に歩かねばならない。その一〇分を恐れてもう一度コロンバス・サークルまで七駅戻るか、それとも、このまま進むか。

ぼくは進む方を選んだ。同時に、車両に残っている顔ぶれを改めてチェックした。白人はゼロ。黒人が女性二人組と若い男ひとり。他は、スパニッシュ系のカップルがひと組だけ。

やがて地下鉄は一一六丁目駅に到着した。

ドアが開くと同時にスパニッシュ系のカップルが足早に降りた。それから、ぼく。さらに、黒人女性ふたりの降りた気配も背後から伝わって来る。となると、車内には黒人の若者がひとり残った勘定になる。出口へ向かいながらさりげなく去り行く車両に目をやった。

おっと。

ぼくが乗っていた車両には、だれも乗っていない。ということは、黒人の若者も一緒に降りたということになる。

束の間、迷う。反対側のホームへ行くことはまだ可能だ。そちらには人影もあった。用心するなら戻る道を選ぶべきだろう。しかし、ベッドへの近道には抗しがたい魅力があった。人間は疲労がたまると、危険には鈍感になる。わかっていても、そうなる。

地上に出ると、道を渡りながら背後の気配を確認した。黒人女性たちは出口で反対方向へ歩き去った。その後ろにいる筈の黒人の若者を確認したかった。

おっとっと。

いた。

ひょろっと手足の長いやつが。ヤンキースのキャップを目のあたりまで引き下げて。通りを渡って、ついて来る。

怖い、というより、うざ。

充分に危険は認識しているんだけれど、回路は「うざ」。

来るなら来い、と思いつつ、ぼくは微妙に速度を速めた。車の通行量は少ない。途切れると、怖いな、とも思う。

Ｉハウスへの正確な道筋はわからない。方向はわかる。それで、交通量の多い通りを選びながら右折と左折を繰り返し、北西へ進んだ。

一二〇丁目で車がいなくなった。途端に、背後の足音が距離をつめて来る。足音といっても、バッシュを履いているから忍び足に近い。

振り向いてカラテの構えをするというテはある。

しかし、あまりにも古典的な威嚇だ。古典的だけど、笑いを取るためじゃなかったら効果はあると思う、といったのはアートだ。スキンヘッドの哲学者は、東洋人が腰を落としただけで、ドキっとすると言っていた。

ルーの意見は違った。あのでかいルーによると、ブラフとしてカラテを使うのは根性がいるそうだ。ブラフだとわかった途端、一発殴るだけですますところが半殺しにエスカレートすると言うのだ。だから、カラテの構えをするなら、覚悟を決めろ、と。

結論として、勝負権があるとすれば、足だ。

反射的に、走った。一端、走ったら、止まるわけにはいかない。全速力で走った。うしろの足音も全力疾走になった。しかも、速い。

突然、後方の足音が消えた。

振り向く。

いない。え？

前を見る。と、いた。

走り去って行く若者がひとり。え？　え？

追い抜いて行ったってこと？　何？

頭の中でクエッションマークがぐるぐる回り始めた途端、恐怖心は消えた。そこからＩハウスまでの五分、ぼくは余裕で状況を分析した。

思うに。

手足の長いブラザーは、ルールその四の信者だったのだろう。だから、車内でひとり残されるよりは降りる方を選んだ。降りたら、ホームにだれもいなくなった。黒人女性ふたりにくっつくよりも、東洋の若者にくっついて歩く方が怖がられることもない、と思ったのか、こちらが家路だったのかは不明だ。

要は、こっちがびくびくしている以上に向こうもびくびくしていたということ。一言、声かけてやればよかったよなあ。悪いことしたよなあ、くらいの気持ちでクレアモント・アヴェニューへの角を曲がった。

その途端、赤色灯。

それもみっつ。三台のパトカーが通りの両サイドに止まっている。警官たちには緊張した様子はなく、ふたりが地面に腹ばいになった黒人の若者三人の脇に立ち、雑談している。残りは野次馬整理やら無線での報告やらで、のっそりと動き回っている。

Ｉハウスのクレアモント側の出入り口には、居住者とおぼしき野次馬が数人。バーの窓から見下ろすものもいれば、部屋の窓から見下ろすやつもいる。

それにしても、この捕り物がブロックにしてふたつほど東で起きていなくてよかった。犯罪シーンに全速力で走り込んだらどうなるか。初心なぼくにもわかる。壇崎さんが忠告してくれたように、この街で走る日本人は「カラード・ピープル」なのだ。十中八九、両手を頭につけて歩道に腹ばいにさせられただろう。ぼくを追い抜いた黒人の若者はもっとひどい目にあったかもしれない。

　パトカーの脇を通ってIハウスのドアに辿り着くと、野次馬の中から手がのびてぼくの腕を軽く叩いた。ＯＢだ。

「てっきり、君かと思ったんだ」ＯＢが言った。

「なにが?」

「東洋人の学生が刺されたっていうからさ」

「どこで?」

「リヴァーサイド・パークで」

「いつ?」

「ほんの一五分か二〇分前だよ。連中が容疑者だ」と歩道に腹ばいになった連中に目をやった。

ぼくたちは会話を続けながらＢフロアまで階段を登った。ＯＢの気づかいが少しだけありがたかった。

「いずれにせよ、夜中に喉が渇いても外には出ない方がいい」ＯＢが真剣な口調でいった。

「そうだね」

「エレヴェータ脇に自動販売機がある。割高だけどあれで我慢するしかない」

　ぼくはＯＢが指差した方向を覗き込んだ。

「腹が空いたら言ってくれよ。ぼくも言う時があるかもしれない」ＯＢは、そう言ってはにかみの笑みを浮かべた。思った以上に繊細な笑顔だった。

「それって、シェークスピアじゃないよね」ぼくは笑顔で返した。

「無論、違うさ」

「わかってるって」

「とにかく気をつけようぜ、お互い。PJ」

ぼくは頷き、一瞬、何か気の利いた言葉を探したが何も見つからなかった。ちょうどエレヴェータのドアが開いた。

「まだスタディルームでやることあるから」OBが言った。

「じゃあ、おやすみ。オーエン」

「おやすみ、PJ」

扉が閉まる寸前に、OBは丁寧に腰を折ってお辞儀をした。

## (四) 怒濤の第二ラウンド

月曜の朝一番の話題は、リペティションのアサインメントだった。

パウンダーは、もみ手をしながらクラスへ入って来た。好奇心いっぱいのおじさんをコミカルに演じている。

「教えて教えて教えて教えて、ウィスキーのボトル開けたやつ、何人いるんだ？　さあ、手を上げて！」

勢いよく手を上げたのはヤンとルーだけ。ぼくは控えめに上げた。

意外なことに、リペティションをやったのはぼくらだけだった。あちらこちらから言い訳の声が上がったが、パウンダーは相手にせず、胸の前で両手を組み、軽い失望を演じてみせた。

それから、やんわりと言った。

「それにしてもなにかおかしくないかい？」

時間をかけてぼくたちを見渡す。質問の意味がクラス全員に浸透するのを待って、続ける。

「リペティションを忠実にやった連中はもう一度手を上げて」

ぼくは手を上げ見回した。ヤンとルーとぼくと――。三人だ。

「ヤンはだれと組んだっけ？」パウンダーが尋ねた。

「オレです」ルーが答えた。

「いったいＰＪはだれとやったんだい？」パウンダーはシアトリカルな言い方をして皆を笑わせ、ぼくの顔を覗きこんだ。

テリーは、窓際に腰掛け、外を眺めている。

おいおい。なんだよ、どうなってんだよ。

ぼくはしどろもどろでパウンダーに答える。いや、もちろん、テリーと、午後から夜まで。

「と、ＰＪは証言しているんだが、テリー、君の意見は？」

「やったことはやったけど、最後まで行ってないから」

最後まで行っていない！

ぼくはあのキスと、尖がった乳首を思い出し、顔がぐわーっと熱くなった。

パウンダーは余裕をもってテリーの相手をしている。

「最後まで行っていないにも色々あるぞ、テリー」

「単純に、最後まで行っていないんです。色々邪魔が入って」

「ウィスキーは？　ふたりで開けた？」

「バローロを開けました」

「じゃあ、最後まで行ったじゃないか」

テリーは不承不承という感じで、ぼくとの作業を認めた。

ちなみに、月曜日のテリーは、頭のてっぺんを尖らせていて、キュートさのかけらもなかった。なんだか本当に、「最後まで行かなかった」ことを恨んでいるようだった。

それも、親ではなく、ぼくを。

ぼくが何をしたというんだ。相手が違うだろ。ざけんな。

バシン、とパウンダーが両手を叩いた。

「いいか。アサインメントをやって来ないからといって、おれは怒らない。なぜなら、月謝を払っているのは君たちで、損をするのは君たちだからだ」

そこで言葉を切ると、ごくごく自然な言い回しに戻って続けた。

「週末のアサインメントには、それなりの伏線がある。やれば、月曜日の朝、身も心も軽い。いいか。このクラスのルールはこうだ。月曜日は、依怙贔屓の日。教師と心が通いあっている生徒を重点的に教える」

そこまでが前振りだった。

「よし、じゃあ、ヤンとルーとPJとテリーは前に出て」

ぼくたちは選ばれたものの意識で前に出て、パウンダーに言われるまま、フォー・ウェイ・リペティションを始めた。

驚いたことに、ぼくたち四人は、リペのエキスパートになっていた。

引っ掛け風会話も組み込んだ弦楽四重奏リペというべきものを演じたのだ。ぼくがゲイのパレードをイメージした仕草と言葉を入れたあたりから不貞腐れのテリーも「パレード参加者」を巧みに演じ、ヤンとルーも加わった。みんなのノリがよかった。体もリズミカルに動いた。

トリッシュも、マママックも、アートも、OBも、すげえーの視線をぼくたちに送って来た。パウンダーは大声で「ワーオ！」と歓声を上げ、拍手でぼくたちのパフォーマンスを称えてくれた。それから、ぼくたち四人を使って、スリー・モーメンツのレッスンを始めた。

これは本来、三人で行うらしい。先ずひとりが適当なことを喋る。ひとこと。それに対してふたりめがリアクション。これは、即座に。三人目は、リアクションを読む。これが「サード・モーメント」。

パウンダーは、ヤンを一番手、ぼくを二番手、テリーとルーをふた通りの三番手に任命し、これにリペをからませた混合ダブルス的なスリー・モーメンツをぼくたちに課した。

つまり、ぼくのヤンへのリアクションを読んだふたりが言葉を発し、その正しい方をぼくが選んでリペしてヤンに返す。この三人でリペが続く最中に、外れた四人目が「ファースト・モーメント」の言葉を発する。発した途端、さっきまで一番手だったヤンが即座に二番手として反応し、ぼくともうひとりが三番手にシフトしていく、というものだ。

言葉にすると複雑に聞こえるかもしれないが、ぼくたちは、すぐにそのリズムも摑んだ。無敵の四人だった。パウンダーも唸りながら言った。

「おまえたちは、ファンタスティック・フォーだ」

他の連中のやる気を煽るためとはいえ、がんがん誉められて気分がよかった。結局、朝のクラスは、ファンタスティック・フォーの独演会になった。


休憩時間にはみんなが「急成長」の秘密を知りたがった。ルーは、テリーのいう「最後まで行かなかった」ことの実態を知りたがった。

要するに、ファンタスティック・フォーは、たるい月曜の朝のカンフル剤になった。と言っても、その刺激が一日中続いたわけでもない。盛り上がるのも一気なら醒めるのも速い。なんというか、こういうところがアメリカ人の素晴らしいところだと思うのだけれど、人の功績とか英雄的行為とか、目立った業績に対して素直に称賛し、その区切りがつくと、では自分には何ができるのか、と自分自身の開拓を始めることだ。

日本では、「出る釘は打たれる」だが、アメリカでは「出る釘は誉められる」、そして、競合の目標となる。

競争心といったものとはまったく無縁に見えるアートでさえ、ぼくに対してこういう宣言をしたのだ。

「次の週末は、自分を磨く。見てろよ」

彼は、間借りしているスターテン・アイランドの従姉に気を使って週末には家事を手伝っていた。そのために、トム・オシェイと組んだアサインメントをやることができなかった。出遅れた、と思っているのだった。

ダンスは最初の週の延長でエクササイズばかりだった。が、長期的展望のアサインメントも出た。五週目は自由課題になる。だから自分で約二分の振りつけを考えておけというのだ。一日につき三人か四人の枠がある。ぼくは五週目の火曜日を希望した。

タマラのクラスでは人体についての講義になり、体全体を使って喋ることの実践を始めた。午後のパウンダーのクラスでは、さすがにファンタスティック・フォーの出番はなかった。残り全員でスリー・モーメンツの実習をやった。

この週、つまり第二ラウンドから、落ちこぼれが出るようになった。目立たない人間がひっそりといなくなった。ある時、クラスの人数を数えたら二名少なくなっていた。そんな感じだ。だれもなにも気にしない。

週の半ばに、週末のアサインメントの予告があった。ＩＡ、インディペンデント・アクティヴィティ（独自活動設定）を考えて来いというのだ。つまり、リペをやるときに「何か切羽詰まったことをやる状況」を設定するということ。質問が飛ぶと、パウンダーは片手を上げて制し、担いで来た大きなバッグをフロアにどんと置いた。

「この中にはおもちゃが詰まっている。ＩＡ用のプロップだ。二週目の残りの授業では、おれがIAを与える。それを参考にして、もっと遊べる、想像を絶するようなIAを、おまえたちは考えて来るわけさ」

パウンダーは、IAには「おもちゃ」が必要であるといい、子供のイマジネーションこそIAを創り上げるキーなのだと続けた。さらに、時間との競争という要素、授業もステージも映画の撮影にもすべてにつきまとう時間制限、エマージェンシーの感覚が重要であることを強調した。

「なぜそのことをやるのか、いつまでに終わらせなければいけないのか、こういう設定があって初めて、凝縮された感情が生まれる。魂の相剋は演ずることのエッセンスだ。だらだらはノーノー。切迫感は大歓迎」

最初のIA用具として、袋からペンと紙を出した。ナターシャことマママックを呼び、大道具である車輪つきのバーカウンターで文章を書くように命じた。彼女は、屈託なくOKと答え、さらさらと書き始めた。

「オー、オー、オー」パウンダーが警戒警報を発した。「なんでも書けばいいってものじゃないぞ、ナターシャ」

「なにか特別なことを書くんですか?」夜勤が続いて睡眠不足だというマママックが、とろんとした目を上げ、とろんとした声で尋ねた。

「とっても特別なことを書いてもらう。初めてのエッチについて書け」

クラスは笑い、マママックは理解不可能といった目で教師を見つめた。

「そうだよ、ナターシャ。初めてのエッチだ。アクションひとつひとつを詳細に。すると、夫のアートが入って来る。さあ、アート、前に出て来い。ナターシャは隠す、アートは読みたがる。そういう設定だ」

アートが舞台に登場した途端、マママックは赤面し、クラスは再び笑った。一応「赤面」と書いたけれど、無論、彼女は黒人だから、白いものが赤くなるようには赤面しない。だけど、誓っていう。この時、彼女は、本当に、本当に、赤面したのだ。それで、ぼくは初めて、「赤面」というニュアンスがすべての人種に共通するボディ・ランゲージだということがわかった。

パウンダーの「アクション」の声で、彼女は初エッチを書く作業に没頭し、アートが生真面目系亭主として巧みにリペをリードした。

二〇分ほど続いた時、マママックが紙をまるめてアートに投げつけ、「ファック・ユー！そんなに読みたければ声に出して読んでみな！」と叫んだ。冷静なアートが興奮して、まるめた紙を広げて読み始めた。マママックがすさまじいパワーでアートを突き飛ばしたところで、パウンダーは止めた。

ふたりのエネルギーを誉め、フィジカルなコンタクトをしたマママックには警告一回を与えた。さらに、ふたりが見逃した瞬間を適切に指摘した。マママックが反応した外部の音を、アートが使えなかった。マママックが癇癪を起こして紙を投げたことも「状況の放棄」につながる。読ませたくないものを読め、と言うのは相手の存在理由を無くしてしまったことになる。

ぼくがメモしたポイント。舞台でひとりぼっちになるな。

トリッシュの任務は、パウンダーが袋から取り出したメニューの、品目と価格を暗誦することだった。「カーネギー・デリ」の百数十品目に及ぶメニューだ。

「絶対、無理よ！」トリッシュは首を振って、不安げに笑った。強い否定ではなく、だれかに説得されたがっている否定。

「トリッシュ、君の問題点はそこだ。自分で自分の壁を設定してしまう。週末にはナイトクラブ遊びを自粛して、興味深いＩＡを考え出してくることを、おれは個人的に期待しているよ」

激励と脅しの入り交じった口調で、パウンダーはヴォリュームのあるメニューを彼女に手渡した。相手の、ルー・レオーニはあの手この手を使って、一生懸命暗記するトリッシュの邪魔をする。リペに反応すると、暗記が留守になる。すると、パウンダーの警告が飛ぶ。

「やることをやれ《ドゥ・ザ・ドゥウイング》！」

「オーケー、オーケー、やりますよ」意外なほど弱気な笑いを浮かべてイチイチ反応するトリッシュ。これがまた減点。

「スリッパーズ」では颯爽とリーダーシップを発揮するトリッシュが、へそ出しジーンズで苦闘する様子にクラスは盛り上がった。ある程度進んだところでパウンダーは止め、トリッシュに暗記した品目をいわせた。最初の五品だけだった。パウンダーがおおげさにがっくりして、

「君にはホテルのメイドも無理だし、ウェイトレスも無理なんだ」と慨嘆した。

「じゃあ、罰ゲームを与える」パウンダーはそう言うとふたりを向き合わせ、「リペやりながら、トリッシュは必ず言葉の最後に、dudeと付け足す」

「旦那《デュード》、ねえ。下品な感じで？」

「いや、男の声で」

「それじゃあ、あんまり罰になっていませんよ」ルーがにやにやしながら抗議した。「いや、だいじょうぶ。トリッシュには、デュードという度に、自分の股間を摑んでもらう」

その様を想像しただけでクラスは爆笑した。トリッシュは、頰を紅潮させ、天を仰いだ。ファックを二〇回吐き出したい気分なのだろう。

そうやって、おそらく、トリッシュ・ヴァン・スライクにとって人生で最大の困惑が始まったのだ。

「あんた、やりたそうな顔をしているぜ、デュード」ルーが腰を猥褻にグラインドさせながら言った。

「私、やりたそうな顔をしているよ」そこまで言ったトリッシュは、ため息とともに「デュード」を吐き出した。

「股間をつかめ！　きっちりもめ！」パウンダーが叫んだ。

次第に、トリッシュの動きがしっかりとしたものになって来る。しかし、照れ笑いだけはいつまでも消えない——。


ヤンの秘密も、この日に露呈した。

電話をしている設定のリペティションで組んだジェンジーことジェニファー・キージーがやたらむずかしいスラングを使った。これを、理解できなかったヤンが、なんのつながりもない言葉を発したのだ。

「ダー、チェズウィイイイイズ！」

ぼくたちは「ついに出た」という思いで手を叩いて笑ったが、パウンダーはやけに素直なきょとんとした顔でリペを止めた。

「今、なんかいったか、ヤン・ブラッド?」

「ええ、いいました」

パウンダーは手の動きで先をうながした。

「チェズイーズ」ヤンが純真な答えを返した。

「意味は?」

「別に。みんなが使うあれですよ。チェズイーズ」

「みんな、使うか? チェズイーズ?」

ぼくらは大声で「使いませーん」と合唱した。ヤンはうらめしそうな顔でぼくとルーを眺め、それから、腕組みしてにやにや笑っているパウンダーに向き合った。どうやら、この時点でパウンダーにはヤンの事情がわかったようだった。彼は、ジェンジーと内緒話をして、リペを再開した。彼女は突然、ダーティ・ワードの連発を始めた。ヤンは、チェズイーズを始め、ファジャ、シュポン、マイナーファッジャーといった造語を組み合わせて応酬した。表情は、真剣そのもので、それがまた絶妙の喜劇空間を作り上げた。本人にとっては必死なことがよくわかるだけに、ぼくたちは笑い転げた。

パウンダーだけが比較的冷静で、ヤンの息が切れたのを見計らってセッションを中断した。

「ヤン、俳優になりたいか?」

「なりたいです」

「残念なことに世界には様々な宗教がいりまじっている。その中でももっとも勢力を持って拡大しているのがダーティ・ワード教だ。面罵《スウエル》の語彙は文学という市民権を得ている。スウェルが無理なら幼児番組専門の役者になるしかないぞ」そう言って、パウンダーは、ヤンの「チェズイーズ」や「ファジャ」を幼児が発音するように音を変えて並べ立てた。笑うものはだれもいなかった。ヤンは、体を震わせて抗議をした。

「そんなのはいやです！　だから、なんとかしたいんです！　今すぐにはできないけど、六週間かければ、なんとかなるんじゃないかって思うし」

「なんとかなるわけじゃない、ヤン。それに六週間もかけるべきじゃない。わかるな？」

ヤンは頷き、両目から涙がこぼれ落ちた。

そのことがあったためか、ぼくたちは普通の会話でもヤンの耳を馴らさせるために不必要にダーティ・ワードを挿入するようになった。クラスでのリペでも、ファックやジーザスの使用頻度が急激に増えた。

すると、木曜日になって、アニータ・ボナヴェンチュラが授業中に突然泣き出した。ステージにはOBとデーヴィッドがいて、リペにしてはかなり激しい罵倒の応酬合戦を続けていた。ぼくの後ろからしきりと鼻を啜る音が聞こえ、それが嗚咽に変わった。見るとアニータが頭を抱え込んでしまっている。

パウンダーが、即座にリペを中断して一九歳の泣き虫アニータに声をかけた。するとアニータが消え入りそうな声で抗議した。

「もうやめてほしいの。なんで仲良くできないの、耐えられない」

クラスの大多数が、アニータに対して困惑を憶えたことは間違いない。映画を見ていたら赤ん坊が泣き始めたようなものだ。普通ぼくたちは、赤ん坊の親へ非難の眼差を向ける。ガキを連れ出せよ、そんな感じ。

アニータは心にそういう幼子を飼っている。泣くのなら「連れ出せ」。そういう空気を、ぼくも仲間たちも分け合った。

パウンダーは、抱擁力のある笑顔で言った。

「アニータ、これはひとつの通過儀礼なんだ。子供が最初にダーティ・ワードを憶えるようなものだ。リペティションには制限を持ち込むべきじゃない。言葉が荒れてもいい。そこから、変化していく。あるものは苦痛を伴って猥雑な表現を使うし、別の人間は有頂天になって使うかもしれない。そのどちらも、淘汰されて、生きている言葉が生まれる」

アニータは頭では納得していても、心にしっくりと来ない部分を、拙《つたな》いが誠意ある口調で訴えた。

じゃあ、と言って、パウンダーはアニータをステージに乗せクラスを見回した。

「だれがアニータの相手をしたい？」

マママックが手を上げた。遅れてルー、タイラー。それから、こっそりとランヒー。

パウンダーは、ランヒーを指名した。

意外だったのか、ランヒーは、驚きの奇声を上げた。それは決して、否定的なものではなく、何か活気に満ちたかけ声だった。マママックが激励するように、ステージに向かうランヒーの背中を両手で叩いた。

アニータが不安な表情のまま立っている。

パウンダーが、合図した。

ランヒーが最初の一言を投げ付けた。

「あんた、ひどい顔している」

前の週の金曜日にはリペティション・アレルギーだったランヒーが快活に、そして適確に第一声を発し、アニータは笑った。

アニータは「わたし、ひどい顔をしている」と主語を変えて受けた。

二週目に入ったリペティションは、単純な繰り返し、つまり“Repeat what you hear”から“Respond by point of view”という主観を変化させることも可とする第二段階に発展していた。ただし、疑問形の濫発は警告の対象。

ルールに固執せず、リピートするところと会話になるところとの中間が面白いことにぼくたち自身も気付いていた。

そこを、ランヒーが突いた。アニータの生の感情をどんどん引き出した。

アニータを抱きしめ、「叫んでいいよ」といった。アニータが叫んだ。たっぷり一〇秒続くスクリーム。

ランヒーは一九歳のパートナーの背中をポンとたたいて、「気分はどう？」と聞き、アニータは“I feel great”（気分爽快）と応じた。すると、ランヒーはIをYOUに代えて“You feel great”といい、本来のリペに戻った。

ぼくは素直に驚いた。

一種のセラピーを見る思いだった。ランヒーは、マママック以上の存在感を示したのだ。それが、先週の金曜日にマママックとふたりだけで過ごした成果なのか、あるいはランヒーが本来持っていたものなのかはわからない。

ぼくはこの瞬間からランヒーとのリペを、切望するようになった。


クラスが終わった後、ロッカー・ルームでは、ルー、タイラー、アート、ＯＢことオーエンとぼくの五人が着替えていた。すると、ルーがアニータの涙を批判した。ＯＢは、あれはすごいリペだった、ランヒーのやりかたもすごい、と誉め称えた。タイラーは絶対に人の批判をしない。この時も「ビューティフル」を連発して、殊にアニータを抱き締めたランヒーの手の回し方が「セクシーだった」と騒いだ。これには男たち全員が同調し、アニータの泣いた動機にはルーとアートの批判が集中した。

外に出たら、女たちはアニータを取り囲んで喋っていた。

ぼくとアートは女性陣と一緒になって「スリッパーズ」へ繰り出し、二時間ほどそこで過ごした。一番興奮していたのはアニータだった。ぼくにとっての本日の輝けるヒロイン、ランヒーは現われなかった。


毎日毎日が刺激的だった。仲間の進化を見て、自分の進化を確認する。その作業がとてつもなく愉しかった。それを愉しむことのできない人たちもいた。

こういういい方は変かもしれないが、ぼくが名前を憶える努力をしなかった生徒たちが、この週、脱落した。生徒の総数は、これで男が十名、女が八名になった。

ひとりの時は図書室でメイエルホリド本を読んだ。しかし、蔵書は演劇論主体なのでなかなか人間が見えてこない。クリメント・ジャルコフとの関係もまったくわからない。

「スリッパーズ」にはほとんど毎日、通った。殊に、一九時までのサーヴィス・アワーは女性がすべてのドリンクが半額というので、女生徒たちは必ず立ち寄っていた。ただし、クラスがひとかたまりになることはあまりなく、他のクラスの面々や、仕事帰りのあらゆる世代の人々とも交流をした。

殊に、アートは銀行マン風おじさんたちと会話をして「人生を学ぶ」ことに才能を発揮した。

Ｉハウスから通学しているヤン、ＯＢ、ぼくの三人に関していえば、一度として一緒に通学したことはなかった。ヤンはローラーブレードだから独自の通学ルートを選ぶにしても、Ｉハウスを出る時、戻る時が重なったことがない。ＯＢとぼくも、微妙に通学時間はずれている。合わせようという努力は、だれもしない。ぼくが彼らに声をかけないのも、彼らがぼくに声をかけないのも、同じような理由だと思う。寝起きしている環境が近いからといって、運命共同体になったわけではない。避ける必要もないし、寄り添う必要もない。

## （五）恐怖の実験室

サイラス・ケインに関しては、相変わらず影も形も見えない。あの特別なエレヴェータの音すらしばらくは聞いていていない。

映画監督志望のデーヴィッドが、実はケインはとっくに死んでいて学校ぐるみで隠ぺい工作をやっているのだ、という大胆な仮説を唱えたことがある。

ぼくとマママックとトリッシュとデーヴィッドが「スリッパーズ」で飲んでいた時のことだ。すると、トリッシュはファッション雑誌のカヴァーにぴったりのモナリザ・スマイルを浮かべ、こんなことを言った。

「ケインが余命僅かと考えていることは事実よ。それで、今までの演劇セオリーに反するような何か思い切った実験をしようとしているらしいの。生え抜きのケイン信者の間では賛否両論の実験。それがなにかは、ひょっとしたらPJは知っているかもしれない」

「全然、見当もつかないよ」

「そう？　だとしたら、私が雇った探偵たちの報告を待つしかないわね」

「探偵たち？　複数だね」とデーヴィッドが確認した。

「探偵たち、情報屋、その他もろもろ」マママックが混ぜ返した。

「おれは」とデーヴィッドがトリッシュとマママックを見比べ続けた。「トリッシュの情報源は校内にいると思うんだけどね」

「だれかがトリッシュの好奇心を満足させるためにスパイを働いているってこと？」ぼくが驚きをそのまま口にした。

「あたしのこと言っているならお門違いだよ、デーヴィッド」マママックが憮然とした声で言い、その話題はそこで終わった。

ふたりきりになった時、デーヴィッドに改めて尋ねてみた。

「ケインに関して、ぼくらの知らない何かを知っているの？」

「ステラ・アドラーの本科に、おれが監督した短編映画の主演女優がいるんだ」デーヴィッドはビッツと並ぶニューヨークでもトップの演劇学校の名前を挙げ、こう続けた。

「彼女が言うには、『ビッツの５Ｃで何かが起きている』って」

「５Ｃって、ぼくらのクラスじゃないか」

「ああ。そうさ。おれも彼女に聞かれたよ、何が起きているんだって。別に、何も、としか答えられなかったけどさ」

「その女優はどうしてそんなことをいったんだい？」

「生徒の間でそういう評判が立ったらしい。それも、本科でもエリートとみなされている生徒の間でさ」

「さっぱりわからないな」

「彼女が言うには、今週ドロップアウトしたふたりの生徒――」

「正直言って、ぼくは名前すら憶えていない」

「あいつら、もともと存在しないんだ」

「ホラー映画みたいな言い方するなよ」

「いや、だって、彼女からこの話聞いた時、おれ、鳥肌立っちゃったもん」

「だから、なんなんだよ」

「ドロップアウトのふたりはダミーというか、偵察者というか」

「だれかに雇われてクラスを調べに来たってこと？」

「トリッシュの話を聞いてピンと来たんだ。５Ｃでのなんらかの計画を聞き付けて、ちょっとした金と地位のあるやつが人を雇って送り込んだ」

「そんなことできるのか？」

「金と地位のあるやつって言ったろ？　金と地位があれば、なんでも出来るさ」

「彼らがドロップアウトしたのは『雇い主』に場所を明け渡すためってこと？　ありえねー」

「ありえないことじゃない。もともと『雇い主』がケインと話をつけていれば」

「理解不可能だよ、デーヴィッド。もっとわかりやすい脚本を考えてくれよ」

「わかんないか？　ＰＪ、ドロップアウトした連中の席は、『雇い主』もしくは『招待客』のためにケインが確保していたと考えることもできるんだぜ」

「だとしたら、どうやって証明する？」

「簡単さ。金と地位のあるやつらは基礎的な序盤戦はスキップして中盤戦から参加する。来週から、新顔が来るぜ。極めて優秀な新顔が、さ。もし本当にこのクラスで何かが起きているとしたら」


トリッシュはケイン教の信者であり、生まれた時から銀のスプーンを口にくわえていたわけだから、人から注目される「刺激」に囲まれている。そういうものが不足していれば、自分から作り出す影響力もイマジネーションも持っている。それができなければ、とっくに５Ｃを捨てて、別のもっと刺激的な環境へ移動するのだろう。

デーヴィッドは、西海岸の学生映画監督の中ではそこそこに知られているらしい。それゆえ、これまた人から注目される「刺激」を生み出す能力がある。だから、彼らの「特別な実験」への「期待感」というのは、それぞれのライフ・スタイルが求める幻想といえなくもない。

ただし、一歩引いて、このクラスを眺めてみると、ひどく個性的で可能性に満ちた若者の集団であるように思える。人種のミックスも様々だ。ざっと眺めただけでもワールド・カップの決勝トーナメントに匹敵する参加国数がある。第一、一番の凡人に属するぼくが、実は、母親の仇討ちという、おそらく、ビッツ開校以来の大望を抱いて乗り込んでいるのだ。

俳優になりたかったのになれなかった親の無念を受け継いでこの学校に学んだ生徒ならば幾人かいただろう。これからも入学して来るに違いない。しかし、ペニー・ジョーの無念には、人種の壁、女性蔑視と時代の風潮といった大きな波が幾重にも編み込まれている。これは、間違いなく「特別な要素」ではある。

サイラス・ケインは、ある程度、ペニー・ジョーの思いに同調してぼくをこのクラスに編入させたのだ。もしも、「特別な実験」があるとすれば、そこに自分が関係していることは確かだとも思う。


こういうことを他人に言うと、自意識過剰という一言で片付けられてしまいそうだからだれにも言っていないが、最初の週に比べて、この二週目には急激な変化がクラスの全員に起きている。クラスの全員というのは、教師のパウンダーも含めて、だ。生徒の変化は、成長のプロセスだから、わかりやすい。パウンダーの場合は、ちょっと異なる。

二週目の初め、ぼくはリペティションのアサインメントを成し遂げた四人のひとりとして

「いい生徒」になった。だから、そうなのか、とも思ったが、どうもそれだけではないことが、火曜、水曜、木曜と過ぎていくうちにわかり、金曜には確信に変わった。

ひんぱんに、パウンダーと目が合うのだ。つまり、パウンダーがぼくを注視している。

何か新しい技術なり真理なりを教える時、それからキーワードを与える時、パウンダーはぼくを見て言い始め、ぼくを見て言い終わる。はっきりしているのは、一週目には、こんなことはなかった。ぼくは明らかにワン・オヴ・ゼムで、それはそれで気持ちよかった。

初めてクラスで出席を取った時のパウンダーは、明らかにぼくを特別扱いした。名簿の順番を、ぼくのところで急に変えて、最後に名前を呼んだ。それは、自分の座った位置のせいだと、あの時は納得したのだが、トリッシュの言ったことや、二週目のパウンダーの変化を考え合わせると、そんなに単純なことではなかったようにも思える。

「生え抜きのケイン信者の間では賛否両論の実験」というトリッシュの一言が、ずっと頭に引っ掛かっている。その実験に、生え抜きのケイン信者であるパウンダーが反対していたとしたらどうだろう。その実験にぼくが大きく関わっていたとしたら?

最初の点呼の時に、ぼくを最後に廻して、わざわざ「ケインの特別な配慮」をクラスに示したことも納得できる。二週目になって、ぼくを「気にする」のも、理解できる。つまり、実験に反対していたケイン信者が、賛成派に廻った意思表示のひとつの形だ。

百歩譲って、これがぼくの自意識過剰の産物であるとしよう。それはそれで構わない。その場合でも、5Cという教室空間の影響力がぼくをここまで自意識過剰な、プロの俳優向けの若者に変化させたのだ。

　金曜日には、パウンダーがものを隠しそれを探しながらのリペも始まった。名付けてハイド&シーク。その最初の犠牲者がアビゲイルだった。

　アビゲイル・デサントス。

　二週目の終わりになってやっと名前を憶えることができた彼女は、トム・オシェイと同じ通勤列車でニューヨーク州の北から九〇分かけて通っている。名前を憶えられなかったのは、色々理由がある。第一に、ひどく無口なこと。さらに、授業が終わると即座にクラスメイトの前から消えてしまうこと。つまり、我々が彼女に接するのはクラスルームの中だけだったのだ。さらに、ぼくの人生で初めて出会った「アビゲイル」という名前。これが頭の中に入って来なかった。ラストネームのデサントスにしても、スペイン系だが、本人は北欧系のほっそりとした妖精のような雰囲気で、名前とルックスがなかなか一致しなかった。そんなアビゲイルを、パウンダーはタイラーと組ませた。実際には彼女ひとりが犠牲者で、タイラーは加害者的な役割だったけれど。

　パウンダーは彼女に腕時計を貸してくれと言った。このことに、アビゲイルはひっそりした声音で抵抗した。無論、パウンダーはそんな抗議をものともしない。最後には教師の権威を面白おかしく使って、腕時計を強奪同然にして取り上げた。その瞬間、アビゲイルは涙声になった。

「すごくスゴク大切なものなんです。絶対に無くさないでください」

「アビゲイル、おれはビッツでもＡクラスの教師なんだぞ。生徒の大切なものを無くすわけがないじゃないか」

「お願いだから、絶対に傷つけないで。絶対に、絶対に、無くさないで」

懇願し続けるアビゲイルを廊下に押し出すと、パウンダーはぼくたちにウィンクをして悪魔の微笑みを浮かべた。

「あれだけいわれると、絶対に絶対に見つけられないところに隠してみたくなるよな」

男子生徒たちは陰謀を愉しむかのように笑い声で応え、テリーをはじめとする女子生徒の何人かが、抗議の唸り声を発した。

「いいか、クラス、よく聞け。アビゲイルが自殺しそうな顔になって懇願しても隠し場所を教えるな」

客席に隠すのはperfect solitudeという、教室における「舞台空間設定」を壊すから、それだけはやってはいけない、と注意をしたあと、パウンダーは、部屋の片隅にあるベッドのシーツをはがして枕の中に腕時計を隠した。そのあとで、丁寧にベッドメイクをした。

「よし、タイラー。彼女を呼んでリペを始めろ」

タイラーが元気よく廊下に声をかけた途端、出番を間違えた道化の唐突さで、アビゲイルは飛び込んで来た。いきなり、パウンダーに「わたしの腕時計はどこ？」と尋ねた。

パウンダーは窓際まで後退して外を眺め、ひどく間延びした声で、「おれは存在していない」と伝えた。

アビゲイルは客席から捜索を開始した。「神に誓って、客席には隠していないよ」とタイラーが投げかけた。アビゲイルにはリペの余裕はなかった。顔を引きつらせたまま、腕時計の捜索を続けた。テリーが目線でヒントを与えたのをぼくは目撃した。アビゲイルは、ベッドに突進し、手で探った。枕を叩いて腕時計を見つけた。その間、三分。

パウンダーは素早く動いてアビゲイルの手から腕時計を奪った。

「アビゲイル、これは授業だぞ。時計探しのゲームじゃない」静かな、きっぱりとした口調で言った。アビゲイルは、タイラーとのリペ、という本来の目的を忘れてしまったのだ。

「もう一度、廊下に出ろ」冷酷に教師は宣言した。

「隠してもいいけど、絶対に壊さないで。お願い」アビゲイルは哀れな懇願口調を続けた。

「今はクラスで、おまえは生徒だ」

パウンダーに見つめられ、アビゲイルはすごすごと廊下に出て行った。

今度は、壁のすき間に隠した。むずかしい場所だ。が、パウンダーはタイラーに指示を出した。彼女にとってヒントになる動きをしろ、と言うのだ。彼女の動きに即して、隠した壁のすき間方向へタイラーが動く。まるでゴール・キーパーのように。タイラーを見てリペすれば、隠し場所がわかる。客席も、反応して構わない。タイラーは「了解」と答え、アビゲイルを呼び入れた。

アビゲイルは、入って来るなり、タイラーの言葉に反応し、リペを始めた。その合間に、捜索する。が、どうしても見つからない。

しばらく経って、タイラーの不自然な動きに気付いた彼女は、隠し場所に向かった。タイラーを壁から引き離した。その瞬間、ぼくたちは、歓声にも似た声を出した。すると、アビゲイルは余計緊張したのか、見つけられるはずの腕時計を見逃した。それでまた客席は「オー！」となって、彼女を混乱させた。

アビゲイルはタイラーへの懇願を始めた。いかにあの腕時計が自分にとって大事なものか訴えた。その懇願をタイラーは充分に弄んで、リペをした。

精魂使い果たす、というのはこういうことなのか、というセッションになった。ただし、アビゲイルは放心状態になっていても、リペには反応した。ある時点で、タイラーが腕時計を取り出し、わかりやすいように自分の右腕につけていたのだが、彼女は最後まで大切な時計を発見することはなかった。

パウンダーが「よし、よくやった」と言ってタイラーから腕時計をもらい、アビゲイルに返した。自分の掌にある腕時計を眺めて、彼女はぼろぼろ涙をこぼした。パウンダーは上機嫌で「グッドグッドグッドグッド」と連発し、「自分の行動パターンを地図に書いて考えるな。思考よりも演ずることを優先させろ。なぜなら、アクトとは、ひとつのことをやるという意志でもある」というコメントを残した。

「次の犠牲者は、トム・オシェイ。前へ出ろ」パウンダーが誇張した舌舐めずりをしながら宣告した。

パウンダーは、靴を脱げ、と命じた。「スター・ウォーズ」教の信者オシェイは、恐怖の眼差で教師を見た。裸足で鋲の上を歩かされるとでも思ったのかもしれない。しかし、恐れの理由は別のところにあった。オシェイは、色の違うよれよれの靴下を履いていたのだ。女子生徒たちが笑うと、彼は即座に靴下まで脱いでしまった。そんなオシェイを、パウンダーは廊下へ追放した。残された靴をぶら下げ、パウンダーはクラスを眺め廻した。正確にいうと、ぼくを眺め、それからちょっと慌てたように他の生徒を眺め廻した。

「さあ、おれのやりたいことはなんだ？」パウンダーはそういう問いを発し、ＯＢを指名した。

「靴を隠す？」ＯＢが疑問形で答えた。パウンダーは肯定も否定もせず、「ＰＪ」と言った。

本来なら、ＯＢのように、その場でそれなりの答えを出すべきだったのかもしれない。が、パウンダーの眼差と出会った瞬間、体が動いていた。

時々、自分が何をしているのかわからなくなる。つまり、考えるよりも先に行動してしまうのだ。この時もそうだった。

ぼくはものも言わずにパウンダーの手からオシェイの靴をひったくると、靴紐を抜き取った。紐を固く結んで大道具のカウンターに乗せた。靴はベッドの下に隠した。

パウンダーが、真剣な顔で小さくゆっくり拍手して、「これが、思考よりも演ずることを優先させるということだ」とクラスに告げた。

それから、オシェイを教室に入れた。

予想していたとはいえ、オシェイは、靴の消失におろおろしていた。

ぼくは、「靴はどこに行ったんだろう」と歌うようにリピートして、空想のバスケット・ボールをシュートし続けた。

そこからは靴探しの動きを交えたリペティションが始まった。が、固く縛った靴紐を見つけてほどく段になったら、オシェイは苛立ちから眼鏡を落とし、片方のレンズにひびが入った。固く結んだことの恨みを言い募った。

その時、ぼくは本気になって、オシェイの不器用さに腹を立てた。こんな簡単な結び目もほどけないのかおまえは！

そんな言葉を投げ付けたと思う。多分、面罵の語彙も豊富だった。

オシェイは、突然叫んだ。

「親父と同じだよ！　そんなにガンガン言わなくてもいいじゃないか！　親父がうるさく言わなけりゃこんなところに来る気はなかったんだ、ぼくは！」

釣り具店の息子のトム・オシェイは結び目をほどくという回路が先天的に欠如していた。父親は、若い頃「どもり」に悩まされ、演技のクラスを取ることで克服したのだった。それで、「結び目恐怖症」の息子にも、自己表現することでハンデを乗り越えさせようとしたらしい。

そういう背景が、オシェイとぼくのリペと会話のコンビネーションから浮かび上がった。パウンダーが途中で切らないので、ぼくたちは演じ続けた。

すべてが終わったあと、つまり、ぼくがオシェイに紐のほどき方を教え、靴を履き靴紐を結び終わった時、パウンダーがぼくたちの肩を抱いて、言った。

「今、トム・オシェイのいったことはすべて事実だ。ただ、彼の知らなかったことがふたつある。ひとつ。トムの父親のチャールズ・オシェイは、ここで、まさしく、この5Cでおれのクラスメイトだった」

上質のミステリーのどんでん返しを見せられたようなため息が、クラス全体に広がった。

「もうひとつは、トムの『結び目恐怖症』やら何やらをチャールズから聞いて、このクラスを受けさせるように助言したのは、おれだ。だから、今まさに、そのポイントをＰＪが使った時、途中で止めるわけにはいかなかった。ふたりとも、最後までよくやった」

　トム・オシェイとぼくはクラスの拍手に迎えられ、席に戻った。パウンダーが、妙に抑えた声音で、トムに声をかけた。

「君の父親が、自分の果たせなかった夢を息子に継いでもらいたいと思っていることは事実だ。そういう親子は、トム、おまえだけじゃない。しかし、どの親も、押し付けているわけじゃないぞ。親は、願うだけだ。最後の選択は自分なんだ。殊に、困難な状況に直面した場合は、全面的に自己責任だ」

「わかっています」オシェイは落ち着いた声で答えた。

　なるほど。

　パウンダーはぼくへのメッセージも、オシェイへの一言に込めたのだった。そのあとで、

「演ずる時は、いっぺんにひとつのことしかできない」という講義を始めた。

　オシェイとぼくとのやりとりでは、靴紐を結ぶこと、ほどくことがひとつのＡＣＴであって、喋ったことがＡＣＴではない、と断定した。そのことを、これから何週間かかけて、徹底して検証していくのだ、と。

「おれは、ボブ・ディランのファンだ。不偏不党不撓不屈の精神が好きだ」パウンダーは歌うようにいった。声が潰れるまで歌って調子を出す。いつでもどこでも、もう一度やってみようの心を忘れない。そこまでして歌った。その雰囲気をリペで生かせ。そんなことを金曜日に言った。

「みんな大人だ、社会の常識が身についている。それをこの教室では無くせ。リペの間は、社

会の常識を捨てることができるかどうかが勝負だ」

指を鳴らし、イヤアイヤアイヤアと自分で自分の言葉に相槌を打ちながら、パウンダーの魂の叫びは続いた。

「だからといって、ゲームの餌食になっちゃあいけない。イヤア。ヒーローたれ。イヤア。果敢に攻めろ。イヤア。赤ん坊の感情を盗め。泣いたと思ったら、ころっと笑え。相手からのイフェクトを素直に受けろ。変化しろ。イヤア、イヤア、イヤア！」

それから劇的に声のトーンを落とした。

「考えるよりも先に、無心に変化すること。これが、俳優の命綱だ」

## （六）地下人脈

パーフェクト・ソリチュードというのは、劇場できっちりと切りとられた演者の精神的安全性が確立された劇的空間。その裏返し、というか、B面、英語でいうならflipsideが、パブリック・ソリチュード。つまり、日常の営みがある場所、電車や公園の中へ演者が赴き、劇的空間を築き上げる。

パートナーを組んだ相手とふたりで街へ出てリペティションをして、パブリック・ソリチュードの鍛練をすること。

それが、二回目の週末のアサインメントだった。ぼくとテリーは前の週に、意識せずにパブリック・ソリチュードの実践をしていた。地下鉄や、パレードの通りでやったあれだ。今度は、相手を変えてやるだけ。気は楽だった。

　もうひとつ、自分なりのユニークなＩＡを考えて来ること、というアサインメントもあったが、これは授業中に思い浮かんだアイデアがいっぱいある。それをまとめるだけだから、楽だった。

　パブリック・ソリチュードの相手は、ナターシャ・マックラッケンことマママック。愉快な仲間のひとり。というか、クラスで、ぼくがもっとも信頼できる肝っ玉姐御だ。一緒にいるとリラックスできる。

　問題は、彼女の方の時間調整だった。が、これも、「ＰＪのためだったら、どんなことでもやっちゃうわ」と豪快なハイファイイヴを決めて別れたので、安心だった。連絡は、Ｉハウスの電話。

　アメリカへ来てから基本的には電話のない生活をしている。クラスのほとんどがそうだ。携帯電話を持っているのは、トリッシュとテリーだけ。ポケベルは二、三人。教師でも、パウンダーとビル・ベアがポケベル。タマラが携帯電話を使っているのは一度見た。その程度。

　ママママックからの連絡は土曜日の朝入った。その日の午後六時にグランド・セントラル・ターミナルでの待ち合わせ。彼女の仕事始めの場所だ。

　午後六時というのを、ママママックは「一八〇〇」といった。

　エイティーン・アワー。

　ふむ。そういう言い方の職業に就いているということか。

ぼくは土曜日の午後をニューヨーク公共図書館NYPLでのリサーチに費やすことにした。本格的にメイエルホリドやクリメント・ジャルコフの文献を読み漁るのだったら、トリッシュがいったように、マンハッタンの知の砦へ行くしかなかった。

グランド・セントラルは、マンハッタン生活の臍《へそ》だ。広いから安心感がある。どんなに混んでいても、高い天井を見ると、荘厳な気分に浸れる。アメリカにも全人口の二割近くいるという無宗教の人間にとっての礼拝堂だ。ぼくのような無宗教の新参者は格別にそう感じる。世界で最もにぎやかな礼拝堂だ。

列車は、MTAメトロのノース・レイルロードの発着駅。地下鉄は、四、五、六、七そしてSラインが通っている。バスは十数本。メイン・コンコースには午前五時半から午前一時半まで、人の流れが絶えない。店数も各層にわたって数多く、ぼくが数えたところでは、高級レストランだけで五つあった。中でも心を惹かれたのは「オイスター・バー&レストラン」。ランクとしては、アイザックソン家に連れて行ってもらった「ロードハウス」よりは落ちるのだろうが、ぼくがニューヨークに来る前から知っていた唯一のレストランでもある。覗いたら、ツーリストっぽい客であふれかえっていた。日本人団体客の姿もあった。

イースト四二丁目の側に出て西へ向かって五分ほど歩くと、五番街とのコーナーにNYPLが見えてくる。一九一一年にお披露目した外観は、今も威厳ある姿を保っている。エントランス階段の両側には二頭の大理石ライオンが控えている。四二丁目に近い方が「不屈《フォーティチュード》」君。遠い方が「忍耐《ペイシエンス》」ちゃん。大恐慌の時に当時のニューヨーク市長ラ・ガーディアがそう名付けたそうだ。人々は不屈と忍耐の間を抜けてより良い未来の知恵を得る、と願って。

ＮＹＰＬで調べたいのは、まず第一に、メイエルホリドの生い立ち。特に自分と同じ年代で何を考えていたかを知りたい。次が、メイエルホリドとクリメントの繋がり。優先順位の三番目として、日本人Ｓとは何者か？　メイエルホリドとの繋がりは何？　となり、時間が許せば四番目として、メイエルホリド粛清の真実を学習する、ということになる。

三階のメイン・リーディング・ルームはトリッシュが言っていたように、二年かけての改装工事を始めたばかりで閉鎖されていた。フレンチ・ネオ・クラシシズムとルネサンスとバロックを掛け合わせた壮大豪華な閲覧室に入れなくても、代用閲覧室があった。五番街エントランスを入ってアスター・ホールを抜けサウス・ノース・ギャラリーを横切ると、二四本のイオニア式円柱が壮麗なゴッテスマン・エキジビション・ホールがある。そこが閲覧室だった。円柱もフロアもヴァーモント州から運ばれた大理石。緻密な木彫り細工の天井もすごい。アメリカで一番美しい木彫り模様じゃないだろうか。天使のような人、ケルビム、サテュロス・マスク、アカンサス葉飾り、そしてアラベスクが広々とした空間を見下ろしている。

グランド・セントラルが「動きの礼拝堂」なら、こちらはなんと呼んだらいいのだろう。「静穏」だとしたら本来の礼拝堂と類似している。それに、ここには五番街の騒音も潮騒の如く聞こえている。「静穏の礼拝堂」は違う。

Philosophyを日本では哲学と訳した。本来、フィロソフィとは「知を愛する」という意味だと聞いたことがある。で、図書館には知を愛する人々が集まる。中には寝るために来る人もいるが、そういう人も書庫のある空間で寝ることに心を動かされていることは間違いない。やはり知を愛しているのだ。つまり、みんな哲学者になるために図書館に来て着想を耕す。こういう思考が、ＮＹＰＬの内部にいると次々と芽生えてくる。ここは間違いなく「思考の礼拝堂」だ。

グランド・セントラルでは行き交う人の顔をじっくり眺めることはない。ここでは、その気になれば、何時間でも人の顔を眺めていることもできる。人種の異なる多種多様の人々が、読書するかパソコンを読むか資料を書き写すか、している。知の作業が表情を引き締め美しい。図書館の役割は書庫が第一等ではない。人を集めることが最優先事項だ。集まった人にそれぞれ独自の宇宙を形成する場を図書館は提供している。ぼくは一〇〇冊以上あるメイエルホリド関係書籍にあたることも忘れて、ＮＹＰＬヒューマン・ウォッチングを楽しんでいた。

指定された待ち合わせ場所は、よりによって、メイン・コンコースの中央にあるインフォメーション・エリア。マンハッタンの臍の臍だ。

ったく、もう。おのぼりさんを演じろっていうのかい。

五分以上立ち止まっているのは恥ずかしかったから、ぼくは一七時五五分にメイン・コンコースの北通路に立ち、二分かけて東まで移動した。そこで、マママックらしい人影を目撃し、中央インフォメーションへ進んだ。

が、らしい人影、というのは、体型だけは一致していたが、似ても似つかぬ黒人おばさん。大はずれ。再び、北通路へ移動し、時計と反対廻りで中央への進出を図ることにする。と、移動を開始した瞬間、いきなり、横から声がかかった。

おい、そこの！

警官だ。反射的におびえた。手がのびて、突かれる。ぼくは、おびえの次の反射的アクションとして、両腕を上げかけた。

やめてよ、ＰＪ。マママックの笑い声が聞こえた。辺りを見回した。「おい、そこの！」もう一度、怒鳴り声が聞こえた。警官が笑っていた。

警官がマママックだった。制帽こそ被っていないが、彼女は、まぎれもなく、警官の制服を着ていた。歯をむきだしにして、ひっひっひ、と間のびしたメゾ・スタッカートに笑っている。

笑ってもいいけどさ、ママママック、メゾ・スタッカートだけはやめろよ。

ぼくはそんなことを言って、ママママックを羽交い締めにした。途端に、整然と移動していた人々の流れに動揺が走った。ぼくは慌てて、手を引っ込めた。アジア系テロリストが黒人警官を襲うの図だったかもしれない。ママママックも笑いを仕舞いこみながら警告した。

「気をつけた方がいいよ、ＰＪ。ワールド・トレード・センターの爆破テロ以来、みんなびくびくしているんだから」

そうだった。ワールド・トレード・センターの地下に六〇〇キロ以上のダイナマイトを積んだトラックが突入し、六人もの犠牲者を出したのは、わずか四年前だ。以来、ニューヨークでは、テロへの強力な警戒体制が敷かれている。ＪＦＫでの入国時にも、それは感じた。

そして、今、ママママックにふざけたのだって、グランド・セントラルのモニターに記録され、緊急指令が出たかもしれないのだ。

私服に着替えたマママックと、グランド・セントラルの様々な雑踏を利用してリペをやった。リズミカルで、人を巻き込まずにはおかないリペだった。パブリック・ソリチュードとはちょっと意味合いが違ったが、ぼくたちの気分には合っていた。地下鉄のホームには、アメリカ南部のサウンドを伝えるケイジャン・チェロのミュージシャンがいた。彼との即興的なセッションまでやってしまった。疲れると、地下のコーヒーショップに入って、お互いの生きて来た道や寄り道の話をした。

マママックは素晴らしい聞き手であり、それ以上に語り上手だった。ぼくは彼女の物語の数々に聞き惚れた。

大好きなのは、リロイ伯父さんの話だ。

リロイは、マママックのおとうさんの九歳年上の兄さんで、七人兄弟の上から数えて二番目だ。マママックの父親サムは、五番目。その長兄は公民権運動のさなかに死亡。リロイのすぐ下の弟は工事現場の事故により死亡。末っ子はヴェトナム戦争で戦病死。つまり、生き残ったのは、二、四、五、六。グランド・セントラルに乗り入れている地下鉄の番号みたいだ。いや、ぼくが言うんじゃなくて。マママックが、そう言ったわけ。悲しみを冗談っぽく。

リロイは、ワールド・トレード・センターの地下に靴みがきショップを持っている。一九九三年の二月二六日の正午過ぎ、テロリストが六〇〇キロ以上のダイナマイトを積んで突入した時も、そこで働いていた。犠牲となった六名はすべて地下の爆発現場にいた。電気の供給が断たれ、自家発電も冠水で使えなかった。停電の中で、タワーにいた何千もの人々が暗い非常階段を降りる羽目になった。リロイは、爆発現場近くにいたので事情はある程度つかめた。すぐさま、非常階段に向かった。階段を昇りながら、降りて来る人々に自分の知る限りの情報を伝え、心配することはないから、と励ました。彼は、そうやって五七階まで上がり、常連客のハワードを介護した。ハワードは車椅子の老人だった。リロイが心配した通り、その階にひとり取り残されていたのだ。

リロイは、その話をする時に、こういう言い方をしたらしい。「ハワードが死んじまったら、最大のチップ収入がなくなっちまう、こいつはえらいことだと思ったのが動機だね。本当に、えらかったのは、警察官や消防の救助隊員さ。それと、避難する人々のひとりひとりだ。避難完了まで一〇時間かかったが、そりゃあもう、みんながみんな、紳士であり淑女だったあね。避難銭かねの勘定で動いていたのは、おれひとりだよ」

そして、リロイ伯父さん譲りだというメゾ・スタッカートの「ひっひっひ」笑いをマママックはやってみせた。

「伯父さんの勇気を受け継いで、警官になったんだ、マママックは」リロイ伯父さんの照れ隠しの笑いを想像しながら、彼女に言った。

「イエスで、ノーね。警官といっても、あたしは地下鉄警官だからね、地下のトンネルに潜って働くのが本来の仕事なの。それは、家系のせい。おじいちゃんから三代の地下人脈だから」

三代の地下人脈？　ぼくは頭の中で、そのイメージを組み立てる。無理だ。

「あたしの父親、サムと、そのすぐ上のデニス、七歳上のエディは、みんなここの地下二〇〇メートルが仕事現場なのよ」

ここの地下、といった時、マママックは文字どおり足元を指差した。

「エディにとっては『だった』といわなくちゃいけないよね。竪坑で作業しているところへ一五トンのウィンチが落ちて来て死んでしまったから」

サムたち七人兄弟の父親も、地下の同じ工事現場で働いていたそうだ。理由は簡単だった。地下の現場仕事は給料がいい。今や大ヴェテランのデニスやサムは、年収が九万ドル。

「地下のトンネルって、なんのトンネル？」ぼくの無邪気な質問にも、マママックは丁寧に答えてくれた。彼女は、地下のことを話すのが大好きのようにも思える。

「エディが死んだのは新しい水道トンネル。一六〇キロ離れたキャッツキル山脈と結ぶやつよ。シティ・トンネル三号っていうの。ニューヨークで最大の公共事業よね。今のところ、二キロ進むのにひとりの計算で死者が出ているわ。爆破して、落石もあるし、ゆるんだ石は鉄棒で削り落とすし、あたしが小さい頃のサムの体なんて、傷だらけだったもんね。それに、人間の体っていうのはね、地下だと、活動能力が低下するのよ。暗闇では、夜だと思ってメラトニンの分泌がさかんになるの。すると、疲労感が増すわけ。あたしが相手をして来たもぐらびとも大体、これね」

もぐらびと。

地下生活者のことを、彼女はそう呼んだ。グランド・セントラルの地下にも最大で六〇〇〇人近くのホームレスが住んでいたこともあるという。それが九〇年代になってふた桁になり、最後のひとり、通称「サージェント・ダーク」も去年六〇〇ボルトの電流に触れて死んだ。

「それは、自殺？」

「もちろんよ。でも、世間一般で言う自殺とは違うかもしれない。あたしも、サージェント・ダークとは三度、話したことがあるの。電車にはねられたり、電流に触れて死んだ仲間を、彼は何人も見て来ているからね。事故で、電流に触れるってことはまずないのよ。なんていうか、六〇〇ボルトの電流は、生活の明解な一部じゃない？　触れたら即死。そういう触れちゃいけないものを何十年も眺めて、それこそ、子供のころから眺めて生きて来たのね。触れないことが、彼の信仰だって、言っていた。だから、いつか、触れて昇華されたい気持ちもあるって。最後に会った時にはそう言ってた」

「わかるって言ったらいけないんだろうけれど、ある意味でわかりやすい」

「何が？」

「暗闇の光」

「あたしも、そう思った。人間は、長いこと地下にいると、光になりたくなるのよ。地上の星よりも、地下の光にね。あたしはね、こう思うのよ。サージェント・ダークが六〇〇ボルトの電流にふれたのも、アンクル・リロイが危険区域から避難しないで、逆に非常階段を五七階まで登ったのも、同じ行為だって。地下で爆発があって、アンクル・リロイは光になったのよ。光になったから、だれもやれないことができたの。だから、あたしには、ふたりともヒーローなの」

　ぼくは同意を体で示したかった。固く握りしめた拳を宙に上げた。マママックの黒くて固い拳が、こつんとぶつかった。

「ぼくたちは毎日、パウンダーに煽られているよね。被害者になるな、ヒーローになれって」

「うん。すごく、気持ちがいい」

「パウンダーがぼくのヒーローだな、最近は」

「そうそう」

「それともう一人、フセーヴォロト・エミーリエヴィチ・メイエルホリド」

「ああ！」と大きく口を開け、マママックは目をくりくりさせて続けた。「ＮＹＰＬへ行くって言ってたのはＭ研究？」

ぼくは四つ目標を持って行ったけど、その二〇パーセントも達成できなかった。わかったのはメイエルホリドがぼくの年代に何をしていたとか、クリメント・ジャルコフが演劇人メイエルホリドを、絵画におけるピカソ、マチス、音楽におけるストラヴィンスキー、プロコフィエフ、映画におけるエイゼンシュテイン、ウォルト・ディズニーに匹敵する芸術家だと絶賛していたことぐらいだった。

「Ｍは、あんたの年頃に何をやってたの？」

マママックはクラスメイトの大多数と同様、「メイエルホリド」を「Ｍ」というイニシャルで呼ぶ。

「名前を変えた。二一歳のカール・メイエルゴリトがフセーヴォロト・エミーリエヴィチ・メイエルホリドになった」

「なんで？」

「父親がドイツ系ユダヤ人だった。ロシアで成功してもドイツ国籍を捨てなかったのさ。子供達にもドイツ式の教育を受けさせた。だからメイエルホリドは流暢なドイツ語を喋ったしドイツ音楽の愛好家でもあった。特にワグナーに心酔していた」

「裕福な家庭に育ったわけ？」

「父親はペンザという県庁所在地で二つのウォトカ製造工場を経営していたからね。土地の支配階級に属していたし、女好きで家庭よりも社交と商売を大事にする男だった」

「で、反発した？」

「うん。父親が亡くなって三年後、二一歳になったとき、正教徒に改宗してロシア国籍を取得した。名前も変えた。フセーヴォロトは当時好きだった作家のフセーヴォロト・ガルシンからとった。一八五五年生まれの作家でね、精神を病んで三三歳で自殺した。日本の作家にも影響を与えているらしいけれどぼくには初めて聞く名前だった」

「真ん中のエミーリなんとかは？」

「エミーリエヴィチは、父親の名前がエミーリーだったからだね。ロシア人の名前の構成はファースト・ネーム、父称、ラストネームなんだ」

「反発しても父親を捨て切ることはできないってことね」


　ぼくはマママックに読書の成果を報告しながら、改めてメイエルホリドとの距離が縮まっていくのを感じていた。父の不在と母の影響力などその第一の要因だ。メイエルホリドの母親は音楽と演劇に夢中だった。ペンザの市立劇場には常時ボックス席を予約してあり、幼いカールは母のお供をして頻繁に観劇し、演劇に魅せられた。この辺りは完璧にペニー・ジョーとの思い出に重なった。

一九世紀末のペンザは多くの県庁所在地の中でも文化的な環境がより整っていたらしい。大シベリア鉄道の駅があり商業の中心地であると同時に、周辺には貴族の領地が数多くあった。さらには、思想犯の流刑地でもあった。アレクサンドル三世治世時代では、モスクワの南東六四〇キロという距離が行政追放には妥当な距離だったのだろう。こういった環境でメイエルホリドは一流のヴァイオリニストからヴァイオリンを習い、母が雇った家庭教師からは「左翼」精神を学んだ。

彼は一九世紀末の教養高きロシア・インテリゲンチャに育ち、俳優としての表現力も高めていった……。

ぼくは教養高きニューヨーク演劇人に育つかどうかわからないが、導いてくれる人は周囲に次々と現れて来る。

「今のニューヨークの話をしようよ。マママックの仕事の話を聞かせてくれよ」

ぼくはマママックにエア・マイクを向けた。彼女は歌うファースト・レディ、エラ・フィッツジェラルドのように優雅なジェスチャーでエア・マイクを受け取り語り始めた。

「あたしの仕事の大部分は、一度去ったトンネルを『なつかしんで』戻って来るホームレスや、好奇心旺盛な地下探索の人々を追い払うことなのよね。ホームレスに関していえば、シェルターに連れて行くという作業も含まれる。そうやって連れて行った女性が施設で強姦されたこともある。無論、シェルターのすべてに問題があるわけではないけれど、地下の闇に住み慣れた人々は、地上の『闇』、人々が心の奥底に飼う暗黒を、極度に怖れるわけね」

マママックはそこまで一気に歌姫喋りを続け、深刻なため息を吐いた。いくつもの思い出が重なっているのだろう。

ひとつの施設で事件が起きると、そのニュースはたちまちホームレス全体に伝播して「シェルターは危険だ」ということになる。そして、無論、地下には多くのドラッグ中毒者もいた。彼らは、常識とは違う価値観を持って地上の生活に訣別した人々でもある。説得は命がけだ。事実、マママックの同僚でも、何人かが、地下のドラッグ中毒者によって殺された。

さらに、市当局としては、テロリストへの警戒もある。ニューヨークの地下は、絶対にテロリストに渡すことのできない機能を備えている。地下鉄警官の職責は重く、職域は「心のケア」まで含む。


「アンクル・リロイが言うのには、ワールド・トレード・センターがテロリストの標的になるのは運命的なものなんだって。これから何回も攻撃されるだろうけれど、その度に、生き残るのも間違いないんだって。あのタワーは、伯父さんの信仰でもあるのよ」

「攻撃されたら、きっと彼は人助けに走り回るんだろうね」

「そうよ。だから、九三年のあの事件以来、アンクル・リロイは皮靴をやめたの。毎日、スニーカーで仕事場に行っているわ。でもね、今度、あんな事件が起きたら、あたしがまっ先に現場に駆け付ける。まず最初にアンクル・リロイを安全なところへ避難させる」

「そんなことが起きるかなあ」

「起きないと思ってはいけないのよ。ルー・レオーニでさえ、そのことは真剣に考えているわ」

「ルーが？　なんで？」

ぼくはこの時、なぜか、四ヵ国連合軍ルーの、ダンスベルトのついていない下半身を想像してしまった。ルーの話題が出ると顔が思い浮かぶよりも先に、下半身をイメージしてしまう。ごめんな、ルー。

「クラスのみんなには内緒にしているけれど、あいつ、父親も兄貴もみんな消防だからね。アルバイトっていうのは、消防署の電話番なのよ。ニューヨークでは、警察と消防の連携が悪いことも、彼はよく知っているわ。そこをなんとかしなくちゃって、それなりに心を砕いているの」

「マママックには、そういう話をしたの？　あいつが？」

「そうよ」

驚くよりも、少しだけ傷ついた。

ぼくに対しては、女の評価といった下半身系の話しか口にしないルーが、マママックとは、この街の危機管理の話だって？

なんだよ、これは。

「だってさ、ＰＪ、あんたはまだ『観光客』なんだよ。ルーもあたしも、ニューヨークで死ぬんだよ。あたしたちはこの街を心から愛している。だけど、あんたやトリッシュやヤンとは違うの。他に選択肢がないのよ。生活の場はこの街だけ」

「役者の道を進めば、もっと広い世界があるじゃないか」

「マママックが役者になる可能性は一パーセントにも満たなーい。わかっているのぉ」

彼女はブルースを歌うようにいった。

「なんでそんなこと言うのさ。トリッシュが言われたように自分で自分の壁を作っちゃっているよ」

「トリッシュの壁は壊れやすいからだいじょうぶ。マママックの壁は、地下二〇〇メートルの岩盤のように硬くて暗い。このクラスはね、束の間の迷いなの。夢のようなことに憧れて、その話をたまたま洩らしたら、誘われただけなの。そう。誘われたから乗っただけ――」

「誘われたって、だれに？」

マママックは、オップスといって、慌てて口を押さえた。

「マママック。もう遅いよ。言ってしまえよ、だれに誘われたって？」

「たいしたことじゃないのよ」

「だったら隠すことないだろ？　ぼくたちの間で、秘密はやめようよ、マママック。ぼくは黒人に生まれ変わったら間違いなくママママックと結婚するつもりでいるんだよ」

「ありがとう。日本人のままだって、結婚できるんじゃないの？」

「ママママックは卵を生で食べられる？」

「殺す気？　やめてよ！」

「ね？」

「じゃあ、結婚は諦めるわ」

「友情は諦めないでくれよ」

「うん」

どうせ、トリッシュに誘われたとかいう話だろうと、ぼくはタカをくくっていた。だから、乗りのいい会話で、彼女の告白を促したのだ。

ところが。

マママックの「ささやかな秘密」を聞いて、ぼくは一瞬銀河系の果てまで飛ばされた。そんなことって、ありかよ！


Iハウスへ帰った途端、洗濯しなくちゃ、と思い出した。それでも、しばらくはマママックから聞いた「地下人脈」のことをあれこれと考えていた。

一二時近くなって、ズダ袋を持ってエレヴェータに乗った。Bフロアまで降りる。ランドリー・ルームには先客がいた。アメリカン・インディアンだ。顔と手と鼻がでかい。顔面はぼこぼこ。殴られてぼこぼこじゃなくて、生まれついてのぼこぼこ系あばた。

彼は乾燥機から出したばかりのジーンズを綺麗にたたんでいる。ジーンズばかり一〇本。すべて左膝に穴が開いている。よく見たら穿いているジーンズも左膝に穴が開いている。

洗濯機はすべて使用中だ。自分の洗濯ものをマシンのひとつに乗せ、カウチに座った。インディアンも隣に座った。

「ジーンズ、終わった」ぼそっと言った。どうやら、ぼくに話し掛けたらしい。こういう場合は、なんと答えるべきだろう。

ぼくは勿体ぶって「ああ」と「うん」の中間の音を出した。インディアンは、一番手前の洗濯機を指差し、唸るように言った。

「Tシャツ、まだ」

なるほど。ジーンズはジーンズ、TシャツはTシャツで洗ったということなのだろう。彼の英語は流暢とはいえなかった。

ぼくが、頷くのを待ってから、彼は乾燥機を指していった。

「スニーカー、長い」

ジーンズはジーンズ、TシャツはTシャツ、スニーカーはスニーカーということだった。

暑いね、とぼく。暑い、とインディアン。なんでも、ぼそっと一言。後は、洗濯機と乾燥機の騒音――。

## （七）ザ・ベスト

デーヴィッドの予想が当たった。

第三ラウンドが始まった週の月曜日、5Cに新顔が入って来た。ラドロー・ブーン改めブーツ・セローン改めラファエル・アントニオ・アコスタ。

というか、本名がラファエル・アントニオ・アコスタ。メキシコ出身の元ハリウッド・スター。

ラドロー・ブーンは、ぼくの知る限り、ラファエルの最初の芸名だ。アーノルド・シュワルツェネガーが無名時代に通っていたジムで「発掘」され、憂い顔系ハンサムのスタントマンとして頭角を現わした。

生まれたのはジョン・ウェイン・ウェスタンの故郷とも言われるメキシコのデュランゴ。父親は純粋なカウボーイ、つまりカウパンチャーだったが、ウェインが主演した「戦う幌馬車」にエキストラとして出演し、危険なスタントに巻き込まれて命を落とした。ラファエルが九歳の年だ。どこまでが本当の話かは不明だが、少なくとも、ブーツ・セローンがスクリーン・デビューした時のハリウッド神話ではそういうことになっている。

ラドロー・ブーン時代には売れなかったラファエルは、九〇年代の初めにイタリア人のプロデューサーが手掛けたハリウッドの超大作「火星のブーツ・セローン」のオーディションで主役を勝ち取った。それで、ラドロー・ブーンという芸名におさらばして、身も心も「ブーツ・セローン」に捧げ、華々しく再生したのだった。

因みに、「火星のブーツ・セローン」というのは一九六〇年代に人気のあった冒険コミック・シリーズだけど、日本ではほとんど知られていない。ぼくは、「シフトする父親」のひとりが一時期映画化権を保有していた関係で、七歳のころシリーズをすべて読破した。と言っても、熱狂的なファンだったわけではない。ワイルド・ウェストのお尋ね者ブーツ・セローンがひょんなことから二五世紀にタイム・スリップし、銀河系の存亡をかけた惑星間大戦争を戦い抜く。彼の武器は腰に下げたコルト・バントライン・スペシャル。贔屓目で見ても相当にレトロなSFファンタジーだった。

ラファエルにとって不幸だったのは、プロデューサーが大きな負債を抱えたままクランクアップ直前に急死してしまったことだ。それによって資金繰りが極度に滞り、ポスト・プロが大幅にカットされた。つまり、CGなどの特撮や音楽が「あればいい」程度のランクに落とされたのだ。それは勿論、ミュージック・ヴィデオしか撮ったことのなかった「神童」監督が、絵作りだけにこだわって役者を動かせなかったこととも関係している。

製作発表の華やかさとは打って変わって、公開は地味だった。米メジャーの配給会社は損失を食い止めようと、プレミアの類いは一切行わず、批評家にも試写をせず、そこそこの宣伝で拡大公開してやらずぶったくりの短期勝負に出た。その結果、最初の週はなんとか興収一〇〇〇万ドルは確保したが、二週目は八〇パーセント落ち込み、ブーツ・セローンの名前自体が「DOA」、つまりデッド・オン・アライヴァル（到着時死亡）という全米映画興行の「最悪」を意味する代名詞とリンクされてしまったのだ。

ブーツ・セローンの演技も数多くの批評家や業界人から揶揄された。ぼくが見る限り、名演ではなかったがそれほど酷評される演技でもなかった。すべてがイメージの問題だったと思う。「火星のブーツ・セローン」にまつわるハリウッドの悪しき拝金主義とその大失敗の象徴が、主役のブーツ・セローンだった。彼はたった一本の失敗で完璧に葬り去られた。

ぼくが何故、そのことを知っていたかというと、これまたペニー・ジョーの影響だ。彼女は、ブーツ・セローンの運命に同情し、日本でのひっそりとした公開にも初日に駆け付けたのだった。

その朝、ぼくはクーラーが効いている5Cに、授業が始まる一時間前に到着した。Iハウスの暑さに耐えられなくて、アサインメントの仕上げを教室でやろうと思ったのだ。

ぼくが取り組んでいるアサインメントのIAはトランプを使った「カードの家」だった。その構築のパターンを、安定系、スリリング系、など数種類用意して、臨機応変に使い分けるつもりだった。が、安定系のノウハウが、まだ不安定だった。練習の時間が欲しかった。

ラファエルは既に到着して、準備体操をしていた。初めは、彼がだれなのか、見当もつかなかった。新しい教師かと思ったくらいだ。

ぼくが席についても、彼は準備体操を続けていた。その集中力は、杏色のダンサー、タマラに初めて会った時に感じたものと似ている。彼女の場合は「太極拳のようにも思える動作」だったが、ラファエルは完全に太極拳を自分なりの体操に取り入れていた。動きも、ひとつの点を運ぶ東洋的に優雅なそれだ。

声をかけることが憚られた。ぼくは静かにカードの家造りを開始した。一〇分ほど経って、彼の深呼吸に目が吸い寄せられた。両腕を体の前に垂らした状態で交差させ、息を吸いながら横に広げて上げて行く。その動きに合わせて、体の筋肉すべてが天空を求めて上を向いた。つま先だちになり、両手は、頭上の遥か彼方で交錯して微動だにしない。ぼくの位置からは後ろ姿だ。タンクトップからごつごつとはみ出た背中と肩の筋肉だけが躍動している。体は指先からつま先まで伸びきって、その枠組みが動かない。中間にある筋肉だけが、呼吸をしているのだ。ぼくは息を殺して、訓練された肉体が生み出す「芸術」に見惚れた。

永遠に似た九〇秒が過ぎ去ると、彼の両腕は、吐き出す息に合わせてゆっくりとサイドに広がり、やがて水平になった。両の掌は天井を向き、その上で空気のボールがくるくる回転しているような錯覚を覚える。

　再び、両手は天空を指して交差し、体がぴんと張った。やがて、伸び切った体は徐々に萎み、両手は元の位置に下ろされて動きが静止した。

　一流エンターテイナーのショーを見物したような充足感で息を抜いた。彼は、ひたひたと裸足で奥のカウンターまで歩き、そこに引っ掛けてあったタオルで軽く体を拭いた。それから、袖を切り落とした色褪せたトレーナーを着た。その時になってやっと、柔らかな笑みを浮かべ、ぼくを見た。

「ラファエル・アントニオ・アコスタ」物静かな口調で自己紹介をした。

「ペン・ジョージマです」

「よく知っているよ、ＰＪ」

「パウンダー先生の代理ですか？」

「いや、おれは生徒だ」

　その答えを聞いて、ぼくはデーヴィッドの予想が当たったことに思いを馳せた。その瞬間、回転の鈍っていた脳みそが高速回転を始めた。

「ブーツ・セローン？」

　プールから這い上がった犬が水を切る勢いで、彼は首を振り笑った。

「何年ぶりだろうね、その名前で呼ばれるのは」

「ラドロー・ブーン」

もっと古い芸名を口にすると、ラファエルの澄んだ眼差が、やんちゃに輝いた。そして、頬のラインが一気に弛んだ。

「そいつは、ニューヨークに移って来て以来、初めてだな。お母さんがファンだったなんて言わないでくれよ。コールよりも八歳若いんだから」

パウンダーのことを彼はファースト・ネームで呼んだ。

「コールって呼んでいるんだろう？　君たちも？」

「いや、なぜか、パウンダーって。それに、残念ながら、母がブーツ・セローンのファンだったんです」

「おれもペニー・ジョーのことは聞いたことがある」

ぼくたちは固い握手をした。

そのあとは、授業が始まるまでの三〇分、ラファエルがひとりで喋った。四〇年の生涯を一気に語ったのだ。これもアメリカで生きている人間の特性のひとつだと思う。不用心なくらい屈託なく、初対面の席で身の上話を始める人間がなんと多いことか。

ラファエルの場合は、ぼくがペニー・ジョーの息子であるということが大きく影響していたのかもしれない。

彼がデュランゴで生まれたのは事実だったが、父親が「戦う幌馬車」の撮影現場で死んだというのは虚構だった。ただし、死んだ時期は重なっている。

父親は、シウダード・フアレスに本拠を置くドラッグのトラフィッカーに雇われていて殺された。そのショックで母親は九歳のラファエルと生まれたばかりの弟を残したまま失踪。以後は親戚をたらいまわしにされ、主にテキサスで成長した。カウパンチングの技術は一〇代で身につけた。一八歳で海軍に入隊し、二〇歳の誕生日直前にハリウッドを目指した。半年前に除隊した戦友を頼ったのだ。弟は、彼が海軍にいる間に殺人を犯し、逃げ廻っていたが殺された。

　ハリウッドでは目が出るまでに七年かかった。体を売る以外のことはすべてやった。親も兄弟もいないことを寂しいと思ったのは、ブーツ・セローンになった時だった。成功を祝ってくれる肉親がひとりもいなかった。その寂しさの中でスターになり、なにがなんだかわからないうちに地獄へ落とされた。それでも、大切にしていた友達が救いの手を差しのべてくれた。ニューヨークに移り、経験を生かしてマンハッタンのアスレチック・ジムに就職した。今では、総支配人になり、実業家として生き残っている。演技の方は、三年前にアクターズ・ステュディオの本科に進み、そこで二年学んだ。現在は休業中。

「それだけのキャリアがあるのに、どうして、こんな初歩的なサマー・セミナーを取ったんです？」ぼくが素朴な疑問を口にすると、ラファエルはちょっとだけ眉をくもらせた。

「このクラスは――――」何か大事なことを言いかけて、彼は口を閉ざした。アニータとマママックが入って来たのだ。早口で「若い刺激だよ、ＰＪ。ここには刺激がある」とだけ言うと、強面のマママックもとろけるくらいの笑顔を浮かべて女性陣に自己紹介をした。

　パウンダーは、ぼくの時と同じように「サイラス・ケインの特別な配慮により、本日から仲間入りをしたラファエルだ」という紹介をした。生徒たちは、彼が元ハリウッド・スターであることにはなんの関心も示さなかった。それは一瞬にして潰えた幻想でしかなかった。興味を示したのは、むしろ、彼の現在の職業だった。だれもが名前を知っているアスレチック・ジムの総支配人。これは注目すべきステータスだった。

昔なじみの四〇歳の生徒が入ったからというわけでもないだろうが、月曜日のパウンダーは、懐旧モードだった。

ヤンとジェイミーがリペティションをやることになった時、ふたりとも用意して来た設定が同じだった。電話だ。パウンダーは「手紙と電話だけは考えてくるなと言わなかったか?」とクラスに尋ねた。ぼくたちは、手紙以外のIAを考えろとは言われたが、電話はダメだとは言われなかった。ヤンとジェイミー以外にも、アニータとジェンドン、アビゲイルが電話だった。

大袈裟な絶望の表情を作ってみせると、パウンダーは、ヤンとジェイミーに新たな設定を与えた。お互い、自分たちの電話は本物だと思っているが、相手の電話はひとりごとだと思っている、というのだ。そして、ジェイミーに告げた。「廊下で合図を待て。いいか、この部屋にはふたりだけだ。セッションが始まったらすべてを受け止めろ。何があってもリペを続けろ」

ジェイミーを廊下に追い出すと、パウンダーは例のおもちゃ鞄から、可愛いピンクの電話を取り出してヤンに渡した。

「この電話では、普通の会話をやれ。ジェイミーとはリペ。ただし、ジェイミーはこの世のものではない」

その設定だけで、クラスは笑い出した。

「ジェイミーがぼくの電話の会話をリペしたら?」ヤンはピンクの電話を撫でながら確認した。

「関係なし。電話の会話はあくまでリアルに続ける」

「了解」ヤンが愉しげに請け負ってセッションは始まった。

　ところが、ジェイミーはむきになって、ヤンが独り言をいっているのだということばかり強調してしまった。自分の電話というＩＡ作業がすっぽり抜け落ちたのだ。

　見ている分には、ヤンの悪戦苦闘ぶりは面白かった。リペではダーティ・ワードを受ける度に省くくせに、普通の電話の会話では、ヤン語録のダーティ・ワードを使っていた。客席が、ヤンの言葉に笑い転げる度に、ジェイミーは、つまらなくなっていった。リペのエネルギーも落ちた。混乱したヤンは、なんの脈絡もなく電話に向かって、「おれはセックスの野獣だ！」と叫び、クラスが大爆笑したところでパウンダーはセッションを止めた。

「ジェイミー、イマジナリー・サーカムスタンスの違いを自分に引き寄せろ。わかるか。ヤンは、電話をＩＡに使っている。おまえは、いつでも、想像上の電話を使ってＩＡを始めることができたのに、ヤンとのリペでお相手をしただけだった。それじゃあ、生き残れないぞ」

「そんなこと、言われたわけじゃないから、できません」ジェイミーが疲れ切った様子で憮然といった。その時だ。パウンダーが昔話を始めたのは。


　単純に言えば、こういうことだ。

　昔、ある女子生徒がいた。精神的にもタフだったし、熱心でやる気も満々だった。どんな指導にも積極的について来た。しかし、彼女は病気に蝕《むしば》まれていた。

　パウンダーは淡々と事実を並べ立てているだけだったが、「病気」という言葉を出した途端、声が消えた。ため息だけが増えて、その息のひとつひとつがパウンダーの両目をうるませていった。

なるべく「彼女」の存在を思い返さないように、一般論として処理している最中に、大きな感情のうねりに捕まってしまったのだ。パウンダーは握り拳で涙をごしごしこすった。こすれば、消える筈の涙は、パウンダーの頬を濡らし続けた。そこで、急に話題を変えた。

「おまえたちはすごく頑張っている。本当に、よいクラスだ。だから、おれも一生懸命指導するし、おまえたちも一生懸命ついて来て欲しい」

ランチは、ラファエルの招待で、クラス全員が彼の行き付けのイタリア料理店で食べることになった。遠慮するOBもアビゲイルも、ラファエルは魅惑的な強引さで誘い参加することになった。

店には一九名分の予約席が作ってあった。ラファエルは皆を座らせると「好きなものをオーダーしていいぞ」と言って、姿を消した。二〇分後に戻って来た時には、カラフルなカードを持っていた。そして、宴たけなわだったぼくたちの注意を促した。

「お食事中、すいませんねえ。一言、新米からの挨拶を聞いてくれ。今からカードを配る。そこには、あることが書いてある。同意するものは、きっちりと美しくサインをして欲しい。それだけ。じゃあ、食事を愉しんで、これから先、お手柔らかにお願いしまーす」

ラファエルは、殊更軽くいって、そのカードをぼくに渡した。

受け取った途端、ラファエルの温かさを強く感じた。それは、ほんの数時間前に彼から聞いたライフ・ストーリーの延長にある「優しさ」でもあった。つらい思いをして生きて来た大人は、他者への思い遣りを忘れない。

そこには一言、THE BEST TEACHER と印刷されていた。

「最高の教師」というカードにクラス全員がサインをして、パウンダーにプレゼントしようというのだった。

ぼくは立ち上がって、ラファエルをハグした。

こいつは、本当に、すごいやつだ。きょう会ったばかりなのに、一生の付き合いを予感させてくれる。

タイラーが覗きこみ、カードの内容をみんなに伝えた。歓声と拍手が続いた。

ぼくがサインを済ませると、カードは奪い合いになった。それも、ラファエルが優雅に大人っぽく仕切って、生徒全員が、美しく丁寧にサインをした。


学校への帰り道、クラスメイトの大半がラファエルの周囲に群がっていた。ぼくは、その塊からは少し離れて、カードを受け取る時のパウンダーの顔をあれこれ想像しながら歩いていた。いつの間にか、トリッシュが並んでいる。

「ラファエルは一生かけて、いいやつを演ずるつもりなのよ」

彼女はハーゲンダッツのカップをつつきながら言った。

「それって、シニカル過ぎない？」

「だって、ジェームズの知り合いなんだもの」

「あ、おとうさんが彼のジムの会員なんだ」

「じゃなくて、オーナーのひとり」

「みんなどこかで何かが繋がっているんだね」

ぼくは、マママックから聞き出した「秘密」のことを考えながら答えた。

「ラファエルはパウンダーとも知り合いよ」

「だろうね」

「どういう知り合いだか知っている？」

「ラファエルはアクターズ・ステュディオの本科を卒業したって話だし、共通の友人は多いんじゃないかな」

「オーディション」

ミステリアスに一言だけ、トリッシュは舌に乗せた。

「オーディションで顔を合わせたってこと？」

「ふたりがＬＡにいた二〇代のころね」

パウンダーは「ブーツ・セローン」のオーディションにも参加したのかもしれない。

「朝のクラスでパウンダーが泣いたのは、そういうことよ。女子生徒のことばかりじゃなくて、クラスにラファエルが来たので、一気に、めぐまれなかった二〇代が甦ったのね。ラファエルのカードは、慰め。おまえは俳優では失敗したけれど、教師としては成功しているぞ。おじさん同士の傷の舐めあいって感じ」

思わず足を止めた。

一瞬だけ、彼女の顔に、怯えにも似た「持たざるもの」の表情が浮かび、消えた。残っているのは、用心深くてシニカルで、とてつもなく魅力的な笑顔だ。

「なによ？　告白したいことでもある？」

「思ったこと言っていいかい？」

「どうぞ」

「君は多分、これから半世紀かけて何ダースもの男の人生を狂わせるだろうけれど、そのうちの半数は、君のことを心から愛する人間なんだということを忘れないでほしい」

へ。

ワーオ。

らしくないこと言ってるって思いはあったけど、勢いっておそろしい。なんか、自信を持って言い切っちゃった。意外と、気持ちいいもんだ、こういうフレーズってのは。

でも、トリッシュは、すごく素直に受け止めたようだった。

まあ、素直というか、傷ついたというか、その辺は曖昧なんだけど。

彼女はハーゲンダッツのカップを投げ捨て、一回だけ肩をすくめた。逆襲の言葉を見つけられなかったのか、ぼくに背を向けて学校とは反対方向に歩き出した。中指を、突き立てたまま。

トリッシュは結局、午後の授業には戻って来なかった。

彼女以外の一八人の生徒が見守る中で、パウンダーはデスクに置かれたカードを開けた。

一瞥して、「失礼」と言い、教室を出て行った。しばらくして戻って来ると、消え入りそうな声で「ありがとう」といい、昂《たかぶ》った感情を堪えるためなのか、殊更、語気を強めてこんなことを言った。

「演劇は、安全ではないことをやることができる安全な空間を提供してくれる。苦しいことも痛いことも不愉快なこともすべて、持ち込もう。本当に苦しくなることも、痛くなることも、不愉快になることもないのだから。しかし、歓びだけは、持ち込もうと思うな。それは、観客が勝手に運んで来てくれる。きょうの君たちは、おれにとって、最高の観客だ」

最前列のラファエルが、座ったまま、高く右手を上げた。その手を、パウンダーがバシンと勢いよく叩いた。

「よし！　センチメンタル・ジャーニーは終わり！　ラファエル！」

「アイアイ・サー！」

間髪を容れずにラファエルが応じた。

「アクターズ・ステュディオ方式のメソッドでごりごりに固めた感性を見せてくれ」

「喜んで」

「相手は」パウンダーはクラスを見回し、ぼくのところで視線を止めた。

# ACT4
## インディペンデンス

## （一）人生を込めろ！

七月一日。火曜日。Cフロアのカフェテリアで〇Bと会った。そのまま一緒に通学することになった。建物を出ると、北へ向かって歩く。

「方角が違うぞ、ＰＪ」びっくりしたような顔で追い掛けて来る〇Ｂ。

「でも、一二五丁目の駅が近いから」

「やばいよ」

「朝は安全さ。暗くなってから使わなければいいいんだ」

ぼくはそのまま歩き続けた。〇Ｂは少し迷っただけでついて来た。かなりびくついている。着いたら、わ、こっちの方が近い、朝はこれだな、とまるで自分が発見したような言い方でエスカレーターへ進んだ。

正直言って、エスカレーターを挟んで反対側は別世界だ。殺されるかもしれない。というよりも、殺されても文句を言えないとでもいうような、分断された感覚がある。これは、差別意識の問題ではない。もっと人間の根源的な縄張り意識のようなものだと思う。

無断侵入を禁ず、といった看板を立てないだけで、そういう魂の境界線というのはどこの国のどの街にもあるのだということが最近わかってきた。

無論、ハーレムは黒人以外に門戸を閉ざしているわけではないし観光客も訪れる。色々なルールがこのエスカレーターのあちら側とこちら側にはあるということだ。

朝はエスカレーターの上り。夕方からは下り。それだけが安全。向こう側は危険。生死の境目。

一度、このエスカレーターが壊れていて反対側にある階段を使わなければならなかった。そっちに進んで行ったら壁に遮られていたマクドナルドやケンタッキーを見つけ気分が高揚した。マクドナルドの裏にはＢＰのガソリンスタンドもあった。それが、マンハッタンで初めて見たガソリンスタンドだった。そうなると、そのエリアが頭の中の危険区域からはずされた。

危険と思っていたものがマクドナルド＆ガソリンスタンドで安全だと思うようになった。しかし、入ってみると、客も従業員もみんな黒人。ぼくだけがアジア系。目立つなんてもんじゃない。舐めるように見られる。怖いという意識はない。単なる居心地の悪さ。

表にはホームレスが金くれ、と待っている。通行税みたいな感じで小銭を渡すことになる。いずれにせよ、夜は行かないほうがいい。

ホームに立つと遠くに電光掲示板が見える。ＯＢが、頓狂な声を出した。

「あれ、おかしいんだよ、ちょっと見て」

しばらく眺めていると、暗号みたいな文章が出た。最初のやつは、「クリントン大統領がおならをしました」。続けて、クリントンの下ネタのジョークが連発される。ハーレムの川沿い、アッパーにある電光掲示板だ。

電車が来て、乗り換えに便利な一番前の車両へ進む。すいている。

「いろいろなルートを試しているの、ＰＪは？」

「そうさ。バスも試してみた。そんなことより、きょう、香港が返還されたんだぜ、中国に」

ＯＢはふーんと答え、ホームレスの女性乗客をジッと眺めていた。おそらく、ＯＢには彼女がホームレスだということはわからないのだろう。うしろまえの服を着ているから不思議に思っているだけだ。うしろまえの服を着た中年女性が、電車に乗って小銭をあさるなら、それはホームレスだ。ぼくは、彼女と出会うのが三回目。

香港の件は、ビッツでも、だれも関心をしめさなかった。相変わらず、マイク・タイソンの話題ばかりだ。

先週の土曜日、ラスヴェガスのＭＧＭグランドでＷＢＡのタイトル・マッチがあった。第三ラウンドで挑戦者のタイソンが、チャンピオンのエヴァンダー・ホリフィールドの耳に嚙み付き、一部を嚙み千切った。月曜日の朝、開口一番、パウンダーは言った。

「おれが愛したボクシングは土曜日に終わった。以後、クラスでボクシングの話はやめてくれ」

おごそかに宣言し、そのあとで「転校生」のラファエルを紹介したのだ。

ラファエルは、良くも悪くもたった二日でクラスに溶け込んだ。月曜日以降は、率先してカードを買って来ることもなかったし、みんなを連れて豪遊というのもなかった。それは、いい意味の方。

悪い意味の溶け込みというのは、ＩＡ（独自活動設定）のレベルだ。ぼくらと大差はない。むしろ、ＩＡが不得手のようだった。アクターズ・ステュディオの本科へ二年通っても、感性は簡単に磨けるものではないのだとわかった。

この日のＩＡでも、ラファエルは凝ったシチュエーションを考えてしくじった。ゲイのスポーツマンがスーパーで買い物して家に戻りジャックスをやりながらツケ爪をする。ジャックスというのは、プラスチックのゲームで、スーパー・ボールを弾ませ、ボールが弾んでいる間にジャックを拾う。

筋骨隆々のラファエルがこういった作業をしているのは確かに笑える。でも、発展性がない。むしろ、相手をしたトリッシュのつっこみの方が素直に笑えた。そのうちに、ラファエルの言うことが説明的になった。それを、パウンダーが指摘すると、ラファエルはいちいちリペティションを止めてパウンダーに話し掛けて確認する。パウンダーは、リペを続けながら指導を聞け、と言うのだが、そこがうまくできない。

ややあって、パウンダーがストップをかけた。

「凝らなくていいから、命を吹き込んでくれ。ＰＪがカードの家をやった時のカラミは素晴らしかったじゃないか。一緒に建てるようなふりをして、実は邪魔しているアクションで、クラスは盛り上がった。君らも盛り上がった。熱気だよ、熱気。今は、君がなにをやっているか、トリッシュが読み取れないから進まない」

「わかってるんだけど——。最初から、このクラスに参加していればよかったと、つくづく思うね」

弱音を吐いたことで、ラファエルはクラス全体に受け入れられた。ただし、トリッシュに言わせると、ラファエルは弱音を吐くためのシチュエーションを作り出したのだ、ということになる。演じている、と。


Bring life!

パウンダーがよく飛ばす檄だ。ブリング・ライフ！　活き活きとやれ、とか、細胞を活性化しろ、とか、その都度違うニュアンスで受け止める。

直訳すれば、「人生を込めろ！」。

勢いに繫がらない時、叱咤の声はこれと、Don't sit on your impulse!

自分の世界に閉じこもるな、ということだが、こういう煽りは英語の方が圧倒的にカッコイイ。聞いていて、パチンと弾けるし、パウンダーも指を弾いて叫ぶ。ぼくたちは体と心で瞬時に納得する。

そんな授業の合間に価値ある昔話が入り込む。いわば、歴代の生徒列伝。

昔、ＩＡと称してクラスへ生きたウサギを持って来た女子生徒がいた。彼女はみんなの前でウサギを殺し、解剖した。

パウンダーが教師になって二年目のことだ。戦慄した。その女子生徒は、その後、デイ・トレーダーになったという。

こんな話が、やたらクラスで受ける。

パウンダーの机にナイフを突き立てて、「手を洗って来ます」と言ったまま帰って来なかった生徒もいる。彼はそのまま家にも帰らず消息不明。

そういう犯罪者予備軍の変化球人種は、このクラスにはいない。

と、ぼくは信ずる。

こいつ、いっちゃってるかもねー、とぼくたちが噂をしたのはアレックスだ。

彼は、三分で六〇個の風船を膨らませた。甥の誕生日パーティが始まるから、という設定。風船を膨らませている最中は、当然喋ることはできない。それで相手のランヒーも、憮然とした様子で風船を膨らませた。パウンダーが止めなければ、風船作りは延々と続いた。アレックスは、三〇〇個の風船を用意していたのだ。

ヤンの場合は、クラスで焚火を起こそうとしてパウンダーに止められた。

一般人が見たら、アレックスよりも「いっちゃってる」かもしれないが、ぼくたちは、ヤンらしくていいよねー。

彼はいつでも好意的に評価をされる。


ビッツと同じブロックに公園管理局のビルがある。入り口は別の通りに面しているため、階段の上のドアは鎖で閉じられている。

二週目の半ばから、ランチといえば、ベーグルかピザをスライスで買って来て、この階段で食べる生徒が増えた。ぼくも、ここの常連になった。多勢でわいわいできるし、五五丁目自体がメインの通りではないから通行人もそれほど多くない。平日の昼どきでも三〇分に一〇人程度だ。その中に、ひとりだけ、常連の通行人がいる。

犬を連れて散歩する白人のオバサンだ。オバサンの名前はだれも知らないが、犬の名前はすぐに憶えた。ベーグルというのだ。

みんなはベーグルを食べている。ベーグルはベーグルを食いたがるがオバサンは「そんなもの食べたらおなかこわすよ」と犬に警告する。じゃあ、おれらはなんなんだ、と後でオバサンの悪口を言うものもいたが、何回か顔を合わせるうちに、双方が慣れた。みんながベーグルにベーグルのくずを与えるようになった。

最初は近づこうともしなかったオバサンとも言葉をかけあうようになった。それだけのことだが、ぼくは、こういう時間を通じて自分たちが街に溶け込んで行くのを認識する。

ここ階段サロンで、アートは夢見るアーティストになってしまう。いつかパウンダーが言った「芸術が社会を癒す」という言葉を、繰り返し検証したがる。どんな状況でそれが起こり、自分たちがどんな関わり方をするのか。自分たちがこの社会を癒すなんて素晴らしい。

そんなとき、ルーは大抵仏頂面で「癒せねーよ」と切り捨て、猥雑なジョークを飛ばす。

マママックから、ルーとこの街の安全対策に関わる話を聞いてからは、確かに、ぼくの彼を見る目は変わった。が、クラスでは、消防署でのバイトも含めて、そちらの世界での自分の顔を一瞬たりとも見せない。

アートはドリーマー。ルーはリアリスト。アートは、将来、どんな形であれ芸術に関わり、ルーは消防隊員になるのだろうか。

　みんなと舞台の情報交換をするのも、この階段サロンが中心だ。ぼくらの世代の「苦痛」を扱っているという点で人気があるのは、ミュージカルの「レント」だ。タイラーは徹夜で並んで見た。しかし、上演しているネーダーランダーは、シアター・ディストリクトの中でも一番南端の西四一丁目にぽつんと離れている。ブロードウェイのその辺りは犯罪の発生率も高い。タイラーが列に並んでいた時も、怒鳴り合う声は一時間ごとに聞こえた。すると、警官がやって来た。黒人の警官だった。

　タイラーは黒人が苦手だ。従って、相手も敏感にそれを察知する。クラスでも、ランヒーやマママックの隣には座らない。だから、この時も黒人警官に追い払われるのかと覚悟を決めた。すると黒人警官は、「おまえたちの気持ちはわかる。こういうことはあまりやらない方がいい。でもまあ、今夜は――」と言って、一晩付き合って守ってくれたというのだ。

「ニューヨークの黒人にはいいやつがいるし、警官にも舞台好きなやつがいるんだって、初めてわかったよ」ママママックもいるところで、タイラーは無邪気な人種差別を口に出した。

　ママママックは笑顔でタイラーを突き飛ばした。「この時代遅れの皮かぶりのレイシスト坊やが」そのあとでふたりは「レント」のナンバーを合唱した。

　タイラーは、ママママックは特別だ、と言い、自分は人種差別をしていないと思っている。ただ、黒人が苦手なだけだ、と。つきつめていけば、日本人に対しても同様の意見だろう。日本人は苦手だけど、おまえだけは特別だよ、ＰＪ。

マママックもぼくも、こういう人間とどう接するべきなのかわかっている。時間を与えるのだ。時間を与えて、「特別な黒人」なり「特別な日本人」の絶対数が増えるまで待ってやる。執行猶予つきの無害なレイシスト。

一九九七年のシーズンで話題のブロードウェイ・ステージといえば、なんといっても「人形の家」だった。ヘンリック・イプセンのクラシックだ。ほっぺの赤い一九歳のアニータが夢中だったのもこれ。ＯＢやアート、ランヒーも見ていた。パウンダーの一押しもこれだった。ぼくも一度西四四丁目にあるベラスコの切符売り場まで行ったがキャンセル待ちの列が長過ぎた。なんでそんなに話題になっているのかというと、一にも二にも主役のノラを演ずる英国人女優ジャネット・マクティアの圧倒的な存在感だ。多くの劇評が、一八七九年に書かれたノラが二〇世紀の終わりに完璧な演技者と出会った、というアングルで誉め称えていた。完璧な演技とはこのことだ、とパウンダーも断言した。

このトループは前の年にロンドンで公演して、大絶賛を浴びている。マクティアもローレンス・オリヴィエ賞というアメリカでいえばトニー賞に匹敵する演劇賞を受賞し、その業績を引っさげてのブロードウェイ・デビューだった。

パウンダーによると、九七年度のトニー、シアター・ワールド、ドラマ・デスクの三賞の主演女優賞はすべて彼女がさらうとのこと。身長が一八五センチもあって、しかも、片方の目が見えないというハンデを背負った英国人女優が、ニューヨークの演劇界を席巻していたのだ。

みんなに共通しているのは、もう一度見たい芝居がある時は絶対に入場料を払わないということ。休憩時間に紛れ込んで、第二部だけを見るのだ。ぼくはまだこのラディカルな観劇法を試みてはいないが、近いうちにそうせざるをえないという気はしている。ひっ迫した経済状態の中で、血となり肉となる芝居を数多く見るには、それが最上の手段だ。

第三週で印象に残っているのはルーとのIAだ。

月曜日にやったラファエルとの「カードの家」は、あまりにもうまく行き過ぎた。ミスがあった分、ルーとのセッションの方が「戦果」だったと思う。

ぼくはステージのまんなかに正座して深呼吸。一〇〇枚用意していたコインを立てて行く。父親が作ってあるやつを壊してしまったから戻って来る前に元どおりにしなくてはならない、という時間設定だ。ところが、床の節目には七枚立てるのが精一杯だった。ルーがドアをゴンと開けて入って来た途端、コインはパタパタと倒れる。

基本ルールでは、説明はいけないというのがある。だから、ルーは設定を知らない。単に「おまえ、ばかか」と始める。ぼくも繰り返す。かまってくれよ、とバタバタするルー。がきだな、と言ったら錯乱調で「じゃおまえは狂っている」と返された。

歯車は合ってはいるけど、遠い。

お互いの言葉がやっと聞こえている程度の距離感。ルーが、コイン立てに参加すると、面白い瞬間が増えて来る。九枚まで記録を伸ばしたところで、またパタパタ。一三枚まで行ったとき、ルーと喜びあってリペをしていたら客席のヤンが「違うぞ、一四枚だ」と夢中になって訂正した。ぼくたちは反射的に客席を見て止まってしまう。一瞬にして集中力が切れ、コインも倒れた。

ルーがアタマに来て客席のヤンに文句を言った。ごめん、ごめん、とヤンが謝る。そんなところでパウンダーが止めた。

「ヤンをあそこまで巻き込んだというのは、とてもいいことだ。ＰＪのアイデアもユニーク。が、緊急性に欠ける。ＰＪが用意した状況は説明的になってしまって、ねじこんだ感じだった。がきだな、という台詞も適切なところで出た。しかし、相手を聞き過ぎだな。聞き過ぎだから、緊急性も消える。ルーの場合は、イマジナリーの世界と現実の間で揺れ動いていた。どちらかに焦点を合わせるんだ。迷いは一瞬。感性が判断を下す。間違ってもいい。一方へ進め」

そういうコメントを発する時、パウンダーの目はすごく光っていて三秒以上目をあわせられない。眼力がこっちの筋肉に食い込む。それを、耐えて、見て吸収する。

喋っていて言葉に詰まった時でもパウンダーの手は動いている。すると、天井を見る。言葉を探し出す。次に目があった瞬間には鋭く突き刺して来る。

頭で覚えさせるのではなく、皮膚で覚えさせる感じ。説得力がある。

ラファエルによると、パウンダーは朝のクラスと午後のクラスの中間の時間も教壇に立っているとのこと。別の学校で週二回二時間のクラス。マンハッタンのミッドタウンを東へ西へチャリで走り回っているそうだ。

チャリといえば、ラファエルもチャリで通学している。イタリア製の超高級品。パウンダーのやつは、ハンドルがひしゃげた中古。

パウンダーに言われたことはなるべく直後にノートへ書き込むようにしている。聞いている最中は、パウンダーの目つきや息遣いを吸収しているから書く暇がない。だから、どうしても、次の組のリペを見るのではなく、聞くことになる。メモは、英語と日本語のごっちゃ。隣に座るラファエルがよく覗きこむ。ぼくのノートに日本語を一文字書き込んだこともある。

「の」の一文字。

ラファエルは海軍時代に横須賀にも行ったことがあるから日本語はある程度知っている。

「の」を書いて、「日本語で一番好きな字だけど、発音を忘れてしまった。なんて読むんだっけ？」

そんなやりとりをトリッシュが覗きこみ、アートやマママックが聞いていた。第三週の終わりころには「の」がクラスで流行っていた。ラファエルへの朝の挨拶が、指で「の」の字を書いて、「の」と発音するのだ。左ききのタイラーは逆に書いてばかりいたけど――。

ニューヨーク公共図書館NYPLのメイン・ブランチは火曜日と水曜日だけ二〇時まで開いている。リサーチに使える時間は、土曜日以外は火水の授業終了後二〇時まで、ということになる。それで火曜日の授業を終えるとぼくは「スリッパーズ」よりも、NYPL詣でを選んだ。

前回はメイエルホリドの生い立ちを中心に読み漁ったが、関連本を読んでいるうちにロシア演劇全般の流れも知りたくなった。それで何冊か並行して読み進むと、革命ロシア演劇と日本の新劇との関係も少しずつ見えてきた。

ぼくの非アカデミックな頭脳で見える視界は非常に狭いから、大学でしかるべき教師の指導で学習するようなわけには行かない。正味九〇分の読書時間ではページ数もそれほど稼げない。

遅々とした学習だけど、歴史の扉を次々と開けて行く読書はスリリングで面白い。

閉館時間ぎりぎりになって、クリメント・ジャルコフがアメリカに亡命してから書いたメモワールを見つけた。その冒頭（冒頭しか読む時間がなかった）でクリメントはこんなことを言っている。

一五世紀はレオナルド・ダ・ヴィンチの世紀だった。一六世紀はシェークスピア。一七世紀はルーベンスとレンブラント、一八世紀はバッハとモーツァルトを生みヨーロッパ文明は様々な国が共鳴して緩慢だが確実に発展した。ロシアは一九世紀になるまで、傑出した芸術家を一人として生み出してはいない。ロシア文化は一九世紀という短い時間の中で急激に立ち上がり、二〇世紀初頭にヨーロッパ文化に追いついた。コスモポリタン的な多様性がロシア芸術の真骨頂だった。チャイコフスキイはムソルグスキイと異なり、ドストエフスキイはチェーホフと異なり、ブロークはマヤコフスキイと、スタニスラフスキイはメイエルホリドと異なった。そして我が師フセーヴォロド・エミーリエヴィチの肉体には古代ギリシャ演劇、イタリアのコメディア・デラルテ、スペインの中世劇、中国の京劇、日本の歌舞伎の血脈が縦横に流れていた。しかし、ロシア芸術の衰退もメイエルホリド・ブームの終焉も急激だった。革命の残滓を舐め回す愚劣な支配者による破壊の豪雨が「輝き」を押し流したのだ……。

そんなに読みたい本なら借りればいいじゃないかと思うかもしれない。図書カードを作っているから本を借りることはできる。ぼくの場合、そこに面倒な障壁がある。

幼児期から現在に至るまで図書館からも人からも本を借りたことがない。本には常に「居場所」があって、そこから持ち出してはいけないという強迫観念があるのだ。

図書館の本は図書館に属しているので、図書館で読む分には何の問題もない。外に持ち出して返却日に返すという時間の制約が苦痛なのだ。苦痛だから借りて読んでも何も頭に入らない。人から借りることも同じ。その本が所属する場所、例えば「シフトする父親の家の蔵書」をその家で読む分には、円満な読書体験ができる。

書店の本は売られるためにあるのだから購入して家に持ち帰ることに何の支障もない。逆に、本屋で立ち読みしていると気分が悪くなる。これはその本が本屋の棚でもなく、購入者の場所にも属さないノーマンズランドにいるからなのだと理解している。ノーマンズランドというよりはLimbo、辺獄。

これは間違いなくぼくの心の病なのだ。

ただし、その原因はある程度わかっている。

ペニー・ジョーが「シフトする父親」の家から去るとき、その家の本を最低一冊盗んだことが関係しているのかもしれない。一冊何百万もするようなレア本ではなく、スーパーマーケットでも手に入るペーパーバックの類ではあったけれど。最後っ屁みたいな感じで一冊盗むのだ。盗んで読み捨てにする。

その家に子供がいる場合は子供の本を盗んだこともあった。それをぼくに押し付けて、おまえが気に入っていた本だから持ってきてやった、と感謝を迫る口調で言われたとき、ぼくは失禁した記憶がある……。

ＮＹＰＬから出て、五番街をメイシーズの方向へ歩いた。すると、「ヤッホー」という声が聞こえ、チャリのラファエルが近寄って来た。

「こんな時間になんでこんなところを歩いているの？」

ラファエルの問いかけにＮＹＰＬにいたことを告げる。どんな本を読んでいたのか聞かれたので、一瞬考えて、「人生を込めた芸術を作ったら処刑された人についての本」と返した。彼はチャリから降りて並んで歩き始めた。何か気の利いた切り返しを狙っている沈黙が三秒続き、驚愕の提案が飛び出した。

「トイザラスでプリクラ撮ろう」

メイエルホリドのことを考えていたらプリクラが降臨した。ニューヨークの多様性はぶっとび系シュールだ。

ま、いいっか。ラファエルはよき先輩だし。全米最大のおもちゃ屋トイザラスはデパートのメイシーズの隣だし。

「カードの家といい、百枚のコインといい、ＰＪは建てる系が好きだね」

「そういえば、そうですね」

「どちらも、時間設定では、父親絡みだ」

あ、分析されている。

ぼくは、微笑むだけ。

「いや、よくわかるんだ。おれも、親父の顔知らないし。いつもどこかでそういう存在に頼るというか、探すというか」

そう言って、ラファエルは「火星のブーツ・セローン」のイタリア人プロデューサーの名前を出した。

「あの人がもう少し生きていたら、おれの人生も随分変わったと思ったこともある。ペテン師とか冷血動物とか金の亡者とか、業界じゃ色々言われていたけど、おれにとっては、本当に神様が運んでくれた『父親』だったのさ」

ラファエルの話を聞きながら、不意に、壇崎さんの顔を思い浮かべた。殊に、あの人の好きだった将棋の遊び。積み木将棋。崩し将棋。

あれ？

カードの家とか、コイン立ては、壇崎さんとの将棋遊びの延長なのだろうか。心のどこかで、壇崎さんとカードの家を建てたかったのだろうか。ビッツで学んでいるのも、少しずつ演技という技術を身につけているのも、ある意味では壇崎さんのお陰だと思う。

壇崎さんがいなければ、この六週間のセミナーという「時間設定」に間に合わなかった。ペニー・ジョーには会えたとしても、授業の開始には間に合わなかった。サイラス・ケインがやろうとしているのか、トリッシュのファンタジーだかわからない「特別な実験」も、壇崎さんなしには進まなかった。

トイザラスの前では、黒人少年がペンキバケツ一個をさかさまにして叩いている。凹んだ食器と溶接して作った「楽器」を股の間に置いて。それがかっこいい。一六歳くらい。その向こうでは中国人のおっさんが二胡を奏でている。

店内にはたまごっちもプリクラも一台だけあった。フレームが国旗。権威的でぼく好みではない。ラファエルは、いいね、いいね、と連発している。やっぱり、海軍出身だ。国旗への感性が違う。値段は三ドル。無性に高く感じた。

結局、ふたりでプリクラ記念写真におさまった。星条旗のフレームで。そのあとで、ラファエルは「日本の国旗はないのか」とマジで店員に尋ねた。

頼むよぉー。いいやつなんだけど。頼むよぉー。

三〇分ほど、ラファエルに付き合ってトイザラスで遊んだ後、バスに乗った。たまには、バス・ライドも悪くはない。ラファエルはしばらくバスと並んでチャリを走らせ、ブロードウェイの近くでバンザイの格好で両手を上げ「の」の字を書いた。イエロー・キャブがぎゃんぎゃんクラクションを鳴らす。ラファエルの姿はたちまち車列とネオンの彼方に消えた。

四〇歳なのに、いつまでも、少年だ。

なごむなあ。

壇崎さんに会わせたら、どうなるか。ありえないけど、そうなったら、ぼくは、永遠にニューヨーク暮らしを続けることになるだろう。

バスはコロンバス・サークルの南で一回乗り換えた。トランスファーの札をもらってセントラル・パークの西側を走るラインで北へ向かう。最初のうちはギューギューだったのが一一〇丁目を過ぎると乗客は四人に減った。車椅子の白人など非黒人ばかり。運転手だけが黒人。

コロンビア大学をひとつ過ぎたバス停で他の乗客が降りた。ぼくはもうひとつ先だ。運転手と一対一になったら、ルールその四はどういう解釈が正しいのだろう。そんなことを疲れた頭で考えていると、ハミングが聞こえて来た。

「サマータイム」

メランコリックで甘く低いメロディーは、運転手のハートからわき起こり、車内を満たした。たったの一区間だったけれど、ぼくらは同じ歌を歌った。

## (二) オーエン・バローズの解放

水曜日の午後、オーエンがIAで手紙を書いた。相手役のテリーが猛烈に抗議する。手紙は禁止でしょ！

禁止じゃないが、歓迎はされていない、とパウンダーが中断する。

OBは、家にも友人たちみんなに手紙を書かなければいけないし、だから、十字軍の兵士が故郷に手紙を書くというシチュエーションを考えたんだ、と設定をまくしたてる。

パウンダーはあっさり、手紙をしまえ。廊下に出て待て、と命令した。

OBが部屋の外に出ると、パウンダーは新たにアニータをステージに上げ、テリーとタッグを組むようにと命じた。パウンダーのひそひそ話を聞いたアニータとテリーが「ウッソー！」と吠えてのけぞる。パウンダーは指を鳴らし両腕をぶんぶん廻してふたりを追い立てる。

テリーが覚悟を決め、ベッドに横になった。アニータも続く。抱き合う。大袈裟なアヘアヘアフーンが始まる。クラスは拍手喝采。OBが呼び入れられる。オー・マイ・ゴッドの連発。

絵に描いたような混乱。

ぼくは、ラファエルの悪いくせに気付く。大笑いするとき、人の背中や膝をばんばん叩く。両隣のぼくとランヒー、前の席のアートが被害者。

OBは、どうしたらいいんですか？　とパウンダーに訊く。答えは当然、質問するな、おれはこの世界には存在しない。

彼女たちはよがり声を上げ続け、OBは立ち尽くす。やっと、一言。何を大声あげているの。ラファエルが足をばたばたさせて笑う。なんていうか。人を殺せる笑い方というものがあるとすれば、これだ。

OBは質問形を繰り出すだけ。やるな、と言われたことだけをやっている。意図的にではないにしても、ラファエル以外の全員が、白けてしまう。

せっかくのテリーとアニータの熱演も空回りだ。

再び、パウンダーはOBを廊下へ出した。ランヒーを呼び、テリーと笑いのセッションを指示する。で、OBを入れた。客席のみんなも笑っている。OBの第一声。なにを笑ってるの？

パウンダーは怒りもせず、注意もせず、その一言でセッションを中断し、OBを廊下へ追いやる。次にラファエルとルーとタイラーを呼び出して、ふたりの筋肉マンをベッドに寝かせ、尻を上げさせた。そこを、タイラーがコミカルにビシバシ。ふたりは声を合わせて「もっと、御主人様、もっと」。

入室を許されたOBは、あっけにとられた表情で三人のSMプレイを観察し始めた。笑って、初めてのステートメントが出た。「君たち、狂っている」。その一言を三人がリペティションしたところで、パウンダーが止めた。再び、ＯＢを外へ出す。

それからクラスへ向かって、不退転の決意を表明した。

「おまえたちの気持ちはわかる。貴重なクラスをなんでオーエンひとりに費やすのか、先生は意地になっているんじゃないか、そう思っている生徒もいるだろう。でも、な。これは、オーエンひとりのことじゃない。ヤン、おまえのことでもあるぞ」

え？　おれが？　素頓狂な声を出したヤンがクラスの笑いを誘った。

「おれは、きょうここで、オーエンを改造するつもりだ。何が今、必要とされているのか、わかるか？」

「ステートメントを引き出すこと」アニータが素直に答えた。

「そうだ。じゃあ、『君たち、狂っている』はなんでだめなんだ？　ステートメントじゃないのか？」パウンダーが訊いた。

「なんでだめだったのか、よくわかりませんでした」再び、アニータの素直な答えが返った。

トリッシュが引き取った。

「泣いている人間を見て泣いている、狂っている様子を見て狂っているというのは、説明であって、相手へのステートメントじゃない」

「その通り！　見ればわかることを言うな、というのが台詞の基本だ。おれは、オーエンから、共演者への台詞が欲しいんだ。だれか、引き出せるもの？」

マママックが手を上げ、志願をした。

ステージには彼女が残り、ＯＢが呼び入れられた。マママックは、息を止め、虚空をかきむして倒れた。だれにでもわかる心臓発作の演技だった。が、ＯＢは覗きこんで「なにやってるの？」

「一歩後退！」パウンダーが一声叫び、中断した。ＯＢを外に出し、次の志願者を募る。ラファエルが失敗し、トリッシュも失敗したあとで、パウンダーはぼくを指名した。

志願ではなく、指名だった。

何をやる、という準備ができないまま、パウンダーはＯＢを呼び入れた。

反射的に、歌っていた。ハッピー・バースデイ・トゥー・ユー。気持ちはＪＦＫのために歌うマリリン・モンロー。

それなりに、しなを作って、大きなケーキを、疲れ果てた様子のＯＢに向かって運んだ。

すると、ＯＢがぼそっと言った。

「君はぼくの心をわかっていない。こんなケーキ食べたら、カロリー調整が大変だよ」

それを、ぼくがリペし、ＯＢに返した。が、ＯＢは、詰まった。自分がなんと言ったのか、ぼくがどう返したのかも忘れてしまったのだ。

パウンダーは「グッド！」と一声発して止めた。「いいぞ、オーエン、休んでいい」

大きくため息をついて、ＯＢが自分の席に向かった。

「違うぞ、オーエン。休むのはこっちだ」

パウンダーが示したのは、ステージにあるベッドだった。どうしていいのかわからずステージで迷っていたぼくには、パウンダーが耳もとで囁いた。

「ワンダフル。席に戻っていい。効果的だったぞ、ＰＪ」口調はやさしかったが、目つきは怖かった。何か、大きな手術を前にした外科医の目だった。

パウンダーは、タイラーとテリーをステージに呼び戻した。今度は、テリーとタイラーに何やら耳打ちし、テリーだけを廊下に出した。タイラーはへろへろになったＯＢが横たわるベッドに突進した――。


このフォーメーションは色々な意味で効果的だった。リペとしては大成功だろう。ホワイトハウスでの晩餐会のさなか、ボディ・ガードとベッド・インしてしまった大統領を呼びに来た大統領夫人をテリーが演じきったのだ。タイラーが、欲情したボディ・ガードを演じ、ＯＢは大統領を演じざるをえなかった。

ふたりに引っ張られてやっているうちに、ＯＢは、お得意のシェークスピア台詞を散りばめたリペを展開する余裕まで出た。隠れゲイの大統領を演ずることで、それが嫌味なく発揮された。

もうひとつ、重要なことは、ＯＢの隠れた性的指向が暴かれたということ。

タイラーはアクションの声がかかると同時に、マンガチックにＯＢを押さえ付け、ディープ・キスをした。ぶちっと音がするくらい大きな深いやつをＯＢの唇に「植え込んだ」。

自信を持って言えることだが、テリーがタイラーに「あんたゲイ？」と問いただした時、タイラーはゲイではなかった。その直後から、タイラーは急速に変わった。ファッション・センスも、喋るニュアンスもすべてニューヨークのゲイ・シーンに影響されていた。テリーに問われ、ジェイミーと戯れのキスなどしているうちに、自分は決してその世界が嫌いではない、と思い始めたのかもしれない。二週目の半ばには、三〇代のゲイの恋人に送られて通学するようにもなった。ふたりが車内で熱い抱擁を交わしているところは、マママックが目撃し、クラスに知れ渡ってもいる。と、同時に、ストレートなジェイミーは、高校からの親友と距離を置くようになっていた。

いずれにせよ、タイラーのゲイの演じっぷりにはだれも驚かなかった。

驚いたのは、ＯＢの変化だ。

タイラーの熱いキスで、放心状態になった。だから、タイラーにドギー・スタイルにされたり、両股を広げられたりされても、なすがままだった。無論、タイラーは、面白おかしくＯＢを使っていたし、わずか二、三分の流れだったけど、何人かの生徒には、ＯＢの「本性」が明らかになったことは確かだ。

最初に気付いたのはラファエルだったと思う。

ベッドへ入れ、とパウンダーに指示され、ＯＢが曖昧な感情を示した瞬間、かわいそうに、と呟いた。それまで大笑いしていたラファエルが、深刻な声を出したので、ぼくは驚いた。

「世の中には、秘密にすることを好むゲイも多いけれど、ばれちゃうよな」

「ＯＢはゲイじゃないよ」

「見てな」

その直後に、タイラーがディープ・キスでＯＢを放心状態にしてしまったのだ。それ以降、このセッションに関しては、ラファエルがプレイヤーたちの心理を事細かく解説してくれた。

「タイラーは、オーエンの仮面を剝ぐために呼び出された」

「そこまでやらないでしょ、普通、先生は」

「パウンダーは、オーエンを改造する義務感に駆られている」

「まあ、ある程度はね」

「ショック療法が必要だと、判断した。それで、タイラーをぶつけた」

「そうかなあ」

「オーエンにとってはそれが一番いいことなんだ。脱皮できる。仏教でいえば、成仏できない魂に引導渡すってあれかな」

ぼくたちがひそひそ話を続ける間に、ＯＢは「回復」し、活き活きとコミカルに隠れゲイの大統領としてリペを始めた。すると、ラファエルが囁いた。

「ほら」

なるほど。ぼくは、初めてオーエン・バローズの豊かな感性に気付いた。

「問題は、これからのプライヴェート・ライフだよ、ＰＪ」

「なんで？」

「隠れゲイがカミングアウトしたら、開き直りゲイになる」

「いいことでしょ」

「オーエンは君に恋をしている」

ぼくは、パウンダーが驚いて振り向いたくらいの勢いで、まさか、と叫んでいた。ラファエルは構わず、ひそひそトークを続けた。

「みんなをランチへ連れて行ったイタリア料理店覚えているか？」

「勿論さ。ペンネ・プタネスカが最高だった」

「あそこは、マンハッタンでも有数の恋愛探知器を備えているんだ。オーエンは食事の間中、君の様子を窺っていたぜ」ラファエルがにやにや笑いながら宣言した。

「仕上げはさっきの、君のマリリン・モンローだな。あれで、オーエンは欲情した。タイラーのキスでなんかじゃない」

そのあとで、ラファエルはトドメの一言を繰り出した。

You don't need a gun if you have a bullet in your heart.

ハートを射抜かれているのに、銃はいらない。


学校が終わって団体で「スリッパーズ」へ繰り出した。NYPLへ行くつもりだったが、仲間との連帯を優先させた。これは時間軸の縦へ進むか、横へ進むかという問題だ。縦、つまり図書館での時間を遡るお勉強は逃げていかない。横、つまり今を生きる絆は、どんどん変化する。ぼくの立っている地点にはそういう経度と緯度がある。

IDを要求されたのでアートのビールを飲む。ふたりで一本。途中からはラファエルの差し入れ。珍しくヤンもOBもいた。飲めないとわかって帰ったやつもいる。アニータだ。この日はとにかくIDがうるさい。買ってもらって見つかるのもやばいからとパスしたのが他にふたり。

夕食もここでバッファロー・ウィングをつまんで終わりにした。

OBは、驚くほど快活だった。恐れるものはなにもないことに気付いたのかもしれない。ぼくだって、ラファエルにあんなことを言われても、ＯＢを避けるつもりはない。あくまでも友人として接するだけだ。

ヤンはローラーブレードを抱えて、ＯＢとぼくと一緒に地下鉄に乗った。ドアが閉まる直前、トリッシュが滑り込んで来た。バッグに忍ばせたテキーラのボトルを、ぼくたちに拝ませてくれた。

きょうはなんか飲み足りないし、パーティ気分じゃない？　というのが彼女の言い分。ヤンもＯＢも彼女がＩハウスまでついて来るとは思っていなかった。

不思議だったのは、彼女が道中、一貫してぼくの「恋人」を演じていたことだ。地下鉄でも、体をすりよせて来たし、エレヴェータでもくっついていた。ぼくにしてみれば、いい気持ちどころではない。彼女には、明らかな狙いがあるのだ。ＮＹＰＬを優先させればこんな事態にはならなかった。人生は、ことに若く未熟な人生は何がどこでどう発展するのか予測がつかない。トリッシュの行動は、どう考えたって、ＯＢを牽制している。となると、ラファエルの言う「ＯＢの恋ごころ」を彼女も察したのかもしれない。

ぼくはまだ信じていないけれど。

彼女のべたべたぶりはそう解釈するしかない。

ヤンも、ＯＢも、彼女の素振りには気付かないふりをしてくれたから、多少は気が楽だった。

Ｉハウスにつくと、ＯＢの部屋へ直行した。

最初の話題は何歳の時初めてマリファナを吸ったとか、警察とはどう渡り合うべきかなどということだったが、突然、ヤンがおかしなことを言い出した。

「ち」って知ってるか、というのだ。ラファエルの「の」の後は、オーエンの「ち」かよ、と思ったら、ＣＨＩの「チ」だという。

なにそれ？

ＯＢも、トリッシュも、ぼくも興味津々で尋ねる。すると、ヤンは「ショーリンジンって知らない？」とまたも質問形で攻めて来る。ＯＢは、パウンダーの口調をまねて、質問形は禁止ではないが、歓迎しない、と言い、トリッシュもその口調をリペする。

「ショーリンジンって、少林寺のことか？」ぼくが尋ねると、ヤンは否定。

「ぼくの前世は侍だった。普段は百姓だが、本当は侍なんだ。アイチドーもやっていた」

アイチドーというのは合気道のことらしい。ばかばかしいといえばそれまでだが、ヤンがあまりにも真面目だったのとぼくも酔いがまわりはじめていたので、話は一応前へ進んだ。前世、というキーワードが、ＯＢにもトリッシュにもアピールした。

因みに、ＯＢの前世は一六世紀の吟遊詩人。トリッシュは――あまりにも複雑で忘れた。

酔ってはいたけれど、ヤンのいう「チ」は合気道の気のことだろうとは察しがついた。それは「チ」じゃなくて「キ」だと、訂正しても、ヤンは聖者のように神々しい笑みを浮かべ「チ」が正しいのだと言う。だから、アイキドーも、アイチドーが正しいのだ、と。

じゃあ、空気は、と問えば、ちゃんと日本語で「くうち」というし、気合いも「ちあい」と発音する。

「ぼくはショーリンジンの紋章をちょっと見せられない場所に入れ墨しているし、『チ』に関するミニブックも持ち歩いている」

ヤンは彼なりに、酔った頭で東洋のことを論じたかったらしい。アジア的なるものには、心から惹かれるのだ、と。

グレート、レッツ・ピースフル。

それが、ヤンのまとめ方だった。トリッシュはいきなり、ぼくの頭を抱え、タイラーがOBに「植え込んだ」よりも三倍くらいディープなキスを仕掛けて来た。「植え込んだ」よりも上のキスはなんと表現したらいいのだろう。

ハメこむ。違うな。食べる。当たり前過ぎる。

いずれにせよ、ひとつだけトリッシュの技に感心したのは、キスをしながらぼくを立たせていたことだ。勃起じゃなくて。寝転んでいたのを、起こして、両足で立たせて、それから唇を放して、部屋へ行こう、と一気にドア外まで運んでくれた。

だから、OBのリアクションは見ていない。ヤンの拍手と奇声だけが耳に残った。廊下に出た途端、トリッシュはそれまでの酔った芝居も痴態も魔法のように消してしまった。

「なんだよ、いったい」もっと飲んでいたかったぼくは抗議した。

「PJ、あなた、相当酔っているし、オーエンは、現実を見据えるべきなの。PJにはつきまとっている美女がいるって、ね」

「わかった。おやすみ」

ぼくはエレヴェータに乗って部屋まで戻った。ドアを開けて、自分の部屋に入ろうとしたがどうしても閉まらない。どう考えてみてもわからない。よくよく見たら、トリッシュがドアを押さえていた。

「きょうは泊まっていく」彼女が言った。

「無理だよ」

インポッシブル。インとポッシとブルをつなぎ合わせるだけで一〇秒近くかかった気がする。なぜなら、目の前にいたトリッシュがいなくなっていた。

ぼくは、ドアの把手を握ったまま、廊下を見ている。

トリッシュの声が背中の方で聞こえた。

「早く、ドア閉めてよ」

鉛のように重くて融通の利かない首が、ぎりぎり音を立てながら回転した。TシャツをTVの上に放り投げたトリッシュの背中が見えた。下半身は、Tバック。彼女はそのままベッドに倒れこんだ。

「こうやって自分の部屋に男を連れ込むんだ、君は」酔っていたくせにそんな年寄り臭いことを言ったのは憶えている。トリッシュの答えも、はっきりと記憶に刻まれた。彼女は、自分の部屋に男を連れ込んだことはない、と答えたのだ。やりたくなれば、相手の部屋へ行く、と。

それから決定的な一言を吐いた。

「なにかするならクィックでね、眠いから」

ばかじゃないのか、こいつは。何かするわけないだろ。何かしたくても、何が機能するんだよ。

ぶつぶつ言いながらベッドを目指したのは、憶えている。

トリッシュの体に到達する前に、力つきて倒れたことは確かだ。

「嘘をつくな！　おまえは英国のスパイだ！」

ロシアの軍人が英語で怒鳴っている。汚れた下着をつけただけの老人が椅子に縛られ転がされている。老人は六六歳のメイエルホリド！　と知覚した途端に、ぼくは夢を見ているのだと確信した。

暗く陰鬱なその空間はルビャンカの訊問室に違いない。後々KGB《カーゲーベー》と呼ばれた秘密警察チェーカー本部とその刑務所のある建物がルビャンカで、そこで政治局のメンバーや軍首脳や大使やマルクス主義哲学者たちが「粛清」された。ただ、メイエルホリドが拷問された時は、チェーカーではなくGPU《ゲーペーウー》か、もっと別の名前になっていたかもしれない。

ぼくは悪夢から逃げたい気持ちが半分、すべてを目撃したい気持ちが半分。訊問室の片隅で、唾棄すべき光景を見ている。

この光景はメイエルホリドが処刑される直前、一九四〇年の初頭だ。吐く息は白く、メイエルホリドの体は小刻みに震えている。それは恐怖からではなく怒りと寒さのせいだ、とぼくは確信する。

訊問者は拷問も請け負っていた。警棒のようなゴム棒を器用に振り回し、メイエルホリドの脇腹や肩や膝頭を殴った。メイエルホリドは打撃を受けるたびに野獣の断末魔に似た悲痛の叫びをあげた。

痛めつけられた傷が回復しかかるとこの部屋に呼び戻され暴力を振るわれる。そんな繰り返しがもう何週間も続いているのだ……。


そのシーンはぼくが読んだ書籍からの連想だったけれど、読んだ記憶のない言葉や出来事もそこでは語られていた。

例えば、ハントリー・カーター。

英国人ジャーナリストであり、演劇評論家、アヴァンギャルド演劇研究家の肩書きを持つ彼の著作は、ビッツの図書室にもあった。

訊問者は、カーターが一九一四年から四回ロシアに来てメイエルホリドに接触したことや、メイエルホリドが一九二八年パリの国際演劇フェスティヴァルで公演したときにカーターが亡命を勧めたことを追及した。

メイエルホリドは苦しい息を吐き否定する。

接触は演劇取材のためであり、それ以外には何の目的もなかったと。

ぼくが理解できたのだからメイエルホリドも英語を喋っていたことになる。いや、日本語だったかもしれない。訊問者は、ロープを摑み椅子ごとメイエルホリドを引っ張り上げた。椅子が壊れるのではないかと思うぐらい乱暴に着地させた。その衝撃が尾骶骨から頭のてっぺんまで突き抜け、メイエルホリドは鋭く呻いた。訊問者は、カーターが日本にも情報を売っていたと怒鳴って日本語の雑誌をメイエルホリドに突きつけた。

ぼくはいつの間にかメイエルホリドの後ろに立って肩越しに、その雑誌を見つめている。築地小劇場のパンフレットだった。カーターによるメイエルホリド研究が要約された一九二五年の一冊だ。

「日本の演劇人がハントリー・カーターの報告を通して、私の演劇を研究していたことは知っている」息を整えメイエルホリドが告げ、「日本には私の演劇訓練法ビオメハニカを吸収したグループもいる」と誇らしげにいった。

「何が演劇訓練だ」訊問者は冷笑した。「ビオメハニカなんぞ、サーカスで猿に軽技を仕込む程度の技だ」

ぼくは訊問者の顔を見る。彼は「おまえは日本のスパイでもあった！」と怒鳴って一枚の写真をメイエルホリドに見せた。銃殺された日本人の死体写真だった。訊問者は笑みを浮かべて決めつけた。「おまえのところへ送られた日本からの連絡員だ。我々が処刑した」。メイエルホリドは見たこともない人物だと言って、死者の名前を聞いた。

訊問者は、スギモト・リョウキチと答えた。

その人物が「日本人S」なのだろうかと考えながら、ぼくは深い眠りに入っていった。

## (三) 白い恐怖

ジャパニメーションは人気がある。デーヴィッド、アレックス、トム・オシェイがそっち方面の御三家だ。話し出すと止まらない。

一番人気は"Ninja Scroll"。日本では「獣兵衛忍風帖」というらしい。デーヴィッドに教えてもらった。

ヒロインのくノ一が、彼らのお嫁さんにしたいキャラ、ナンバーワンなのだそうだ。セックスしたら秘所の毒で相手は死ぬ。だから恋する男と寝ることができない。究極のアンビヴァレンスを抱えた恋、その悲劇性がたまらなくいい、トム・オシェイは涙目で訴えかける。

話だけ聞いていると、山田風太郎が書いた(そしてぼくが高校時代に夢中になった)「甲賀忍法帖」の陽炎と同じキャラクターに思えるのだが、いずれにせよ、ニューヨークへ来てまで熱中トークする話題でもない。

ただまあ、このクラスには世間一般でいう魅力的な女の子は多いけれど、一度セックスすると、相手を食い殺しそうなタイプばかりだ。そういう意味では「陽炎」は身近にいる。

テリーは完璧にそのタイプ。トリッシュと双璧。ランヒーは、よくわからない。アビゲイルは、アートの好み。ふたりのジェニファー、姓がキージーのジェンジーと姓がランドンのジェンドンに関しては、仲が悪いということ以外、あまり話題にならない。なぜ仲が悪いのかと言うと、ジェンジーはジェンドンがクラスで一番美人だと思っていると陰口を言い、ジェンドンはジェンジーがクラスで一番美人だと思っていると陰口を言っているからなのだそうだ。

まったくわからない。どうでもいいことじゃん、と思う。ルーなんか、あからさまに、日本語にすれば「目くそ、鼻くそを笑う」的なことを言ったことがある。ま、目くそや鼻くそではないにしても、ジェンジーもジェンドンも、普通の女の子だ。大きな違いは年齢だけ。ジェンジーは二〇歳。ジェンドンは二四歳。

あとはアニータ。

ルーの評価では、三〇年後にお願いしたい女、とのこと。三〇年後というと四九歳だが、ルーの説によると、その頃に光り輝いているのはアニータひとりなのだそうだ。トリッシュは何回も整形手術で顔も体も崩れっぱー、テリーは守銭奴、ランヒーとアビゲイルはそれまで生きていない。ジェンドン、ジェンジーは偶然にも同じ名前の男と結婚して見分けがつかないほど似たデブになっている。

ルーは、こういうどっきりするようなことを仲間うちで平気で話す。彼女はで、だれがいつどこで女性の話をしても絶対に話題に上らないのは、マママックだ。彼女は「男」として扱われている。多分、腕力も、クラスではラファエル、ルーと並んで御三家だ。


木曜日の朝、初めて遅刻をした。一五分遅れ。

ドアをこんこん、ズズっと開けて顔だけ覗かせた。パウンダーはいるが、授業が始まった雰囲気はない。にやにや笑って、ジェスチャーで入って来い。

席につこうとすると、いきなり肩を捕まれ、握手をされた。マママックとラファエルは、ハグして来る。みんなにこにこにやにや。ひとりだけ、すごい目つきで睨んでいるのがテリー。わかった。ヤンが、みんなに昨夜の出来事を喧伝したのだ。口の軽い侍だ。トリッシュの姿は見えない。最悪。

「断っておきますが」ラファエルが確保していた席に向かいながら言い訳がましく口を開いた。

「ヤンがどんな話を伝えたにせよ、最後まで行ってませんからね。ぼくは酔いつぶれたし」

ラファエルの音頭で、クラス全員が愉しげにブーイングをした。

もとい。

クラス、マイナス一の愉しいブーイングだった。


トリッシュが、前夜ぼくの部屋で過ごしたのは事実だ。が、状況証拠から推理すると三、四時間寝ただけで出て行ったことになる。つまり、ぼくが明け方、喉の渇きで目覚めた時はもういなかった。その時は、彼女がいたことすら認識していなかったが、正式に起床したときにドアの内側に張り付けてあるメッセージに気付いた。

曰く。

「素晴らしい夜だったわ。週末に連絡入れる」とあって、最後にＬＯＶＥ。

横にでっけー、キス・マーク。

彼女独特のジョークだ。

ぼくは夢うつつでベッドに突進したのは憶えているが、それ以上のことはなにも起きなかった。悪夢に翻弄されていた。ただし、目が醒めた時は素っ裸だったから、彼女に脱がされた可能性はある。

いや、自分で脱いだのか。

いずれにせよ、トリッシュは欠席し、ぼくだけが好奇の目にさらされた。

ああいうことがあって、そういうメモだけ残されてみると、妙に会いたくなる。変な気分だった。

変な気分ついでに日頃見えないものが見えた。リペティションの間、パウンダーはメモを取る。終わった後の助言用だ。使うのは手元にある紙。時々いつ書いたものかわからなくなる。名簿の周りもメモだらけ。書くのは左手。指鳴らしは主に右手。それは大体見えていた。

発見したのは、ラファエルが渡した「最高の教師」のカードだ。うすいフォルダーに入っている。ということは、毎日持ち歩いているってこと。

うお。純情！


「スリッパーズ」はここのところＩＤチェックが厳しくて未成年のぼくたちは顔を出すだけ。仲間がいれば必ずだれかがアルコール類を買ってくれるけれど、毎日やっていたら見つかる怖れもある。噂では、独立記念日の週末に合わせて、市当局の取り締まりが厳しくなっているとのこと。だとすれば、この週末さえ乗り切れば、またもとの曖昧な基準に戻るかもしれない。ほんの少しの辛抱だ。

今年の独立記念日は金曜日。第三ラウンドは、木曜日で終わり。

アサインメントに関しては、この週末は「頭と体を休めろ」ということで何も出なかった。そういうわけで、木曜日の夜は、前夜に続いて思いきり開放的な夜になる要素はあった。

ところが。

親しいやつはそれぞれ家族とのプランがある。アートもデーヴィッドも、州外から両親が訪ねて来たのでその案内。ラファエルは、ガールフレンドと小旅行。ヤンはモントリオールへ里帰り&小遣いゲット。ルーは、バイト。マママックの話では、消防隊員になるための本格的な訓練を始めたとのこと。

ニューヨーク・パブリック・ライブラリーNYPLも木曜は一八時で閉館だ。結局、成りゆきでOBと映画を見に行くことになった。マママックなんか「あ、君たち、デート？　いいな」などと気楽に言って仕事に向かった。ニューヨークのゲイ・シーンでは、これはこれで立派なデートなんだろうけれど、抵抗あるなあ、そう言われると。

ブロードウェイまで歩き映画館を物色する。とりたてて見たい映画もなかったので、OBの大学の先輩が囚人のエキストラで出ている「コン・エアー」を見ることにした。上映開始まで時間があった。マイケルというその先輩が働いているレストラン・バーを覗いてみようか、とOBが言い出した。劇場からは歩いて一〇分とはかからない。

OBの説明によると、そもそも演劇に目覚めたのがマイケルの影響とのことだった。憧れのマイケルはアリゾナ州立大学の演劇部。それで、大学も、演劇も、彼のあとを追い掛けた。ニューヨークへ来たのもマイケルありき、なのだ。

マイケルは、やたらと歯並びが美しかった。黒い髪を短く刈り上げ、うっすらとした髯。首が太い。真っ黒なTシャツの両腕には筋肉がごりごりしている。歯並びと筋肉は、俳優になるための最低条件なのだ。その次に顔、最後に演技力。そういったのはルーだ。

ぼくたちは、バー・カウンターで、何も飲まずにマイケルと立ち話をした。

ニューヨークへ来て四年目。役者だけでは物足りなくて、仲間と劇団も立ち上げた。今度、サム・シェパードの芝居を演出するから来てよ。

ラファエルが四〇歳の少年なら、マイケルは二八歳の熟年だ。すごく落ち着いている。演劇を学び始めたのも、大学卒業後に少数精鋭主義の演劇学校へ行ってからだ。

映画のあとで、アッパーウェストのバーで落ち合うことになり、ぼくたちは劇場へ戻った。

館内のポスターは「メン・イン・ブラック」一色。周りは黒人ばかり。ＯＢはひるんだ様子だ。ちらほらいる白人客は、知性のかけらもない雰囲気濃厚。席を探すだけで、デブの白人客三人にぶつかった。向こうがぶつかって来たのだが、謝ったのはこちらだけ。

「ゴジラ」の予告編にみんなが拍手した。スタンディング・オヴェイションした観客も多かった。上映中のおしゃべり禁止警告も、「セサミ・ストリート」の音楽とキャラでわかりやすい。みんなが一緒に歌う。ＯＢまで歌っている。

ドラッグでふらふらの白人女が席を五席キープしていた。通路の後方に向かって、ここよここよと騒いでいる。しかし、対象となる人物は見当たらない。これを定期的に繰り返す。なにこの人たちって感じな観客が、トータルしても約五〇名。五〇〇席の劇場の一割弱だ。

案の定、映画の最中もあちこちでおしゃべり。映画は最悪。客も低俗。わかりやすい暴力シーンにわかりやすい歓声が起きる。

ぼくは、エキストラの中にマイケルの姿を探すことに熱中する。一瞬見つけたように思うが、似たタイプが多過ぎて自信は持てなかった。

ブロードウェイでは、大劇場で映画を見てはいけない。ここはやはり、演劇のホーム・フィールドだ。

待ち合わせ場所に、マイケルは女友達と来ていた。彼女とＯＢは顔馴染みだ。ハグして両頰にキス。ぼくとは、普通に握手。それも、指先を合わせるだけの、ニューヨーク人種独特の、あまり親しくならないでね、というメッセージをこめた握手。彼女はぼくたちにコローナをおごっただけで開演時間に合わせてやって来た女友達と一緒に通りをはさんだ劇場へ向かった。

バーは白人客であふれている。僅かに黒人とヒスパニック系とアジア系。

「典型的なブロードウェイ人種だ。白人に独占されている」マイケルがお代わりのジン・トニックをなめながら言った。

「ブロードウェイもオフ・ブロードウェイも、観劇人口の九割近くが白人さ。それも、教育程度が高く、専門職に就いている人間」

「引退組も結構多くなかった？」ＯＢが口をはさむ。

「ああ。オフは、殊にね。興味深いのはさ、ＰＪ、職業別観客動員率を調べるだろ？　すると、専門職、つまり、プロフェッショナルってカテゴリーがブロードウェイも、オフも一番で五〇パーセント前後なんだけど、二位がさ、ブロードウェイの方は学生、オフが引退者層なんだ。どっちも一五パーセント前後でさ」

「それってなんだろう。料金の問題ですかね」ぼくが尋ねる。

「いや、違うね。この街では、若者よりも老人の方が『発見』の喜びをわかっているんだ」マイケルはぴかぴかの歯並びを誇示するように笑顔を作った。

「だまされちゃいけないよ」演劇事情に詳しいＯＢが注釈を入れる。「マイケルが言っているのは、観光客が押し寄せるのがメインのブロードウェイとオフ・ブロードウェイの比較さ。両方合わせたって、劇場数は五〇いくつしかない。オフ・オフの方は三〇〇あって、こっちは、見る方もやる方も若いし、人種もミックスしている。マイケルの芝居も、オフ・オフでやるのさ」

しばらくして、やかましいから違うところで飲み直そう、というマイケルの提案で店を出た。シアター・ディストリクトの北端にいたぼくらは、さらに北上する。北へ向かって歩く分には帰り道が近くなるので歓迎だった。ただし、街は段々さびれてホームレスも増える。

リカーショップでチップスを買って歩きながら食べた。ふたりはアリゾナ州立大の地元ツーソンの話をしている。マイケルが生まれ育った家に一時期ＯＢの家族が住んでいたことも、そのときわかった。

ゲイ・コネクションかな、と多少用心していたけど、どうやらふたりは家族ぐるみの交流があり、その中でＯＢは「兄貴」への憧れを育んだということらしい。

こうやって、マイケルと三人で話していると、ＯＢは極めてストレートに見えて来る。ラファエルやトリッシュの観察眼がぶれていて、ぼくの感性が正しいということだってあるのだ。

三〇分歩いて、三階建てのビルが立ち並ぶ古いエリアにやって来た。大通りからちょっと入った路地に廃屋のような建物があった。葬儀社のサイン。静かな筈だ。その建物の半地下にディケンズの小説に出て来そうな重い扉があった。「バッドの店」というプレートがかかっている。「バッド」は Bud でも Bad でもなくて、Baddo。マイケル行きつけのバーだった。「ビールは色々あるけれど、バッドだけは置いてないから」マイケルが警告した。

ドアを開けると通路になっている。マイケルが言うには、通路自体が店なのだそうだ。確かに一方の壁に沿って、立って飲むには丁度いいテーブルが二個ある。突き当たって右へ曲がるまではL型の店かと思った。右へ曲がると、やはり通路。ひと組の客がひとつのテーブルを占拠している分、店らしく見えた。突き当たりを再び右折して階段を下った。通路は倍の広さになり、テーブル席が並ぶ。ここには、ラジオをメインにアンティークの飾りが並んで、レトロな雰囲気を醸し出している。ダーツもある。その突き当たりをもう一度右折すると、やっとバー・カウンターが出て来る。入り口のドアの真下にある計算だ。

カウンターの中には白熊が一頭。と思いきや、それがバッドだった。白髪、白い髯、広い肩幅、深い声。顔面には、割れて繋いだ鼻のブリッジ脇から左頬にかけて切り裂かれた傷痕。迫力はあるが、ソフトなバウンス・ライトのおかげで、芸術家に見えないこともない。分厚い唇が動いて、よお、マイケル、という音が出た。

バッドの左側には大きな樽があった。ピーナッツがいっぱい入っている。マイケルはピーナッツをわしづかみにしてカウンターへ進んだ。OBもそれに倣う。ぼくも、同じようにする。

表にはハーレーが二台あった。客層も初代ヘルズ・エンジェルスっぽいビール腹のタフガイ見るからにID無関係のバーだ。見せろ、といわれるのは官憲だけだろう。

老人が多いように思える。旅行者感覚では怖いバーだ。

壁に「七月四日の花火バスツアーへ行こうね」の広告。

あ、いいな、行こうかな、とつぶやくと、バッドが言った。帰って来れなくなるからやめろ、坊や。

日本語にすると「坊や」だから見下された感じだが、英語だと son という呼び掛け。言い方によっては、年長者の慈愛がこめられたりする。

バッドの言い方は、「小僧」のニュアンスだった。

ビールはメキシコとアジア諸国が主流のようなので、シンハを選んだ。マイケルが三人分を払ってバッドに「坊や」ふたりを紹介する。OBが無邪気な声で尋ねた。

「ぐるっと回って降りて来たけど、この壁の向こうは何になっているんです？」

「葬儀社の地下だ。死体の血を抜き、化粧をする」

バッドが飽き飽きした口調で答えた。


死神がカード占いをするように静かなテーブルを選んで座った。マイケルが改めて握手の手を伸ばして来た。

「よく来てくれた、ＰＪ。一度会いたかったんだ」

おっと。

これまた、なんらかの罠か仕掛けか。ぼくは、ＯＢを見る。目で疑問符を投げかける。

「オーエンからは色々聞いている」マイケルはピーナッツの皮を剝いて床に投げ捨てる。そういう約束事なのだろう。

「サイラス・ケインが５Ｃで何かやるらしいという噂は、今年の初めから出ていた。もう年だしな。人生の、店じまいをするための特別講義がそろそろだってことは、予感していた。おれは、もしそういうことがあるのなら、なんとか、オーエンを体験させてやろうと思って、こいつを呼び寄せたんだ」

マイケルは、ＯＢの肩に手を置き、愛情をこめて揉むような仕草を続けた。ＯＢは、静かに微笑み、ビールを飲んでいる。

「こいつは、弟みたいなもんだ。実力もある。問題は、なかなか他人に心を開かないってことかな」

口調はフレンドリーなのに、さむけを覚えてしまうのは何故だろう。

「壊されそうになったんだってな、こいつ」マイケルが奇妙な静けさをまとって口にした。

「マイケル、そのことはもう――」ＯＢが口をはさんだ。

「黙ってろ、オーエン。おれはＰＪに話しているんだ」

体感温度をどーんと落としてマイケルが囁いた。ＯＢは、反射的に、ごめん、とつぶやき、口を噤んだ。

壇崎さんとの付き合いも含め、ぼくにはぼくなりの上下関係の見分け方が備わっている。兄貴分と弟分の関係でも様々だ。暴力を仲介にしている場合でも二種類。直接的な暴力で屈服させられて「弟分」になっている場合と、第三者への暴力を見せられて「弟分」になっている場合がある。ＯＢの場合は、明らかに後者だ。マイケルに殴られたことはないが、マイケルがどれだけ危険か知っている。

「どう思う、ＰＪは？」マイケルがほんの数インチだけ体を傾けてぼくの眼を覗きこんだ。

「なにが、ですか？」喉が渇ききっていたので、慌ててシンハを流し込む。

「パウンダーがさ、調子こいてないか？」

「いや」と言ったきり、次の言葉が出て来ない。いやあ、まいったなあ。そう言いたかった。これは、異次元の会話だ。対処不可能だ。

「いや、なに？」マイケルのねっとりとした目つきが追い掛けて来る。

「オーエンのこと、パウンダー先生は集中的に面倒みた授業がありましたけれど、ある意味で感動的でした。教師の力も、それを受けたオーエンの力も」

「それはいいことだ。ＰＪはオーエンの才能に気付いてくれたんだ」

「ぼくなんか、オーエンにはとてもじゃないけど、かないませんよ」

「かなうとかかなわないってことじゃないんだ、ＰＪ。わかるか？」

「は、はい」

「オーエンは、ゲイじゃない」

マイケルの眼差は、そうは言っていなかった。ＯＢが「ゲイであってはいけない」と言っている。それは、多分、狂信とでもいうような、強い眼差だ。演技なんかじゃ出せない。何世代にもわたる信仰のようなもの――。

さむけがなんなのか、本能的にわかった。

この店には、ゲイもいないし、黒人もいない。色がついているのは、ぼくひとりだ。

「タイラーが白人でよかったよ。くろんぼなんかとキスさせられたら、おれはパウンダーを」

「やめてくれよ、マイケル。授業としたら、すごかったんだから、ＰＪのいうように。ぼくも、パウンダーには感謝しているんだ」

びくついているOBを見て、やっと納得できた。彼には、ゲイであることを隠さなければいけない環境があったのだ。

白人優位主義者。ゲイも異人種も否定する世界。

KKK《クークラックスクラン》からアーリアン・ブラザーフッドまで、様々な組織の話はよく聞かされた。ただ、今までは、演劇界と結び付けて考えたことがなかっただけだ。殊に、ニューヨークの演劇界とは。

しかし、これだけ白人優位の環境に、そういう背景の白人演技者が入って来ないと考える方が不自然なのだ。

「緊張するなよ、PJ。おれたちも、随分変わった。アジア系とは共存できると思ってるんだ。ニガーとイスラムはだめだけどな。仏教も神道もまあ、認めるよ。君は、イスラムじゃないだろ?」

「じゃあないです」とは言ったものの、仏教か、神道か、と突っ込まれたらどうしようと、ほんの少しびびった。正直、ペニー・ジョーが死んだら仏式葬儀なのかどうかも、ぼくはわからない。これって、日本の若者の大多数に共通するウィークポイントだと思う。

「パウンダーのことはもういいや。かいつまんで話すと、おれも、オーエンも、家族ぐるみである団体に所属している。どういう団体かは、ゆくゆく教えていくが、おれが成功すればオーエンも成功するし、オーエンが成功すればおれも成功するってことさ。こう言うと、話はせせこましくなるが、実際のところ、おれたちの仲間には、成功しているものが何人かいて、おれは、来年には大きな仕事を約束されている」そこで、マイケルは自信たっぷりに言葉を切って、喉をうるおした。

「ただし、一〇年先を考えると、サイラス・ケインだ。わかるか、ＰＪ？　ケインは既に、伝説だ。ケインの最後の特別授業に参加するってことは、色々な意味で輝かしいキャリアになる。なんというか──」マイケルは、指先で唇を弾きながら言葉を探した。

「いい色がつく」といって悪戯っぽく笑った。

「本来は、おれが受けたかった。が、書類で落とされた。年齢で切られたんだ。おれは二八になる。５Ｃは、二五歳までの男女が対象だとさ」

それは、違うだろう。マママックは二七歳だし、ラファエルは四〇歳だ。

「わかってるよ、ＰＪ」ぼくの心を読んだように、マイケルは続けた。「ラファエルも、マママックも裏技を使っている。どんな裏技かは知らない。どこかでケインと繋がっている。５Ｃは、半数以上がケインの意志で集められたクラスだ」

また、それか。

ぼくがケインの「特別な配慮」で入学したことは、マンハッタンに住む九〇〇万人の半数が知っているに違いない。ただ、マママックの話を聞いて以来、ぼくは、「ケインの意志」というものをより現実的に考え始めた。

「君は、このクラスのいわば、ＶＩＰだ。確実に最後の特別授業に進む」

「ありえないですよ、ぼくがＶＩＰとか──」

ぼくの力のない抗弁を、マイケルは人さし指一本で弾いた。

「ケインは５Ｃを逐一モニターしている。パウンダーが張り切っているのは、ケインという観客がいるからだ」

そんなバカな――。ぼくは喉の奥で声を絞り出した。

「教室にカメラはありません」

「小部屋があるだろう？」

小部屋といえば、軽量級のドアの向こうにある空間だ。最初の週にランヒーが入れられた。

「ありますが、使っています」

「しょっちゅう？」

「いえ」

「あの小部屋は早い段階で紹介されるんだ。生徒が隠れる設定でな。一回か、せいぜい二回。それ以降は使われない。鍵をかけたまま、忘れ去られる」

言われてみればその通りだった。ランヒー以降、だれも入っていない。

「あの部屋が、サイラス・ケインの覗き部屋だよ。ペントハウスと通じているんだ」このマイケルの一言には、ぼくだけではなく、ＯＢも衝撃を受けた。

「おれが何を言いたいのかというと、オーエンのことさ。面倒みてやってくれ。君が特別講義に行く時には、一緒に連れて行くんだ」

「でも、ぼくなんかよりオーエンの方がよっぽど――」

「オーエンは当落線上だと思う。ケインが集めた生徒が優先される。選ばれるのは５Ｃの生徒だけ、だ。それは確実だよ。三週間の授業内容を調べたかぎり、キーマンは、おまえだ、ＰＪ。ケインの作ったカリキュラムが、そうなっているんだ。もし、オーエンが外されるようなことがあったら、おまえは、特別講義を拒否しろ。ケインは折れる」

　マイケルは両手を交差させ、一方でぼくの手を握り、もう一方でＯＢの手を握った。ＯＢも同じように交差させ、ぼくとマイケルの手を握る。

「おれたちは助け合う。そして、共に、繁栄する」

　そこから先は、意味のわからないラテン語の呪文だった。マイケルとＯＢは、低い声音で長い間、唱和していた。

## (四)　二〇歳の独立記念日

　バーベキューの匂いで目覚めた。午後一時。晴れ渡った空。

　風がハーレムの方角からバーベキューの匂いを運んで来るのだろうか。見下ろすと、Ｉハウスのふたつの建物を結ぶ通路で盛大にバーベキューをやっていた。空腹感を覚えたが、下にはＯＢがいるかもしれない。彼とは、この週末には顔を合わせたくなかった。だれかに相談するまでは、なるべく、あのグループとは接触したくはない。

「バッドの店」から出て、ＯＢとはタクシーで帰宅した。まるでマイケルとの会話など存在しなかったかのように、普通に世間話をして、別れた。それが、明け方の四時。

　現時点で深刻に考えることはなにもないのかもしれない。正直、ＯＢが実力で特別講習に残ると思っているし、そのことでは悩んではいない。

　問題は、マイケルの属す「団体」から、こういう形で接触されたということ。ＯＢがその末端にいるということ。

今まで知りえた様々な事実も含めて、一度5Cの在り方自体を整理しておいた方がいい。だれが適切な相談相手かということになると、微妙だ。

心情的には、ラファエル。ただし、ケインと密接に連携している可能性も強い。下手なことを言うと、OBの立場がまずくなるかもしれない。たとえぼくが「団体」と敵対することになったとしても、OBと敵対するとは限らない。彼自身が微妙なところにいるからだ。いずれにせよ、ラファエルはガールフレンドとの小旅行で国外へ出ている。彼の携帯の番号は知っているが、ヴァケーションの最中にこういう電話をかける気にはなれない。

第二候補は、マママックだ。彼女が、親しい人間との個人的な関係から5Cに入ったことはわかっている。ケインと直接に連携していることはない。が、彼女を巻き込めば、マイケルやOBの属す「団体」との全面的な人種対立に発展する怖れがある。

となると、選択肢はほとんどない——。

Iハウスを出ると、リヴァーサイド・パークへ向かった。ここでも、バーベキュー・パーティが花盛りだ。九割が黒人。典型的な独立記念日フードを、家族というよりは一族の単位で愉しんでいる。ビーンズ、ホットドッグ、ハンバーガー、ジェロ。

そのまま公園を南下して東へ。一五ブロック歩くとセントラル・パークが見えて来た。公園内のサイクリングコースにぶつかる。チャリを避けて歩く。遠くのサックスの音色、子供の声。車の騒音はない。突然、マリファナの匂いを漂わせながら男が脇道から出て来た。ホームレスだ。甘酸っぱい独特の香りを体にまとって、ぶらぶらと歩いて行く。

林を抜けて、広くなったところに池が見えた。景観といえるものはなにもない。周囲にいるのは釣りをしている黒人の若者たちだけ。しかし、釣り竿を持っているのは二、三人。ほかは缶とかペットボトルに糸を巻いて投げている。水も汚いし流れていない。こんなところで釣った魚を食べるつもりなのか、それとも、記念日だけの遊びなのか。

爆竹の音が聞こえ、ゴールデン・レトリーヴァーを連れてジョギングする白人が視界に入って来た。

このあたりはまだ公園の西側だ。南東に向かう。

再び、バーベキュー・エリアに迷い込む。何百人という数の人々がいる。やはり黒人が多い。ラップの音が重なりあう。親子が数組、遠く離れてキャッチボールをしている。ボールの下をくぐる。

道なき道をひたすら南東に向かう。ちょっとした広場ではピクニックをしていたり読書していたり。森林が濃くなってくると涼しい。どんどん風景は変わる。山のなかへ迷い込んだかと思うと次の瞬間には摩天楼が見える。

大きな貯水湖にぶつかった。周囲を反時計回りで走るジョガーたちがいる。

やがてグッゲンハイム美術館の向かいに出た。そこからは南下してメトロポリタン美術館の裏を歩いた。

黒人が極端に減って、白人とラテン系が目立つようになる。アジア系も増えて来る。高さ二〇メートルくらいの岩場が見える。クレオパトラズ・ニードル。針のように尖った四角錐。側面には文字が彫ってある。

たっぷり時間をかけて公園内を散策し、午後五時になったところで「不思議の国のアリス」像へ向かった。子供たちと一緒になってそのブロンズ像に触ってから三叉路に出る。七六丁目への道のうねりに合わせて、黒い柔らかなベンチが長々と続いている。

ニューヨークへ来た最初の日曜日、ぼくはこのベンチの端っこに座ってペニー・ジョーのことを思った。今、その席には、のびのびとした肢体のジョガーが体を休めている。彼女は、大きく上半身を仰け反らせ、ペットボトルの水を体全体で吸収している。長く美しい喉のラインと汗を、通行する男たちに見せつけるかのように。

ぼくは、彼女の隣に腰をおろした。

「よ」短く切って声をかける。

「アーチーにメッセージ託すのもいいけど、緊急の面談求むってなによ。おまけにこんな場所まで指定して」トリッシュはまんざらでもない顔で一応、文句を並べ立てた。

「週末には連絡するって愛のメッセージを残しておいたでしょ？　飢えている男は嫌いよ」

冗談の相手にはならず、ストレートに昨夜の出来事を話した。一部始終、ありのまま。

聞き終えた途端、なぜ自分を選んだのか、という疑問を彼女は口にした。

「ラファエルは海外だし、マママックは――」

「そういう消去法じゃなくて、なぜ、私なの？　信頼？　愛情？　友情？　なに？　ファックしたから？」

「ちょっと待ってよ、ファックなんかしてないぜ」

「憶えてないだけよ」

「同じベッドに寝ていた記憶はあるけど、絶対に、神かけて――」

「うなされてたよね」

　メイエルホリドの悪夢の記憶は明確に残っていた。

「大声出した？」

「腕振り回してた。殴られて目が覚めたのよ、私」

「ごめん。ひどい夢だったから」

　充分に間を置いてからトリッシュは中断した話題に戻した。

「まあ、その話は別の機会にしましょう。なぜ？」

「なぜ、何？」

「なぜ、私を選んだの？」

「簡単に言えば、フェアだから」

　トリッシュは、つまらなそうに唇を歪めた。リアクションはそれだけ。ぼくにしてみれば、精一杯の褒め言葉なのに、それだけかよ。

「ぼくに対してもみんなに対しても。どんな人種にも、どんな階級にも、君はフェアなんだと思う。ぼくがマイケルから接触された不快感を、君なら理解してくれると思った」

トリッシュは、ショーツから伸びた長い右足を折り曲げ、膝を抱えた。顎をブロンズ像よりも照りのある膝小僧に預けた。

どこか遠くを眺め、何やら考えている。耳もとのほつれ毛を、そよ風が弄《もてあそ》んでいる。

「PJ、あなたはこれから一〇年の間に何千人もの女性の人生を狂わせるだろうけれど」そこまでのフレーズを口にして、顔をわずかにひねってぼくを見た。今まで見たことのない清々しい笑顔を浮かべ、クールなスピーチの仕上げをした。「あなたのことを心から愛する人間はひとりもいないということを忘れないでね」

トリッシュはいたずらを仕掛けたばかりの一〇歳の少女だった。澄んだ黒い瞳をくるくる動かし、べろをバアと出した。それから体ごと向き直り、両膝を抱えると、今夜のぼくの予定を尋ねた。

夜は、バッテリー・パークで花火でも見ようと思っている、と答えると、彼女はウェスト・バッグから携帯電話を出して、だれかに自分のスケジュールを確認した。電話を切ると、今度は、メモ・パッドとペンを取り出し走り書きをした。

「夜遅くに、ヴィレッジまで来れる?」

尋ねながらメモを書き終えた。ニューヨークでヴィレッジといえばグリニッジ・ヴィレッジだ。

「このアドレスで合流して、戦略を練りましょう。ワシントン・スクエアの近くだからすぐわかるわ。それまでに、マイケルに関する情報を集めておく」

「何時に行けばいい?」

「私の方は真夜中過ぎになっちゃうけれど」

ぼくは財布の中身を考える。きょうからバスのトランスファー制度が変わった。二時間以内なら自由に乗り換えられる。これを利用して経済的に帰るつもりだったけれど、真夜中過ぎからの話し合いとなると、帰宅はタクシーになりそうだ。昨夜は、距離も近かったし、ＯＢとシェアした。グリニッジ・ヴィレッジからだと、優に昨夜の三倍の距離を走ることになる。

本日の現金は五〇ドルとちょっと。キャッシングは、月曜日まではダメ。タクシー代を払うと残りは四〇ドルを大分下回る。土日を過ごすには、ぎりぎりだ。どうしよう。

すると、トリッシュが勢いよく立ち上がって言った。

「帰りの足だったら心配しないで。だれかに送らせるから」

トリッシュは自分勝手のようでいて、不思議と「持たざるもの」への配慮を忘れない。みんなで最初に「スリッパーズ」へ繰り出した時もそうだった。支払いが足りなくなる場合を想定して、自発的に幹事役を務めてくれた。

多分、著名な作家である父親の教育の成果だ。

ペニー・ジョーがよく言っていたノブレス・オブリージェ、「高貴なる義務」を心得ている。だけど、「だれかに送らせる」という、高貴なるものにしては無責任な言い方になってしまうこともある。

「だれかって？」

「だれかよ」

「わかった。でもなあ――」

「なに？」

「なんだか、スパイ映画っぽくない？」

　メモを財布に入れながら、つぶやいた。トリッシュは、ぼくの後頭部へ手を伸ばし、髪の毛を掴んで引き寄せた。自分の額をぶつけて。

「そろそろ自覚して、ＰＪ。サイラス・ケインの『遺産』を継承する戦争が始まっているのよ。マイケルの関心は、そういうことでしょ？」

　言い終わると、唇に軽く口づけして、七六丁目の方向へ走り去った。汗の匂いには、ココナッツの香ばしさがあった。


　コロンバス・サークルへはパーク・サウスを歩いた。観光用の馬車がまき散らした糞が散らばっている。

　ブロードウェイを南へ下ると、ちょっと華やかになったところにレコードショップがあった。店内を覗く。ジャズだけでもすさまじい量だ。ぼくは創作ダンス用のテープを探した。そのあとは、ＮＹＰＬへ行くことも考えたが、独立記念日のウィーク・エンドはイヴェントがいっぱい組まれてとても読書できる環境ではない、とマママックが言っていた。それで、劇場街の散策で時間をつぶした。

　タイムズ・スクエアからは地下鉄でサウスフェリー駅まで移動した。と、車両は思いきり左に傾いて止まった。前の二両しかドアが開かない。事故だと思ったらそれが駅。

　ホームはやけに暑い。汗びっしょりになって人々の流れについて行く。

花火は午後九時開始予定。既に一五分過ぎている。警備員が九時二五分開始だから、慌てないで、整然と進んで、と大声を出している。

マママックもどこかで交通整理をやっているに違いない。

バッテリー・パークに着くと、公園内にはそれほどの人出はなかった。川岸は様々な人種でぎっしりだ。まだ多少、光が残っている。ぼくは腰をおろして人々の狂乱ぶりを眺める。

ハッピー・バースデイ、アメリカ。

小さな声で何回かつぶやいてみる。

こういう雑踏で、見ず知らずのアメリカ人たちと一緒にアメリカの誕生日を祝うことが、たまらなく嬉しくなる。

ぼくはひとりじゃない。

これからも、ずっと、ひとりではない。


パーク内で際立っているのはメモリアルの塔だ。オレンジ色の光でライトアップされている。しかし、花火はなかなか始まらない。

九時四五分になっても気配なし。対岸ではいろいろなところで光のショーが展開している。自由の女神像のあるリバティー・アイランドから上がったかと思うと、ニュージャージー側でも打ち上げられる。川岸の群衆は花火が見える方向へどっと移動する。しかし、距離がある。

結局は、集中力がなくなり、いくつもの塊に分かれてばか騒ぎが始まる。

一〇時ちょっと前にやっとこちら側でも花火を打ち上げ始めた。遅れを取り戻すかのように、一気に盛り上げ、一五分足らずで終了。派手は派手だが、日本の花火大会モードだったぼくは、肩透かしを食った気分だ。

ワールド・トレード・センターへ向かう人の流れに紛れ込んだ。満足した顔で家路につくもの、明け方まで騒ごうと盛り場に向かうもの、こんな時間にこんなところを歩くことで興奮している子供たちなどが醸し出す熱気が気持ちよく肌に染み込んでいく。短い花火大会に不満を洩らす人は皆無だ。

確かに、花火大会というものは、長く間延びしたものよりも、ぎゅっと凝縮して一気に散ってしまう方が「粋」で「健康的」なのかもしれない。

人波をかきわけるようにして、横手から見知った顔が近づいて来た。ジェイミー・バスケスだ。相棒のタイラーの姿は見えない。

ひとりでいる時のジェイミーは、猫におびえる鼠のように下品で軽い。

相方のことを訊くと、ジェイミーは肩をすくめた。

「ゲイの恋人の別荘さ。ロード・アイランドの海辺にあるって」

「優雅な生活だね」

「腹が空かない？」

言われてみれば、トリッシュと別れたあと、チキン・ブリートーを食べたきりだ。空腹感はある。チャイナタウンへ行くことを提案したが、ジェイミーはヴィレッジに安くておいしい日本料理の店があるという。それで、地下鉄に乗ってヴィレッジへ向かう。

車内では、一切会話なし。ジェイミーは落ち着きのない様子で周囲に視線を走らせているだけ。その合間に髪の毛をひねったり、首を掻いたり、伸ばし始めた口ひげを舌で舐めたりする。ヴィレッジではどの通りも若者があふれている。クラブやバーには長蛇の列だ。コーネリア通りのおしゃれな店なみを通り過ぎてあやしげな日本料理の店へ行き着く。しかし、本日閉店。ジェイミーは、ワシントン・スクエアまで歩いて、もう一軒トライしようと騒ぐ。そっち方面ならトリッシュとの待ち合わせ場所へも近い。

仕方ない。行くか。

再び移動開始。


サイクルが合わない人間というのは確実にいる。お互い、その差違をなんとなく感じとっていたから、今まで、ジェイミーとはふたりきりにならないようにしていたのだと思う。クラスでも、リペティションの相方になったことはない。

気持ち悪いのは、会話らしい会話がないままに日本食を求めて歩き続けていること。ジェイミーの行動は「腹が空いた」から始まって「日本食食べよう」に発展し、目当ての店が駄目となった瞬間、次の日本食に向かうための言葉だけが流れ出た。

で、歩き始めると、沈黙。

会話が、ひとつの話題に絞られ、しかも、点。出来の悪いTVドラマみたいに台詞を喋る時は動かず突っ立っている。

ジェイミーと会う直前にぼくが感じていた気分、群衆を見ながら自分はひとりではない、と思っていた気持ちが、ジェイミーには絶対的に欠けている。彼は、どんなに人に囲まれていても、人間は神の前では絶対的に孤独なのだ、と信じているようだ。

クラスで感情らしい感情を示したのも、パウンダーが彼のホームタウンに行って叔母さんが働いているホテルに泊まったという事実を認識したときだけ。単純に、相手が自分のテリトリーに入って来たから興味を示したのだろう。それ以外は、引いている。新しいものを吸収しよう、関わろうという積極的な努力とは無縁だ。今は、ただひとつのこと、日本食を食べよ、という神の啓示だけで動いている。

店へ一歩足を踏み入れた途端、嫌な予感がした。日本語が通じない。日本語メニューもない。しかし、ジェイミーは、テーブル席に案内されて、速攻でオーダーを始めた。ソフトシェルクラブのアペタイザー、スパイシー・ツナ・ロール、チキンの塩焼き、いかとまぐろの握り、かっぱ巻、スキヤキ。おまけにビール。

うわ。頼み過ぎだぜ、ジェイミー。ひとり一〇ドルの定食でいいじゃん。

控えめの抗議をすると、割り勘だからどんどん頼まないと損をするぞ、などと勝手なことをいう。なんだ、こいつ、体よくたかるつもりか、と思ってみたが、もう遅い。かといって、頼み過ぎると大変なことになる。ぼくは強引に、ビールとチキンの塩焼きをキャンセルさせた。

ところが、中国人のウェイターは、キャンセルした筈の料理もビールも運んで来る。ビールなどは、ぼくの分の大ジョッキまで勝手に追加して、だ。

文句を言っても、わけのわからない英語で「ツー・レイ、ツー・レイ」と繰り返すばかりだ。Too late ってことなのか。

そんな風にして食べてうまいわけがなかった。優雅なムードで食べたとしても満足できたのはアペタイザーだけだったと思う。腹立たしいことには、ジェイミーは、うまいうまい、と殆どひとりで平らげてしまった。それでも割り勘は割り勘。しかも、ひとりアタマ三五ドル！　さすがに一五パーセントのチップは払う気がしなかったので、ぼくは四ドルだけ置いて店を出た。

こういう心理は、日本の友達にはまったくわかってもらえない。一ドルにこだわる心理といったらいいのかな。この場合、ぼくが店に残して来た現金は三九ドル。後一ドル足せばキリ良く四〇ドルになる。それでも、そうはしない。

ウェイターのやり方も腹立たしかったが、土曜日と日曜日の食費をぼくは残された一五ドル余りで賄わねばならない。一ドルは貴重だ。かと言って、チップをまったく払わないというのはルール違反だ。三ドルにしようか四ドルにしようか、ぎりぎりのところで悩んで四ドル置いた。五ドルは問題外だ。

似たような状況は、ペニー・ジョーとLA暮らしをしている時にもあった。ビヴァリー・ヒルズの豪邸から豪邸へ移り住む間に、ぼくたちは信じられないくらい貧乏だったこともある。まる一週間、一九六九年物のシボレーの中で寝泊まりしていた。公園の水道がシャワー替わり。食費は、彼女の口座に残されていた四〇ドルで賄った。

一ドルがどれだけの価値を持っているのか、ぼくにはわかる。そういう話を、日本の同年齢の連中にすると、すぐに円換算して、一五〇円かそこらで何騒ぐんだよ、ありえねー、って話になる。一ドルの重みは一ドル以上の重みだ。換算して自分の生活レベルに置き換えるのは間違っているし、腹が立つ。この点だけは、どうしても譲れない。それで、友達やガールフレンドを失ったこともあるし、仕事を辞めたこともある。

用心していても、お金というものはどんどん出て行く。三五ドルのディナーが悪いわけじゃない。三五ドル払うならば、それなりのリサーチをして行くべきだったのだ。偶然会ったクラスメイトに誘われて、行き当たりばったりでそんな出費をすることはぼくの生活レベルでは許されない。しかも、ジェイミーとは親しいわけではない。学校でも、ランチを一緒にすることなど、ほとんどないのだ。

ま、悪いのは自分なんだけど。

でもねえ、なんでジェイミーごときに翻弄されるんだろう。修行が足りないよなあ。

バカげた出費のおかげで、週末の観劇は諦めざるをえない。それは、ジェイミーに引きずられた罰。

そんなことを考え、思いっきりブルーになって、レストランを出た。ジェイミーが慌ててついてくる。

口をきく気もしない。勝手に消えてくれ、と思いながら街灯の下でトリッシュから貰ったメモをもう一度確認した。

その時、だ。

店のドアが勢いよく開いて、血相を変えたウェイターが走り出て来た。駆け寄りながら、下手な英語でまくしたてる。

「問題あったか？　サービス悪かったか？」

喧嘩腰だ。ジェイミーは、反射的に走り出す。シャツを摑んで引き止めた。

「そっちこそ、なんか問題あるの？」

「チップ、ない。おれたち、チップ以外、なんにもない。チップで生活している」中国人ウェイターは一気にまくしたてる。

ふざけているのは、そっちだろ。キャンセルした料理も頼んでいないビールも追加して、と喉まで出かかったが、いい募ったところで問題は解決しない。実際に、彼の語学力では聞き取れなかったかもしれないのだ。冷静に対処する。

「四ドル置いたよ」

「勘定、七〇ドル。チップ、ゼロ」

ぼくはジェイミーに向き直った。そういえば、こいつ、逃げようとしたんだ。

「おまえ、いくら出した？」

「いや、おれは、ぴったり七〇にすればいいと思って――」

「いくら出したんだ」ぼくは怒りをかろうじて吞み込んで尋ねた。

「いや、おまえが三九ドル出してあったから、おれは残りの――」

「バカか、おまえは！」思わず日本語が飛び出した。すぐに冷静になって英語でいった。

「ぼくの四ドルを返してくれ」ジェイミーは、通行人の目を気にしながらしぶしぶ財布を出した。四ドルを受け取り、ウェイターに渡した。

「これが、ぼくのチップだ。こいつの分は、こいつから取れ」

ジェイミーをウェイターに押し付け、歩き出す。情けない声が追い掛けて来る。「待ってくれよぉ、ＰＪ。おれはすっからかんなんだよぉ。一ドルしか残ってないんだよぉ」

「じゃあ一ドル払って勘弁してもらえ！」

後ろも見ずに言い切って角を曲がった。

とはいえ。

ジェイミーの運命が多少は気になった。角を曲がったところで物陰から覗いてみる。街灯の下で、ジェイミーが財布の中身をウェイターに見せていた。本当に、一ドルしか残っていなかったようだ。その一ドルを奪うようにゲットするとウェイターは店へ戻って行った。

中国人は、一ドルの価値を知っている。だから、必死になるのも理解はできる。ジェイミーの方は――姑息だ。姑息なやつは苦労すべし。

時計を見た。真夜中まで残り一分。

あーあ。

二〇歳の独立記念日。ポケットの中の全財産、一五ドル五五セント。

## （五）ケイプ・コッド・ベイ

トリッシュがくれたアドレスは写真スタジオだった。そう、「写真スタジオ」。ぼくはStudioという言葉を意識的に使い分ける。映画・演劇の場合はスタジオとはいわない。ステュディオ。

日本語の会話でもステュディオと言ってしまう。どうでもいいことだけど、こだわりがある。ペニー・ジョーがそう発音していたからだと思う。

写真スタジオはワシントン・スクエアのすぐそばだった。真夜中を何分か過ぎても、近辺のカフェやバーの外には人々が群れて、真夏の夜のおしゃべりを愉しんでいる。

ドアを開けてくれたのは、ベーグル・ショップで会ったゲイのカップルの背の高い男だった。あのときトリッシュをハグした派手ハグで挨拶をしてくれる。「ＰＪＰＪＰＪ」と抑揚をつけて三回発音し、「トリッシュはあなたの奴隷よ。今晩こそ、真っ赤に燃えた焼きごてを具合のいいところに突っ込んであげてね」。

ねっとりと言ってから自分の名前を名乗った。オーランド・オーランドー。

名字の「オーランドー」は極端に「ドー」を強調したので、ぼくは「王欄堂」という漢字をイメージしてしまった。握手はやっぱり、指先ソフトなやつ。

ドアを入ってすぐスタジオになっていて、そこの設備から察するにオーランドはかなり高名な写真家のようだった。

何分か前まで撮影していたと思しき機材をふたりの助手が片付けていた。オーランドは、トラヴェル・ケースに撮影機材を詰め込んでいる。傍らには、コーチの旅行鞄。一仕事を終えてすぐに撮影旅行に出かけるようだ。

テーブルに散らばっていたテスト撮りのポラロイドを何枚か眺める。スーパー・ゴージャスなトリッシュが、シースルーの星条旗をまとい、妖しげに、そして、凛々しく躍動している。笑顔も微笑も一切なし。

「トリッシュは、中二階」建物の奥を指してオーランドが言った。

細い通路を抜けて奥へ向かう。最初のドアをくぐると、緑が目に飛び込んで来た。インドア・パテオだ。バスケット・ボールのコートよりは少し狭い。その一方が中二階になっていて、化粧台に向かっているトリッシュの後ろ姿が見えた。

立ち止まって見回す。三階まで吹き抜けになっている。上半身は裸。その上は、開閉式のミニ・ドーム。

「彼女は上よ」

背中で声がした。どちらかといえば、ひしゃげた、低い声だ。耳障りではないが、通る声ではない。

振り向くと、トリッシュと同じように伸び伸びとした肢体のアジア人女性が立っていた。身長も、トリッシュとほぼ同じだ。しかし、モデルという雰囲気はない。声の質からして女優でもないし、放送関係の仕事でもない。

メディアには不向きなかん高い声の女子アナを珍重する日本人には理解してもらえないが、アメリカではどんなに姿態がよくても声が悪ければアナウンサーにはなれない。彼女の声がせめて普通程度なら、ぼくはどこかの局のアンカー・ウーマンだと直感したと思う。そんな知的な愛嬌を持った女性だった。

推定年齢は二八歳から三八歳の間。十中八九、中国系。

戸惑っていると、彼女は中二階へのステップを昇り始めた。黒くシルキーなジャージーを抱えている。それを取りに、階段の途中までトリッシュが降りて来た。ボクサー・パンツを履いているだけ。胸隠しなし、照れもなし。

ジャージーを受け取りながらぼくの方へ長い首を伸ばして来た。仕方なく前へ進み、彼女の歓待のキスを頬で受ける。

中国系女性は狭い階段でトリッシュと体を入れ換え、そのまま、化粧台脇のテーブルまで進んだ。トリッシュはぼくの手を引いて彼女のところまで進んだ。

ＰＪ、メイ・タオ。メイ・タオ、ＰＪ。

簡単に紹介して、ボクサー・パンツを脱いだ。下には何も着けていない。

なんというか。

フィットネス・クラブの女子更衣室に紛れ込んだ気分だ。それも、女性として。

彼女は、ジャージーを着ながら続ける。

「メイ・タオは、私にとって命の次に大事なパーソナル・マネージャー。エージェントの代理は掃いて捨てるほどいるけれど、マネージャーは一生ものよ。私のキャリアは彼女の腕にかかっているの。同時に、メイ・タオはジェームズのリタラル・エージェントでもあるわ」

と言うことは、Ａリスト作家ジェームズ・ヴァン・スライクの契約条件などを処理する一流の代理人だ。

メイ・タオは当たり前のようにトリッシュの紹介を聞き、手を差し出した。握手は指先ソフトではなかった。華奢な手なのに握力がある。

「荷物は？」トリッシュが尋ねた。

「車に積んだわ」メイ・タオが答えた。

「何待ち？　私待ち？」

「そんなところね」

「じゃ、行きましょう」慌ただしくウェット・ティッシュで手の汚れを拭き取ると、トリッシュは階段を走り降りた。ぼくの背中を、メイ・タオが包み込むように押す。

「どこかへ移動するんですか?」ぼくの問いに、彼女は短く、イエス、とだけ答えた。


ベンツのEクラス・ステーションワゴンには四人乗った。運転席にオーランド、助手席にメイ・タオ、後部にトリッシュとぼく。

荷物の量から考えると、チャイナタウンで深夜のお粥を食べるといったことではないらしい。トライボロー橋を通ってブロンクスに入ったところでさすがに不安になった。しかし、トリッシュはオーランドとの業務連絡で忙しい。彼女がぼくのことを思い出すまでは静かに待つしか仕方がない。

車はインターステート95を北東へ向かっている。さりげなくトリッシュが口にした。

「帰りは日曜日の夜になるけど問題ある?」

嘘だろ。

とは言わずに、一応腕時計で時間をチェックした。高速道路の街路灯が車内にも充分流れ込んでいる。土曜日の午前零時四五分。

「日曜日の夜って言った?」

「言ったわ」

「一泊二日の旅行ってこと?」ぼくの声が無邪気だったのか、それとも驚きで一オクターブ跳ね上がっていたのか、前の席のふたりが笑った。

「着替えなら、私の下着貸してあげる」

「そういう趣味はないから」

「じゃあ、オーランドの網パン」

「歓んで」オーランドが口をはさんだ。

「どこまで行くわけ？」再びぼく。

「ケイプ・コッド」トリッシュが後部のアイス・ボックスからボトル・ウォーターを取りながら答える。一口だけ飲んで、ぼくに差し出す。頭の中をアメリカ地図が駆け巡る。

ケイプ・コッド。どこだっけ？

「ボストンがあるのは――」ぼくが口を開き、トリッシュが間髪を容れずに答えた。

「マサチューセッツ州」

「ということは――」

「コネティカットのちょっと先よ」

運転席からオーランドの含み笑いが聞こえた。

「『コネティカットのちょっと先』だって、トリッシュ？　ロード・アイランドが聞いたら悲しむんじゃない？」バックミラーでぼくの目を探し、オーランドが続けた。

「直きにコネティカット州へ入って一〇〇分程度で抜けちゃうのは確か。その先がロード・アイランド州。三〇分で抜けるとマサチューセッツ州。その海岸部がケイプ・コッドね。エリアは広いの。手前から順にアッパー、ミッド、ロウアー、アウターとあって私たちが行くのはロウアー・ケイプ・コッドのオーリンズ。見渡す限り砂浜が続いている。砂の惑星よ」

「ジェームズの夏の別荘があるのよ、スカケット・ビーチに」トリッシュが説明し、オーランドが引き取った。「ぼくは、そこでトリッシュの写真を撮るわけ。ジェームズも来て、親子お揃いで」

「その合間に、私たちは密談」トリッシュはぼくの耳もとで一言囁き、体をくるっと廻して横になった。上半身はぼくの太ももに乗っている。両足は律儀に折り畳み、微笑みを湛《たた》えた瞳がぼくを見上げる。片手を伸ばして、ぼくの顎を下からノックした。

「ノックノック、だれかいるの？」おしゃまな幼児口調だった。


途中で一度休憩をして、メイ・タオが運転を代わった。そこまでは、起きていた。オーランドやメイ・タオが問わず語りにしてくれる業界話が愉しかった。彼らも、ぼくとペニー・ジョーのLA生活のことを聞きたがった。

トリッシュはぼくの太ももを枕代わりにして健やかな寝息を立てている。だから、余計、ふたりとの会話が弾んだように思う。

プリンセス・トリッシュを中心にして集まった人間が、世界が寝静まるころあいに横の繫がりを確かめる、そんな心地よさだ。

多分、トリッシュもそうなることを望んで、ひとりだけ早く寝息を立ててしまったのだろう。

目覚めたら、ケイプ・コッド湾が目の前にあった。

文字どおり、目の前――。

ベンツのステーションワゴンは、海へ向かって伸びた簡易道路の端に、前輪を少しだけ砂浜に乗り入れて停まっている。メイ・タオが窓ガラスをノックする音で目覚めた。

車を降りると、世界はとてもシンプルな色合いになった。

紫の空、白い波がアクセントを添えた群青の海、そして、鶴が翼を広げたように左右に伸びた砂浜。朝日は、まだ昇っていない。ケイプ・コッド湾を囲んでいる砂浜はくすんだような白さだ。穏やかに吹き付ける海風が、さらさらした砂粒を踊らせる。

メイ・タオの指す方に、トリッシュが見えた。二〇〇メートルほど離れた波打ち際を何か暗誦しながらゆっくりと歩いている。その近くで、オーランドが、かもめの群れを撮っている。

ぼくは海へ向かって歩いた。それから走った。

潮の匂いは濃厚で、逞しかった。そこに向かって走る、ということは、大人になるために走って行く行為だった。走りながら靴を脱いだ。シャツも飛ばした。ジーンズを脱ごうとしたら横手から走って来たトリッシュに体当たりを喰らった。砂浜に転がり、彼女と先を争って服を脱いだ。海に入るのは、ぼくの方が先だった。雄叫びは、トリッシュの方が早かった。

沖へ向かって泳いだ。すぐうしろからトリッシュがついてきた。遊泳区域の境界にあるブイの手前で立ち泳ぎに変えた。湾を見渡し、空を眺めた。ひょっとすると、これは、ぼくが体験する最高の夜明けなのかもしれない。

トリッシュの息遣いが聞こえた。ぼくは体の向きを変えた。彼女の澄んだ瞳が波に合わせてゆらゆらしている。濡れた髪が肌に貼り付き、小さな顔の輪郭が余計小さく見えた。その分、目が大きく呼吸している。

ぼくたちはお互いの息遣いを聞きながら、長いこと見つめあっていた。

体は海の奏でるリズムに委せている。時々、手足を動かすだけで、近づき過ぎもしないし、離れもしない。手の届く距離にいるのに、触ろうともしない。

見つめあっているだけ。相手の心を探ることもないし、駆け引きもない。

それなのに、飽きない。

ぼくは、これから先ずっと、用心深く彼女を愛していくことになるのだと予感した。


スカケット・ビーチにあるジェームズ・ヴァン・スライクの夏の別荘からアウター・ケイプ・コッドの先っぽにあるプロヴィンスタウンまで、車で四〇分ちょっとかかると言う。別荘は湾の形状に合わせ両翼が左右に長く湾曲していた。その湾曲の中心にジャグジーからバーベキュー・グリルまで完備した大きなラップ・アラウンド・デッキがある。デッキを降りれば砂浜だ。

寝室が三、浴室が二、そして、広々とした居間とキッチンと書斎を兼ね備えた空間。海に面した側はフロアから天井までがガラス張りで、反対側にはフロアから天井までの本棚。機能本位なのに、品がある。

実を言うと、ぼくは作家としてのヴァン・スライクを殆ど知らない。

短篇は、年間ベスト短篇集といったアンソロジー本に収録されていた何篇かを読んだ記憶がある。多分、「シフトする父親」の一人の蔵書だったんだろう。

いや、違う。確か、母の持っていた本だ。日本に帰ってからの本棚にあった。これも翻訳するの、と訊いたかもしれない。母がなんと答えたかは記憶にない。

ヴァン・スライクは年間ほぼ二作のペースで短篇を発表しており総計は五〇作にもなる。長篇は、デビュー以来二七年で五冊。どこの書店にも五冊すべてがハード・カヴァーとペーパーバックで揃っていたが、ヴォリュームのすごさに圧倒されぼくは引き下がった。

一九七〇年代初頭に書かれた処女長篇の「ふたつの戦争を左折した一族」は全米図書賞などその年の主要な賞を独占した。日本でも翻訳された筈だが、正直、日本にいたころは、ヴァン・スライクなんてまるで興味なかった。名前だけは聞いたことがある程度だった。

出身はボストン。新聞社に勤めていたころはスポーツ担当だったらしい。ぼくが読んだ短篇も、ボストン・レッドソックスで初めてクローザーに抜擢された黒人投手が生み出す混乱を諷刺したものだった。

二作目の長篇「センターラインの愛人」は映画化もされたので知名度は高い。ニューヨークでの愛人ビジネスに関わる女性たちと妻子ある白人男の恋愛模様を描いたものだ。これでベストセラー作家としての地位を確立した直後に、拠点をブラジルのリオデジャネイロに移した。以後八年続いた南米生活では「エスクワイア」、「ローリング・ストーン」、「ザ・ニュー・リパブリック」といった一流誌にルポや短篇を寄稿したが長篇は一篇も発表していない。

一九八〇年代半ばに帰国すると、ニュー・メキシコ州のタオスに居を定め長篇三作目の「南から帰る」を八八年に発表。一九九〇年代に入ってからは活動の拠点をニューヨークに移し、長篇「Kと一緒のKとK」、「嘘の燃え尽きる秋」を発表した。

車内でのオーランドとメイ・タオの会話から察するに、現在は、六作目の長篇執筆に入って二年目になる。

ネットで漁った略歴によると、結婚は三回。最初の結婚で生まれたのがトリッシュ。二度目は、南米時代に知り合ったアルゼンチン人の女性で、これは二年しか続かなかった。子供もいない。三回目は、最初の結婚相手であるトリッシュの母親。彼女とはタオスで暮らし、死別した。現在は独身。

女性と別れる度に生活環境を変える人のようだ。ある意味で、ペニー・ジョーと似ているかもしれない。無論、ペニー・ジョーはぼくというお荷物をどこへ行くにしても運び歩いたが、ヴァン・スライクは、生まれたばかりのトリッシュを母親の許に残して、南米へ旅立ってしまった。

そういう予備知識が、夏の別荘に一歩踏み込んだ途端、自然と甦って来た。過去を思い出させる調度が一切なくても、あのアルゴンキン・ホテルのスイートと同じような高潔な知性だけは匂うのだ。特に何かが似ているわけではない。アルゴンキンは、色合いのすべてが濃厚だったし、なんと言ってもホテルのスイートとしての機能があった。この夏の別荘は、ひたすら白い。

それでも、ふたつの空間は似ている。人間の顔の左半分と右半分みたいに。

ヴァン・スライクの顔の左半分だけでひとつの顔を創ったらアルゴンキン・ホテルのスイートが生まれ、右半分だけをツギハギしたらスカケット・ビーチの別荘になった。そんな感じ。

居間を見回していると、なにか珍しいものでもあるの、とメイ・タオが尋ねたのでそんな印象を口にした。

彼女は口元だけを動かし微笑むと、「それは、ＶＳが好みそうな観察ね」と言った。その時になって、メイ・タオはだれの名前でも、イニシャルだけで呼ぶことに気付いた。ジェームズ・ヴァン・スライクは苗字だけ取ってＶＳ。サイラス・ケインはCyrus CainだからＣＣ。トリッシュはＴだけ。オーランドはダブル・オー。

部屋の割り当てはメイ・タオが決めた。ふたつあるゲスト・ルームは、ぼくとオーランドがひとつずつ使うことになった。彼女とトリッシュは、マスター・ベッドルーム。トリッシュは、マスター・ベッドルームを自分とＰＪで使う方が「論理的」だと主張したが、メイ・タオは「ＰＪを困惑させるからだめよ、Ｔ」と言ってとりあわなかった。

まったくその通りだ。いくらぼくの心と体がトリッシュを求めているとしても、彼女の父親の寝室でごろごろするのは美しいことではない。しかも、ヴァン・スライクは週末に合流するというだけでいつ来るかわからない。もしも明け方に到着して、自分のベッドに横たわる娘と日本人を見た場合、いくら寛大で無神経な親だって「うふふ」で済ませるわけがない。

ＶＳを困惑させる、と言わなかったのは、メイ・タオの優しさだと、ぼくは感じた。

ゲスト・ルームにはサイズがぴったりの着替えや洗面道具一式が用意されていた。メイ・タオが地元の管理人に命じて揃えさせたのだろう。

全員が、それぞれに割り当てられた部屋で午前中を過ごし、昼過ぎにデッキへ集まった。メイ・タオがBCと呼ぶフランス系のおばさんが娘と来ていた。BCが料理をして、娘が掃除をした。普通の料理人とか家政婦といったタイプではない。後で聞いてみたら、BCはヴァン・スライクとは新聞記者時代からの付き合いがある画家で、別荘の管理もしているのだそうだ。彼女はアーティストや文人が多いプロヴィンスタウンに住んでいる。

ぼくたちはBCの作ったガスパチョや「マグロのサシミ」入りニース風サラダを食べた。「サシミ」というのは欧米人独特のロマンティックな誇張で、レアのグリルド・ツナをスライスしたものだったが、ドレッシングといい、ポテトやいんげんなどの野菜の鮮度といい、驚くほど美味だった。

食後は、冷房のよく効いた居間に場所を移し、戦略を練ることになった。

メイ・タオはクラス全員の名前を列記したチャートをテーブルに広げた。トリッシュから話を聞いているにしても、パーソナル・マネージャーというのはここまでやるものなのか。そのチャートには、だれとだれが組んでリペティションをやったか、どんなIAをやったかなどまで記入されているのだ。

「メイ・タオの趣味なのよ」トリッシュが軽く言った。

「PJ、まずチャートをチェックしてくれる？　トリッシュが抜けた授業もあるし、足りないところを補足してちょうだい」そういってメイ・タオはぼくを見つめた。

そんなやりとりを、オーランドが写真に撮っていく。被写体はトリッシュだけかと思ったら、ぼくやメイ・タオの表情までオーランドは撮影していた。そのことを尋ねると、彼は「未来を撮る」とのみ答えた。とても、男性的で凜々しい言い方だった。次の瞬間には、ウィンクと同時に肩の線が崩れて、フリーになった片手が指先だけでぼくの腕に「寄り掛かって」来たけれど。

メイ・タオはぼくが補足した事項をパソコンに打ち込んでいった。

チャートにある名前は、さすがにイニシャルだけではなかった。苗字のアルファベット順になっている。例外は、リストのトップに、ぼくの名前があることだ。以下男子生徒名が年齢付きで続く。

**ＰＪ**（二〇）
**ラファエル・アントニオ・アコスタ**（四〇）
**ジェイミー・バスケス**（一八）
**ヤン・ブラッド**（二二）
**オーエン・バローズ**（二一）
**アレックス・ジョアノー**（二〇）
**ルー・レオーニ**（二三）
**トム・オシェイ**（二四）
**デーヴィッド・パティンキン**（二〇）
**アート・セパラ**（二二）

**タイラー・ウィルミントン**（一八）　全一一名。

別紙に女子生徒のリスト。
**アニータ・ボナヴェンチュラ**（一九）
**ランヒー・リー・バートン**（二二）
**アビゲイル・デサントス**（二三）
**テリー・アイザックソン**（二三）
**ジェンジー／ジェニファー・キージー**（二〇）
**ジェンドン／ジェニファー・ランドン**（二四）
**ナターシャ・マックラッケン**（二七）
**トリッシュ・ヴァン・スライク**（二一）　全八名。

この中で、ラファエル、トム・オシェイ、アビゲイル、テリー、トリッシュとぼくの名前にはダイヤのマークがついている。オーエンには髑髏のマーク。

「ダイヤのマークの意味は？」ぼくが尋ねた。

「サイラス・ケインと何らかの関係がある人物よ」トリッシュが答えた。

ラファエルは納得できる。トム・オシェイは、父親がパウンダーの同期だ。これも間接的には「関係がある」と言えないこともない。トリッシュは、「ケインの追っかけ」以外に、何らかの関係があるのだろうか。意味不明なのは、テリーとアビゲイルだ。そのことを、ぼくは尋ねた。

再びトリッシュが答えた。

「テリーの父親ボビー・アイザックソンは弁護士なの」

「知っているよ。ディナーを御馳走になった」

「サイラス・ケインの顧問弁護士なの」

あ――。

一瞬、口を開き、なるほど、と頷いた。やはり、ぼくのことを知っていて、「ロードハウス」に招いてくれたのだ。

「ということは――」

「事実はそこまで。その先は想像するしかないけれど、テリーが5Cにいるのは、トム・オシェイが5Cにいる以上に、意味があるでしょうね」メイ・タオが口をはさんだ。

「アビゲイルの場合は、メイ・タオの人脈から謎が解けたわけ」トリッシュが言った。

「そんなに大袈裟なことじゃないのよ。業界の人間なら大抵知っていることだけど」そう前置きしてメイ・タオが話し出した。「アビゲイルはデサントス・ファミリーの末娘なの」

それって、マフィア？　思わず口をはさみそうになるぼくを、トリッシュが目顔で制した。きっと、同じようにばかげた質問を彼女もしたのだろう。

「デサントス・ファミリーというのは女系家族で、母親のドリス・デサントスは、ハリウッドでも伝説的なエージェントよ。娘たちは三人。長女のディアナは弁護士の資格を取ってからエージェントになって今はメジャー系映画会社のエクゼクティヴ。次女のキャサリンは、現役のトップ・エージェントよ。母親のクライアントだった有名スターや舞台俳優は彼女が受け継いでいるの。末娘のアビゲイルも、当然、同じコースを進むと思うのだけれど、5Cで演技の基礎を学んでいる」

「才能もないし、熱心でもないのに」トリッシュが補足した。

「デサントスは、新しい鉱脈探しの嗅覚が超人的だけれど、こういったセミナーにまで触手を伸ばすとは思えないでしょう？　ということは、ケインの方からアプローチをしたのよ。でも、なんのため？　考えられるのは、未来。ここでダブル・オーが写真を撮っているように、未来」

「ケインが考える『未来』には理想のエージェントとしてアビゲイルが組み込まれているのではないか、というのが、私とメイ・タオの出した結論なの」

「そういう意味でアビゲイルがダイヤのマークならオーエンもダイヤにすべきじゃないのかな、髑髏じゃなくて」とぼく。

「オーエンの場合、マイケルも含めてだけど、向こうから狙って来たわけでしょう？　ケインの最後の特別授業という勲章を」トリッシュが言った。

そうだとしても、アビゲイルやテリーのことがちょっと調べればわかったように、オーエンに関して、殊にマイケルの背景について、ケインが気付かなかったということは考えにくい。むしろ、それを知っていて、クラスに「招いた」と考える方が自然ではないのだろうか。その点を追及すると、トリッシュはあっさり自説を翻した。

「マイケルの扱いに関してはジェームズが専門なのよ。着いたらそのことを話すと言っていたからペンディングにしましょう」

「専門って、どういうこと？」ぼくが素朴な疑問を口にした。

「『Kと一緒のKとK』知っている？」トリッシュが聞き返して来た。

「ニューヨーク時代に書いた三冊目だか四冊目の長篇だよね」

「タオスに住んでいたころ取材した話をもとにニューヨークで書いた四冊目の長篇よ。時間があるときに、読みなさい」切り捨てるような口調でトリッシュが言った。それを、メイ・タオが補足してくれる。「イニシャルがKで始まるキースとカイルとケニーという若者が三〇年かけてどういう人生を歩み、どういう対決に至るかという物語なの。KKKの影響下で、ね。舞台はアリゾナとテキサス。ケニーというキャラは日本人との混血だから、あなたにも無関係の話ではないわ、PJ」

そうか。ジェームズ・ヴァン・スライクは、マイケルの背景を別件でリサーチ済みなのだ。

「ジェームズは5Cの在り方にとても興味を持っているの」トリッシュが誇らしげにまとめた。だとしたら、このことははっきりさせておいた方がいい。ぼくは目に力を込め、トリッシュとメイ・タオを交互に眺めた。それから、努めて軽く、尋ねた。

「訊いていい？」

ふたりが同時に「どうぞ」と答えた。

「トリッシュはケインの追っかけという触れ込みだったけれど、本当にそうなの？　もしそうだとしたら、５Cに入ったのは自分から働きかけたの？　それとも向こうから勧誘があったの？」

　トリッシュとメイ・タオは顔を見合わせ、どちらが答えるべきか譲り合った。メイ・タオが口火を切った。

「ビッツを薦めたのは私。色々と資料を見せて。ＣＣの偉大さも、あれこれインプットしたわ。私がＣＣの『追っかけ』だったから。でも、声がこんな風でしょ。演技者としての表現には向いていない」

「夢を託された私が、ビッツで学ぶことを決心したわけ。応募したのは二年コースの本科だったの。そうしたら、ケインからジェームズに手紙が来て。ふたりは、一応親交があったから、手紙が来ることは特別なことではなかったけど」

「問題は内容よね」メイ・タオが感慨を込めて言った。

「半年待て、そう書いてあったそうよ。半年後のサマー・セミナーへ参加してくれ」

「おとうさんは手紙を見せてくれたわけじゃないんだ」ぼくが確認した。

「とてもパーソナルな手紙だから見せられない、とダッドは言ったわ」父親のことをファースト・ネームで呼んでいたトリッシュが、その時は「ダッド」を使った。

「要は、サマー・セミナーに関しては、ケイン自身が監修して進める、ということなの。最後の特別授業も、その時に行う、と」

「監修、ねえ」ぼくは、マイケルが言った「ケインの覗き部屋」のことを思い出してつぶやいた。

「正直、スリリングなメッセージだったわ」その時感じた「鳥肌」を思い出したかのように、トリッシュが胸の前で腕をクロスさせ両肩を抱いた。それから付け加えた。

「いざセミナーが始まったらパウンダーの面接を『特別な配慮』でパスした日本人生徒が入って来た。序盤戦を過ぎた途端、ブーツ・セローンまで加わって、積極的にPJの『兄貴』役を買って出た。毎日が興奮の連続よ」

「ランヒーとトリッシュはどういう関係？」唐突にぼくが質問した。

「別に、特別な付き合いはないけれど」

「5Cで会ったのが最初？」

「そうよ。なぜそんなことを訊くの？」

「実は、ランヒー・リー・バートンも、ケインから勧誘されたらしい」

トリッシュとメイ・タオは異口同音に「まさか！」と口にした。

## （六）真夏の夜の夢

「なぜだか理由はわからない。だけど、ケインは、ランヒーが5Cに参加することを望んでいたんだ。これは、マママックから聞いた話なんだけどね」

「マママック？」メイ・タオがリストを確認した。

「ナターシャのニックネームよ。ボーイズが勝手に名付けたの」トリッシュが注釈をした。

「ごめんなさい。続けて」メイ・タオが促し、ぼくはマママックから聞き出した「秘密」を初めて人に打ち明けた。

「ナターシャはおじいさんの代から三代続いてマンハッタンの地下で仕事をしている。おとうさんと伯父さんたちは今でも、シティ・トンネル三号の掘削現場で働いているんだ。そんな関係で、彼女は地下で生きることに誇りを持っている。だから、地下鉄警官として採用されたんだ。一八歳の時さ。皮肉なことに、その最初の大仕事が、グランド・セントラルの地下で生きる人たちを一掃することだったんだ」

「もぐらびと、ね。憶えているわ」トリッシュが言った。

「ランヒーは、もぐらびとの母親と暮らしていたそうだ。八九年に追い出されるまでは、グランド・セントラルの地下一〇〇メートルのトンネルが住処《すみか》だった。その後、施設へ収容されたんだけど、九一年に、ランヒーはひとりで戻って来た。その時、マママックは彼女と初めて会ったんだ。最初は取り締まる側と取り締まられる側として、ね」

「ということは、マママックが一九歳でランヒーは一四歳」トリッシュは自問してため息をついた。「重いね」とつぶやいて黙り込む。

マママックの説明では、当時のランヒーはひび割れした唇やら目の下の隈やらで、とても一四歳には見えなかったという。幸いなことに、ドラッグの常習者ではなかった。母親がドラッグで自滅したのを見ていたからだ。しかし、育った環境への帰属意識は強かった。何度、施設へ入れられても脱走して、トンネルへ戻った。それを、マママックが捕まえ、説得を重ねた。上司には内緒で家へも連れて行き、地下に生きる父親や伯父たちを紹介した。彼らの人生哲学をランヒーにプレゼントした。最終的には、マママックの努力が功を奏し、ランヒーは施設で暮らすようになった。そのうちに没交渉だった父親も見つかり、引き取られて行った。

それから何年か過ぎ、去年の夏、マママックはランヒーと再会したのだ。場所は同じグランド・セントラルの地下。ただ状況は一変していた。

ランヒーは、チェロを演奏していた。ミュージック・アンダー・ニューヨークのオーディションに合格した演奏家として。

彼女は地下鉄の乗客ばかりではなく、地下で死んだ仲間たちの霊を慰めるために地下鉄ミュージシャンとしてグランド・セントラルに戻って来たのだ。

マママックとランヒーは、定期的に会うようになった。心から打ち解けてまぎれもない友情を育んだ。そんなある日、ランヒーが特別な演技セミナーへの参加を勧められていることを打ち明けた。

ランヒー自身は演技への興味はなかったが、父親や施設の恩人から説得されて迷っているのだと言う。それが、サイラス・ケインの「特別講義」へ繋がるサマー・セミナーであると聞いて、マママックは強く参加を薦めた。

彼女自身、ビッツへ入学して演技の勉強をするために給料を貯めていたのだ。女優になって恵まれない子供たちを助けることは、マママックの夢だった。

ランヒーは予想外の提案をした。サマー・セミナーに参加するための条件として、マママックも一緒のクラスで学ぶことを要求してみる、と。もしも彼らが受け入れたら、一緒に通ってくれるか、と。

マママックは、それはありえない、と答えた。こちらから条件をつけることなど常識外れなのだ。サイラス・ケインの名声への冒瀆でもある。そんなことをしたらランヒーが学ぶチャンスも消えてしまう。やめて。自分のことだけ考えて。

数日後、ランヒーから知らせがあった。ケインは、ランヒーの要求を呑んだ。マママックは受け入れて貰えたのだ。実際に、面接官と会うまで、彼女は疑心暗鬼だった。

「そういう関係だったから、マママックは、あれだけ強いことを言えたのね」

トリッシュが彼女とランヒーの最初のリペを思い出しながら言った。「やる気のないランヒーに、『邪魔する気なら殺すよ』って啖呵切ったもの。ランヒーが積極的にクラスに溶け込むようになったのは、あのことがあってからよね」

メイ・タオはチャートのランヒーとナターシャの名前のところにダイヤのマークを記入した。それから、ランヒーの備考欄をペンで叩いた。

「MMとのリペで、彼女は小部屋に入れられたのね？」

「一〇分か一五分、入っていたわ」トリッシュが答えた。

「CPはなんといって彼女を小部屋に送りこんだの？」

MMはマママックでCPはコール・パウンダー。メイ・タオの口からイニシャルが飛び出すたびに、ぼくは置き換え方程式を解かなければならない。

彼女が女優になれないとしたら、それは声の問題だけではない。

「ここで待て、とかそんなことよ」トリッシュが答え、ぼくが同意した。

「だれかが言うように、その小部屋がCCの覗き部屋だとしたら？」

メイ・タオがくっきりと一筋描いた眉をぴくんと上げて質問をした。

ぼくは思わず、あっと声に出していた。

ランヒーは、小部屋でケインと会った可能性もあるし、そのまま、秘密の階段かなにかを使ってケインの部屋に行き、諭されて戻って来た可能性もある。パウンダーにしてみれば、ちょっと冷静になってスポンサーと話して来い、ということだったのかもしれない。

「いずれにしてもランヒーはケインと個人的に接触していると見て間違いないわ。でも、彼女の何がそんなに重要なの？　チェロの演奏技術？　まさか。父親ってだれ？」トリッシュが興奮を抑え切れず口にした。

メイ・タオはもう一度チャートを調べ、新たな疑問を口にした。

「ＣＰは巧妙にみんなを組み合わせている。でも、節目節目では確実にＰＪを使っているわね。それは感じている？」

ぼくは素直に頷いた。

メイ・タオは続けた。

「リペティションのセッションは、ＰＪを中心に動いていると言っても過言ではないわ。そのくせ、交換条件を呑んでまで獲得したランヒーとは一度も『共演』させていない」

「本当？」トリッシュが尋ねた。ぼくはメイ・タオがランヒーの名前だけイニシャルで呼ばなかったので驚いた。

一呼吸おいて答えた。

「そうなんだ。ランヒーとは一度もリペの機会がない」

夕暮れ時、ぼくたちはデッキに出てローカルのビールを飲み、「沈む夕日」という名のシンプルで豪華なショーを観賞した。四人揃っての初めての夕日をぼくたちは歓声を上げて祝った。その声は砂浜を越えて響き渡った。

それから車で一〇分のウェルフリートの街に繰り出した。アンディのバー&グリルでジャズを聞き、シーフードを食べた。一九世紀の納屋を改造した「アンディの店」はハイ・シーズンの観光客と地元民であふれかえっていた。トリッシュ、オーランド、メイ・タオの顔見知りも多かった。結局、トリッシュは同年代の仲間たちに連れ去られ、オーランドも別のグループと合流してしまった。

プロヴィンスタウンにあるプレミアム・ゲイ・バー「アトランティック・ハウス」へ行ったに違いない。ユージン・オニールは「氷人来たる」をそこで執筆したそうだし、テネシー・ウィリアムズやノーマン・メイラーといった大作家も常連だった。ジョン・リードやルイーズ・ブライアントが通った「全米最古のゲイ・バー」には興味があったが、刺激の多い一日の終わりは静かで快適な環境でだらだら過ごしたかった。ぼくはメイ・タオの運転する車で別荘へ戻り、一二時にはベッドへ入った。

体を横たえた途端に、明け方の海の感覚が戻って来た。

波間に漂い見つめたトリッシュの瞳。

恋に落ちる瞬間というものがあるとしたら、あの時がまさにそれだった。しかし、ぼくはそれを見送った。ある時は友情に姿を変えるような、長く用心深い愛情を注ぐことの方を選んだ。恋がもたらす嫉妬や所有欲といった様々な苦痛に翻弄されたくはなかった。

トリッシュとの無防備な恋愛に踏み込む余裕はない。

勇気もない。

トリッシュは自由だから輝く。気まぐれにパートナーを交換するのは彼女の生きる証なのだ。ひとりの男のところに留まった途端、彼女は醜く朽ちていくのかもしれない。

彼女を連れ去った男女のグループは世間一般の常識からいって「魅力に溢れた」リッチ・キッズだ。そのうちのひとりかふたりが彼女の「恋人」だったとしても不思議はない。

彼女のことを思うのは目の前に彼女がいる時だけにしよう。

ブリーズイン。ブリーズアウト。

タマラの口調をまねてつぶやき、久しぶりに杏色のダンサーを思い浮かべた。が、なんとしたことか。イメージが湧いて来ない。

ブリーズイン。ブリーズアウト。

何回つぶやいても、体はケイプ・コッド湾の中にいる。全裸で泳ぐトリッシュの後を追い掛けている。おまじないが効いて来ない。

ブリーズイン——意地になって口に出す。

ブリーズアウト——糞！

耳もとでトリッシュの息を感じている。

車内で、ぼくに上半身を預けたトリッシュがいる。もしも、今、この瞬間、彼女がだれかの膝に体を預けていたら？

それだけじゃなくて、もっと他の技を使っていたら？

う。

考えるな。危険。侵入禁止。その手の妄想は破滅を導く。警告サインを心の迂回路に次々と立てて行く。

タマラがダメならテリーの母親だ。あの、テーブルの下の奔放な足。

ああ！

でも、彼女の顔が思い出せない。いや、なんと言ったらいいんだろう。顔は憶えているのだ。記憶には刻まれている。でも、次に会った時には、ああ、記憶に残っていた顔と目の位置がずれているな、とか、鼻の大きさが違うな、とか思うに違いない「ブレのある記憶」だ。


金曜日の午後から土曜日の夜にかけてのトリッシュの存在が、ぼくの記憶にあるすべての女性のイメージをぼかしてしまった！

ブリーズイン。ブリーズアウト。

あっちへ行け、トリッシュ。


細めに開いている窓ガラスが風で鳴った。トントン、トントンと短めの二連音を立てている。カタカタとかガタガタではなく、トントン、トントン。

まるでだれかがドアをノックしているようだ。

と思ったことがあった。

その時は、トリッシュがドアをノックしていた。

確かに窓ガラスはトントン、トントンと鳴っている。しかし、カーテンはそよとも揺れない。ぼくはベッドから降りた。忍び足で窓辺に近づく。カーテンのすき間を覗く。

月の光を浴びた砂浜を背景に、女神がいた。

幻想だ、とわかっているのに、ぼくは窓を大きく開けた。女神は部屋に入ると影になった。

夢を見ている、とわかっているのに、掌は影の頭部へ伸びる。豊かな髪の毛に触れて、さらさらした感じを弄び安堵する。

私のこと考えていたのね、と影が囁いた。そんなことないさ、と否定したように思う。影は、信じなかった。下半身がぼくの言葉を裏切っていたのだ。

突然、現実が戻って来た。

トリッシュが目の前でバギー・パンツを脱いでいる。ぼくは慌ててパジャマ代わりのTシャツとショーツを脱ぐ。ベッドへ向かいながら裸になり、ベッドへ横たわりながら、ぼくたちはひとつになっていた。彼女は熱く滑らかだったし、ぼくも困惑するぐらい昂まっていた。技巧としての前戯など、必要ではなかった。

前戯といえば、この三週間すべてが前戯だった。

こうしたかったから、みんなと遊びに行ったふりをしたのよ。

トリッシュは、途切れ途切れに言って、ぼくの口を自分の口で塞いだ。


明け方、歌を聴いた。湾の反対側から北大西洋の冬の海風が吹いてきたのかもしれない。人間の声にしては、低く太く恨みに満ちていた。

午前中、トリッシュとぼくはガレージにある自転車を引っ張り出してアウター・ケイプの先っぽまで走らせた。翼の先端から、北大西洋を眺めてみたかったのだ。メイ・タオはワゴンを運転し、オーランドが助手席から半身を乗り出してヴィデオ・カメラでぼくたちを撮影した。

プロヴィンスタウン観光もした。プロヴィンスタウン・プレイヤーズの最初の芝居小屋があったルイス・ワーフは跡形もなかったが、コマーシャル・ストリートに残る記念額の前で、トリッシュとぼくはポーズをとり、写真におさまった。少しだけ「レッズ」のカップルの気分になれた。その気分ついでに、ウォーレン・ベイティのジョン・リードとダイアン・キートンのルイーズ・ブライアントが歩いた渚を歩いてみたい、と言うと、トリッシュは笑い出した。

「なんで笑うの?」

「映画女優の息子のくせに、映画の魔法にウブなんだ!」

「プロヴィンスタウンのシーンはこの辺りで撮ったんじゃないの?」

「アウター・ケイプのシーンはすべて英国で撮ったのよ。卒論でリサーチしたから間違いない」

そのとき初めて、トリッシュはヴァッサーで学んだことを教えてくれた。ヴァッサーは一八六一年に創立されたリベラル・アーツ・カレッジだ。彼女の卒業論文がユージン・オニールとプロヴィンスタウン・プレイヤーズの活動だった。彼女は飛び級で一七歳の時に入学、今年三月卒業したばかりだ。

帰りは自転車をワゴンに積んでスーパー・マーケットへ立ち寄った。メイ・タオとオーランドが買い物をしている間に、トリッシュと別荘までジョギングのレースをした。

ぶっ千切りで優勝したぼくがデッキに駆け上がると、ぼさぼさの髪で色の褪せたアロハを着た初老の男がデッキ・チェアのひとつに腰掛けていた。紙袋を抱え、ポテチを顔になすりつけている。

よく見れば、紙袋に入れたポテトチップスを取り出して食べている、という行為だったが、数枚まとめて口に運び破片が飛び散るのも構わず押し込んでいたのだから、やはり、「顔になすりつける」という表現が正しいと思う。

目を水平線の彼方に据えて、初老の男は、ポテチなすりつけを繰り返しているのだ。下はショーツにサンダル。むき出しの手足は太く頑丈で、赤茶け荒れた皮膚の上で金髪の体毛がごわごわしている。

その男がヴァン・スライクである可能性はフィフティ・フィフティだった。ぼくが見た顔写真は三〇代の頃のもので、端整な顔だちをしていた。まさに、アイヴィー・リーガーの髪型であり、出立ちだった。

それから二〇年間、ポテチをなすりつけていると、顔の造作はとてつもなく頑丈になるのかもしれない。目のあたりには深い横皺が走り、鼻梁には縦皺。白い無精髭はポテチの粉と混じりあってアロハと同じ模様を作っている。

無頼派作家の風格といったものが、その男にはなくもない。

ただ、ヴァン・スライクはジャマイカからボストンまで飛んで、そこから車で到着することになっている。ベストセラー作家が、ショーツにサンダルで旅をするだろうか。

男は衝動的に、紙袋を落とした。中身を漁って小型テープレコーダーを出した。そのまま立ち上がって、低い声で何やら吹き込み始める。思い浮かんだ小説の構想を消えないうちに記録する行為なのかもしれない。

身長は、ぼくよりも頭半分高く、胸板が厚い。腹廻りもその分、太い。が、いわゆる肥満型ではない。ヘミングウェイ型。違う。その男には独自のオーラがある。ぼくが観察していても気付かないで、デッキを縦横無尽に歩き回り、思考を言葉にしていく。ヴァン・スライクであることは疑う余地がない。そして、この出立ちで紙袋を抱え、ジャマイカからやって来たことも決定的だ。なにしろ、紙袋にはキングストンのスーパーマーケットの名称が印刷されていたし、中にはパスポートやら航空券の束、分厚い小切手帳が入っていたのだ。

ジェームズ・ヴァン・スライクの登場は彼の短篇小説の出だしと同じくらいぶっきらぼうでおしゃれだった。


どこからともなくシャッターを切る音が聞こえて来る。

見ると、オーランドがロングレンズでヴァン・スライクの口述作業を撮影している。ひょっとすると、ぼくが邪魔をしているのかもしれない。離れようとしたら、オーランドはもっとインしろ、というジェスチャーをした。

家の中に、メイ・タオとトリッシュの姿も見えた。ふたりとも、いつの間にか戻っていて、ぼくとヴァン・スライクの接近遭遇を観察している。ガラス戸の向こうで大笑いして。

ヴァン・スライクの低いつぶやきが途絶えた。振り向くと、探るような眼差とぶつかった。探って、探って、とことん納得するまで探る眼差だ。痛くはない。どこかに、クッションを持っている。

おお、ＰＪ。

笑いもせず、唸った。低く、深い声だった。

「ずっと、待っていたぞ」ヴァン・スライクはそういう言い方をした。

両腕を広げ、探る眼差を真剣な眼差にシフトして、向かって来た。「近づく」というよりは「突撃する」に近い距離の詰め方だった。例えば、プロレスのリングで、試合開始のゴングが鳴った時のような――。

次の瞬間、背骨が軋むほどの勢いで抱き締められていた。まさにベア・ハグ。軋むのはなんとか我慢できたが、髭についたポテチの粉がパラパラと目に入るのがつらかった。


メイ・タオとトリッシュの説明を聞き、クラスの名簿をじっくりと眺めたあとで、ヴァン・スライクは、勢いよく鼻をかんだ。

「トム・オシェイ」それだけ言って、頭を掻いた。掻けば記憶が甦る、そんな掻き方だった。トリッシュとメイ・タオは辛抱強く待つ。オーランドはシャッターを切り続けている。

「才能がある」文人は言葉を続けた。文脈からすれば、トム・オシェイは才能がある、ということなのだが、よくわからない。トムは「スター・ウォーズ」関連情報が強いことは確かだ。が、それ以上のこととなると——。トリッシュと顔を見合わせた。

「確かなの、ジェームズ?」しびれを切らしたトリッシュが尋ねた。ヴァン・スライクは、ワインを飲み、デッキのテーブルに並べられた五種類のオリーヴを順番に口に運んだ。

「一昨年、ある財団の短篇小説コンテストで審査員をした。トム・オシェイがベストだった。主催者が下半身でしかものを測れないやつだから、足首の引き締まった女の作品を選んだ。が、オシェイがベストだった。ダイアローグのセンスがいい。新しいし、活気がある」

「トム・オシェイは文才で5Cに選ばれたってこと、VS?」メイ・タオが尋ねた。

「飛鳥の大工は千年先を見越して木を組んだ。そうだな、PJ?」

「えっと、まあ、そうだと思います」

「サイラス・ケインは、一〇年先を見越して木を組んでいる」

「それにしては玉石混淆じゃない?」トリッシュが言った。

「クラスの構成は、核になるプレイヤーと守護神、文字どおりの悪魔の擁護者、本物のクラスらしく見せる装飾から成り立っている」

「核って、PJと私?」

「違うな、プリンセス。PJとランヒーだ」

「じゃあ、私は何の役? 装飾? 傍役?」

「最大の仇役。もしくは、最大の障害」

「それって父親が娘に言う言葉?」

「最大の仇役は、最良のパートナーたりうる」

トリッシュは、へえ、と訳せる音を吐き出した。

「別の見方をすれば、アテネの大公シーシアスが言うが如く——」

「狂人、恋人たち、詩人が想像力を刺激する」メイ・タオが応じた。ヴァン・スライクは深い声で朗々と吟じ始めた。


恋人たちと狂人たちは糞熱く煮えたぎる頭脳を持っている。そこから繰り出されるファンタジーの数々を理解しようと思うなら、一晩五回のファックとは縁もゆかりもない醒めた理性など糞のつっかえ棒にもなりはしない。


ヴァン・スライクの創作も交えた「夏の夜の夢」は、トリッシュとぼくの在り方をある意味で言い当てていた。トリッシュは体をふたつに折って笑い、「私の大好きなスケベオヤジ！」と宣言した。

それから、父親の胸に飛び込んだ。ヴァン・スライクの座っていたデッキ・チェアが、その勢いで悲鳴を上げた。

ひょっとすると、ぼくとトリッシュの交際はこの瞬間、公式に認められたのかもしれない。

ヴァン・スライクは左腕と体半分を使ってトリッシュを支え、その髪にキスの雨を注ぎながら、右手でぼくを手招きした。メイ・タオが目顔で、「行け」とサインを出した。オーランドが正面に廻りこみシャッターを押し続けた。ぼくは、手招きする右腕の領域へ進んだ。いきなり腰を抱かれた。引っ張り込まれた。ヴァン・スライクの腹に尻から落ちた。彼は大笑いして、ぼくを抱き締めた。

長い間探し求めていた「シフトしない父親」が、そこにいた。


夕食はケイプ・コッド・エリアでトップ3に入るというシーフード・レストランへ行った。名物のクラム・チャウダーや、何種類ものオイスターから各種クラム、シュリンプ、シェビッチまで氷の大皿に盛った豪華なシーフード・プラッターでスタートし、アントレとしてロブスター・ロールとマスタード・マヨで食べるクラブ・ケーキ、カジキマグロのグリル、英国風のビアバターで揚げたフィッシュ&チップスを皆でシェアして食べた。

ヴァン・スライクは、ぼくがたっぷりのモルト・ヴィネガーをかけてオヒョウや鱈を平らげていくのを見て、「タルタルソースを拒絶してフィッシュ&チップスを食べるPJの正統英国派食欲に星三つ！」と笑顔で言ってからひとつの提案をした。

ぼくはレストランからハイアニスの空港へ直行することになっていた。

メイ・タオが、出がけに、ヴァン・スライク家からの贈り物だと言ってニューヨーク行きの今晩の航空券を渡してくれたのだ。それをキャンセルして、もう一晩泊まったらどうか、というのが提案だった。

月曜朝の便に変更した場合、午前中のクラスに遅れる可能性はある。でも、文人の英知に溢れた講義をこうやって至近距離で聴講することなど、人生にそうそうあることではない。ここで学ぶことがきっと「記憶の宝石」になる。

ぼくは喜んでその提案を受け入れた。

トリッシュの足がテーブルの下で伸びて、祝福してくれた。

デザートは、メイ・タオとトリッシュが協力して焼き上げたアップル・シュトゥルーデルをスカケット・ビーチのデッキで賞味した。夜の帳《とばり》が下りるのを眺め、潮騒を聞きながら過ごすデザート・タイムには格別の風味があった。

食べ終わると、ヴァン・スライクはおごそかな作家に変化した。膝の上にメイ・タオを乗せ腰を抱く、そんなおごそかさではあったけれど。

ぼくは彼の生徒だった。その言葉に頷き、彼の知力・理念といったものをわずかでも吸収しようと努めた。トリッシュは自分用とぼく用のイエロー・パッドと筆記用具を用意してくれた。

「5Cの在り方については、分析した。よき労働はよき休養を必要とする」

ヴァン・スライクは、執筆活動という「よき労働」の合間の「よき休養」として「5Cの在り方」を分析したらしい。

「ケインの方向性は、おれの興味とリンクしている」

「クリメント・ジャルコフを語り部にする小説の話？」トリッシュが尋ね、ぼくはアルゴンキン・スイートの日本語書籍を思い出す。彼女の質問はスルーされ泡となって消えた。ヴァン・スライクは続ける。

「ケインがやっていることは、革命的自由演劇の小さな種を撒くことだ。気概としては、一九三一年にモスクワで開催されたＩＡＴＢの第一回拡大評議会に出た同盟員クリメント・ジャルコフのドウシャーに近い」

トリッシュが投球動作に入ったピッチャーを止めるアンパイアのように両手を振って、奇声を発した。ＩＡＴＢって何？　ドゥシャーってドジャース？

ヴァン・スライクはＩＡＴＢが国際労働者演劇同盟、ドウシャーは「魂」を意味するロシア語だと低く短く答えた。そして、一九一四年生まれのケインが一九〇〇年生まれのクリメント・ジャルコフに終生抱いていた劣等感はそこにある、と付け加えた。

ロシアの魂《ドウシャー》があるかないか。


一九三一年当時、ＩＡＴＢ同盟員は日本を含む世界二〇のセクションで二〇〇万人いたという。クリメントは同盟員であると同時にメイエルホリドの演出助手だった。英語に堪能なクリメントは、海外の同盟員との連絡係だった。メイエルホリドの依頼で、日本に行き歌舞伎や新劇を調査したこともあると言う。

いつ日本人Ｓが登場してもおかしくない話の流れだった。その話題をいま問いかけるか後にするか迷っていると、トリッシュが快活に問いかけた。

「ロシアの魂って何？」

文人は一言、深い、と呟き、「ジャングルの深き懐、と言われたらイメージは？」と問い返した。

「見上げる」ぼくの口が勝手に動いた。ヴァン・スライクは人差し指を天に向け「上に向かって深い」。それからおもむろにメイ・タオを抱き上げフロアに置いた。例のやつをオン・ザ・

ロックで頼むといいながら彼女をバー・カウンターに押しやる。潮目は変わってしまった。日本人Sは後回しでいい。ぼくはヴァン・スライクの講義に集中した。

「ロシア民族の民族性の深さは地面の下へ向かう底なしの深さだ。ドイツ人もイギリス人も、他のヨーロッパの人民は、程度の差こそあれ、上に向かって深い」

中国も同じ、とメイ・タオが言い、アメリカは上に向かって超浅い、とトリッシュが雑《ま》ぜ返し、ぼくの足を蹴った。コメントを促すキックだ。

「日本民族は上も下も避けて横に広がる」とぼくは答え、ヴァン・スライクが同意した。

「ゴーリキイの『どん底』やドストエフスキイの『死の家の記録』に出て来る人物がすべて面白いのは、この民族的特徴があるからだ。そこは本来のどん底ではなく、底なしに深いものへの出発点でしかない。魂に触れる人生哲学が雄弁や叫び、意義ある叫びを、呼び起こす。革命を推進する。学問ではそこまで至らない。ロシアでは物乞いの子が、いつか文字をおぼえ、その底なしの深さを徘徊してよき芸術家、よき作家になることが、まれでなくありうるんだ」

ヴァン・スライクは言葉を切った。

ぼくはキーになる言葉をメモして、顔を上げた。ヴァン・スライクが真っ直ぐ見つめていた。そして穏やかな表情でさらりと付け足した。

「クリメント・ジャルコフは捨て子だった」

ぼくは、マジっすかという驚愕ヴォキャブラリをかろうじて飲み込んだ。

トリッシュはその表情を読んで注釈してくれた。

「ジェームズのリサーチャーは凄腕よ。間違いなくそういうことなのよ。今の話には私も驚いたけど」

「彼は五歳まで孤児院で過ごした。当時、地方劇団は子役が必要になると孤児院から借りてきた。クリメントは利発さを買われて、舞台に立った。それが評判を呼んで、芝居好きの老女の養子になった」

ヴァン・スライクはメイ・タオが運んできたマンサニーリャのオン・ザ・ロックで喉を潤し、次のカードを広げた。

「サイラス・ケインのスタンスはジョン・リードだった」

十月革命を取材し「世界を震撼《しんかん》させた一〇日間」を書いたアメリカ人の名前を、ヴァン・スライクはあげた。ぼくは条件反射的に「レッズ」で彼を演じたウォーレン・ベイティを思い浮かべた。

「リードは機知に富んだジャーナリストだったが、それ以上に強い興味と愛をロシアの人々に抱いていた。彼は私見を挟まず記録的に革命の熱情を書いた。記録蒐集の繊細さと整理の卓越した知性に、我々は、リードがどんなにロシアに魅せられていたのかを知る。ケインは一〇代でこの著作と出会い、二〇代で、亡命ロシア人のクリメントに出会った」

文人の話は多方面に飛ぶ。アルゴンキン・ラウンド・テーブルのドロシー・パーカーの話になった。ヴァン・スライクは、彼女のウィキッドなウィットの数々を楽しげに語った。一番のお気に入りは離婚したお相手のアラン・キャンベルと三年後に再婚した時、そのレセプションに、別れて疎遠になった元夫婦の友人たちを一二組招待したことだと言う。

ぼくの心に残ったのは、アナーキストのサッコとヴァンゼッティが死刑になった日のエピソードだ。彼女はボストンへ行き抗議デモに参加した。体制べったりの群衆はめざとく彼女を見つけ、「吊るしちまえ」とか「殺せ」と叫んだ。ドロシーは逮捕され、アルゴンキンの仲間であるフェミニスト、ルース・ヘイルが駆けつけ釈放された。記者たちに囲まれたドロシーは、これが初めての逮捕ですか、という質問に「そうよ、でもがっかりしたわ。指紋すら取ってくれなかったのよ。代わりにあいつらの指紋はくれたけどね」といって警官たちに摑まれ青あざのできた腕を高々と掲げた。


「おれは、全面的にケインの『最後の賭け』を支持する。哀れなニコラ・サッコとバルトロメオ・ヴァンゼッティを電気椅子に送った判事のように、悪意を吐き出すやつは必ず出る。愉しめ。やつらは怖がっている。だから、やり通す意義がある。そういうスタンスを持て。ケインの遺志を継承することは、君たちの責任だ」

「ケインがすぐにも死にそうな言い方ね、ジェームス」トリッシュが小さく抗議し、ぼくは
「最後の特別授業が早まる可能性もあるってことですか」と尋ねた。

ヴァン・スライクは、愛情に満ちた、しかし、その愛情の着地点を探る目でぼくを眺め、頷いた。

「時間との戦いは、どんな偉大な芸術にもつきものだ、ＰＪ」そう答えた声音は苦痛に満ちていた。まるで、ペニー・ジョーの痛々しい姿を目の前にしたコメントのように、その一言は胸

に響いた。

　トリッシュがあらたまった声で父親の気を引いた。

「ジェームズ、私がきょういちばん聞きたがっていたこと憶えていますか？」

「KKKジュニアの危険度」

「そう。PJに迫る危機」

「ドロシー・パーカーのことをもっと話したいな」

「ジェームズ」

　娘にたしなめられた文人は無邪気な笑いを浮かべ、マイケルと、彼の所属するグループに関しては、現在のところ、あるひとつの事柄を除けば危険度は低い、と断言した。それは、堕胎問題だった。バイブルベルトを揺るがす社会問題だ。大統領選にリンクしたその一点で敵対の立場を表明しない限りは「理性的な差別主義者だ」というのがヴァン・スライクの見方だった。

「おれの小説、『Kと一緒のKとK』は、ある作家をモデルにしている。その男は、尊敬に値する作家だった。学生時代に、おれは彼の書くチェロキー・インディアンの物語に涙を流した。殊に、少年の成長を綴った自伝と銘打った児童文学のシリーズが素晴らしかった。骨太なキャラクターが動き回る西部小説も何篇か書いた。リアルなガンファイトへ至る人間の営みが真骨頂だった。主人公はすべて、ハーフ・ブリードだった。組み合わせは様々さ。白人とインディアン。白人と黒人。白人とメキシカン。男自身はチェロキーとの混血の筈だった。自伝的なシリーズを参考にすればそういうことになる。が、事実は違った。男は、親子二代のKKKの幹部だった。チェロキーの血はわずかに入っているが、そういう意味だったら、アメリカ人の半分がそうさ。男は、差別と被差別の二重性に自らの存在意義を見い出していた。ある種の二重人格だ。根底には、父親との葛藤がある。それは、調べてみると、クラン・メンバーの子供たちに比較的顕著な現象なんだよ」

ヴァン・スライクはいくつかの具体例を挙げて説明を続けた。

父性そのものに反発したり、父親との葛藤が強いKKKの家庭では、子供が、父の敵対者である有色人種に自己を置き換える現象が見られるという。子供が表現芸術に卓越している場合に、その現象は顕著となる。

そういうKKKの第二世代が、横の連絡を取り合い集まったのがマイケルの所属する「ファミリー」だ。正式な名称は、メンバーにならなければ知らされもしない。しかも、毎年代わる。祭主的立場のリーダーは持ち回り式で、その好みにより、何年か前に使われた古い名称がグループの呼称に復活することもある。つまり、団体としての活動よりも、個人の繋がりやセンスを重視しているのだ。

「要約すればKKKの芸術部門だ」とヴァン・スライクはまとめた。

では、これからのマイケルおよびOBとの接触をどうしていくか、ということをトリッシュが尋ねた。

「PJはマイケルの芝居に招待されているのよ。私は、断った方がいいと思う。要は、オーエンが最後の特別授業に選ばれれば問題はないんだし、PJは彼が間違いなく選ばれると考えている。だったら、不必要な接触はなるべく避けた方がいいんじゃないかしら」

「断る必要はない。行って、マイケルの実力を見極めてくれればいい。ただし、プリンセス、君も同行した方がいい」

「わかったわ。ＰＪが邪魔でなければ」トリッシュは健康な色気を撒き散らし、ぼくの頰をぎゅっとつまんだ。

ぼくは低所得使用人の声で返した。

「いや、是非お願いしますよ、お嬢様」

トリッシュは父親に見えないようにして、コミカルに目を剝いてみせた。

「狂人は若い恋人たちを羨ましく思い、老いの身に鞭を打つ」言いわけがましくいってヴァン・スライクは傍らのメイ・タオにキスをせがんだ。メイ・タオが優雅に口づけすると、彼は立ち上がった。絡み合った彼女の手を引いて「狂人」はマスター・ベッドルームに向かった。

ヴァン・スライクに教えてもらいたいことは日本人Ｓの素性を含め、山ほどあったが、取材者のように後を追いかけるわけにもいかなかった。本心は、徹夜で彼の話に耳を傾けたかったのに……。

デッキには、トリッシュとぼくだけが残った。オーランドは居間で、夜間撮影の照明をセットアップしている。真夜中から明け方に至るヴァン・スライクの執筆風景を撮る予定なのだ。

「どうする？」トリッシュが女神の含み笑いできいてきた。

「泳ぐ？」

「他の選択肢は？」

「えーと」

「食いだめって知ってる？」

「探検家なんかが、冒険に出る前においしいものを沢山食べておくような？」

「とか、入院する前に、おいしいものを沢山食べておくような」

一言、口にする度にトリッシュは、ぼくとの距離を詰めていた。今は、重なっている。どういう風にかは、ちょっと説明できない。

「どれくらい長い間、おいしいものを食べることができなくなるんだろう」

「二週間？」

「いや、ぼくに訊かれても」

「あさってから生理だし」

「ああ」

「泳ぐ？」

「いや」

「走る？」

「ベッドまで？」

いきなり、トリッシュの拳がぼくの股間に決まった。悶えている間に、彼女は走り出した。トリッシュが残した含み笑いの音を拾いながら、ぼくは走った。

## （七）アララット・ブランデー

喉の渇きで目覚めた。トリッシュは規則正しい寝息をたてて寝ている。そっとベッドを抜け出しキッチンへ行く。ウォーター・サーヴァーの冷水を紙コップで飲む。床がわずかに振動している。耳を澄ますと低いモーター音が外から聞こえる。誰かがラップ・アラウンド・デッキのジャグジーに入っている。

ぼくは居間に出てガラスの仕切りの向こうを眺めた。月明かりに照らされたデッキにショーツ姿のヴァン・スライクがいる。

ジャグジーの縁に腰掛け、両足を泡立つ湯につけている。片手には小型テープレコーダー。何かを思いつくと、短いフレーズを吹き込む。

どこかからオーランドが撮っているのかと見回すが、彼の姿はない。夜の撮影は終わったようだ。

ヴァン・スライクの口が、おお、ＰＪ、というように動いた。手招きをしている。ガラス戸を開けデッキに出た。パジャマがわりのショーツはぼくとお揃いだ。サイズだけが違う。

ヴァン・スライクはいつもよりも低い声で言った。ＩＣＵ。え？　聞き返す。

二度目の発音で、文人は日本語を使ったのだとわかった。アイ・シー・ユーではなく「足湯」と言ったのだった。

「少し、付き合ってくれ」

ヴァン・スライクは足湯を勧めた。言われた通り、両足を湯につけ、取材は終わったのか、と尋ねた。彼は、終わった、と言って小型のテープレコーダーを持ち上げて見せた。

「録音するけどいいか？」

もちろんです、どうぞ、と答えながら、ちょっと不思議に思った。録音に値するようなことをぼくに期待しているとは思えない。

「君やトリッシュに話していて、『ブーム』のプロット構成が自分の中でかなり整理できた部分がある。実際書くのは来年、アルゴンキン・ホテルにこもってからだ。浮かんだパズルの断片はこうやって記録しておく。記憶力はどう訓練しても年々減退する」

「ブーム」というのはクリメント・ジャルコフを語り部とする小説の仮題なのだろう。一九二六年にピークを迎えたメイエルホリド・ブームやその後のスターリンによる大粛清の「ブーム」にも引っ掛けているのかもしれない。


「ＰＪ、ケインが君を核に５Ｃをデザインした理由が大枠では見えて来た。クリメントがケインに事細かに語った大宇宙マクロコスモスに対する小宇宙マイクロコスモスの建設だな」

「大宇宙というのはメイエルホリドと日本的なるものの関係ですか？」

「そうだ。ケインは君の周囲にメイエルホリドへ導く要素を配置して君の感性を鍛えている。メイエルホリドは革命的自由演劇の頂点にいた。君はこれまでのところケインの期待に沿った動きをしている」

「ぼくがメイエルホリドに興味を持ったのはたまたまですよ」

「そんなことはない。君はビッツへ入るまでフセーヴォロト・エミーリエヴィチ・メイエルホリドを知らなかった」

「知りませんでした」

「だれが最初にその名を植えつけた？」

ぼくはアルゴンキン・スイートでのトリッシュとの会話を思い出す。マイヤーホールドと言って呆れられたことも。

「トリッシュ……」

「そのあとは？」

「パウンダーがクラスで解説して――」と言いかけて、その前に図書室でメイエルホリドの著作を読んでいたら、彼の著作を読む生徒にはグレイスフル・ピリオドをあげる、と司書のクリスプさんに言われたことを思い出した。そのことを告げると、ヴァン・スライクは頷き、「そのあとはNYPLでメイエルホリド関連の書籍を読み漁って今に至る」と言った。

ぼくは複雑な気持ちで頷き、文人の次の言葉を待った。

「ケインは、おれがKKK新世代のリサーチをしたことを当然知っている。だからオーエン・バローズを参加させた。クリメントやメイエルホリドを書くことも知っている。直接、彼に取材をしたからな」

「最近会ったんですか？」

「いや、ブラジルへ行く前。二〇年近く前だ。ケインも元気だった。その頃は、スタニスラフスキイとメイエルホリドの関係を調べていた。あの師弟関係にはロシア民族の姑息な愛と壮大な憎しみ、壮大な愛と姑息な憎しみのすべてが宿っている」

ヴァン・スライクは束の間追憶に浸った。いつの間にかジャクジーの奏でるＢＧＭはなくなっていた。波の音だけがデッキを包む。

「そういうわけで、おれがこうやって、君にクリメントやメイエルホリドに関する知識を伝えることをケインは想定していた」

最終論告をする検事の口調で彼は言った。じゃあ、トリッシュは、と言いつつぼくは言葉を飲み込んだ。

「酷な言い方をすれば、あの子は、おれとＰＪを繋ぐためのパイプだ。役目は果たしたことになる。一〇年先のプランには含まれないかもしれない」


ぼくは、ヴァン・スライクの、身内贔屓《ひいき》とは程遠い分析を精一杯否定した。クラスにおけるトリッシュの功績、存在感、リーダーシップを並べ立てた。そして、ぼくの仇討ちにはトリッシュの助太刀が必要なんです、という啖呵にも似たテスタメントで締め括った。

ヴァン・スライクは、これぞ慈愛溢れる、といった笑みを浮かべ、今の日本語はどういう意味だ、と訊いてきた。アダなんとか、スケなんとか。「仇討ち」と「助太刀」を日本語で言ってしまったらしい。

武士が血族の汚名をそそぐために何年かかっても仇を討つ仇討ちの精神と、そのとき許される助太刀のシステムを説明した。ヴァン・スライクは愉しげに頷き、スケダチ・トリッシュに関しては君の方が正しいかもしれない、とつぶやいた。彼と出会って初めて聞く、か細い「呟き」だった。

ぼくは一歩踏み込んでみた。

ペニー・ジョーがヴィデオで言ったケインがこだわる「日本人S」を語り、ルビャンカの尋問室でメイエルホリドが見せられたに違いない銃殺されたスギモトの写真、悪夢の一コマ、を描写した。

それから質問を並べた。

ケインはなぜ「日本人S」に関心を持っているんですか?

日本人Sはスギモトですか?


ヴァン・スライクはプロレタリアート演劇の演出家杉本良吉と女優岡田嘉子の、ロシアへの「愛の逃避行」のことを知っていた。二人の名前も、日本人のような正確なトーンで苗字から先に発音した。岡田嘉子がソ連から帰還したのはぼくが生まれる五年前、一九七二年のことだという。詳しくは語らなかったが、岡田嘉子についても、本を一冊書けるくらいリサーチしたようだった。

「スギモトは治安維持法違反容疑で逮捕され執行猶予中だった。召集されれば思想犯は激戦地に送られる。それで、ソ連への亡命を決意した。樺太からの不法入国だ。彼はロシア語ができたし、クリメントとも親しかった。ところが、この年、一九三七年は、大粛清のさなかで、クリメントは既にアメリカへ亡命していた。モスクワにいた日本人も国外脱出するものが多かった。残って、スパイ容疑で逮捕されたものもいる。彼らは後に粛清された。メイエルホリドの逮捕も時間の問題だった。彼の芸術家としての矜持は、スターリンとは相容れなかった。スギモトはメイエルホリドを頼ったからスパイとして銃殺された、とも言える。ケインが関心を持つ日本人Ｓがスギモトとは思えない」

じゃあ、「日本人Ｓ」はだれなのですか、と問うと、ヴァン・スライクは「候補は二人いる」と言っておもむろに立ち上がった。

「ハロルド・ピンター曰く」と英国の劇作家の名前をあげ気取った声で続けた。

「私はブランデーが嫌いだ。それは近代文学の悪臭でしかない」

それから、夜空に向かって大声で吠えた。

Fuck Pinterrr!

ぼくも負けないくらいの大声で、「ファック・ピンタアアアア」と共鳴の叫びを叫んだ。ぼくたちはチームメイトのようにハイファイヴをした。

「というわけで」

文人はトーンを切り替え、時計を見て付け足した。「おれは午前三時のブランデーを愛でる。一緒にどうかね、同志《コムラード》ＰＪ」

ヴァン・スライクが酒棚から取り出したのはアルメニアのアララット・ブランデーだった。

「スターリンがこよなく愛したドゥヴィン。ＤＶＩＮと綴る。一九四五年のヤルタ会談で、ロシアの大元帥様はチャーチルに勧めた。チャーチルは大喜びしたと言われているが、あのおっさんの好みはサヴォイ・リザーヴだ。舌で転がすとフォックス・ハントの爽快感が蘇る逸品だ。ドゥヴィンは歯茎が震撼する砲声。勇壮といえば勇壮、粗雑といえば粗雑。根深い習慣《インラディカブル・ハビット》を大切にするチャーチルが気に入ったとは思えない」

なるほど、歴史とはそういう角度から検証するものなのか、とぼんやり考えながら、ぼくはヴァン・スライクの手元を見つめている。

ヴァン・スライクはブランデー・グラスの脚を持ってゆっくり静かに回している。ぼくも真似て芳醇な香りがたちのぼるのを初心者なりに研究する。

ペニー・ジョーはブランデーを飲むとき、「シフトする父親」の豪邸ではグラスの脚を持ってゆっくりと静かに回し、日本に帰国してからは掌でグラスを温めるようにして口に運んだ。その違いはなんなのか、と尋ねたことがある。彼女は、ＬＡでは高級なブランデーが揃ってたから、とだけ答えた。

ヴァン・スライクは一口なめ、「歯茎が震撼する砲声」を、多分遠くに聞いてから宣言した。

「今宵はスターリン大元帥様への大いなる嫌悪を心に宿して語る。あいつの愛したドゥヴィンで舌をなめらかにしてな」

「メイエルホリドは革命直後の一九一八年から翌年にかけてペトログラード、今のサンクトペテルブルクで演出家や俳優志望者向けのワークショップを開催した。そこで歌舞伎の技法や劇場のあり方を教えている」

文人のレクチャー第二ラウンドが始まった。

「日本人に会うと『歌舞伎の弟子です』と謙虚に挨拶したそうだ。一九三五年に、スターリンが自由な創造芸術活動を圧迫するまでは、歌舞伎の様式を巧みに取り入れた前衛劇、および底なしデカダンスに哄笑ナンセンスを掛け合わせた人体力学演劇《ビオメハニカ》がメイエルホリド演劇の真骨頂だった」

歌舞伎といえば、一九二八年に二代目市川左團次一座が訪ソ公演を盛大に行った。その時期、ソヴェト政府はパリの国際演劇フェスティヴァルにふたつの劇団、メイエルホリド劇場とワフタンゴフ記念劇場、を派遣していた。そのためにメイエルホリドと左團次との交流はなかった、という一文をＮＹＰＬで読んだばかりだ。そんな話をするとヴァン・スライクは即座に「左團次は『日本人Ｓ』の有力候補だよ」と教えてくれた。

言われてみればその通りだ。

ぼくは「二代目市川左團次」という括りで考えて気づかなかったが、海外の演劇人は彼のことを二代目や市川といった冠をとっぱらったＳＡＤＡＮＪＩとして記憶している。「日本人Ｓ」といえば多くの非日本人が左團次を連想したとしても不思議はない。

「左團次は小山内薫とはお互いが一〇代の頃から親交があった」

ヴァン・スライクは続けた。これは初耳だった。小山内は一八八一年生まれ。左團次は一八八〇年。二人は俳句の会で出会い、芸術面での終生の協力関係を築いたという。小山内は、一九一三年以降、モスクワへ二回足を運び、スタニスラフスキイやメイエルホリドの演劇もつぶさに学んだ。左團次の訪ソ公演を根回ししたのも小山内薫だった。その公演に加わらなかったのは体調が芳しくなかったからだ。彼は一九二八年暮れ、四七歳の若さで没している。

サイラス・ケインが、日本人役者が目指すべき理想のプロトタイプをＳＡＤＡＮＪＩに見出したとしても不思議ではない。

アルゴンキン・スイートには左團次関連の本はなかった。別ルートで資料集めや翻訳作業をやらせているのかもしれない。


「左團次は父親ともども、純歌舞伎狂言や義太夫狂言といった伝統的な演目が得意ではなかった。踊りも二流で、型物がいけなかった。とはいえ、初代左團次は九代目市川團十郎、五代目尾上菊五郎とともに『団菊左』と呼ばれて人気があった。明治の名優という評価は定着していた」

その「団菊左」が一九〇三年から翌年にかけて相次いで没したのだと言う。歌舞伎界の危機的状況の中で、唯一の明るい話題が、二代目左團次襲名披露の興行的な成功だった。

二三歳で父親が残した明治座と莫大な借金を背負った左團次には一一歳年長の相談役がいた。ヴァン・スライクは「マツイ・ショウヨウ」といって老眼鏡をかけ、古い手帳をめくった。メモを見ながら英語に置き換えた漢字表記を説明してくれた。

「ＰＩＮＥがラストネームとファーストネームのトップにひとつづつ、それぞれＲＥＳＩＤＥＮＣＥとＬＥＡＦがくっついている」と言われて「松居松葉」だとわかった。これも初めて聞く名前だった。

「このマツイさんはセルバンテス、モリエール、バーナード・ショーの翻案・翻訳から歌舞伎台本まで手掛けるもの凄い劇作家で、左團次を煽った。襲名披露公演の収益金を自分に投資しろ、西洋演劇を学べ、と」

ぼくはヴァン・スライクの話に聞き入った。松居松葉が左團次にとっての師匠／メンターであったように、ぼくはジェームズ・ヴァン・スライクの知の回廊をめぐる冒険に招かれ、そこを旅しているのだと感じた。すぐれた教育現場には、誤解を怖れず言えば、ラヴ・アフェアの磁場、あるいは高揚がある、とも思った。

三ヵ月に及ぶ船旅を経て、一九〇七年二月のある日、マルセイユに降り立った左團次が、一足早くヨーロッパ入りしていた師匠松葉の姿を目撃した時、ぼくはそこにいた。左團次の安堵と興奮を心と体で受け止めた。

言葉に不自由な左團次が、観劇の前、その台本を（ラテン語を学ぶように）師匠に訳読してもらうとき、ぼくも台詞のすべてを暗記する気構えになった。師匠と左團次は観劇中並んで座っても一切会話をせず、舞台に集中した。

フランスでは伝説の大女優サラ・ベルナールにも会った。彼女は一つの演し物につき六〇日程度しか稽古をしない英国の役者を鼻で笑い、稽古には最低でも一五〇日必要なのだと力説した。左團次は、日本の役者の稽古はまるで木材をそのまま転がしておくようなものだ、と恥ずかしく思った。

ドイツでは表現主義の舞台をハシゴした。様式的な演技が写実的な演技と矛盾なく共存していた。様式的な歌舞伎と写実的な西洋演劇も共存できるのではないか、と左團次は考えた。演出家マックス・ラインハルトが提唱する小劇場運動にも注目した。小劇場ではイプセンやゴーリキイの対話劇の迫力に圧倒されると同時に、「黙って来て、静かに見て、黙って帰る」観客に驚いた。

イギリスではシェークスピア劇を見あさった。師匠のアレンジで名優サー・ハーバート・ビアボーム・トゥリーが一九〇四年に設立した演劇学校にも三週間通った。サー・ハーバートは「第三の男」のキャロル・リード監督の父親だ。

演劇学校で左團次が学んだのは表情術と発声法だった。一輪の花の美しさを表現する心は、彼の最も好きな芭蕉の俳句「山路来て何やらゆかしすみれ草」の心に繋がった。

六ヵ月のヨーロッパ研修を終えて帰国すると左團次は改革興行に着手した。一九〇八年には小山内薫と自由劇場を立ち上げ、小山内の演出、左團次の主演でイプセンの戯曲「ジョン・ガブリエル・ボルクマン」の西洋式上演を行った。「どん底」も上演した。

自由劇場での活動は築地小劇場が誕生する五年前、一九一九年に終わったが、二人の協力関係は一九二八年の小山内の急死まで続いた。

ヴァン・スライクはドゥヴィンの最後のひとしずくを口に含み、スターリンへの呪詛の言葉をぶつぶつと吐き出してから飲み下した。居間をぐるりと歩き回りながら上半身の運動をして、ウォーター・サーヴァーの水をがぶがぶ飲んだ。それから、何年か前に書いたというメイエルホリド年表を本棚の奥から取り出し、ぼくの膝に置いた。

「好きに使ってくれ」


それは、モスクワ芸術座での四年間にメイエルホリドが演じた役どころから始まり、退団後の一九〇二年夏、芸術座での幻滅を癒すための北イタリア旅行とその印象記、演出家兼俳優兼劇団主宰者としてデビューしたヘルソンの一九〇二年秋から翌年春にかけての第一シーズン、および第二シーズンの演目と傾向、批評。チフリスのシーズン。そのシーズン終了後に巨匠《マーステル》スタニスラフスキイの呼びかけに応じ、モスクワに戻って、新たな、より現代的な芸術を探求する芸術座付属のスタジオ劇団を立ち上げたこと。その失敗。一九〇六年のペテルブルグ、コミッサルジェフスカヤ劇場への参加等々年別にぎっしり書き込まれた三〇ページを超える資料だ。最初の数ページを読むと、左團次がフランスやドイツで浴びるように西洋演劇を見ている頃、メイエルホリドはペテルブルグで、「俳優の芝居」を狂信的に信奉する保守派批評家と戦っていたことがわかる。

保守派は「演出家の芝居」を全面的に否定した。ペテルブルグ新聞の批評家クーゲリはメイエルホリドをモーパッサンの短篇に出てくる怪物にたとえた。

俳優の生き血を吸って肥え太り、俳優を干からびさせる怪物だ、と。


「どこを読んでる？」

ヴァン・スライクがミルク・ボトルを持ってキッチンから戻ってきた。アララット・ブランデー、水、ミルクという組み合わせは胃袋にとって間違いなくアヴァンギャルドだ。

「クーゲリの批評です」

「アレクサンドル・クーゲリ。スタニスラフスキイの不倶戴天の敵、メイエルホリドにつきまとう愚かなハエ。クーゲリがどんなに酷評しても、メイエルホリドは名声を高めた。彼がブロークの『見世物小屋《バラガンチク》』で演じたピエロは、人形劇のフォルムと俳優の芝居を組み合わせた新しい演劇だ。七歳になったばかりのクリメントは養母に連れられてこの芝居を見た。観客の熱狂を肌に刻み、メイエルホリドの名を心に刻んだ。最後の一〇年はこっちだ」

表紙に「ＶＭ　１９３０－１９４０」と書かれた二〇ページのコピーを渡してくれた。

「『日本人Ｓ』のもうひとりの候補はこの資料に出て来るんですか？」

「もうひとりの候補を君に告げる役目の人間はクラスに配置されている」

「ケインが仕込んだということですか？」

「もちろん」

「だれですか？」

「見当はつくが、そこまで喋ることをケインは望んでいないと思う。今まで通り、自然体でクラスメイトと付き合った方がいい。いずれにせよ、最後の特別授業の前にその謎は解ける筈だ」

夜がしらむ頃、メイエルホリドが迷い込んだ政治の闇に話は及んだ。一九二四年、レーニンが亡くなると革命の理想は暗い権力闘争と粛清に変質した。

ヴァン・スライクは「人類の歴史は見方を変えると、殺人狂の『猟人日記』のようなものだ」と言ってトイレに向かった。ドアを半分開けたまま大声でスターリンの悪行を喋り続けた。まるで、スターリンの銅像に放尿しているかのように。それを弟子に誇るかのように。

「右派や左派のエリートたちはレーニンの戦友だった。スターリンは『レーニンの下僕』に甘んじた。レーニンの汚物処理屋だ。一九二二年に党書記長になると、スターリンは中央党機構の広汎な権限を巧妙に発展させた。任命・罷免の権限を通じて書記局の独裁体制を固めた。レーニンが死んだ時には政治局を操縦する術を知り尽くしていた」

ぼくは特に相槌を打つでもなく、質問も重ねず、放尿終了をじっと待った。

すっきりした顔でトイレから出てくると文人は言った。

「レーニンをオダ・ノブナガとするならスターリンはトヨトミ・ヒデヨシだな。だから天下を取った」

講義の最終ラウンドはキッチンだった。居間と同じくらい広いキッチンの中央にダブル・アイランドがある。二つともトップをパオナッツォ・マーブルにしたブラック・タイルで、白い別荘でここだけが黒を基調にしている。文人とぼくはそれぞれのアイランドの一辺を占拠している。

一方の窓から見えるケイプ・コッド湾を夜明けの光が少しずつ侵食していた。睡魔をおぼえる暇もない。空港へ行く時間を考えると、この「集中講義」はまもなく終わってしまう。

トリッシュが起きて来た。父親はアップル・シュトゥルーデルの残りを食べたいと言った。

冷蔵庫から取り出し、切り分け、運ぶ従順な娘。とはいえ、ぼくの脇を通過するときには猫のように下半身をすり寄せる。さりげなく、でも、恋人らしくしたたかに。

トリッシュは、自分のポジションを確保すると、視線を父親とぼくとの間で二回往復させた。

「夜中にだれかが大声で騒いでたけど、あなたたち?」

「多分違うね」とヴァン・スライクは答え、同意を求めるようにぼくを見た。

「講義に夢中だったから、花火大会がすぐ近くであっても気づかなかったと思います」弟子のおとぼけは師匠を満足させた。

トリッシュは、いいチームね、と応じた。

ヴァン・スライクはひとつ咳払いをすると、「最後に、メイエルホリド・ブームのてっぺんを君たちに伝えておきたい」と言った。

「ブームのてっぺんって?」とトリッシュが尋ね、ぼくが答えた。

「一九二五年から一九二六年にかけてのメイエルホリド演劇だよ。エールドマンの『委任状』とゴーゴリの『検察官』」

トリッシュが落胆のため息を吐いた。

「『だんまりの場』のことなら、パウンダーの熱烈トークを聞いて以来、色々調べました。でも、凄さの実態がわからない。だってだれも芝居を見たわけじゃないもの。どういうタイミングで人形にすり替わるのか、仰天の臍が曖昧。リアルタイムで舞台を見た人の証言でなければ意味がない」

ヴァン・スライクは頷き「それは大きなポイントだ」とにこやかに応じた。

その余裕ある応対に、トリッシュが背筋をシャキッと伸ばした。

「そういう証言、見つけたの？」

「おれのリサーチャーは優秀だし、それに見合う報酬を払ってる」

「何度も聞かされたからよくわかってる。ロシア語の文献？」

「それがな、不思議なことに、日本語の文献なんだ」

「『日本人S』ですか？」ぼくは興奮して父と娘の会話に割り込んだ。

「いや、彼女はSではないな」

「彼女？」トリッシュが感嘆符のように吐き出したsheがパオナッツォ・マーブルの表面を滑って転がった。

「だんまりの場」の真実は、そんな風にして夜明けに到来した。

# ACT5
## 王国の鍵

## （一）メイエルホリド探検隊

日本から持って来たヘッドフォンを地下鉄では一度もつけたことがない。日本の地下鉄ではいつもこれを使って周囲の音をシャットアウトしていた。

ニューヨークでは、たとえわずかの間でも、その場に居合わせた人々が醸し出す音のすべてを吸収したいと思う。会話やつぶやきなら、近寄って聞き取る場合もある。一歩間違えば盗み聞き、二歩間違えばストーキングだが、そのあたりの線引きは心得ているつもりだ。

独立記念日の週末は、ぼくにとって、色々な意味でのひとつの頂点だった。そこまでが、上り坂。やっと峠に達して四方を見渡す余裕が出た。

行く手には曲がりくねった下り坂が見える。その先には、いくつもの山々が続いて、その遥か彼方に花のお江戸がある――。

マズい。

完璧に「仇討ち」モードだ。

いずれにせよ、七月七日の月曜日以降は時間がとてつもなく速く過ぎていくように感じる。

追い付いていくのに目一杯の速さではなく、愉しいからあっという間になくなっていく目の前の「時間」。そういう流れに自分が順応していることに驚く。

独立記念日以前もぼくは「濃密な時間」を体験していた。それが、多分、ケイプ・コッドの空気を吸ったことでギア・チェンジをしたのだと思う。

広い海、広い砂浜、広い空の効果だ。その広さを、ジェームズとトリッシュの親子が与えてくれた。それゆえ、名声とか成功といったものも切実に考えるようになった。

ペニー・ジョーが用意してくれた「仇討ち」は、fame & fortune という王国への鍵でもある。その鍵の、効果的な使い方を今、学んでいる。その一方で、王国の名前がトリッシュ・ヴァン・スライクなのかもしれない、と思ったり。

第四週は天気も下り坂になった。月曜日は、曇天。ニューヨークに来て以来、数少ない日射しを見ない一日だった。階段サロンでも、七月四日の花火の話題は一瞬で、仲間の悪口や噂話が幅を利かせた。

トリッシュは欠席した。父親とのフォト・セッションのためにケイプ・コッドに残ったのだ。月曜日の朝、トリッシュが運転する車でハイアニスの空港まで送ってもらった。空港でのぼくたちは、だれもが羨むようなカップルだったと思う。しかし一歩間違えると、だれもが迷惑がるようなカップルに堕していたかもしれない。

トリッシュは、「PJの押し付けがましくないところが大好き」とぼくの耳に囁いた。「何年か先には、そういうものが知性になるのよ」

「じゃあ、今のぼくは知性のかけらもないってこと？」

「空っぽの箱。でも、角がとんがって硬い」トリッシュは笑いながら結んでぼくの下唇を思いっきり嚙んだ。悲鳴は最終搭乗案内にかき消された。


空港からビッツへ直行した。朝のクラスには一時間遅れた。欠席者は、トリッシュ以外に、ラファエル、マママック、ルー。その四人が、悪口の標的にされた。煽動したのは、ボーイフレンドと大喧嘩をしたらしいタイラーと、タイラーとの旧交を温めたがっているジェイミーで、驚いたのは陽気なヤンやアレックスまで、彼らに同調してしまったことだ。

ラファエルの場合は、彼の「成功者ぶり」が批判の対象だった。トリッシュは「オーディションでの下品な売り込み」が噂された。相手にする気にはなれない次元の低さだ。マママックの場合は、仕事との両立で無理を生じている、ドロップアウトも時間の問題といったことだった。

ルーに関してだけは、ぼくが感じていたこととも重なった。口数も減り、クラス全体と距離を置くような印象が、強くなっているのだ。

そういう低レベルの品評会が、昼休みからダンス・クラスの合間、発声クラスとパウンダーの午後クラスの間、という具合に、イエローストーンの間欠泉みたいに噴き出しては消え、消えては噴き出した。極め付けは、午後クラスへのパウンダーの遅刻だ。

ぼくとアートは、悪口サークルを無視して自分たちの会話を愉しんでいた。が、アビゲイルとアニータはそうはしなかった。真っ向から「聞き苦しい噂話」を拒絶し、タイラーたちに怒りをぶつけた。そればかりではなく、タイラーの「暴走」を止めないぼくやアートや、映画演劇論を戦わせていたデーヴィッドとOBにまで怒りの鉾先は向けられた。

最後には、女性軍対男性軍の口論になり収拾がつかなくなった。そこへ事務員がやって来て、パウンダーがもうひとつの仕事先から移動途中、交通事故を目撃して警察に事情聴取されている、午後クラスは開始が大幅に遅れる、もしくは休講になる、というアナウンスをした。

ぼくはだれよりも早くビッツを出て、ニューヨーク・パブリック・ライブラリーNYPLに向かった。


閲覧室のデスクに、ヴァン・スライク作成のメイエルホリド年表二冊を並べた。一九二〇年以降は、年毎に書き込みが増えている。高校までの学生生活で勉強したどの年のノートより、一晩の「ヴァン・スライク・ゼミ」の書き込みの方が圧倒的に文字数は多い。我ながら感心する。やればできるんだ、とも思う。その知識をしっかり繋ぎ止めるために、ヴァン・スライクの言葉を図書館での資料と付き合わせ、自分のものにする、というのが今週のテーマだ。さらには、好奇心のアンテナを張り巡らせ、二〇歳の日本人としてはだれにも負けないメイエルホリド探検家になってやる、とも思うようになった。そういう「意気盛んオーラ」のおかげで英語での速読もスピードアップした。ランナーズ・ハイならぬラーナーズ・ハイだ。

「委任状」は、人間の価値をその出身階層と委任状の押印の大きさで定めるソヴェト国家の愚劣な官僚主義への痛烈な一撃だ、とヴァン・スライクは言った。ニコライ・エールドマンの戯曲を、ヴォードヴィル喜劇のフォルムで描いたメイエルホリド流政治的デモンストレーションだ、とも解説してくれた。

一九二五年四月二〇日の初日を前に、モスクワでは右派支持者がこの上演を契機にスターリン派官僚への謀反を起こすという噂も流れたほどだ。

社会的闘争や階級闘争では、進歩的芸術はプロパガンダの武器として重要になる。そこを、反スターリン勢力が使った。それゆえ、初日の公演にはスターリン以外の党のエリート全員が観客席にいた。そして、幕が上がると登場人物の一言一言に観客は熱狂し「スターリンの走狗どもをやっつけろ！　打倒スターリン！」といったかけ声が飛んだ。第二幕や第三幕の後の拍手喝采は劇場を揺るがした。

芝居が終わると、メイエルホリドはエールドマンや、二番目の妻でもある主演女優ジナイーダ・ライヒと手を取り合って舞台に立ち、大歓声に応えた。レーニンの同志たちであった右派の指導者たちはブハーリンやカーメネフが賓客記名帳に絶賛の言葉を残している。

メイエルホリド、ブハーリン、カーメネフはやがてスターリンの大粛清の犠牲となり、エールドマンは流刑罪になったが許されて以降その諷刺の牙を失った。メイエルホリドの二〇歳年下の妻ライヒは、夫が逮捕された翌月、自宅で襲われ惨殺されている。

不思議なことだが、ヴァン・スライクの講義ではライヒの名前は一切出て来なかった。

ゴーゴリの「検察官」だんまりの場は、ヴァン・スライクの言う通り、日本人女流作家の本にイキイキと描写されていた。

宮本百合子全集第十巻収録「ソヴェトの芝居」だ。ＮＹＰＬにはその原書があった。宮本百合子（当時は中條百合子）のモスクワ行は一九二七年だから彼女は前年暮れから大きな話題を呼んでいた「検察官」を到着早々観たのだろう。

ヴァン・スライクから話を聞くまで、ぼくは彼女の名前も作品もまったく知らなかった。彼女の文章やライフスタイルに古臭いものは何もない。レズビアンであることを隠さないロシア文学者のパートナー湯浅芳子と一緒にモスクワに行って三年間言葉や風習を学んだ。彼女たちのモスクワ生活報告には心から共感をおぼえた。この二人の間には、ヴァン・スライクのいう「ロシア民族の姑息な愛と壮大な憎しみ、壮大な愛と姑息な憎しみのすべて」が宿っているような気がする。つまり、桁違いの日本人女性なのだ。

百合子はアメリカ留学の経験もあったから余計親しみが湧いた。もちろん英語は自在に使いこなせた。彼女はこんな風に「検察官」を書く。

――人形だ。とわかった瞬間、舞台は真暗になって、見物の心には、焔で引っかきまわしたような、
検察官が来た！　検察官が来た！
ピーッ！　ピーッ！
という印象と、仰天したまんま人形にまでかたまってしまった市長夫婦以下、郵便局長なんかの姿が、頭痛のする程強烈な感銘でのこされる。

本物の検察官が到着するエンディングでの昔からのキメゴトは「一同仰天で暗転」だった。それをメイエルホリドは手間暇かけた職人芸のスペクタクルにした。「**動かない人形。つめたい人形。そういうものがもっている劇的効果を大がかりに、而も百パーセントの技術でつかったのはメイエルホリド一人だ**」と百合子は称賛する。

しかも、彼女が見たメイエルホリド演劇はこれだけではない。「森林」も「D《デー》・E《エー》」も「吼えろ！　支那」も、マヤコフスキイと組んだ「南京虫」と「風呂」も、彼女は見て論じている！

小山内薫があっさりした感想しか残していないのに、彼女はモスクワ生活のリズムの中で、ロシアの魂《ドウシャー》が絡み合う観客席で、メイエルホリド演劇を体感している。日本男は日本女に水をあけられた！

ぼくは宮本百合子に夢中になった。こういう作家もこういう書籍も知らないままで生きていた自分の無知が恐ろしく思える。こういう作家もこういう本もまったく教えてくれなかった中学、高校の教師たちの無責任、もしくは偏見が腹立たしく思える。

月曜の朝、ハイアニス空港までのドライヴで、トリッシュとはヴァン・スライクが事細かに語ってくれた「だんまりの場」を、何らかの形でクラスでのセッションに取り込みたいね、と話し合った。

日本人女性が体感したリアルにびっくりした感覚を日本語の文章で読んでみると、その気持ちはますます膨らむのだった……。

閉館時間が近づいた。慌てて書籍を返却する。その時、自分を観察する眼差に気づいた。クラスで毎日パウンダーの視線を意識しているおかげで、人の視線に敏感になっている。ＮＹＰＬに入館して三〇分ほど経ったとき、視線を感じて振り向いた。その方向にいたのは五人。皆、手元の本や資料に目を落としていたから気のせいだと思った。しかし、今度は違う。車椅子の老いた白人がじっとこちらを見つめている。

爆発したような白髪頭。尖った肩。顔の皺にくっきり刻み込まれた知性――。そして、凄み。ぼくが勝手に想像していたサイラス・ケインのイメージにも近い。でも、そんなに都合よくケインと遭遇できるわけがない。そんなことを考えていると老人は目線を外し、車椅子を反転させた。すると壁際に控えていた猪首の男が近づき、車椅子を押して図書館から出て行った。常識的に考えるなら、猪首の男は介助人だろう。風体から察すると犯罪組織のボディガードだった。

火曜日、クラス全員が揃うと、前日のつまらないいがみ合いのムードは跡形もなく消えていた。ただし、ラファエルはどこかから前日の「口論」情報を仕入れたようだ。ランチの休みになった途端、「おれに付き合ってくれないか」とぼくを誘い、ぶらぶらと雑談しながらタイラーとジェイミーの後を尾けた。

「ラファエル、なにを考えているんだよ」ぼくが尋ねると、彼はマッチョなカウボーイの目になってにやにや笑った。

「おまえさ、ジェイミーをなんかでやりこめただろ」

日本料理店での顚末を話すと、ラファエルは、そんなことだと思った、と言ってまくしたてた。

「あいつ、他のクラスの連中にまったく逆のことを吹聴しているぜ。ＰＪは日本人でチップを払う習慣がない、それどころか、隣のテーブルのチップまで盗んで中国人のウェイターに追っかけられた、なんてさ」

「あったまに来るなあ」

「タイラーはお調子もんだから、一緒になってはしゃいでいるだけだが、ジェイミーってのは、陰険だ。軽く警告しておくから、おまえも付き合ってくれ」

そうやってぼくたちはタイラーとジェイミーを追ってピザ・パーラーへ入った。いつだったかタクシーに轢かれそうになった時に入った店だった。前後左右どこから見てもイタリア系だとわかる兄ちゃんも、カウンターに並ぶ七種類のピザも同じだった。

顔の広いラファエルは、ジョーというこの兄ちゃんとも知り合いだった。

ぼくたちはハラピーニョのトッピングをエキストラにしたジョーのスペシャルをフルサイズで注文した。

タイラーとジェイミーは奥まったテーブルで、一番安いペパロニ・ピザのスライスにかぶりついている。ジョーとラファエルが大袈裟な再会の挨拶を交わしていたから、ぼくたちにはとっくに気付いている筈だ。

ラファエルは、素早く二人のテーブルへ進みジェイミーの肩を抱いて座り込んだ。ぼくはタイラーの隣に座る。

「食うな、そんなもん。今、ジョーのスペシャル頼んだからさ」

ふたりに紙皿を突き出し、食べかけのピザを捨てさせた。

「週末によ、アカプルコのダチんとこに行ってたんだけどよ」ラファエルは、タンクトップからはみ出た太い首をかくかく鳴らし、口調も格好も「マッチョ売ります」のスタイルで話し始めた。明らかに、ある種の「危険な男」を演じている。ぼくは噴き出しそうになるのを堪え、ラファエルの演技力を観賞する。

「ローカルのガキが三人、乗り込んで来てよぉ、エレヴェータに。おれとガールフレンド囲んでさ。金出せってさ。け！　三人の頭はすぐわかったからさ、そいつの目、がぁーっと見つめてさ、言ったんだ。三人いっぺんにゃ相手に出来ないけどな、てめえの目んたまは貰うぜ。親指突っ込んでな、潰してやる。横のふたりが刺そうが何しようが、おれの親指はてめえの眼球に埋まったまんまだよ。引っ張り出すのに救急隊が必要になるぜ」

タイラーは、やたらと感嘆符をまき散らし、聞いていた。

Wow, man, you're cool, man! Yeah, you're a leathal weapon, man!

ジェイミーには反応する余裕すらなかった。一言喋るたびに、ラファエルは相槌を求めるように、ジェイミーの胸を突き、背中を叩いていたのだ。

ジョーが満面に笑みを浮かべてラージサイズのピザを運んで来ると、ラファエルは、ジョーにも椅子を進め、ダブル・マッチョ・トークを始めた。悪意ある嘘を言いふらした仲間がどんな目にあったのか、とかそんなことだ。

ジェイミーはすっかり食欲をなくした。

彼は午後のクラスにも姿を見せなかった。翌日も、翌々日も欠席し、結局、そのままドロップアウトしてしまった。

逆に、タイラーは、ラファエルの熱狂的なファンになった。あのマッチョ・トークに心から魅せられてしまったようだった。ジェイミーのことなど元から存在していなかったかのように振る舞った。


ヤンの悩みに解決の兆しが見えたのもこの日だった。

アビゲイルを相手のＩＡで、ヤンはビーズを使った。無数のビーズが入った容器をカウンターに置き、糸に通す作業だ。パウンダーは、新たな演出として、アビゲイルに三種類のノックを使い分けるように命じて廊下に送り出した。

室内のパートナーは、そのノックがどういうものかを読み取り、中に入れるか入れないかの判断を含めたリアクションをする。三段階目のノックでは必ずドアを開け、リペティションを開始する。

アビゲイルの最初のノックでは、ヤンは反応しなかった。ビーズの糸通しに集中していた。それも余裕でやっている。パウンダーが腕をせわしく動かしてスピードアップを要求した。二度目のノックはリズミカルだった。最後にガンガンというノックが来て、ヤンがドアを開けた。いきなり、「うるさいノック！」とヤンが叫ぶ。意表を突かれたアビゲイルが「うるさいノック?」と素直に聞き返し、リペが始まった。ところが、ヤンはそのまま作業に戻って、アビゲイルは放っておかれる。彼女は一緒になって作業を始め、そこから先の会話が生まれない。パウンダーが止めた。

「ヤン、今、入って来たこの子はだれなんだ?」

「えーっと、クラスメイトです」

「もっと想像力を使えよ」

「想像力を使った結果、隣のクラスの子です」

「邪魔じゃない?」

「別に」

観客席のぼくたちにとって、ヤンがアビゲイルを「邪魔だと思う」ことでドラマが始まるのは明解だ。しかし、ヤンはそこに気付かない。

パウンダーは口では説明せず、アクションで学ばせる。

もう一度、アビゲイルを廊下へ出す。ノックが来た途端、ヤンはドアにすっ飛んで行って開けた。

「最初のノック!」そう言ってリペが始まった途端、ざざあ、という音がカウンターから聞こえた。パウンダーがヤンのビーズをフロアにこぼしている。ヤンが振り返りざま叫んだ。

「チェズィーズ!　何をするんですか、やめてください!」

「おれの名前はチェズィーズじゃないし、おまえのパートナーでもないぞ」パウンダーが気取った声音で答える。アビゲイルが、「チェズィーズ!　何をするの、やめて!」と繰り返す。

ヤンはビーズを拾い集めながら気のない様子で、アビゲイルの相手をする。半分ほど集めた容れ物を再び、パウンダーが転がした。残りを集める作業に没頭していたヤンがパウンダーを見上げ、ファックの最初の一文字、Ｆだけを繰り返す。音だけを拾えば、フフフフフ。アビゲイルが、フフフフフと繰り返し、クラスが爆笑する。そのすきに、パウンダーはアレックスをドア外に送り出してノックをさせる。ヤンは混乱しながらも、ドアを開ける。

「ドアを壊すつもりか！」

その一言をアレックスとアビゲイルが繰り返し、三人のリペに発展する。その代わり、今度はヤンのビーズ集めがおろそかになる。パウンダーが「ビーズを忘れるな！」と叫ぶ。混乱のヤンは故郷のモントリオールで慣れ親しんだフランス語でリペを続ける。英語、フランス語が入り乱れる。

観客席の殆どが気付かないうちに、パウンダーは新たな生徒をふたり廊下に送り出していた。今度はノックなしにドアがバアーンと開いて、トリッシュとマママックが腕を組んで、ミュージカル「エビータ」のテーマを歌いながら入って来た。踊りながらビーズを蹴る。ヤンが外へ出そうと騒ぐ。ふたりは狂ったように歌い踊る。アレックスが容れ物を倒す。マママックをつかんでドアの外へ押し出し、ドアをしめるヤン。トリッシュはビーズを蹴りながら歌う。マママックは廊下で歌う。ヤンはブチ切れてアレックスを罵倒し、トリッシュを追い掛け廻す。アビゲイルは笑い転げる。トリッシュはヤンから逃げながら歌いまくる。マママックも再び登場。するとヤンはアレックスに懇願してトリッシュを追いかけさせる。協力してトリッシュとマママックを廊下へ出し、ベッドとカウンターでドアを抑えるヤンとアレックス。

ヤンがやっとビーズを集める作業に戻ったところでパウンダーはストップをかけた。しかし、ヤンには聞こえない。

「ビーズがビーズが」とつぶやきながら、完全にその世界に入ってしまっている。みんなで拍手したら、やっとヤンは素に戻った。その場で大の字に寝転がる。

「妹に借りて来たものなんだ。なくしたら殺される」ヤンの泣きが入った。

ラファエルとぼくは席を立ってビーズ集めを始めた。クラス全員が参加して、なんとか、八割ほどを回収した。

パウンダーがヤンに尋ねた。

「何回、『ファック』を言ったか憶えているかい、ヤン？」

「一回も言っていません」ヤンは否定したが、クラス全員が聞いていた。ヤンは「ファック」を五回、「シット」を四回使ったのだ。しかし、「ジーザス」は出なかった。

「『ジーザス』まで、あと一歩だぞ、ヤン」ラファエルが妙なエールを送り、クラス全員で合唱した。

「ジーザス」まで、あと一歩だぞ、ヤンヌヌヌヌヌヌ！

クラスが終わると階段サロンでトリッシュと合流した。「NYPL詣で？」と聞いて来たので頷き、メイエルホリドの『演劇の再建』を読むつもりだと答えた。それってなんだっけ？という問いには、にわかメイエルホリド研究者であることを多少鼻にかけ答えた。

「一九二八年晩夏から秋にかけてスターリンが政治局多数派の支持を取り付けて右派の政治的

基盤に進撃したんだよ」

「うわ、ゴリゴリに固い話ね」

「やめる？」

「固いの好き。党の指導的な言論機関をスターリンが握ったってことね」

「そう。当然、西ヨーロッパの現代戯曲は上演禁止。政府の公式的見解は、ソヴェト・ロシアは歓喜と豊饒に満ちた社会主義的天国である、だしね」

「アホな鴨！」

「で、メイエルホリドは一九三〇年に『演劇の再建』を出して『イデオロギイは演劇を滅ぼす！　もう沢山だ！』とやっちゃったわけさ」

「それでも無事だった？」

「この時点ではね。彼を擁護する右派は弱体化したとはいえ健在だったし、ソヴェト政府は外貨を必要としていた。ヨーロッパのメイエルホリド崇拝者たちからの興行要請もあった。それで、一九三〇年の春から夏にかけて、メイエルホリドは劇団を率いてベルリン、パリでの外貨稼ぎの旅に出たんだ」

「亡命しようと思わなかったの？」

「クリメントも含めて、何人も、亡命を勧めたらしい」

「引き止めた要素は？」

「ジナイーダ・ライヒ。彼女はロシア語でしか演技ができなかったし、メイエルホリドは彼女を女神のように崇めた。ライヒには愛人が何人もいたけどね」

「メイエルホリド公認の愛人たち？」

「とんでもない。メイエルホリドは嫉妬の塊だったみたいだ」

「嫉妬が歓びだったってことね」

「いやいやいや、苦痛でしょ」

「じゃあ苦痛が創造の源？」

「そんなことわかんないよ」

「分析して」

そう言われた途端、ペニー・ジョーのイメージが甦った。自分から飛び出してしまった後の、ペニー・ジョーの不在の重さ、苦しさが甦った。

メイエルホリドは、ライヒがいなくなった舞台の空洞を恐れたのではないだろうか。嫉妬には耐えうる。ステージの女神の不在はフォルムの崩壊につながる。

そんなことを考えていると、トリッシュが顎に軽いフックをいれてきた。

「何をひとりでうなずいているのよ」

「分析結果出たから」

「どんな？」

「ディープな個人情報なのでお伝えできません」

トリッシュは無理強いせず質問を変えた。

「ＰＪはどうなの？　嫉妬に歓び感ずる？　これってディープじゃないよ」

「毎日嫉妬して毎日苦しんでいる」

トリッシュは「アホな鴨が戻った！」と叫んで笑った。それから一時間だけ付き合うと言って並んで歩き出した。

「私たち、メイエルホリド探検隊だね」

「トリッシュ様のおかげです」

「そうよ。私の方が先に探検の旅に出たのよ。そこ、忘れないで」

「でもさ、なんで一時間だけ？　きょうはＮＹＰＬ、二〇時まで開いてるよ」

トリッシュはぶっきらぼうに「女と会うから」と答え、唇の端をちょっと歪めた。それから、おもむろに「今の一言にこめたニュアンス、わかった？」と腕をからませ、ぴったり体を寄せてきた。

「両刀使いの女が男の恋人に昔の女と密会をすると言ったらどんな反応をするか試した感じかな」

中條百合子と湯浅芳子のことが頭にあったので、そんな答え方をした。

トリッシュはこれ以上ないほど性格のいい女性の笑みを浮かべ、「私の演技力もホンモノになってきたみたい」と言って歩きながらキスをせがんだ。唇を離しながら「少しだけ嫉妬した？」彼女は言って三歩進み、次の三歩でまたぼくの唇を封じた。ワルツのステップのようにキス歩きを繰り返し、ヴァッサー時代のルームメイト、ジリアン・フィリップスが父親の友人との不倫関係で悩んでいるから相談に乗ってあげるのだと教えてくれた。

トリッシュのスピード・リーディングの速度は神の領域だった。ぼくの四倍速だ。それで、

「演劇の再建」は彼女が先に読み、ぼくは図書館の演劇科からメイエルホリドの舞台写真を借りて眺めることにした。

ジリアンとの約束の時間が迫ると、トリッシュは、出口まで送って、というメモをひらひらさせ立ち上がった。ぼくは読みかけの「演劇の再建」を読書デスクに開いたまま、彼女を追いかけてエントランス・ホールに出た。

二階へ続く広い階段脇では若いアフリカン・アメリカンの男性作家が自身の作品を語っていた。作家も、彼を囲む三〇名ほどの聴衆も、みな行儀よく立っている。ぼくたちはその脇を抜けて、出口の回転ドアの近くまで行った。

トリッシュは立ち止まると、重い息を吐いた。表情に普段彼女が見せたことのない翳がおりている。ビッツからＮＹＰＬまでの軽やかな足取りに比べて、閲覧室からここまでの足取りはひどく重たかった。


「演劇の再建」を読み終わってぼくの方へその小冊子を押し出すまではいつも通りのトリッシュだった。その後、ぼくが読み始めたとき、彼女は舞台写真を眺めていたが、頻繁にため息をつくようになった。やがて、椅子に深く沈み、自分一人の世界に閉じこもった。ぼくはメイエルホリドの言葉に集中した。

しばらくして、デスクをコンコンとノックする音が聞こえた。顔をあげると、彼女は紙切れを持ち、そこに「出口まで送って」というメモが書かれていた。

一瞬、以前にもこんなことがあったな、という思いが横切った。

アルゴンキン・ホテルで、彼女がMEYERHOLDと書いた紙を見せ、読み方を尋ねたときだ。そんなことを考えながら、彼女の後を追いかけ、今は、彼女が何を言い出すのか、待っている。

人の出入りで回転ドアが廻るたびに、脳がヒリヒリする。悪いニュースを聞くときの前触れだ。というか、どんな悪いニュースをぶつけられてもしっかり受け止めようという防禦の意識だ。ヒリヒリは防禦壁を築く音でもある。

物心ついてから失望は毎週、角を曲がるたびに待ち構えていた。トリッシュとのこんなにハッピーな時間がいつまでも続くと思うな、という警告サインはケイプ・コッド以来ずっと目の前にぶら下がっている。三日天下という言葉があるが、恋の有頂天も三日が限度だ。こんなに魅力的な二一歳の女神がいつまでも自分と恋の戯れを演じ続けるわけがない。

終わらない芝居はない。

だから、メイエルホリドが女神ライヒのために、芝居を作り続けねばならなかった気持ちもある程度理解できる。

トリッシュが口を開いた。彼女の後方にある回転ドアがいやに鋭く空気を裂いて、開いて閉じた。

「メイエルホリドの言葉を読んで、ＰＪがメイエルホリドのことを学んでいる姿を眺めていたら、今まで見ようとしなかったことが見えて来たの」

息を呑んだ。彼女の思考回路は、父親とそっくりだ。だからこれから言おうとしていることが想像できた。問題は、そのとき、真実を伝えるべきか、とぼけるべきなのか。そのスタンスを、彼女の言葉が途切れる前に明確にしておかなければ……。

「私が5Cに選ばれたのはあなたとジェームズを繋げるためだった。私の役割はそれだけ。PJと一緒に特別授業に選ばれることもない」

そんなことはない、と言いかけたが、彼女が手を挙げ制した。それから三人の面接官とのやりとりを語った。ぼく以外のクラスのみんなが受けた面接だ。


トリッシュは、メイエルホリドのことを知っているか、と聞かれたと言う。彼女は正直に、父親から将来書くメイエルホリドとクリメントに関する小説の構想を聞き、偉大な演劇人に興味を持ったことを話した。

すると面接官の一人がそれは大事なことだと言い、別の一人がこのクラスではメイエルホリドを知っていることがキー・エレメントになると付け加えた。

要は、面接で、彼女の意識にメイエルホリドが深くインプットされたということ。だから、ケインの「特別な配慮」で受講することになったぼくのメイエルホリドに関する知識がどの程度なのか確かめたくなった。そして、彼女はヴァン・スライクと同じ解釈を口にした。ケインのプランを。


「正直に答えて、PJ。あの晩、私が起き出す前に、ジェームズとはどんなことを話していたの?」

来た。真実を告げるべきか、否か。

ぼくは時間稼ぎのために真実の一部、二代目市川左團次に関するヴァン・スライクの豊富な知識のことを喋った。

「そういうことじゃなくて」彼女はストレートにぼくの目を見つめた。「私の役割。ジェームズが。言ったこと」

単語を区切って、押し出した。初めてビッツに来た日を思い出した。みっつに区切ったタマラの言葉――。そのリズム。

そして今、頭の中にあるみっつの選択肢。

真実か、嘘をまぶした真実か、嘘か。

言葉にすると長いが、迷ったのは一瞬だったと思う。トリッシュは父親が何を言ったか知りたいわけじゃない。そのことを彼女は知っている。思考回路が同じだから。要は、ぼくの答え方を知りたいだけだ。

ぼくの口から告げられる真実を――。

ヴァン・スライクとのやりとりは、記憶にあるものをそのまま彼女に伝えた。文人にどう反論したのかも、誇張せず、再現することに徹して。

「助太刀」のことも。

トリッシュは小さくて細い声で、ありがとう、といい、もっと小さな動作で手を振って回転ドアの向こうに消えた。

そのつぶやきの弱さは父親からも一度だけ聞いたな、と思った。

## （二）ＮＹＰＬで得るもの失うもの

水曜日、体調を崩した。買い置きしてあったライムがいたんでいたらしい。腹痛だけではなく、頭もぐらぐら。食生活が不規則なことも影響している。昨夜もＮＹＰＬから戻ってベッドに直行した。なにか食べなければと思うのだが、一旦部屋に帰るとカフェテリアがひどく遠い。かといってインスタント食品を食べる気にもならない。

そういう体調の悪い日に限って時間を間違え、いつもより一時間早くＩハウスを出てしまった。この時間帯のラッシュは東京なみだ。地下鉄のエアコンもきいていない。

一〇時にパウンダーのクラスが始まった時は、目が廻って死にそうだった。汗もすごい。意地でもクラスはやり通そうと思った。リペではＯＢの相手になり、ドアの外で待機して合図でノックをした。力も入らない。ＯＢがドアを開け「ジャパニーズ・ノック」とノックの種類を規定してくれた。それが新鮮で、リペには集中できた。

トリッシュは欠席。

となると、ＮＹＰＬでの別れ方が気になってくる。

もっと他に、彼女を励ますような言い方ができなかったのかあれこれ考えてしまう。心のどこかには、このままトリッシュと会えないかもしれない、という不安が巣喰い、その領土を広げようとしている。

ぼくの関心をメイエルホリドへ向けるために彼女がメッセンジャー程度の軽い役で使われたとしたら、父親の才能も母親の美貌も受け継いだスーパー・ゴージャスな二一歳にとっては、とてつもない屈辱だったと思う。そんな思惑で進められるクラスには戻りたくない、と考えても不思議はない。

出発点はそうであっても着地点は違うということを言ったつもりだったけれど、ぼくの言葉に説得力があったとは思えない。

彼女が小さく囁くように残してくれた「ありがとう」には、リングを去る敗者の痛みがあった。それが不安の始まりだ。

体調が悪いから余計、悪い方にばかり思考がブレる。ポジティヴなものがあるとすれば、不安が続く限り体調の悪さが軽減されているかもしれない、ということ。心と体のとても皮肉で軽業師的なバランシング・アクト。これもメイエルホリドの教えたビオメハニカの一環かもしれない。

トリッシュとジェームズは同じ思考回路を持っていても、決定的な違いがあることを忘れていた。

父親は苦労して名声と財産を勝ち取ったが、娘は銀のスプーンをくわえて生まれた、ということだ。トリッシュは決して打たれ強くはない。「打たれた」こと自体がないかもしれない。できることは、彼女の回復力《リジリエンス》を信頼して待つこと。

授業が終わるとラファエルが号令をかけ、クラスの半分が「スリッパーズ」へ行くことになった。ぼくは体調が万全ではないので遠慮した。

「真っ直ぐ帰って寝た方がいいぞ。ぶっ倒れそうな顔をしてる」ラファエルが気遣って声をかけてくれる。マママックが同調した。

「きょうはNYPL詣でもやめときな」

「なんでPJがNYPLへ詣でるんだ？　イヴェントがあるのか？」詳しい事情を知らないラファエルが怪訝《けげん》な顔をする。

「PJは二本立《ダブルビル》てで学ぶことに取り憑かれてしまったの。ビッツとメイエルホリド」マママックが言って、トム・オシェイがフォローした。

『PJは体がボロボロになってもビッツのあとはNYPLへ行くんだ。メイエルホリドは俳優の生き血を吸う怪物だということを身をもって証明しているんだ。アーメン』

ぼくは、しまりのない笑みを浮かべ、なんでもいいよ、とか《ワットエヴァー》つぶやきながら階段を降りる。トリッシュがこんなやりとりを聞いていたらどんなことを言うだろう、と考えながら。

ほら、PJ、トム・オシェイなんか喋り倒して！　シェークスピア劇の勢いで！　メイエルホリドの檄文、暗誦したんでしょ！

そう、生き血を吸うのはこっちの仕事だ。半世紀以前に死んだ人間だって文書では生きている。後世の人間がヤンのいう「ち」を込めて読み込めば、無念の思いに光を当てられる。死者は蘇る。


閲覧室は通常よりも観光客の姿が目立った。人の動きは目に入るが、音がとりたてうるさいわけでもない。机に置いた本に集中すれば、周囲のザワザワは環境音楽にしか聞こえない。まず英語の研究書を読み比べ、メイエルホリドの最後の演説の正確な表現を頭に入れることにした。

一九三九年六月一五日、全ソ連邦演出者会議でのメイエルホリドに用意された「自己批判のための」演説だ。彼は自身の創作活動を否定し、加えられた圧迫の正当さを賞賛するように期待されていた。そうすれば生き残ることはできた。しかし、彼は権力に屈するよりも芸術家の尊厳を全うすることを選んだ。

メイエルホリドは自分の誤りを認めることから演説を始めた。しかし、最後に、彼の芸術表現の根幹への非難、斬新で独創的なフォルムを追いかけることに堕したフォルマリストであるという非難には、屈しなかった。

「社会主義リアリズム演劇を自称するこの貧弱にして憐れむべきわれわれの劇場の舞台は、芸術とはいえない！　芸術なくして演劇はない！」、「これが諸君のめざしたものだとしたら、汚水を流そうとして諸君は赤ん坊も一緒に流してしまったのだ。フォルマリズム狩りをしながら、諸君は芸術を滅ぼしてしまったのだ！」

メイエルホリドのスピーチは、それから一〇年後にアメリカに吹き荒れた「赤狩り」の愚劣さにも対抗できる芸術家の、命をかけた叫びだった。

このスピーチの五日後、メイエルホリドは逮捕され、一九四〇年二月二日、ルビャンカで銃殺された。

古色蒼然のトイレで顔を洗い、気分を一新して席に戻ると、ヴァン・スライクがくれた「VM　1930－1940」資料で、メイエルホリドの女神ジナイーダ・ライヒの最後を記録したページを開いた。

あれ？　トイレに立つ前、ボールペンをはさんで閉じたページが一ページずれている。

そういえば、昨日も変なことがあった。

回転ドアのところでトリッシュの問いかけに答えて席に戻ると、開いたままだったはずのページが閉じてあった。そのときは自分の勘違いかと思ったが、どうもそうではないようだ。

だれかが、盗み読みしている！

メイエルホリド逮捕の二四日後、モスクワの自宅アパートでライヒは、暴漢二人に襲われ刺殺された。心臓を外して一七ヵ所を刺され、彼女の呻き声は一晩中周辺に聞こえたが、だれも助けに来なかった。

「だれが、なんのために、殺人命令を下したのか」というヴァン・スライクの書き込みがあり「容疑者」の名前が数名列記されている。「粛清を免れたライヒの愛人たち」という注釈もある。スターリンと近い人物もいた。弱みを握られていた愛人の一人が口封じのために、秘密警察を使って彼女を殺した、というのがヴァン・スライクの推理のようだ。

ケイプ・コッドでの講義で、彼の口からライヒの名前が一切出なかったということは、彼女をどう描くかについて構想がはっきりあって、そこに、ぼくやトリッシュの思惑、あるいはフィードバックは不要だったということだろう。

閉館ギリギリまで粘ってＮＹＰＬを出た。蒸し暑い夜だった。シャツが肌にべっとりくっつく感じがある。

建物の正面にある二頭のライオン像のひとつの脇に見覚えのある男が立っていた。片手を横柄に突き出し、こっちへ来い、と動かしている。

猪首のボディガードだ。ぼくの周りにはだれもいない。間違いなく呼ばれている。ということは、盗み読みしていたのもこの男か。

なんでもこい、だれでもかかってこい、の気分はある程度継続している。ぼくは男にくっつきすぎないようその後方を歩き、公園を斜めに突っ切った。

公園脇の道にフルサイズ・ヴァンが停車していた。シヴォレー・エクスプレスだ。男が近づくとサイド・ドアがあいた。男は車内に一言声をかけぼくを見た。猪首を鬱陶しげに動かし、中へ入れ、というジェスチャーをする。開いたドアの一歩手前で止まり、車内を覗いた。

車椅子の老人がいた。表情は見えなかったが、街の灯を背中に受けて尖った肩のラインがくっきり見えた。

運転席にはモヒカン刈りの男。老人の後方には濃い眉毛が一直線につながった若者。モヒカン刈りは大男で眉毛一直線は小男だった。危険といえば危険な連中だけど、どこか剽軽な雰囲気もある。陰険で気難しいロシアン・マフィアの血がニューヨークの喧騒で年月をかけ薄められると出てくるような、異形の剽軽さではあるけれど。

　ぼくの数少ない長所のひとつは、こういう絵に描いたような暴力装置に囲まれても不必要にジタバタしないことだと思う。壇崎さんが問わず語りに話してくれた修羅場でやっていいことと悪いことは頭に入っている。

　猪首の男が中へ入れと再び促す。ここで結構です、と可能な限り低い声で答え、尖った肩の老人を見つめた。

「何か御用ですか？」

　老人はひどく歯切れの悪い英語を喋った。音にすると、ズボボボボボ、ドゴゴゴゴ。ロシア訛りの英語だ。

「メイエルホリドに興味があるようだが、あんな卑劣な男から何を学ぶんだ？」

　第一声はそんなことだった。

「日本の演劇にも大きな影響を与えた偉大なスペクタクルの芸術家から学ぶことはいっぱいあります」答えは途中で遮られた。

「何がスペクタクルの芸術家だ」

　老人は一言吐き出し、罵倒の独演会を始めた。

「あいつの舞台は芸術の汚辱だ！　演出家なんかじゃない！　『見世物小屋《バラガンチク》』の薄汚い支配人だ！　観客を混乱させ大騒ぎに持ち込む宣伝屋だ！　動物園から逃げ出した気の狂ったカンガルーだ！」どろどろした英語が切れ目ない。

老人は、一九〇七年コミッサルジェフスカヤ劇場での「ペレアスとメリザンド」の大失敗をあげ、言い募った。「あいつは、恩人の大女優ヴェーラ・フョードロヴナ・コミッサルジェフスカヤに何をした？　彼女の芸術を素材にして何をやった？　犯罪的な実験だ！　その上、上演失敗の責任を俳優に押し付けたんだぞ！　劇場錬金術師のアホが！　フォルムが間違いだったことをかけらも反省しておらん！」

老人はメイエルホリド劇場を退団した役者たちの名前を次々と挙げた。だれもが、「大根女優」ジナイーダ・ライヒに入れ上げた愚かなコキュ、メイエルホリドに失望したのだと言いつのる。

古いレーニン親衛隊の中に知人をもち、党最高機構と結びついていたメイエルホリドの「処世術」も、老人は批判した。

半世紀以上前の演劇人に、これだけの憎しみをぶつけるこの老人は何者なのだろう。推定年齢は八〇代前半。一九三〇年代に俳優もしくは裏方としてメイエルホリドに接したことも考えられる。だとしても、メイエルホリドを学び憧れる人間が、そんなに憎いものだろうか。それがロシアの魂《ドウシャー》なのか。

「これは何のレッスンですか？」

ぼくの質問に老人は一瞬言葉に詰まり遠くを見つめる眼差になった。

「あなたはメイエルホリド演出の舞台を見たことがあるんですか？」

「あいつに怒鳴られた」

思いがけない率直さで老人は答えた。

「ワフタンゴフ劇場へメイエルホリドが来た。あいつの伝記を執筆中のお供を連れてな。ロマンチックでセンチメンタルな芝居だったよ。ワフタンゴフ劇場の女優たちは皆美しくて、皆不幸だった。個人的悲劇を生きていた。だから、芝居が癒しだ。メイエルホリドが目指す革命演劇の対極の芝居だ。あいつはひどく憤慨して客席から舞台の役者たちに怒鳴った。アホめ！　俗物め！　それだけでは収まらず、楽屋にも乗り込んで来て役者たちを罵倒した」

語りながら、老人の言葉はロシア語のつぶやきに変わっていった。そのつぶやきの合間の英語から解釈すると、老人はワフタンゴフ劇場の照明見習いだったらしい。楽屋に乗り込んで来たメイエルホリドの剣幕に怯えながらもワフタンゴフの弟子たちが永いこと黙っているのが不思議でならなかった。そのとき、女優のひとりがメイエルホリドにむき出しの敵意を放った。

「あなたは動物園から逃げ出した気の狂ったカンガルーよ！　出て行ってください！　二度とワフタンゴフ劇場に戻って来ないで！」

メイエルホリドは一言も返せず、ワフタンゴフの劇場を去った。


老人は、メイエルホリドは過去の遺物だ。そのこけおどしの仕事を面白がって復活させようとするようなことは許せない、と口にした。

「『こけおどし』の魂は、とっくに復活してますよ。いや、途切れることなく受け継がれています」

「そんなことは考えたこともないし考えたくもない」眉毛一直線が差し出したタオルに痰を吐

き出しぶつぶつ言った。

「ウィリアム・フォーサイスやピナ・バウシュがそうです」

「芸術家気取りのダンスは大衆とは無縁だ」

「じゃあ、アスター・プレイスでやってるブルーマン・ショーはどうです？　三人のブルーマンのストリート・パフォーマンスに熱狂して、育てたのはニューヨークっ子ですよ！」

モヒカン刈りの運転手がぼそっと言った。

「ブルーマンは最高だな」

ぼくは勢いづいて捲し立てる。「シルク・ドゥ・ソレイユはどうです？　あのスペクタクルは正真正銘のメイエルホリド流です！　メイエルホリドの精神は世界のどこにでも生きている。ぼくはそれを知らなかったから、追いつこうと勉強しているだけです。何が悪いんですか？」

老人が口を開け、グァっという音を押し出した。喉の奥に再び痰が絡んだのかもしれない。

ぼくは自由なニューヨークの空気をいっぱい吸い込む。

老人は、痰におしひしがれた魂を楽にするかのように「えい、くそ《ブリャーチ》」とうめきじれったそうで気難しいロシアの顔になった。

会見は終わったようだ。

「貴重なご意見、ありがとうございました」

それだけ言うと、シヴォレー・エクスプレスから足早に離れた。猪首の男が追いかけて来る気配はなかった。背中で、眉毛一直線とモヒカン刈り運転手が、ブルーマン・ショーを観た回数を競う声を聞いた。

突発的に雨。仕方なく窓を閉める。暑い。雨が止むと、窓もドアも開けて風通しをよくしてみた。それで眠ることができた。

木曜日、ぎりぎりまでベッドで過ごし、Ｉハウスを出た。皮肉なもので、今度は、電車が遅れた。コロンバス・サークルに出て、次のセヴンス・アヴェニューでオレンジからブルーのラインに乗り換えるのだが、なかなか来ない。

ホームで待つ乗客の中には、ＯＢとヤンの姿も見えた。ふたりはもう一〇分以上待っているという。距離にしたら、二駅。このラインはよく車両故障が発生する。ヤンとＯＢは遅刻したくないから走る、と言い出した。ぼくも、ふたりの後を追いかけた。最初に、ヤンが脱落した。次に、意外や意外、暇さえあればジョギングしているＯＢが足首を痛めて脱落した。結局、完走したのは、ぼくひとり。

この日のハイライトは、アニータが教室で脛毛を剃ったこと。

ＩＡのために一週間、処理をしなかったのだそうだ。相手役のトム・オシェイはずり落ちそうになる眼鏡を抑え、「痛くないかい？」と尋ねるのがやっとだった。

このトム・オシェイが、文才があるとは――。ヴァン・スライクがあれだけ誉めちぎるのだから間違いないのだろうけれど。

トリッシュは、火曜日に顔を出した以外は、欠席が続いた。

マイケルの芝居には木曜日の夜行くことになり、その旨は彼女の携帯にメッセージを残した。ただし、ＯＢは他のクラスメイトにも観劇の誘いをかけていた。その結果、アート、アニータ、テリーが参加することになったので、トリッシュに無理をして来てもらう必要もなくなった。そういう事情も、メッセージとして残した。

彼女がクラスにもう戻らないかもしれないという不安はあったが、ネガティヴな感情は抑えて、以前からの約束を優先させた。

実を言うと、テリーとの関係はあれ以来デリケートなものになっている。一定の距離を置いた「緊張関係」だ。意識してぼくの存在を無視しているようなフシがある。そこに、新たな局面を迎えたトリッシュとの関係をぶつけると、どうなるか。なんだか面倒臭いことになりそうだ。

本音をいえば、テリーたちがクッションになるのだから、トリッシュには無理に来てもらわなくてもいい。でも、会いたい。こういうアンビヴァレントな感情がクリエイティヴな意識を磨くのだとも考えたり……。

火曜日にクラスへ顔を出したトリッシュは、「恋人」を強調するわけでもなく普通だった。不安を覚えるくらい普通だった。すると、ジャズダンスのクラスでさりげなく隣に来て、指を絡ませたりする。「隠れ恋人」を愉しんでいる雰囲気はあった。そのあとにＮＹＰＬでの「短いお別れ」だ。

だから、もし彼女がマイケルの芝居を見に来ても、以前にＯＢへの牽制として演じたようなベタベタ・モードを見せつけることはないだろう、とも思う。が、予測がつかないのがトリッシュの魅力でもある。彼女がどう出るか、読めない。読めないけれど、彼女が選ぶ方向を、ぼくは拒絶しないと思う。

情けないくらい受け身だが、ま、彼女の方が年上だし――。

わかっている。彼女は、多分、ぼくを「所有」している。


マイケルの芝居を上演する場所は、ガーメント・ディストリクトにあった。ビッツから南へ二〇ブロック強だ。テリーが歩いて行こう、と言い出した。ワールド・トレード・センターの方向へ歩くのは、彼女の得意技でもある。ＯＢが積極的に同意し、アートとアニータとぼくが消極的に同意した。

積極的なふたりが先頭を切って歩き、アニータがそのあとに続いた。最後尾のぼくは、アートにニューオリンズのことを尋ねた。

「なんもない街さ」彼がいつもの静かな口調で答えた。

「ニューヨークとどう違うのさ?」

「たいして違わない」

「全然違うだろ。ジャズ発祥の地とかさ、ケイジャン・フードとかさ」

「ニューオリンズで聞くことのできるジャズはニューヨークでも聞けるし、ケイジャン・フードだってこっちにあるさ」

「差別は?」

「感じない」

「それは、アートが北欧系だから？」

「ニューオリンズだから特にある差別なんてないよ。あっちにある差別はこっちにもある」

「なんか、特徴はあるだろ」

アートはしばらく考え、ぽつりと言った。

「川は汚い」

「ニューヨークだって、汚いよ」

「うん。小さいニューヨークがニューオリンズなんだ」

「じゃあ、大きいニューヨークが東京だという考えもあり？」

「いいんじゃない」

「ちょっと乱暴すぎないか」

「あ、大きな違いがあった」

「何？」

「ニューオリンズには大リーグのフランチャイズ・チームがない」

ぼくはため息をついた。アートは生まれ故郷の街を語ることに興味はないのだ。ぼくには、今までにも何回か東京での生活を喋らせたくせに。

「ごめんな《マイ・バッド》」アートがぽつりと言った。

「謝ることはないさ」

「ぼくは、故郷を捨てて来たつもりなんだ。もうニューオリンズには帰りたくない。両親にも会いたくない」今度は、アートが長いため息を吐き、それはひとつの交差点を渡り切るまで続いた。「だけど、従姉の夫婦に厄介になっているんだよなあ。なんとかしないとなあ」

三〇分歩いて、道筋にあったデリで早めの夕食を食べることにした。アートもOBも、ぎりぎりの食事代しかなかった。ぼくがアートにおごり、テリーがOBにおごった。アニータは自分で払った。芝居はプレヴューだから入場料は無料。

OBは、大学からの奨学金が出るはずだったが書類の不備で延期になってしまったそうだ。五週目以降は金がないので、マイケルや郷里の仲間の援助を受けるという。それを聞いたアートが目を輝かせた。どんな資格があれば、援助を受けられるのか知りたがった。無論、アートはOBのバックグラウンドを知らない。

君だったら資格的には問題ないよ、マイケルのことを気に入ればいいのさ、それだけだよ。OBは気楽に言って、一瞬だけ同意を求めるようにぼくを見た。

ぼくの表情は強張っていたかもしれない。

デリを出た途端、雷雨になった。タクシー二台に分乗して目的地へ向かう。ぼくはアートを自分の乗る二台目に誘ったが、彼はOBとテリーが乗る一台目に乗りたがった。それで、アニータと一緒に乗ることになった。

突然の雷雨で道も混んでいた。

四、五階建ての住宅が立ち並ぶエリアに教会があった。ぼくたちはそこでタクシーを降りた。

教会の裏に劇場があるのだと思ったら、ＯＢは、地下室への階段を走り降りた。そこに受付があった。

教会の地下に舞台が組んであった。パイプ椅子がならんでいる。開演一五分前だったが、客席には六人しかいなかった。関係者と話していたＯＢがぼくたちの席に戻って報告した。

「雷雨で出演者が揃っていない。マイケルも遅れるそうだ」

「どうなるの？」テリーが尋ねた。

「みんなで時間をつぶすしかないんじゃない」

受付から声が聞こえた。濡れた髪の毛をＴシャツの裾で乾かしながらトリッシュが入って来た。Ｔシャツのジーンズに突っ込んであった部分だけが乾いているのだ。それをめくり上げているから、お腹もブラも丸見えだ。

テリーが顔をしかめ、アニータが持っていたハンケチを差し出した。

しかし、トリッシュは真直ぐにぼくのところへ来た。いきなり、ぼくのＴシャツの裾を摘んでタオル代わりに使った。

嬉しかった。涙が出るほど感激した。失ったかもしれない恋が、駆け込んで来たと思ったらぼくのＴシャツに顔を埋めた！

久しぶりに、テリーの「ばっかみたい」が聞こえた。トリッシュが、Ｔシャツから顔を上げた。

「私のこと？　それともＰＪ？」

「人前でやることじゃないでしょ」

テリーが噛み付くような目で言った。

「どう思う、ＰＪ？」

トリッシュは腕組みをして、驚くほど真剣な目でぼくを見つめた。

「テリーは本当に役に立つのかしら？　私たちにとって」

スカケット・ビーチの別荘で密談をしたものには意味のある言葉だったが、そうでない第三者には神経を逆撫でするだけの言い方だった。

テリーが切れた。

「父親が父親だからこんなあばずれが生まれるのよ」

彼女は初めてbitch《あばずれ》という言葉を使って同性を罵倒した。トリッシュはその「ビッチ」を三倍にしてテリーに送り返した。罵倒合戦が始まった。

徐々に集まって来た観客は、それがパフォーマンスであるかのように愉しんでいる。ぼくはその空気を利用することを決めた。メイエルホリドのスペクタクルにはならないが、メイエルホリドの精神を受け継ぐものの即興軽演劇には持っていける。

出演者を待つステージに駆け上がった。

It's now or Never! Come hold me tight!

大声で歌い始めていた。ペニー・ジョー譲りのエルヴィスのナンバーだ。しかも、エルヴィスそっくりのトーンで。

と、ぼくは信じて歌い続ける。途中から、体の動きは時計仕掛けの歌舞伎人形風に。ビオメハニカを意識して。

カブキ・エルヴィスだわ、クール！　興奮して叫ぶ女性観客もいた。卒倒する人はいなかったけれど、ぼくは腰を振り、ウィンクした。メイエルホリド流ならこうなるだろう、と思ったことをやった。

恐ろしい。演技の訓練を受けていると「暇そうなステージ」がそこにあるだけでこんなことができちゃう。イタリア民謡「オ・ソレ・ミーオ」に英語の歌詞をつけた“It's Now or Never”だからアカペラでも勢いがある。

アートとOBも加わった。罵倒合戦が始まった途端涙目になっていたアニータも、参加した。トリッシュも切り換えが早かった。「この胸のときめきを」を歌いながらステージに上がって来た。そこからは五人でのエルヴィス・メドレーが始まった。

客席からはやんやの喝采が起き、OBは憮然として見守るテリーをステージに引っ張り上げた。

## (三) センターラインの愛人

結局、その夜の観客を沸かせたのは、エルヴィス合唱団だけだった。

三〇分遅れで始まったマイケルの芝居は散々だった。

モノは、サム・シェパードの「トルー・ウェスト」。LAを舞台にした兄弟の相克の話だ。

演出の意図を越えて舞台が壊れ、ドタバタのファースになり下がってしまったのだ。

主役のふたりは緊張しっぱなしで、物を投げたりひっくり返したりする時だけ生き生きとする。それゆえ、壊し過ぎた。やば、やっちゃったよ、と思う度に、舞台で凍りついた。演出家であるマイケルの顔色を窺った。

マイケルは上演前にぼくたちの席へ来て、「みんな、おれの笑い声が聞こえたら笑ってくれよ。頼むぞ。一番後ろで見ているから」と言っていたのだが、笑うに笑えない。アートだけがその指示を忠実に守ってだれかが後方で笑う度に笑い続けた。六〇人ほど集まった観客は、第一部の休憩で半数が帰った。アニータも、「ひどすぎる」と言って帰ってしまった。OBでさえ、第一部では無理をして笑っていたが、第二部では表情も動かさなかった。

最後まで残った観客は、ぼくたちを含めて一〇人にも満たなかった。マイケルのガールフレンドさえ、途中で帰ってしまったのだ。アートだけが、興奮してマイケルの演出センスを激賞していた。結局、OBとアートはマイケルを慰めるために残り、ぼくたちは大したコメントも残さず教会を後にした。

黙々と住宅街を抜けて大通りへ向かった。


この場合、「ぼくたち」というのは、テリーとトリッシュとぼく。

上演前に束の間盛り上がったとはいえ、多分、女ふたりのもやもやは解消されていない。おまけに、芝居がひどかった。暗くなる。

しかし、ぼくはやたらと気持ちがよかった。トリッシュはNYPLでの葛藤が嘘のように消えて溌剌としている。マイケルと彼の代表するグループへの怖れもいっぺんに吹き飛んだ。彼らだってミスを犯すことがわかって、得体の知れないものへの恐怖が消えた。

「ジェームズの読みは正しかったね」ぼくが会話の口火を切った。トリッシュが短く相槌を打った。「きっと、彼はこういうことを見越していたんだ。これで、ぼくはOBとも普通にやっていけると思う」

「オーエンは」トリッシュは慎重に言葉を選んだ。「私たちの側に立つと思う。どんなことがあっても」

「そうだね、ぼくもそう思う」

会話に入って来れないテリーが鼻を鳴らすような音を立てた。

また、嫌味か。

ぼくは覚悟を決めて彼女の敵対行為を待った。今度、罵倒合戦が始まったら、はっきりとトリッシュの側に立つ。徹底的に、テリーと戦ってやる。

「アップルパイ・アラモードでも食べない？」がっかりするくらいあっけらかんとした声でテリーがいった。「わたしがおごる」

大通りを渡って反対側にある「オールスター・カフェ」に入った。

アップルパイ・アラモードを半分ほど食べてからテリーが、並んで座っているぼくとトリッシュを交互に見つめた。

「さっきから、『私たちにとって』とか『私たちの側』とか言っているじゃない。それって、知ってるのよね、わたし」

「父親から聞いたのね」トリッシュが確信を込めて言った。

「部分的に」

「どんな部分?」

「その前に、わたしのスタンスを話すわ」

「聞きましょう」

　会話はまったく女二人のペースで進められた。ぼくは和平協定署名の立ち会いのため参加する国連事務総長といった立場だ。

「基本的に、わたしは俳優という職業には興味ないの。だって、人前で裸になるとしたら――」

「ばっかみたい《シリー・グース》、よね」

「そうそう。それと、そのくせを直さないと、ダッドの法律事務所で研修させてくれないっていうことがひとつ引っ掛かっていたわ。だって、弁護士が『ばっかみたい』なんて言っていたら様にならないじゃない」

「幼稚よ」

「わかっているのに、出ちゃうのね。ともかく、それは、付帯事項であって、本論はこうよ。ダッド曰く『ケインに頼まれた。どうしても断れないんだ。六週間のサマー・セミナーを取ってくれ。ついていけなければ途中でやめていい。少なくとも三週間は授業に出て、できれば、ジョジーマという名前の若者と友達になってくれ』」

「ジョージマ」トリッシュが正しい発音で訂正した。

「とかなんとか」またテリーがごまかそうとした。トリッシュは、真面目に訂正した。テリーは文句を言いながらも五、六回発音し、正しい発音を憶えた。

「当然、わたしは理由を訊いたのよ。でも、ダッドは、『自分の罪に関わることだからいえない』。こうよ。ＯＫ。だったらそれで条件を検討しましょう、ということになって、契約書も交わしたわ」

「おとうさんとの間で？」この質問だけはぼくが口をはさんだ。いくら弁護士志望の娘と弁護士の父親の間でも、演劇のセミナーを受けるか受けないかで契約書を交わすなど信じられない話だ。

「勿論よ。ダッドは、喜んだわ。わたしの掲げた細かい契約条項を見て。三週間で辞めた場合と四週間、五週間で辞めた場合、六週間完走した場合とさらには最後の特別授業に選ばれた場合の五段階に分けた要求ね。基本的には、わたしの要求が完璧に通ったわ。それだけ、ダディには、わたしを参加させなければいけない『義務』があったのね」

熱が入るにつれて、テリーの「ダッド」はより幼児的な愛称の「ダディ」になった。言っていることは大人でも、彼女にはどこかで幼児的な部分もある。だから、「情を交わす」などというセンスはなくて、肉弾特攻隊になってしまうのだろう。

「で、まあ、クラスでのわたしは御存知の通り。それなりに愉しめる部分もあったから、こうなったら完走して最高の条件でファームでの研修を始めるつもりよ。でも、今夜打ち明けようと決意したのは、こんなことじゃないの」

そこまで言うと、彼女は勿体をつけるようにアップルパイ・アラモードの残りをさらった。

「PJ以外にクラスでわたしが注目したのは、あなたよ、トリッシュ。なんで、こんなスーパーモデルがここにいるんだろうって思ったわ。超セレブの娘だし。しかも、超セレブは考えてみたらダディと同年代じゃない。なんだか、臭ったのよ。今までも、ジェームズ・ヴァン・スライクの小説はいくつか読んでいたけれど、この機会に徹底的に読破したわ。長篇五冊と短篇が五二。すべて」

ぼくは言葉を失った。あのヴォリュームを授業の合間にすべて読みこなすなんてありえねー……。

「ま、大学時代のアサインメントに比べたら楽だったわ」

「斜め読みでしょ？」

「斜め読みでも頭に入っていれば文句ないでしょ？」

「入っている？『南から帰る』のオープニングの文章は？」トリッシュの意地悪な質問も、テリーは軽々とクリアーした。

「そういうチェックは無意味よ。ページ・ナンバーで書かれた内容を聞いてくれる？　正確に答えることができなくても、誤差は二ページ以内に収めるわ。ともかく、結論として、ジェームズは、失われた愛の体験を小説に書くことで追体験する作家よね」

「だれもが知っていることだわ」

「『センターラインの愛人』憶えている？」

「もちろんよ」そう答えてからトリッシュは残念そうに付け加えた。

「できれば、PJのいるところでそういう話をしたくはなかったけれど」

「PJは知るべきよ」

「人から言われてではなく、自分から知るべきだと、私は思っていた」

「でも、PJはどこかものぐさなところがあるから長篇に集中できないのよね。違う？」

ぼくは、その通りだ、と答えた。いくら英語をネイティヴのように喋っても小説を読むスピードは遅い。ヴァン・スライクと出会ってからは、彼の全作品を読破しようと思ったが、ようやく処女長篇の第一章を読み終えたばかりだ。メイエルホリド関連書はあれだけ熱心に集中して読めたのに、と自分でも不思議に思う。

「一冊だけ読むのなら『センターラインの愛人』ね。あれは、ジェームズやわたしのダディや他の大勢の男たちが、あなたのお母さんをファックした記録よ」

また来た。

出会い頭の一発だ。ただし、ぼくは打たれ強くなっていた。自分でも驚くほど、冷静に、その一発を見切った、とでも言ったらいいだろうか。反射的に頭の芯は醒めていて、テリーの気持ちを分析していた。

彼女の言葉は残酷だったが、嫌味ではなかった。虚飾を捨てて真実を告げようと思っていることだけは確かだった。

「ジェームズは事実をそのまま書いているわけじゃないわ。殊に、あの小説のヒロインは、七〇年代半ばのニューヨークで彼が知っていた何人かの女性を合成したものよ」トリッシュが反論した。

意外だった。彼女は考えていた以上に繊細なのかもしれない。

ぼくのために戦ってくれている。

「主人公のロザムンドはペニー・ジョーよ。だって、わたし、ダディに確かめたもの。彼は殆ど事実だと認めたわ。ボビー・アイザックソンもジェームズ・ヴァン・スライクも、彼女の顧客だったのよ」

トリッシュは再び反論しようとしたが途中で諦め、口を噤んだ。

明らかにされた真実をどこから食べていいかわからない二〇代の三人。

客観的に、自分たちを眺めてみたら、どんな雰囲気なんだろう。例えば、通りの向こうにカメラを置いて、ガラスの窓ごしにぼくたちを撮影したとしたら。

いつもどこかから聞こえて来る救急車かパトカーのサイレンが、この時ほど欲しいと思ったことはない。

「だとしても、天と地がひっくりかえるようなことじゃないんだ」努めて静かに返した。

「長い間、父親というものはシフトするものだと思っていたからね。独身時代に彼女がどういう風に男たちと接していたかはどんな話を聞いても耐えられないことはないと思う。『センターラインの愛人』は何ページか読んで、愛人バンクっていうか、愛人セラピストっていうか、そういうところで出会う白人男性とアジア系女性の話だとわかった途端、興味を失ったんだ。なんて言ったらいいんだろう。何週間か、何ヵ月か先には、別の気持ちで読めると思うんだよ。だけど、今はね、彼女がどういう状態で生き長らえているか見てしまったからね。自由奔放な時代の彼女のことを読むというのは、ちょっと、気分じゃないんだ」

話している間、トリッシュはぼくの手を握りしめていてくれた。

「私は、ロザムンドはペニー・ジョージじゃないと思いたかったの。でも、あなたが、待ち合わせの場所に、セントラル・パークのあのベンチを指定して来た時、わかったわ」

「小説のヒロインが、好きな場所があそこだったの？」

「彼女が好きなのは『七六丁目イーストからセントラル・パークに入ったあたりの秋』よ。それで、作家である主人公は、あのベンチの端のあの席で、彼女と待ち合わせをするのよ。だからね、あの日、ＰＪと私がそうやって待ち合わせをしたと言ったら、ジェームズがあなたに会いたいと言い出してスカケット・ビーチで合流することにしたの。普段は、ショーツとサンダルで飛行機に乗るような人じゃないのよ。ぎりぎりまで執筆していて、飛び乗ったんだわ。別荘の鍵も忘れて。心からあなたに会いたかったのね」

　膝から力が抜けていった。座っているのに座っている感覚がなくなってきた。どこかに浮かんでいるようだ。そういう浮遊している最中に、ふわふわした感触のアイデアが流れ込み、流れ出た。

「まさか、クラス全員がペニー・ジョージ関係者の子供だなんて話じゃないよね」

　テリーはきびきびした口調で否定した。

「ヤンは確実に違うわね」

　ぼくは笑った。その笑顔を見て、トリッシュが泣き笑いをした。テリーの目も気にせず、横から手を伸ばしぼくの肩を抱き締めた。

「でも、ロザムンドの顧客のモデルになった父親は、最低あとひとりいるってことね」冷静な声で、テリーが続けた。

「悪いけど」ぼくが口を開いた。「きょうはひとりになりたいんだ。先に帰っていいかい？」

テリーに「御馳走さま」と言ってからトリッシュとおやすみのキスをした。

通りを渡る時振り返ると、ガラス・ウィンドーの向こうでふたりが同時に手を振った。彼女たちは、従姉妹同士のように打ち解けた様子で微笑んでいた。

ふたりの姿が見えなくなると、ぼくは少しだけ道ばたで吐いた。

それからタクシーを拾った。運転手はパキスタン人だった。ひどい訛りで喋る。ぼくの英語を、ベデイグッドベデイグッドと褒める。親しみがある。東京から来たと聞いた途端、興奮して後ろ向きになって話してくる。ニューヨークには後ろを向いて運転するタクシー運転手が本当に多い。なにを喋っているのかまったくわからなかった。ともかく、Ｉハウスのアドレスを言った。聞き返した。それがわからなくて聞き返した。向こうがまた聞き返した。えんえんと聞き返しリペティションが続いた。なんとか目的地に着いた。

「呼ばれたものはペアで図書室へ行ってダイアローグ・シートを受け取って戻って来い」

そう言ってパウンダーは、五、六週目にやるシーンの組み合わせを発表した。金曜日の午後のクラスでのことだ。この時点で、男子生徒は一〇人。女子生徒は八人。

最初のペアは、アニータ・ボナヴェンチュラとタイラー・ウィルミントンだった。すぐそのあとにぼくの名前が呼ばれた。パートナーは、ジェームズが言っていたようにランヒーだった。席を立った時、小さく手を振るトリッシュの姿が目に入った。ぼくは、ランヒーと並んで四階の図書室に向かった。階段を降りながら、ランヒーが微笑み「ついに、ね」と言った。うしろからはラファエルの笑い声が聞こえた。振り向くと、四〇歳の少年はアビゲイル・デサントスの肩を抱きながら階段を降りて来る。

図書室には、リチャード・クリスプ老人はいなかった。もっと年寄りのもっと髪の毛の薄い老人が、七ページに及ぶダイアローグ・シートを渡してくれた。

教室へ戻る途中に、ラファエルの次の組がテリーとOBだということがわかった。女生徒のアルファベット順で発表しているらしい。

ジェニファー・キージーとアレックス、ジェニファー・ランドンとアート、マママックとトム・オシェイ、トリッシュとヤンが続き、最後にデーヴィッドとルーが図書室から帰って来た。全員が、六、七ページの、台詞だけが書かれたテキストを持っていた。タイトルも役名も一切書いてない。全員が戻って来たところでパウンダーが説明をした。

「今から注意事項を話す。先ず、ざっとダイアローグ・シートに目を通してほしい。渡したものはすべて異なる戯曲から選んである。ほとんどが四、五〇年前の古典だ。余計な情報を入れてもらいたくないので、出典となる原作を読んではいけない。一瞥して出典がわかる場合は自己申告しろ。役を入れ替える。わかるものは？」

OBが手を上げた。パウンダーはアレックスのシートをOBに読ませた。それだったら知らないという。OBはアレックスと台本を取り替えた。それぞれのパートナーのテリーとジェンジーも台本を変えた。組ませたペアは崩したくないらしい。

「パートナーとシーンを合わせたりするな。月曜日までに台詞を入れて来い」

クラスの大多数が、うなり声を上げた。

「なに？　もっと欲しい？　じゃあ、全員を二役にしてもいいぞ」

みんなが静かになるとパウンダーは来週からの具体的な授業の進め方を伝えた。月曜日には台詞を憶えているかどうかのチェックをする。ピアニストがピアノを弾くのと同じ。頭のなかへ台詞をいれてこい。教室にある大道具は自由に使っていい。が、お互い演出してはいけない。最初の読み合わせは棒読み。後は気持ちの赴くまま。

一通り説明が終わったところでルーが手を上げた。

「どうした、ルー、デーヴィッドが相手じゃ物足りないか？」

「こうやってペアが決まった以上、途中で脱落するわけには行かないと思うんですよ」ルーが考え考え口にした。

「その通りだよ、ルー」

「オレ、まだ迷っています」

パウンダーは腕組みをしたまま、教室を歩き廻った。ルーの「事情」を充分わかっていて、その迷いを背負いこんだようだった。

「結論は、いつまで引き延ばせる？」

「次の週末」

「よし。じゃあ、ぎりぎりまで引っぱれ。デーヴィッドはなんとかなる。どちらを選ぶにせよ、迷わず選ぶことが重要だ」

「ありがとうございます」

授業の最後にパウンダーが宣言した。おれは、きょう、「スリッパーズ」で酔いつぶれるまで飲むぞ。そのあとで、両手をあげ、帰り支度を始めた皆を止めた。

「おっと大事なことを忘れるところだった。みんなフィルム・フォーラム知ってるか?」

パウンダーはニューヨークでも有数のアートハウスの名前をあげた。知らないものが数人いた。

「知らない田舎者には知ってるやつが教えてやれ。日曜日の夜、フィルム・フォーラムで『レッズ』をやる。プロヴィンスタウン・プレイヤーズが登場するまっかっかなハリウッド映画だ。なぜ、ウォーレン・ベイティがこの映画を作ったか、見て、考えて報告しろ」

「それってエキストラの課題ですか?」

「課題じゃなければやりたくないって口調だな、テリー」

「わかります?」小馬鹿にしたようにテリーが返した。パウンダーは大人の対応でクラスに向かって宣言した。

「課題にはしない。というか、月曜日になったら、おれは、『レッズ』を見ておけと言ったことすら忘れているかもしれない。それでも、見て、考えて、報告するやつがいたら、とてつもなくハッピーになる」

何人かが湿った笑い声をたてた。

「無論、あの映画を公開時に見たものも、何年か後にヴィデオで見たものもいるだろう。そういう昔見た記憶での報告は聞きたくない。ここで四週間学んで、仲間との絆を育んだその感性で見た『レッズ』報告をおれは聞きたい」

クラスを清らかな静寂が包んだ。パウンダーは一人一人の顔を眺め、昔ながらの教師の顔になって一言絞り出した。

「では、月曜日までお元気で」


トリッシュやラファエルと一緒に「スリッパーズ」を覗いた。ヤン、ＯＢ、アート、ルー、タイラー、ランヒー以外はみんな来ていた。パウンダーはルーのことを気に病んでいた。

「挫折した人間は何人も見て来た。経済的な事情で役者を続けられなくなったやつは無限にいる。しかし、ルーは、使命感のために俳優の道を諦めようとしているんだ。おれの生徒では初めてだよ」

そう言ってパウンダーはみんなと乾杯をした。「スリッパーズ」のＩＤチェックは独立記念日が過ぎた途端、前と同じアバウトさに戻った。だから、ぼくもこそこそしないでコローナを飲んだ。

いつもならいくつかのグループに分かれるのに、この夜は、皆がパウンダーの周りから離れなかった。

「普通は密度の濃い思い出というのは二年コースで生まれるものなんだ。が、このクラスは、たった四週間なのに、一年も一緒にやって来た感じがある。たとえ、ルーが脱落したって、おれはあいつのことは一生忘れない。これは特別なクラスだ。いかに特別かは、おれに聞くな。ケインの口から直接聞け。これ以上、その話はしない。すれば、おれは、おまえらが羨ましくてやりきれなくなる。残れば、ルーも、そういうダイナシティの一部になれるんだ」

ダイナシティは王朝。ぼくが目指す「王国」と同じようなニュアンスでパウンダーは使っている。彼の話は続いた。才能だけでは食べていけなくて脱落していった仲間や教え子たちの思い出だ。向かいの「コナーズ・バー」の窓に反射した夕日がパウンダーの顔に当たっている。まぶしそうに喋り続けるパウンダー。ビールグラスを右手にもち、長いこと話してくれた。みんなただ黙ってそれぞれの飲み物を手に聞いていた。

夕日が分刻みで変化する。オレンジ系が濃くなっていく。パウンダーを中心にしたぼくらの塊だけが、店内から遊離する。他はどんどん色が落ちていくのに、ぼくらの周りだけはぎらぎらと燃えているのだ。

「ここまで来たら、最後まで行ってくれよ。最後まで行けば、おまえたちはおれよりもいい人生を送ることができる」

ぼくはぼくなりにパウンダーの気持ちが理解できた。今、ひとりひとりに王国の鍵が渡された。ルーもそれを手にしているのだ。パウンダーは、そういう鍵を手にする地点にすら到達できなかったのだろう。だから、余計くやしい。

パウンダーは涙を隠さない人だ。ごつごつした頬がアルコールで赤くなっていた。赤を冷ますために、涙がひとしずく流れた。

「ルーが相談したのは、あんたかもしれないが、独りで溜め込んでおくことはないんじゃないか」ラファエルが明るく声をかけた。「クラスであいつがああいう風に言ったということは、先生の口からみんなに話してくださいってことじゃないのかな」

「あたしもそう思う」マママックが同意した。「ルーは、消えるならひっそりと消えたいと言っていた」

「こうなったらひっそりも糞もないだろう」デーヴィッドが言った。

「お別れパーティとかやるなってことよ。何故辞めたとか、しつこく聞くなってことよ」

マママックが怒ったように返した。

「ルーは、君には話していたんだな、ナターシャ」パウンダーが確認した。

「警察と消防の連携の悪さは、あたしたちの世代が変えていかなくちゃいけないというような話です。なんで、彼が迷っているのかは知りません」


パウンダーは簡潔に、ルーの悩みを話してくれた。

「ルーが直面しているのは、父親への尊敬を選ぶか自分の興味を優先させるかということなんだ」

「だったら答えは簡単よ」テリーが言い、トリッシュが同意した。

「こういう言い方はしたくないけどな、お嬢様、これは、ブルーカラーの家で生まれ育った男の子の感覚なんだよ。ちょっと黙って、パウンダー先生にステージを明け渡してくれ」ラファエルが巧みに仕切る。

パウンダーはラファエルに献杯して続けた。

「ルーの話はおれの話でもある。おれたちは父親がすごく好きだ。単純にいえば、男の理想像として尊敬している。ルーの場合は消防士。おれは漁師。おれは父親と一緒に海へ出て漁をすることを夢見て育った。ところが家が貧しくて、父親はおれにもっと別の道を進めと言ったわけさ。親父は単純だったからなあ。おれの剽軽さが世界で通用する剽軽さだと信じていた。なけなしの金を持たせてニューヨークに送り込んだ。で、これが精一杯」

パウンダーがおどけて首を振る様子に、そんなこと言うなよ、みんなパウンダーを愛しているんだよ、の大合唱が起こった。殊に、ラファエルとぼくを中心にした「少年たち」から。

今度は、トリッシュが仕切った。

「ヘイヘイヘイ、ボーイズ！　パウンダー先生がステージに立っていらっしゃるのよ。邪魔しちゃだめよ」

パウンダーはトリッシュに献杯した。

「おれの話はこれでおしまい。要は、そういう親父を持って、そういう挫折を体験したということ。で、ルーの場合は、親父も兄貴も、消防士の一族だ。受け持っているのはあそこ」

南を指した。トム・オシェイは窓まで行って外を覗いた。何かが見えたわけではない。

「ワールド・トレード・センターＷＴＣのエリアだ。九三年のテロ攻撃の時も出動した。それで改めて、消防士の立場から認識したんだ。あの、ニューヨークの象徴的な場所が、いかに危険なバベルの塔かってな」

ニューヨークで生まれ育ったラファエルやテリーから抗議の声が上がった。あの六〇〇キロ以上のダイナマイトでもびくともしなかった、というのが反論の主旨だ。

「おれも知らなかった。考えても見なかった。が、ＷＴＣはビジネスを優先させて造られた空間なんだそうだ。安全性よりも、効率優先で、非常階段も大幅に削られた。そのために法律も改正された。エレヴェータは、乗り継いで行かなければ上がれない。おまけに、九三年の救助活動で明確になったのは、警察と消防の連携の悪さだ。先ず、コミュニケーションの手段がない。無線の周波数が違うんだ。それから、ヘリコプター。これは警察の受け持ちで消防はタッチしていない」

マママックが深くうなずいて同意した。

「火災が起きた場合は消防が建物を仕切るわけだが、高層階での火災となったらどうなる?」

パウンダーの質問にトリッシュが答えた。

「ヘリコプターが最大の情報源だし、救出の手段でもある」

「それが、連携できない。そういう現実を、九三年のテロで実感したんだよ、ルーの親父さんは」

無論、警察と消防、そしてニューヨーク市、さらにはビルの管理責任者であるニューヨーク・ニュージャージー港湾局、すべての組織がその安全面での欠陥に気付いた。しかし、根本的な問題点は解決していない。事件から四年経っても、警察と消防の合同訓練が一度行われただけ。

「だから、高層ビル専門の消防隊員養成プログラムが始まると聞いて、ルーは迷っている。父親や兄貴の危機感を知っている分だけ、迷いも強い。そのプログラムの予備選考がもうすぐ始まるんだ」

父親の後継者にも、父親の望む俳優にもなれなかったパウンダーが、父親の後継者にも自分の望む俳優にもなれるかもしれないルーの未来を、我がことのように悩んでいる。
オレンジの光はとっくにぼくたちを見捨てていた。

## (四)赤い夜はひときわ輝く

Iハウスの三人は全員、経済的にヤバくなっている。ぼくが一番まっとうだ。色々な意味でトリッシュが支えになってくれる。日曜日は、フィルム・フォーラムへ行くまでの時間を、トリッシュの「領土」で過ごした。彼女は、ソーホーにある古いロフトをメイ・タオとシェアしていた。シェアといっても、普通の感覚とは違う。ワンフロアがまるごと彼女たちのもので、エレヴェータを降りると暗い廊下に頑丈な鉄製のドアがふたつ右と左についている。正面は吹き抜け空間のガラス窓。左のドアがトリッシュで右がメイ・タオ。

フロア自体は、中央の吹き抜けを囲んでぐるっと繋がっている。エレヴェータ・ホールの反対側にふたり共有の壮大なリヴィング・ルームがある。五階だから眺めは大してよくない。天井もフロアもコンクリートの打ちっぱなしだ。が、広さは一流フィットネス・クラブなみだ。

トリッシュ御自慢の「シーザーズ・パレス級のバス・タブ」でたっぷり二時間、趣味と実益をかねて過ごした。実益というのは、お互いのシーンの台詞の暗記を手伝ったということ。パウンダーはテキストのパートナーとの読み合わせは禁じたが、パートナー以外との読み合わせを禁じたわけではなかった。

そういう時、食事はすべてトリッシュか、メイ・タオの「おごり」になってしまう。これが当たり前のような感覚になるのは嫌だったので、支払いを申し出たこともある。トリッシュの答えはシンプルそのものだった。

「ラファエルがおごるって言う時に断る？」

「うーん、いや」

「私はあなたよりも年上だし、収入もある。ラファエルと同じ条件よ。もしあなたが心苦しく思うんだったら、私と一緒にいて使わないですんだ分を、もっとめぐまれない人に分け与えたらいいのよ。例えば、ヤンとか、オーエンとか。ふたりとも、教室の壁紙と同じような顔色になってる。栄養失調一直線よ」

確かにその通りだった。彼らが金曜日の夜、「スリッパーズ」に来なかったのも、そういうことなのだ。だから、ぼくは、「トリッシュ基金」を貯めて時々はアートも含む「無産階級」に振る舞うことにしていた。土曜日もそうだ。

昨日の夕方、カフェテリアのあるCフロアへ降りて行ったらヤンがふらふら歩いていた。どうした、と聞いたら仕送りが遅れていて今晩めし食うと明日食えない。きょう飢えるか明日飢えるかで迷っていると言う。だったら今晩はぼくがおごると言ったら喜んでついて来た。食後はバーに移動してビールをおごって雑談した。

将来役者で残っているのはこのクラスでも何人いるだろう、とか、別々の道を歩いても定期的に会おう、とか、車の話とかで盛り上がった。そのうちにOBも加わった。彼も週末は懐具合が寂しいというので、ぼくがおごった。その代償として、台詞の暗誦に付き合ってくれた。普段使わない言葉がどうしても頭に入らない。それはこういう風に言ったら、とか、発音がこうだ、とか、細かな助言をしてくれた。ヤンが読み合わせの相手を務めてくれた。最後まで通したときにはがっしり抱きあった。

無論、バーだからパンクロックは鳴るわ踊るやつはいるわでかなり騒々しい。ランドリー・ルームで会ったアメリカン・インディアンも左膝に穴の開いたジーンズで腰を振って瞑想している。それでも、台詞は、気持ちがいいくらい頭に入った。ぼくの芝居のシチュエーションが、場末のバーをイメージするとぴったりだったのだ。すべての希望から見放された男女の会話だった。

バーテンは夏休みでバイトをしているコロンビア大学の学生で、ロン毛の気のいいやつだった。ぼくらの台詞の練習が面白いといってポップコーンを無料でサーヴィスしてくれた。もっとつまみが欲しくなったので部屋へ帰って「かっぱえびせん」を持って来た。これはなんだ、というから、ジャパニーズ・シュリンプチップスだ、と説明した。ヤンもＯＢも、体ごと引いた。

ビールを飲みながらぽりぽり食べるぼくのリズムに刺激され、ヤンがおそるおそる一口齧った。うぉ、いける、と叫んだ途端、ＯＢも手を出した。そのあとはあっという間になくなってしまった。日本人は面白いものを考える、とふたりが感心するので再び部屋に戻って何かないかと探してみた。機内で食べた「みるくポッキー」が半箱残っていた。まあ、彼らの胃袋だったら消化できるだろう。これも、やはり、取り合いになるほどの人気だった。

そういう話をトリッシュにした。すると、彼女も「かっぱえびせん」と「みるくポッキー」を食べたいと言い出した。それで、チャイナタウンまで買い出しに出かけた。

紙袋いっぱいのジャパニーズ・スナックを抱え、ぼくたちはフィルム・フォーラムへ向かった。


トリッシュの話では、このアートハウスが開館したのは一九七〇年で、当初は折りたたみ椅子五〇席のミニシアターだった。トリッシュのロフトから歩いて七、八分の現在のロケーションに移ったのは一九九〇年のことだと言う。

スクリーンは三つ。いずれも一〇〇席前後。外国映画やインディーズ系映画、特集名画を上映している。元々は印刷会社のビルなので重い機械が置かれていたのだろう。一〇〇〇スクエア・フィートの一階フロアにはあちこちに円柱があって上層階を支えている。三二〇万ドルかけて改築したあとも円柱はそのまま残り、それがフィルム・フォーラムにザ・ワン&オンリーの風格を与えている。

ヒューストン・ストリートに面した正面入り口上部には、古き佳きアメリカの映画館のアイデンティティーともいえる二面のマーキー・ボードが突き出している。劇場ロビーはほぼ真っ赤。フロアも円柱も赤一色。「レッズ」を上映する館内には六本の円柱があり、その隙間に座席が一〇〇席ほど配置されている。

「赤の映画を赤の劇場で見る、なんという贅沢」

トリッシュが言って四列目の真ん中に座った。入りは半分弱。日曜の夜にしてはまずまずの数だろう。学生っぽい若者が多い。クラスの仲間ではルーとデーヴィッドが最後列の席で、ぼくたちに手を振っていた。

少し遅れてマママック、ラファエル、アビゲイルがやってきた。マママックは最前列、ラファエルとアビゲイルはぼくたちの隣に座った。ルー&デーヴィッド、ラファエル&アビゲイルはテキストのペアだ。

トリッシュは待ちかねたように「かっぱえびせん」の袋を開けた。ラファエルが目ざとく見つけ、自分の取り分を要求する。アビゲイルは「みるくポッキー」に目をつけた。「かっぱえびせん」を口に放り込んだトリッシュが奇声を上げた。「マママック、これ食べてみてよ」と「かっぱえびせん」の袋を最前列のマママックにトスした。そのついでに立ち上がって、場内に向かって呼びかけた。

「同志諸君！」

この一言にぼくはあっけに取られ、ラファエルは歓呼の雄叫びをあげた。

「私がきょうこの場で生まれて初めて食べたジャパニーズ・シュリンプチップスの、いいですか、革命的な味！　この味を分かち合いたいの！（再びラファエルの雄叫び）好きなだけ取って後ろに回して。ルー、デーヴィッド、残りはあなたたちで食べてね！」

二人は最後列で手を振って、ここで受けるよお、と叫んだ。

スピーチは拍手で歓迎され、ラファエルとぼくは「かっぱえびせん」の袋を後ろの観客に手渡した。観客のみんなに「かっぱえびせん」と「みるくポッキー」が行き渡った頃、映画は始まった。ラグタイムの軽く陽気なリズムに続いて、「証言者たち」の声が流れ出る……。

初めて「レッズ」を見たのは九歳の時だった。一九八六年、ペニー・ジョーが脚本家のジョーダン・リトルと暮らしていた頃だ。サンタモニカのフォース・ストリートにある家は、いわゆる映画人の豪邸ではなかったが、寝室が三つにパテオも備えたスペイン風のしゃれた平屋だった。家の裏手からサード・ストリートにかけてのスロープには手入れの行き届いた庭が広がり、椰子の木の向こうに広がるサンタモニカの海が見渡せた。フォース・ストリートは海岸線に並行して走る高台の通りだった。サンタモニカの朝は霧が出たが、夕方の海は毎日のように輝いていた。

リトルは名前に反して背が高かった。六フィート五インチはあったと思う。彼が憶えた唯一の日本語ジョークは「冗談デ、チビ、デス」だった。

体は細く頭はツルツルだった。歩くたびに関節がギシギシ鳴るような、骨細さだった。運動神経はほぼゼロ。そのくせ、脚本でのアクション描写には特異な才能を発揮した。濃密でユニークなアクション展開と気の利いた台詞の組み合わせが彼の売りだった。

業界用語でいうと、彼の職業は「スクリプト・ドクター」と呼ばれる。脚本家としてのクレジットはもらえないが、クランクイン直前、あるいはクランクインした後の脚本の応急処置を行う仕事だ。

ジョーダンの才能は、アクション・シーンの濃度を高めたり、台詞に磨きをかけることだった。一日二日の簡単な仕事から、半年間撮影現場に付き添う仕事まで、プロデューサーからの様々な要求に彼は応えた。

ペニー・ジョーとジョーダンはぼくが生まれるずっと前からの知り合いだった。恋愛関係ではなかったと思う。少なくとも、ぼくが一緒に暮らした一九八六年からの二年間は確実にそういう関係ではなかった。ジョーダンは当時六〇歳を越えていた。だから、「シフトする父親」の一人ではなく、心の優しい、物知りのおじいちゃんとして記憶にある。


ハリウッドは、絶えず新しい血、若い血を注入する。年老いたプロは駆逐される。そのセオリー通り、ジョーダンの仕事は八〇年代には減少していたが、それでも、一年の三分の一程度は、ニューヨークやベルリン、ミュンヘンで働いた。彼が海外出張しているとき、サンタモニカの家はペニー・ジョーが自由に使うことができた。

ジョーダンはドイツ語が流暢だった。一八歳で補充兵としてヨーロッパ戦線に送られ、実戦を経験することもなく、陥落したベルリンに入った。アメリカ軍占領区で勤務しながらドイツ語を学んだ。

今、考えてみると、ジョーダンはペニー・ジョーの「セーフティ・ネット」だったような気がする。恋に傷つくたびに彼女はジョーダンの家に逃避して、次の機会を待ったのだ。

「レッズ」を見に行こうと言い出したのはジョーダンだった。ペニー・ジョーは、封切り時に見て、ダイアン・キートンの芝居に辟易したからパスする、ＰＪには難し過ぎるからあなたひとりで行きなさい、と言ってジャズダンスのクラスへ出かけてしまった。ジョーダンは細長い体を折り曲げて、ぼくの目の高さまで降りてきた。それから、こう言った。

「この映画は一九六分ある。アメリカの映画史では前例を見ないほど、志が高くて複雑なエンターテイメントなんだ。九歳の君には理解できないことがいっぱいある。でも、今夜、フォックス・ヴェニスで『レッズ』を見ておくことはきっといつか君の記憶の宝石になると思うんだ。どうする、ＰＪ？」


家を出てオーシャン・パーク・ブルヴァードを左折すると次に交差する大通りがリンカーン・ブルヴァードだ。そこを右に曲がると通りの左手前方に、椰子の木よりも高い塔が見えてくる。その塔のてっぺんにＦＯＸの文字がある。それが名画座フォックス・ヴェニスだった。今は日替わりのプログラムを組むアートハウスだが、もとは、20世紀フォックス映画の専門館として一九五一年夏にオープンした、とジョーダンが説明してくれた。

「オープニング上映は、“Meet Me After the Show”だった。夜空を照らすサーチライト付きの派手なプレミアでね。主演のベティ・グレイブルやヴォードヴィリアン、ジョージ・ジェッセルがレッド・カーペットを歩いたんだよ」

アンクル・ジョーダン、ペニー・ジョーの前でベティの名前を言ったらダメだよ、とぼくは忠告したかもしれない。ジョーダンが苦笑して、君のママは彼女に雰囲気が似ているからね、と答えたような気がする。

ハリウッドのお偉方たちは、母を戦中戦後のピンナップ・アイドル、ベティ・グレイブルのオリエンタル・ヴァージョンとして売ろうとした。それに反発して、彼女はニューヨークの演劇学校で学ぶことを選んだのだ。そんなことを、ペニー・ジョーはしょっちゅうこぼしていた。ぼくの幼い思考回路には、ベティ・グレイブルの名前がババ抜きのババとしてインプットされていた。無論、ジョーダンもそんな事情は承知していたと思う。

隣接するスーパーマーケットの広大な駐車場に車を停め、ぼくたちは塔に向かって歩いた。近くで見上げると、塔は、コミックの一コマのようだった。地上にぶつかる流れ星の軌跡の造形物だ。

場内はワンフロア一〇〇三席の大劇場だった。観客は一〇人いたかどうか。ジョーダンは前方の席を選び、そこで、ぼくにこう言った。映画館でのおしゃべりはノーノーだけど、きょうは周りにだれもいないからわからないことがあったらなんでもきいていいよ。

そうやって、ジョーダンのコメンタリーつきで「レッズ」を見た。

最初の質問は今でもはっきり憶えている。映画の冒頭、黒バックのバストショットで登場する「証言者たち」が不思議だった。

「このおじいちゃんやおばあちゃんはだれ？」

上映終了後、申し合わせたわけでもないのに、５Ｃの仲間はロビーに集合した。何回見ても何かを語り合いたくなる映画だった。気に入ったことでも気に入らないことでも。ぼくはこれが三回目、トリッシュは二回目だった。彼女は皆が揃うのを待ちながら、小声で言った。

「ニコルソンのユージン・オニールには耐えられなかった。前に見たときは、それほどでもなかったけど、オニールを学んでからだとダメね。あの色ボケ親父のオニール。吐き気がした」

「ぼくは一九一六年とか一九一七年という字幕が出るたびに、このときメイエルホリドは何をしていたのか考えてしまった」

「何をしていたの？」

「一九一五年に『ドリアン・グレイの肖像』で映画監督になって、翌年も一本撮ってる。一九一七年の二月革命のときは『仮面舞踏会』を首都ペテルブルグで上演してた。劇場から二キロ離れた場所で民衆が銃弾の雨をあびている最中にね」

近くでやりとりを聞いていたラファエルが加わった。

「そいつは非難囂囂あめあられだろ」

「そうでもないよ。『仮面舞踏会』は十月革命以降も五〇〇回ぐらい上演されたし、メイエルホリド自身が革命政府の本部に行ってボリシェヴィキ支持を表明したからね」

「とはいえ、革命の最中に芝居ってのは社会的無関心の証じゃないのか？」

「革命に合わせた初日だったかもしれないよ。豪華絢爛な舞台では、まさに滅びつつあるロシア貴族の世界。外では労働者が血を流す革命の嵐。全部、メイエルホリドのイメージ通りだったんじゃないかな」

「私もPJと同意見！」トリッシュがジャンプしながら叫んだ。気がつけば、ぼくはラファエルを教育するつもりで喋っていた。偉そうに。

トイレに行っていたマママックやアビゲイルが戻り、話はそこで途切れた。

トリッシュの提案でヴィレッジの「カフェ・レッジオ」へ向かうことになった。エスプレッソの殿堂として有名なそのカフェは日曜夜でも午前二時過ぎまで営業している。フィルム・フォーラムからは歩いて六分の距離だった。

道すがら、初めてこの映画を見たというマママックが好奇心の塊になって騒ぎ立てた。「あのおじいちゃんやおばあちゃんはだれ？」

ぼくはジョーダンのことを思い出して苦笑した。九歳のぼくの質問に、ジョーダンは、あれはGreek chorusだよ、と言ってギリシャ古典劇の説明をしてくれた。証言者の中には、フォックス・ヴェニスのこけら落としでレッド・カーペットを歩いたジョージ・ジェッセルや、ハリウッドで女流脚本家として活躍したアデラ・ロジャーズ・セント・ジョンズがいることを教えてくれたのもジョーダンだった。

マママックの問いには「レッズ」を七回見たというデーヴィッドが答えた。

「ベイティがメディアで募集したんだよ。ジョン・リードやルイーズ・ブライアントを知っていた人、お話を聞かせてくださいって」

「だからだれ？　なんで一人一人クレジットが出ないの？　『証言者たち』ってまとめてアタマに出ただけじゃん」

「有名無名問わずに証言してるからよ。それに登場人物の紹介字幕を出したらドキュメンタリーになっちゃうってベイティが嫌がったんだって」

今度は、アビゲイルが答えた。彼女の母親がハリウッドの伝説的なエージェントということもあって業界事情には詳しい。するとトリッシュがジョーダンと同じことを言った。

「マママック、あの証言者たちはね、ギリシャ古典劇のコロスの役割なの」

ルーが興奮して手を叩いた。そうなんだ、それなんだ、モヤモヤがはっきりしたよ、サンキユー、トリッシュ。

「カフェ・レッジオ」に到着してからも、しばらくは証言者たちの話題で盛り上がった。ラファエルは何やら考え込んでいる。こういう集まりではみんなの先頭に立ってはしゃぐ四〇歳の少年らしくない。

「個人的に知っている人も出演してる？」マママックが尋ね、アビゲイルが答えた。「私の母親は、ヘンリー・ミラーとドーラとレベッカを知っていたわ。ヘンリーは今も昔もファックするときはファックするって言ってた口の曲がったおじいちゃんね」

「ミラーはオレだってわかったさ。だれでも知ってる顔だ」そういうルーに、マママックが、あたしは知らないよ、とドヤ顔で応じた。アビゲイルとトリッシュが小説のタイトルをあげるとマママックは、映画になった作品はないの、と尋ね、デーヴィッドが「『北回帰線』を筆頭に駄作ばっかだよ。見ない方がいいぜ」と切り捨てた。

「ミラーはジョン・リードともルイーズ・ブライアントとも関係ない。ベイティがスーパー・セレブの老人を欲しがっただけ。下品な選択ね」嫌悪感を滲ませてアビゲイルが補足し、業界の噂を披露した。

「ミラーは出演に関して条件をひとつ付けたそうよ。当時のガールフレンドのヴィーナスに役をつけてくれって」

「ガールフレンド？　ミラーは八〇過ぎだろ？」ルーが理解不可能といった顔で尋ねた。

「八八歳。ヴィーナスは二〇代後半」

「肉体関係あり？」

「プラトニックでしょう」そんなやりとりがルーとアビゲイルの間で交わされ、マママックが口をはさんだ。

「ベイティはその条件を呑んだわけね」

「もちろん。でも『レッズ』にヴィーナスは出ていない。映画が完成する前にミラーが死んだから」

「それって、ひどくない？　道義的に、さ」マママックの潔癖なコメントにアビゲイルは肩をすくめた。

「世間一般の常識ではそうかもしれない。ハリウッドのスタンダードで言うなら、理にかなってる。あの街で生き残るってそういうことなのよ」

「ベイティはハリウッドのダーク・プリンスだからな」ルーがつぶやいた。

「でもね、私たちが注目すべきなのはベイティがドーラ・ラッセルやレベッカ・ウェストを引っ張りだしたことなの。しかもツー・ショットで」

二人の英国人女性は証言撮影の当時八六歳と八八歳。アビゲイルは、一時期哲学者のバートランド・ラッセルと結婚していたドーラのフェミニストとしての活動や、脚本家、ノンフィクション作家として輝かしい業績を残したデイム・レベッカ・ウェストのことを、熱を込めて語った。レベッカが、H・G・ウェルズ夫人だったことは、ぼくもこのとき初めて知った。

「極右のハミルトン・フィッシュと左翼ジャーナリストのジョージ・セルデスを『共演』させたのも、すごいことよ」トリッシュが熱い思いを語る番だった。彼女は、父の友人でもあったジョージ・セルデスを知っていた。ジョージの姪マリアン・セルデスは六七年トニー賞受賞のブロードウェイ女優で、現在は演劇コーチとしても活動しているそうだ。彼女はトリッシュの母親の親友だった。

「ジョージ・セルデスは一昨年、一〇四歳で亡くなった。ジェームズと一緒に葬儀にも出たわ。多分、彼が、最後まで生き残った『証言者』だったと思う」

トリッシュはそう言って十字を切った。

「みんな、いい顔してたな」ルーがつぶやいた。

「若い頃すごいことやってても、年をとると、角が取れて丸く可愛くなるんだってわかった。オール・ホワイトが残念だけど」マママックが言った。

「激動の時代を生き抜いた顔だよ。だから、I don't want to play in your yard のようなわらべ歌が心に響く」ラファエルが久しぶりに発言した。ぼくは思わず、ウェルカム・バック・ミスター・アコスタ、と声に出していた。「どこに行ってたの、ラファエル？」というトリッシュとマママックの合唱が続いた。

「いやあ、君らの会話から見事に、ベイティもダイアンもニコルソンもはずされてるなあ、って感心してたのさ。やつらは映画のどこかに隠れている三頭の象さんかね」ラファエルが答え、話題が俳優たちにシフトしかかった間際に、デーヴィッドが発言した。

「ちょちょちょっと待って、ひひひひとつ聞きたいことがあるんだ」

「なんだよ、またレインマンか？」ルーがからかった。

「いやいやいや、マジで吃っただけ」

「で、何？　さっさとくっちゃべりな」ママママックがタフにせかした。

「あのわらべ歌、歌ってたじいちゃん、ネット調べても出て来ないんだ。あれってだれよ？

アビゲイル、知らない？」

「まったくわかんない」

「私に聞いて」トリッシュが名乗りを上げた。

「知ってんの？」デーヴィッドが素っ頓狂な声をだした。

「名前はヒートン・ヴォース。何をやってる人か、いつ亡くなったのかも知らない。はっきりしているのは、ジャーナリストで労働運動の活動家だったメアリー・ヒートン・ヴォースの息子ってこと」

「メアリー・ヴォース。どこかで聞いたよ、その名前」ぼくが言うと、トリッシュは幼児をあやすように、ぼくちゃん、眠いのぉ？　一緒にお写真撮ったの、忘れちゃったのぉ？　と言いながら携帯の画面を見せてくれた。プロヴィンスタウン・プレイヤーズ発祥の地の記念額を背景に撮った写真だ。

メアリー・ヴォースの名前はそのプレートに記載されていた。

「プロヴィンスタウン・プレイヤーズの芝居小屋はルイス・ワーフにあったのよ。その持ち主がメアリー」

だから、ベイティは、息子ヒートンの歌をプロヴィンスタウン・エピソードのテーマ曲として使ったのだった。デーヴィッドは大いに納得してベイティの「親心」を褒め称えた。親心？　監督の才腕じゃなくて？　ルーが問いただすと、デーヴィッドは熱を込めてベイティが三流の監督であることを力説した。

「だって『レッズ』の後は超駄作の『ディック・トレイシー』だぜ。映画監督としての節操も哲学も技術もない！」

「『レッズ』は七回も見たくらいだから好きなんだよね？」マママックが皮肉っぽく言うと、デーヴィッドは一層興奮して彼の監督哲学を披露した。

要は、「レッズ」のベイティは監督ではなく、すべての業務に口出しをした「クリエイター」だということらしい。役者に何も説明せず「もう一回やってくれ」とテイクを六〇回、九〇回と重ねるのは監督じゃない。エゴの塊だ。だからアカデミー賞の監督賞は間違っている。作品賞を与えるべきだった。「炎のランナー」がユダヤ系ランナーの映画という一点で作品賞を受賞したのは映画史に残る汚点だ、ユダヤ系の自分としては余計腹立たしい、とまくしたてた。デーヴィッドが、ベイティの根性は嫌っているが、作品としての「レッズ」を愛していることはわかった。

俳優の演技に関しては、ほぼ全員がモーリーン・ステイプルトンのエマ・ゴールドマンを絶賛し、ベイティとキートンに厳しかった。証言者たちが語る歴史、エキストラの群衆シーンが生み出す歴史の再現度に比べ、何度も何度も登場するジョン・リードとルイーズ・ブライアントの舌戦セッションが底の浅いものに感じられると言うのだ。ベイティとキートンの寝室での全裸リハーサルを覗き見することを強制されているようだ、という辛辣な意見もあった。

リフレインして使われる"What as?"、"Taxi's waiting"といった台詞も使いすぎで、しまいにはそれを口にする二人がアルツハイマーの患者に見えるとトリッシュが言って全員が同意した。

「なんといっても」とアビゲイルが言った。

「ウォーレン・ベイティはカーリー・サイモンが歌った通りのからっぽの男なのよ。自惚れが強いだけで中身がない。自分が何を欲しいかわかっていないからバカみたいにテイクを重ねるわけ。モーリーンも切れたし、ニコルソンもキートンも切れた」サイモンの歌は日本では「うつろな愛」と訳されていた。ぼくもカラオケで歌ったことがある。それがベイティの女性遍歴を皮肉った歌だとは知らなかった。

「『レッズ』のスタッフはボスのベイティが嫌いでね。やつのことをマスターベーションに引っ掛けてマスターベイティと呼んでたってさ」ラファエルがハリウッドの昔の仲間から聞いた話を披露した。

ニコルソンの演技に関してはふたつに割れた。褒めたのはマママック、アビゲイル、デーヴィッド。大嫌悪がトリッシュ。嫌悪二番手がラファエル。以下ルー、ぼくの順。トリッシュは、

「エロ笑いも気味悪かったけど、最悪だったのは後ろ姿よ。未練たっぷりのお尻でルイーズの

家を去っていったでしょ」

そう言って大袈裟にため息をついた。ラファエル、ルーとぼくは阿吽の呼吸で立ち上がり、しょんぼりセクシーに去っていくニコルソン・ウォークをモンロー・ウォーク風に演じてみせた。これはカフェの客全員にウケた。


様々な感想が出てエスプレッソを何杯も飲んだあとで、ラファエルがおもむろに、パウンダーの問いかけ、を持ち出した。

なぜ、ウォーレン・ベイティがこの映画を作ったか、見て、考えて報告しろ。

「それって、ここでまとめること？　違うっしょ」マママックが言ってトリッシュが同意した。

「各自思ったことを報告すればいいんじゃないの？」

「感想レヴェルだったらパウンダーは耳を貸さない」

「そうなったらそうなったでいいじゃん」

「おれたち、映画が終わってからもう一時間以上語り合ってるんだぜ。熱い意見もあった。だけど、ベイティがなぜこの映画を作ったか、という疑問にはまだだれも答えていない」ラファエルにしては珍しい真剣な口調だった。

「おれら、映画を見ながら考えていたと思うんだよ。ベイティはなぜロシアで死んだアメリカン・コミュニストの話を作ったのか。違うか？　そこに直接踏み込まないでも、こうやって語り合える。そういう熱気をパウンダーに感じてもらうことが大事なんじゃないか？」

「この熱気は日曜の夜二三時の『カフェ・レッジオ』で生まれたものなのよ。月曜の朝の教室では再現できない」トリッシュがキッパリ否定した。

「そうかな」

ラファエルはにこやかに返してぼくの膝を叩いた。「ＰＪ、さっきから何を溜め込んでいるんだい？　言いたいこと、くっちゃべりなって」

皆の視線がぼくに集中した。四週間前ならば逃げ出したくなるシチュエーションだ。今夜は違う。ラファエルがデザインしてくれたステージに、ぼくは登った。そして、皆の会話を聞きながら頭に思い描いていたことをぶちまけた。

パフォーマンスとしての報告にしたらどうだろう。

ギリシャ古典劇のコロス風に。

七人全員が並んで。ひとりずつ順番に、なぜベイティがこの映画を作ったかを考えたことを報
告する。これは即興。

（いいね、いいね、の合唱）

他の六人は、ひとりはI don't want to play in your yardを歌う。

（ファンタスティコ！　Cool! Fabulous! You killed it, PJ!）

ひとりは"What as?"を、別のひとりは"Taxi's waiting"を念仏のように繰り返す。

残りの三人はテキストで憶えた台詞を抑揚なしに呟く。台詞につまったらマスターベイティ
と叫んで股間をさする。

（爆笑褒め言葉の、Such a baaad ass! の合唱）

バック・コーラスの六人はとにかく体を動かす。メイエルホリドのビオメハニカ風に出来たら最高。

ここまで聞くと、トリッシュ、ラファエル、マママックが様々な感嘆詞を合いの手にするだけでは物足りず、体を動かし始めた。

トリッシュは「シュリンプチップス・ダンス！」と叫び、エビのように体をくねらせた。ルーはエビ踊りをしながら「"What as?"」を繰り返した。アビゲイルとデーヴィッドは「マスターベイティ」と叫んだ。

みんなが醸し出すリズムに乗って、ぼくは体を動かしながら、ラップ風に残りのアイデアを並べ立てた。

報告者に言っとくぜ、役者をけなすとき、ヘヴィなロシア語訛りを混ぜちまえ。スピーチ終わりの合図は、ロシア語畜生ビッチのブリャーチ！

それでみんな、人形みたいに固まっちまえ。

（五）トリッシュ、ランヒー。ランヒー、トリッシュ

「カフェ・レッジオ」の前でみんなと別れた後、トリッシュと腕を組んでヒューストン・スト

リートまで歩いた。

「泊まっていく？」トリッシュがぼくの肩に顎をあずけて尋ねた。

「男を泊めない主義だって言わなかったっけ？」

「ルールは変えるためにあるのよ」トリッシュの指先が、ぼくのベルトの中に忍び込んで来た。

その瞬間、トリッシュの人生最大の困惑を思い出した。

「あんた、やりたそうな顔をしているぜ、デュード」そう言ってぼくは股間をしっかり揉んだ。

トリッシュは、悲鳴を上げて笑った。それだけでは足りなくて道に転がって足をバタバタさせ
「ブリャーチ！」と叫んだ。

　引っ張り起こすまで彼女は夜空を仰いでいた。

「もうだめ。あなたとベッドに入っても、私、勃たないわ」

　さっぱりした顔で言っておやすみのキスをした。さよなら、と歩き出したのに、クイックな
Uターンをして戻った。ぴったり体をくっつけ両手をぼくのポケットに突っ込む。

「なんだか、心配」

「だいじょうぶだよ。地下鉄ではちゃんと奥に乗るから」

「そういうことじゃなくて」

「どういうこと？」

「ランヒー」

　ああ。

　ぼくは一間、置いて尋ねた。

「ランヒーの何が心配なのさ」

「急接近して出来ちゃうには格好の戯曲だもん」

「あのさ」

「テリーとだって」

「いや、あれはさ――」

「あったんだ」

「なんでぇ、ぶつかっただけだよ、顔が」

言い訳にならない言い訳をしている。口調とは裏腹に、トリッシュの目は笑っていた。

「そろそろ、私を愛していることに気付いた?」尋ねたくせに片手でぼくの口を押さえた。

「言わなくてもいいの。気付いてくれればいいの。私はあなたのために、余計なものは切り捨てたから」

じゃあ、明日《アスタ・マニャーナ》!

殊更、元気な声を出して今度はうしろも見ずにトリッシュは走り去った。

ぼくは多分、心から彼女のことを愛している筈なのに、その一言が素直に出て来ない。「余計なものは切り捨てた」ということは、天にも昇る気持ちになっていい筈なのに、どこかで罪の意識を感じている。

その理由はふたつある。ひとつはペニー・ジョー。

もうひとつは――。

九番の地下鉄をタイムズ・スクエア駅で降りた。Sラインのホームに向かって歩いた。日曜深夜のゆとりある乗降客の向こうからチェロの音が流れて来る。その音色を追い掛けて、地下鉄ミュージシャンを探し当てた。

ランヒーは、ぼくを見つけると、それまで弾いていた「カノン」を静かに終わらせた。それから、ゆったりと豊かな「この素晴らしき世界」を奏で始めた。何人かが足を止め、旋律を口ずさんだ。

日曜の夜は真夜中まで演奏している、と教えてくれたのはマママックだ。五週目のセッションが始まる前に、少しでもランヒーを見ておきたかった。たったそれだけのことなのに、これからランヒーを見て帰る、とはトリッシュに言えなかった。たったそれだけのこと

ランヒーが特別な人になりそうな予感があるからそうなのか、トリッシュが特別な人だからそうなのか、ぼくにはわからない。

月曜日の朝のクラスは、パウンダーによると、ビッツ開校以来の「事件」となった。「レッズ」の観賞報告パフォーマンスは、昨夜決めた大雑把な役割以外ほぼ即興で攻めることができた。演者の七人は、ぼくも含めて全員が、一瞬たりとも停滞せず、だれかが何かをどこかで仕掛け、身体機能をフルに生かして教室いっぱいに汗を撒き散らした。爆笑と拍手が随所で起こり、パフォーマンス自体は三〇分近く続いた。

最後は、パウンダーも含めて、教室全体が「マスターベイティ！」の合唱で盛り上がった。

もちろん、パウンダーが与えた宿題、「なぜ、ウォーレン・ベイティがこの映画を作ったか」

も、七通りの個性あふれる答えを提供できた。

トリッシュの答えは、「ウォーレン・ベイティは、彼のメンターであり聖母として君臨していたポーリーン・ケイルを破壊したかった！」だった。

ケイルは一九七〇年代アメリカで絶大な権威を誇った映画批評家だ。一九六七年夏にベイティが製作・主演した「俺たちに明日はない」がニューヨーク・タイムズの批評家にこき下ろされ、興行的にも失敗したとき、再公開のきっかけとなる大絶賛評を「ニューヨーカー」誌に書いてベイティを救ったのがケイルだと、トリッシュは言う。そんなケイルが「レッズ」映画化には猛反対だったことをベイティは許せなかった。

「逆に言えば、ケイルが反対するものならどんな題材でもベイティは彼の流儀でやり通したと思う。特にロシア革命を描きたかったわけではない」彼女はそう言い切った。

アビゲイルの答えも、トリッシュと似ていた。彼女はハリウッドに於けるケイルの影響力と、ベイティの姉で一足先にスーパースターとしてリスペクトされていたシャーリー・マクレーンの存在をリンクさせ、女系ネポティズムからの解放が強い動機だと語った。

ラファエルは、アフガニスタンに侵攻したソ連を、レーガンが「悪の帝国」と呼んだことへの反発だと言い、ルーはハリウッドの権威への挑戦を、どっちのペニスがでっかいかというレヴェルで描いた映画だと揶揄した。

デーヴィッドは、映画監督のマスターベーションは映画史に残ることをナポレオンの戦略方式、まずは侵攻し起こることに対処する、の通りに実証した、と語り、マママックは、どんなに知的なロマンスもやがては朽ちる、白人による白人のためのビフォア（主役カップル）＆アフター（証言者たち）絵巻だ、とシニカルに言い切った。

ぼくは、フォックス・ヴェニスでのジョーダン・リトルの思い出を話した。彼が九歳の自分に話してくれたことを。

ベイティが、若き日の自分の無知を恥じて「レッズ」を作ったのだ、と。

一九六〇年、既にスクリプト・ドクターとして活動していたジョーダンは打ち合わせで訪れたワーナー・ブラザース撮影所で、エリア・カザンが新作に取り組んでいると聞いてそのセットに立ち寄った。それは、二三歳のベイティ初主演作「草原の輝き」だった。

ジョーダンは、赤狩りの時代をＨＵＡＣ（非米活動調査委員会）に協力することで生き抜いたカザンを批判することもなかった。映画人のだれもが被害者だった、と言っていた。ベイティはそうではなかった。

撮影中、自分のアイデアを無視されたときベイティは苛立ち、カザンに暴言を吐いた。

「なんだってあんたは権力に屈して仲間を売《ネイミング・ネイムズ》ったんだ？」

カザンは、もう一度言ってみろ、小僧、と冷ややかに言い放ってベイティの胸を突き壁に押し付けた。共産主義がどういうものかとか、名前を挙げた仲間とはお互いの名前を挙げることで暗い時代を乗り越えようとしたとか、撮影を中断して懇々と二時間説教した。

だから、ベイティは、共産主義に対する無知を乗り越えた自分を証明するために「レッズ」を作ったのだ、とジョーダンは言い、ぼく自身は、メイエルホリドのロシア演劇と日本の近代演劇への影響に関する無知を恥じるゆえ、ジョーダンのコメントが強く甦ったことを告げた。ロシア語訛りのドロドロした英語はベイティの暴言で使った。

パフォーマンスが終わって七人が席に戻り、みんなの興奮状態がおさまるとパウンダーは「ＰＪが提示したポイントはおれが常々考えていたこととも一致する。だから補足しておきたい」といって赤狩りとエリア・カザンの置かれた立場について解説した。

ブロードウェイで演出家として成功したカザンは、ハリウッドに招かれて映画も監督した。ユダヤ人排斥の社会的な問題を暴いた一九四七年の「紳士協定」がアカデミー賞の作品賞・監督賞を受賞すると、一気にＡリスト監督の仲間入りをした。その直後、ヒステリカルな赤狩りが始まった。

第二次大戦中、国内に潜むヒトラー支持者を摘発するために作られた非米活動調査委員会ＨＵＡＣが、新たな敵を共産主義に求めたのだ。

ハリウッドもこの波に飲み込まれた。名だたる映画人が標的にされ、カザンも、その一人だった。

イェール大学に通い、グループ・シアターで演技の勉強をしていた頃、興味本位でコミュニストの集会に参加したことがあったのだ。ハリウッドで映画を作り続けるにはＨＵＡＣの要求に従わねばならなかった。それがネーミング・ネイムズと呼ばれる「踏み絵」だった。

過去に参加したコミュニストの集会で出会った「仲間」を一〇人あげろ、と言うのだ。カザンは親友の戯曲家クリフォード・オデッツらと会って対策を講じた。お互いの名前を挙げることでこの「国家による弾圧」をやり過ごそうとしたのだ。しかし、リリアン・ヘルマンのように、カザンの「戦略的妥協」を裏切りの第一歩だと責めるものも多かった。

パウンダーは言う。

「ハリウッドで働けなくなってもカザンにはブロードウェイという活動の場が保証されていた。だからネーミング・ネイムズを拒否して、ニューヨークに逃避すべきだったと、アーサー・ミラーなどは言うわけだ。おれはそうは思わない。映画作りの面白さに目覚めた芸術家に、舞台に帰れ、表現の場を限定しろ、などとは口が裂けても言えない。それは安全圏にいる者の戯言だ」

カザンはＨＵＡＣに屈し、共産主義者からは「密告者」、「裏切り者」の烙印を押された。映画会社の首脳たちは、ネーミング・ネイムズを要求しておきながら、カザンに対する反発の大きさに驚いて、彼に働く場を用意できなくなった。結局、悪評が収まるまで、彼をドイツへ「島流し」にしたのだった。失意のカザンがドイツで取り組んだ作品は、彼の苦悩をタイトルにしたかのような「綱渡りの男」だった。

「その撮影現場で、カザンは覚醒したんだ。なぜか？　スタッフの大多数が、ナチス・ドイツの下、生きるか死ぬかの選択を強いられた人々だったんだよ。ネーミング・ネイムズ程度の苦悩はコップの中の嵐だと気づいたんだ。死線を生き抜いたドイツ人と一緒になって映画を作ることでカザンは強くなった。さらには、メイエルホリドがスターリンの大粛清の犠牲になったこと、弾圧に屈することなく残した『最後の演説』についても学んだ。その結果、カザンは、共産主義とその信奉者を激しく憎むようになり、以来どんな批判に対しても臆すことなく立ち向かっている」

残りの時間は、台詞の入り具合を確かめるセッションになった。パートナーと事前に合わせた台詞ではないから、憶えたつもりでも相手の声が入った途端、状況が変化する。それでパウンダーは、最初の段階では棒読みでいい、と言った。

機械的な暗記力ではテリーがぴか一だった。相手のOBが詰まっても、彼女の唇が動いて相手の台詞を暗誦しているのだ。が、パウンダーはひとりが間違える度に次の組と交代させたので最初のラウンドで、テリー＆OBの組が台詞をすべて言い切ることはなかった。

ぼくとランヒーは三番目に名前を呼ばれ、二言三言喋っただけでぼくがトチった。最短記録はママママック。オープニングの一言が出なくて交代だった。そういうわけで、「第一ラウンド」では、すべてのペアが三〇秒以内で終了するテイタラクだった。

その間、パウンダーは何も注意せず、ピアニストがピアノを弾くように憶えろと言ったよなあ、と繰り返すばかりだった。他の組がやっている間は、それを見ることを義務づけられた。授業が始まった途端、ダイアローグ・シートはパウンダーが回収してしまったのだ。ぼくらは頭の中で台詞を必死で反芻しながら他の組の失敗を目の当たりにする。

全員が演じ終わると、じゃあ第二ラウンドだ、と宣言してまた最初に戻った。

二回目は、少し進歩したペアもあったが最後まで到達できるペアはやはり皆無だった。だれもが、相手と読み合わせする時間を心から欲していた。ぼくたちもあらゆる手を使って相手役との連携を探った。一度舞台に出ると、席へ戻った時に極く自然に隣同士で座る。しかし、横に並んで台詞を確認しあっていると、パウンダーがぎょろりと目を剝いて、おい、そこ、舞台に集中しろ、と意地悪なことを言う。それで、第二ラウンドを終わって戻る時、ぼくは手短にランヒーに告げた。

「前に座って、台詞を聞いてくれ。練習になる」

そう言ってぼくはデーヴィッドを押し退け、ランヒーの後ろの席に座った。パウンダーの目を盗みながら真後ろから彼女へ台詞を入れた。ラファエルが早速この方式をまねして、次の交代で、自分が前列に座った。真後ろにパートナーのアビゲイルを座らせ、台詞の練習をさせた。ラファエルの場合は、さすがにプロだけあって台詞はすべて入っていたが、アビゲイルのミスで敗退していたのだ。そうこうしているうちに、一組交代するごとに、まるでミュージカル・チェアのように全員が席を動くようになった。

前後で台詞合わせをする場合、前の生徒は口を大きく開けられないから聞き役になる。タイミングを測って攻守を交代するわけだ。ぼくとランヒーが入れ替わり、ラファエルとアビゲイルが入れ替わり、トリッシュとヤンが入れ替わり、その一方で正規のパフォーマーがステージに上がり、交代させられた組が降りて、そういうわさわさを利用して台詞を調整する——。なんだか知らないうちに、奇妙な活気がクラス全体を包んでいた。失敗のリズムがどんどん上乗せされて、トチって交代することを怖れなくなったのだ。

途中から、生徒たちの念仏のような台詞合わせはパウンダーの耳に届いていたはずだが、彼はにやにや笑って首を振るだけだった。クラスが醸し出す騒音を愉しんでいるようだった。

第三ラウンドで、ぼくとランヒーは最後の一ページの台詞へ到達することができた。ぼくは意図的に動き回っていた。棒読みとはいえ、動きたかった。最後にある長台詞を気分よく言い切っている最中に、咳払いが聞こえた。それは、ぼくのすぐ後ろ、例の小部屋から聞こえたのだ。

ドアの近くにいるぼくの耳にやっと届く程度の咳払いだった。ぼくは確信した。このドアの後ろに、サイラス・ケインがいる！

しかし。

トリッシュの言うように声帯も失っているのなら咳払いなど出来ない。じゃあ、だれだ？混乱した。

その瞬間、台詞が飛んだ。

クラスが終わると、パウンダーはぼくを呼び寄せた。

「ジョーダン・リトルは、その後、どうしてる？」

「ガールフレンドがいるベルリンに行って、半年後に、交通事故で……」

「……いつの話だ」

「デーヴィッド・ボウイが西ベルリンの国会議事堂前でライヴをやった年です」

「壁の反対側にいる友人たちにメッセージを流したアレか……」

「そう、アレです」

「アレの二年後に壁は崩壊したんだよな」

そういって二、三回頷くとパウンダーは、いい出会いだったな、とぼくの肩をギュッと握り教室を出て行った。

ジョーダンは、二〇年しかないぼくの人生の最初の「いい出会い」だったと今は思う。その代わり、彼との別れは苦い思い出となって残っている。


デーヴィッド・ボウイのライヴは一九八七年六月六日だった。ジョーダンは西ベルリンに住む八万人の人々と共にその伝説を目撃した。壁の向こう側にもスピーカーが向けられ、五〇〇〇人を超える住民がボウイの歌とメッセージを聞いた。その様子を熱を込めた文章で綴る絵ハガキが届いた数日後に、ジョーダンの妹がサンタモニカの家にやって来た。ジョーダンが交通事故で亡くなり、この家は彼女が相続することになったと喧嘩腰で宣言した。

ペニー・ジョーとぼくは三日間の「グレイスフル・ピリオド」を与えられ追い出された。


ランチはペア単位で散って行った。ぼくはランヒーと一緒に階段サロンでサンドイッチを食べ台詞合わせをした。

この週からジャズダンスのクラスでは自由選曲での創作発表会だ。毎日何人かが踊る。最初はトム・オシェイだった。彼は「雨に歌えば」を巧みにアレンジしていた。ミュージカル風に椅子一個を使って。持ち時間はひとり最低二分。発表会のあとはいつもの授業になった。

先生のビル・ベアは相変わらずみんなを持ち上げる。天才だ。街でやれば大金持ちだ。褒め言葉も五週目になると使い古しの語彙ばっかりだけど、ビル・ベアのボディ・アクションと一緒に出て来ると、それなりの鮮度がある。不思議だ。彼はこうやって何年も何十年も若者を褒め続けていくために生きている。それは勿論、ヴェトナムの戦場で褒められることなく死んでいった若者たちを眺めたことから生まれた人生哲学なのかもしれない。

午後のパウンダーのクラスでは台詞を完璧にできるペアが続出した。完走組はその次のラウンドで、感情を込めることが許された。棒読み組と進化する完走組の差が歴然と開いていく。ランヒーとぼくは、そのクラスでは一番手に指名され、完走した。

組み合わせは、演じた順番にいうと、こんな風になる。

第一組。ランヒー／ぼく。すべての希望から見放され、金鉱掘りをするカップル。どうにも金鉱掘りのイメージがわかなくて、ぼくは場末のバーのつもりでやっていた。午後の第一ラウンドで完走。

第二組。テリー／OB。会社の上司と頭の堅い部下。完走。

第三組。ラファエル／アビゲイル。頭のおかしい作家と妻の暴力的でコミカルなやりとり。ラファエルが役に入り過ぎて完走できず。

第四組。アレックス／ジェンジー。遺産相続をめぐっての泣き芝居。完走。

第五組。ヤン／トリッシュ。夫婦。浮気する奥さんと戦争帰りの旦那。棒読みなのに、既に喧嘩にもユーモアあり。熱のある組み合わせ。トリッシュにつかみかかったヤンが、ブラジャーを引きちぎった。Tシャツごしにだが。そのブラを取り出すと、それでヤンをぶったたいた。ヤンがすさまじい勢いで、ファックとビッチを繰り返し、トリッシュも負けてはいなかった。

一番アドリブが多くてはみ出したがエネルギーを買われて完走。古くて言えない表現をどんどん変えろ、と助言され午後の第二ラウンドでの進歩が期待された。

第六組。トム・オシェイ／マママック。全盛期を過ぎた野球選手と解雇を通達するオーナー。ふたりは昼時も教室から出ずに練習していた。しかし、完走できず。台詞を忘れ喧嘩が先行した。華奢なオシェイがマママックと渡り合えたので、仲間うちでは好評。

第七組。ルー／デーヴィッド。バツイチ男のデーヴィッドがゲイのシェフ、ルーとルームメイト。ふたりだけのクリスマスを迎える。招いた双方の家族が来なくてウィットで傷つけ合う。いつもは眠そうな大男ルーが大きく両目を見開いてゲイになり切った様は圧巻。消防士と俳優の選択に悩む男には思えない名演だ。棒読みでも、名演は名演。完走。

第八組。タイラー／アニータ。テンションが低い。パウンダーは大声でアジった。何度チャンスを与えられても完走できず。

第九組。アート／ジェンドン。オペラ観劇を前にレストランで食事をする夫婦。完走できる気配もなし。


第二ラウンドでも完走できなかったのは、第八組と第九組のみだった。結局、この四人は「スリッパーズ」にも顔を見せなかった。遅れを取り戻すために自主トレしているのだろう。

トリッシュはヤンと一緒に「ロスト・ワールド」を見に行った。ぼくも誘われたが、翌日のダンス発表の練習もあるので断った。トリッシュは、ふーん、と言って、ぼくの隣でペリエを飲み談笑するランヒーをちらっとだけ見た。そのままヤンを連れて出て行った。

罪悪感が甦った。

トリッシュとヤンがふたりだけで出かけることへの軽い嫉妬はある。しかし、それ以上に、初めて「スリッパーズ」にやって来た相方のランヒーを残して行くわけにはいかなかった。ランヒーが、ここにいるのは、ぼくとの「共演」の延長なのだ。その証拠にだれと話していても、彼女は必ずぼくの隣に戻って来る。

もうひとつの選択肢は、ランヒーも誘って「ロスト・ワールド」を見に行くことだったが、これだけはぼくも、そして、多分、トリッシュも避けたかったことだと思う。ダブル・デートになってしまう。映画館の席だってだれとだれが並ぶかで問題が出て来る。

一番いい割り切り方は、ウィーク・デイは共演者と時間を共有し、ウィーク・エンドは、恋人と過ごすという分け方。


夜の七時に店を出た。少しも涼しくならない。それでもセカンドからブロードウェイまで歩いた。散歩して、ビルの間の小さな空を見上げた。少し心細くなっている。初めてビッツにやって来た日のように。

部屋へ戻ってUFOの曲でダンスの練習を始めた。Iハウスの部屋の利点は壁に大きな鏡があること。

汗だく。

どこの部屋もチェーンがあるところはドアを少し開けて風通しをよくしている。ぼくの部屋はチェーンがないので少し開けてスーツケースをバリケード代わりに置いた。

翌朝、カフェテリアへ降りて行くと、ヤンが浮かない顔で座っていた。映画はどうだった、と尋ねる。

「おまえの代わりに殴られた」ヤンが憮然と答えた。

「だれに？　トリッシュに？」

「列に並んでたんだよ。映画館で。こそこそ台詞を言いながら。そしたら、通りかかった奴がさ、女連れているのにさ、トリッシュの顔見てさ、立ち止まってさ、いきなり、ビッチと来たのさ。この道化が新しいディックかって、ぼくを見るわけさ。なんか誤解してません、って言うつもりだったのが、流れで、練習していた台詞が出ちゃったわけさ」

「結構、攻撃的なやつ？」

「アドリブのすげー、攻撃的なやつ。なんか、ほとんど、自分でもびっくりするくらい。かっこええ、なんて思っちゃった。その瞬間、いきなり鳩尾《みぞおち》に喰らってさ。げえげえ吐いた」

「トリッシュはどうしたの？」

「いやあ、ぼくなんんか、涙流して悶えていたから、何がどうなっていたかわかんないけど」

「男はトリッシュを攻撃したのか？」

「全然。逆だよ。トリッシュが、突き飛ばしたんじゃないかな。彼女すげえ勢いで怒鳴ってたよ。医療ミスを訴えるとか言っていたから、医者かね、相手は」

「いくつくらい？」

「三〇代。滅茶金持ちっぽくて。連れの女も高級品」

事件の後は、トリッシュがタクシー代を払ってヤンをIハウスまで送らせたそうだ。

ビッツには四〇分早めに到着した。事務室で名前をサインする。久しぶりに名簿のトップだった。教室に入るとすぐ二人目の生徒が到着した。ランヒーだった。

極く自然に台詞をやりとりする。スピードアップして最後まで流し「解釈」をやった。

きょうからはパウンダーが演出や解釈を入れることになっている。

「先に帰っちゃったね、昨日」一区切りついたところでランヒーが言った。

「きょうのダンスの練習があったから」

「見てあげようと思っていたのよ」

「ああ、そうなんだ」

「やってみる?」

「ここで?」

ランヒーは頷いた。

「でも、CDが、ロッカーの中だし」

「どんな曲?」

タイトルを言うと、ランヒーはそらでリズムを取り始めた。美しく正確なテンポだ。体が自然と動いた。途中からランヒーが加わった。とてもしなやかで、優雅ですらあった。ぼくたちは一緒に踊った。踊りながらランヒーが、振り付けを修正してくれた。

踊り終わった時には、お互いうっすらと汗をかいていた。

教室にはぼくたちふたりきり。

お互いの喘ぎ声を聞いている。見方によっては、スカケット・ビーチの海で聞こえたトリッシュの息遣いと同じかもしれない。手を伸ばせば、体の内側に入って来るような息遣いだ。しかし、何かがそれを押し止めた。

ぼくは多分、トリッシュを恋愛のパートナーに選んでいたのだ。

ランヒーは、トリッシュとは異なった褐色の肌で魅了し刺激する。それでも、彼女との間にあるものは、トリッシュとの間にあるものと何かが違う。その何かは——あのドアだ。小部屋の、あの軽量級のドア。


ランヒーは、あのドアの向こうに一度行った。


ランヒーは、ケインが妥協してまでクラスに引き入れた特別な生徒だ。

そして、５Ｃの生徒の中では、ランヒーとラファエルだけが、多分、ケインと会って話したことがある。

「あのドアの向こうに何があったの？」ぼくは尋ねた。

ランヒーは体を引いて、小部屋との仕切りのドアを眺めた。

「別に」どんな猜疑心でも溶かしてしまう大自然の微笑みを浮かべ、ランヒーは両手で汗をふいた。

それから濡れた掌をぼくのシャツで拭いた。

それからぼくの腰を抱いた。

ちょっとだけ背伸びをして、唇に唇を重ねた。臆病に舌を絡ませて来た。一瞬だけ、それは大胆に動き、五感を情欲が貫いた。その途端、彼女は急速に離れていった。

「PJへの恋愛感情はこれでおしまい」

「おしまいって」ぼくは足元も頭もふらふらになりながら尋ねた。

「これから先はケインに聞いて」

「じゃあ、やっぱり――」

「老人の最後の愉しみを奪う趣味はないから」

言い終わった時にはラファエルが陽気に入って来た。アビゲイルとテリーも続いた。


午前中のクラスでは四組が演じた。ランヒーとぼくの出番はなかった。

リペティション風に考えずに相手の目を見てやれ、テキストは敵だ、という二点をパウンダーは強調した。

「状況がお友達だぞ。昨日、ヤンとトリッシュ、ルーとデーヴィッドが効果的だったのも、状況がお友達だったからだ。お友達を彼らは大事にした」

そんなヒントをパウンダーは与える。それと、台詞から情報を読み取る力。

昼休みもランヒーと一緒だった。それぞれの育った環境のことを話す。芝居の段取りを決めるよりも、お互いを知ることの方が重要だった。

トリッシュは昼からのダンスクラスに参加した。ぼくの発表会に間に合うようにやって来たのかもしれない。大分、ブルーが入っている。マママックに何かあったのと訊かれると、頭痛がすると答えていた。

ランヒーとのセッションで自信がついた分何かが上乗せされたらしい。ぼくは気分上々で踊り終わった。その途端、ランヒーが大きく手を広げてハグしてくれた。それはそれで嬉しかったけれど、本来は、トリッシュのハグだよな、などと考えてしまった。彼女を探すと、片隅で慎ましく拍手をしていただけ。

みんなの拍手と比べても、随分慎ましい。らしくない。

ダンス教師のビル・ベアに呼ばれてステージに戻る。で、再び拍手。

「どこ出身だっけ？　中国？」

おいおいボケるなよ。

「日本です」

「日本から来てここまでやれるって奇蹟じゃないか」やたらと感心する。いろいろ訊かれたが逆に緊張して何と答えたのかも憶えていない。トリッシュのことが気になっている。

インパクトがあったのは次にやったランヒーだ。タキシードとシルクハットとタップシューズ。歌って踊って。

もともと彼女はジャズダンス系には強かった。

それが、ピアノに飛び乗ったり、教室をいっぱいに使って文字どおり踊り狂った。何かが吹っ切れたかのように、クラス全員をエンターテインしたのだ。感極まったラファエルも、彼女に合わせて踊った。

ビル・ベアは感動して何回も奇声を発した。

「こんな素晴らしい生徒がいるのか、このクラスには！」

続いてステージにはデーヴィッドが上がり、「００７」のテーマでダンスを始めた。シャツの下に青いTシャツを着ているのが気になる。

バタっと倒れたら「シンドラーのリスト」の音楽に変わった。自分で編集したテープだ。壁にハーケンクロイツを貼る。リストの名前を選んで消して泣いて鉤十字を裂く。囚人に成り切って暴行を受ける。逃げる。倒れる。全部ダンス。また死ぬと、「スーパーマン」のテーマ！シャツをパッと脱いで立ち上がる。飛び回る。みんな総立ち。拍手大喝采！　ビル・ベアの助手イラーニの手を握って走り去っていく。

本日の創作ダンスのシメはヤンだった。彼はいきなりパウンダーのまねで笑わせた。ぐるぐると腕を廻すボディ・アクション、イヤアイヤアの間合い、そっくりだ。それが、男性ストリップになった。曲は「コーラスライン」。

いつもはダンスが下手なヤンなのに、このときばかりはイキイキ潑剌。ベルトをはずして自分の体をびし、うふ。腰を揺すり、うふ。ベルトで股間をこすり、うふん。官能のため息をまき散らす。みんながデジカメでパシャパシャ写真を撮った。

タマラの発声のクラスが終わった途端、トリッシュが近づいて来た。

ランヒーと雑談していたぼくの腕を引っ張って階段へ向かった。四階まで黙って昇った。図書室へ入り、砦のようになったコーナーへ進んだ。そこで、彼女はぼくの首を両手で抱え、父親譲りの探るような眼差をぶつけて来た。それから、額と額をこすり合わせた。

「私たち、一緒？」

「一緒だよ」

「ランヒーがあんなにセクシーでも？」

「うん」

「嫌な男が私の廻りをうろうろしても？」

「関係ないよ」

「もしそういうやつが、ふたりでいる時に何か言って来たら？」

「だいじょうぶだよ。トリッシュの陰に隠れるから」

彼女は笑ってキスをした。今までで一番ジューシーなキスだった。

ヤンが言っていた昨夜の事件は、思った以上にトリッシュを傷つけたようだ。

「何か面白いことしようか」ぼくが提案した。トリッシュを元気づけるためならなんでもよかった。

「ふたりで？」

「とりあえず三人以上で」

ぼくは、午後のパウンダーのクラスで、ヤンのストリップをやろうと提案した。トリッシュの瞳が、パァーッと輝いて弾けた。

図書室を駆け出た。階段サロンへ行き、雑談していた仲間に計画を話した。ヤン、ランヒー、ラファエル、アビゲイル、ルー、デーヴィッドが即座に乗った。つまり、そこにいた全員だ。休憩の残り時間をフルに使って、ヤンの振り付けをランヒーがアレンジし、みんなで合わせてみた。

かなり、イケていた。


ぼくたちは廊下の隅に隠れてパウンダーを待った。「スターバックス」のマグ・カップをもったパウンダーが鼻歌まじりに階段を昇って来た。5Cに入ったのを見届け、八人は廊下に整列した。合図は、マママックが鳴らす笛。

デーヴィッドが全員の顔を見渡し、提案した。「折角だからグループ名をつけようぜ」

「クレージー・エイト」ラファエルが言った。

「当たり前すぎる」ぼくが否定した。

「パウンダーズ」トリッシュが返した。

「パウンダー・シスターズ」ランヒーが修正した。

「ミート・パウンダーズ」アビゲイルが珍しくはしゃいだ声を出した。

意見がまとまる前に室内で笛が鳴った。デーヴィッドがラジカセをオンにした。八人はヤンを先頭にクラスへ入って行った。トリッシュが続き、ぼくが彼女の腰を支え、ランヒーがぼくの腰を支えた。そのうしろがルー、デーヴィッド、アビゲイル。そして最後にラファエル。八人のボディ・アクションを見て、パウンダーは茫然自失状態になった。スターバックスのマグ・カップを握ったまま、固まった。

終盤では、ラファエルがビキニ・パンツ一枚になった。

終わって拍手大喝采。マママックがひとりひとりと腰をぶつけあった。パウンダーは泣きながら笑っている。

なにやってるんだ、おまえら、滅茶滅茶うれしいよ、おれは。どうすんだよ、今からこんなに盛り上がって。なにやってんだよ、おまえら――。

## （六）五五丁目で落ちた鳩

木曜日までにルーの決意は固まった。ラファエルがわざわざ報告してくれた。ベーグル・ショップで休憩時間を過ごしていた時のことだ。

火曜日以降、ランヒーとぼく、トリッシュとヤンのペアは一緒に行動することが多くなった。この時も一緒だった。

「ルーは残るよ。間違いない」

ラファエルの確信に満ちた声にランヒー以外の三人が歓声を上げた。それほど、ルーとデーヴィッドのペアは人気があった。九組の中で、最も進化しているペアだと断言してもいい。毎日色々なアイデアも試し、すべての点に置いて、ルーがリードしていた。彼の役はゲイのシェフだったが、逆に、ルーの男気といったもの、あるいは色気といったものが匂った。このクラスからハリウッド・アクション大作の主役を張るものが生まれるとしたらルーしかいない、とみんなで噂をしあった。それに、彼が辞めたらここまで努力したデーヴィッドが可哀想だ。

「おれは言ってやったんだ。おまえこそ、ブーツ・セローンの後継者だって」

「一発で死ぬってこと？」トリッシュが軽やかにラファエルを虐めた。

「そうそう。一発で死ぬかもしれない。だけど、ハリウッドのトップに立った気分に浸れる。そこに長くいるかどうかは、環境だよ。友人の輪だ。クラスの仲間を見てみろよ。おれにはこいつらがいなかった。おまえには、すごい財産があるじゃないかってな」

ヤンとぼくがラファエルにハイファイヴをした。

「クラスの秘密も話したんでしょ？」ランヒーが言った。ラファエルは、反省する猿の表情を作った。

つまり。

反省している様子だが、開き直っている感もある。首をかくかく上下させ、猿がノミを潰すように衣服についたベーグルのかすを払い落とす。彼だけは、ベーグルを食べていないんだけど。

「ま、ある程度はな。おれがどういう経緯で5Cに来たか、とか」

「なにそれ？　なんかあるの？　秘密って？　ぼくも関係しているわけ？」

ヤンが好奇心をむき出しにして尋ねた。トリッシュが黙らせた。

「私はいくつになっても地下で生きて行くと思うの」

ランヒーがぼそっと言った。

「この街から離れられないし、地下鉄のホームでチェロを奏でているのが自分だと思っている。映画の仕事が来ても、ここから出発してここに戻って来る生活。海外で何週間も何ヵ月も過ごすなんて考えられない」

「変わるさ、ランヒー。君は変わる」ラファエルが答えた。

「そうかな。ＰＪもトリッシュも変わると思う。ヤンもそう。あなたもよ、ラファエル。若い友達と一緒になって、ある意味じゃ、あなたが一番変わると思う。でも、私とか、ルーとかは、本質的に変わらない。私はこの街の地下にどんどん根を張っていくし、ルーは、反対に、上へ向かって伸びていくのね。高層ビルの上へ、上へと。大事なのは、どちらも人の命に関わるところで生きていくことなの。私は大勢死ぬのを見たし、彼は大勢の死を防ぐために悩んでいるわけだし」

「ランヒー、聞けよ。ルーは理解したんだ。高層ビルの安全とか消防の任務とか、彼じゃなくてもできるやつはいる。彼じゃなきゃあできないことは、５Ｃにあるんだよ」ラファエルが言い切った。


ふたりの会話を聞いていてなんとなく納得できたことがある。

ランヒーとぼくの関係だ。はっきり言おう。共演者として、ぼくたちは機能していない。スパークするものが何もないのだ。最初、それはトリッシュへの罪悪感かと思っていた。が、どうも違う。

リペティションでランヒーが変化する様を目撃して以来、ぼくはずっと彼女とリペをしたいと思っていた。何週間経ってもそれが実現しなくて、ある意味での飢餓感を蓄えることには成功した。最後の最後に共演者として選ばれ、そこで一気に弾けるものがある、とぼくは確信していた。

あのテリーとの何時間ものリペの後にやって来た「会話力の復元性」のように。

でもそれは幻想だった。こんな筈じゃないと思いながら、いつもやり切れていない思いが残る。正直、ぼくたちのペアは停滞している。それは、彼女も感じていると思う。

昨日、「スリッパーズ」でデーヴィッドが役者にとっての「ケミストリー」の話をしてくれた。

俳優同士の化学反応式。組み合わせの妙。そういったことだ。

デーヴィッドは監督の立場からそれを考え、ルーとの間には完璧なケミストリーが存在する、と言っていた。逆の例で挙げたのは、テリーとOBのペアだ。ここはデッド・ケミストリー。ふたりがまったく合わずに進歩がない。それぞれは才能を持っていても、お互いの持ち味が邪魔をして相殺している。

パウンダーは監督ではない。演技者の立場から講義する。だから、上から見下ろす意味での「ケミストリー」を否定する。クラスで時間をかけて積み上げたものを実践すれば、どんな組み合わせでも成果が上がるということを信じる立場にある。それが、彼の教師としての強さでもあり限界でもある、とデーヴィッドは言う。

確かに、ぼくの目から見ても、テリーとOBの組み合わせは面白みに欠けていた。殊にOBはテリー以外のだれとでもうまく行きそうなのに、最悪の状況であがいている。ただし、彼は毎日、それを変えようと努力をしている。テリーが受けとめようとしないのだ。まるで、OBに対する愛情がない。興味もない。彼女は契約通りの仕事をこなしているようにしか見えない。なんとか刺激を与えようと、パウンダーは昨日、ふたりの役を交換した。テリーは上司から部下の役に変わっても上手に台詞はこなした。が、表面だけだ。OBは、うろ覚えの台詞でトチったが、その時間の真実はあった。

問題は、OBが泥沼だと感じているのにテリーが自信を持って「お仕事」をこなしているということなのだ。

「そういう見方をすれば、ぼくとランヒーもケミストリーがないよね」と正直に告げると、デーヴィッドは意外だという顔をした。

「君たちには、何かがあると思うよ。ほんの少しで変わる筈なんだ。でもね、ケミストリーといえばね、君はトリッシュと組むべきだったね。おれが思うに、恋人同士だから敢えて組ませなかったんだろうけれど、それはパウンダーの大きな間違いだね。このクラスで、最高の組み合わせが、君とトリッシュの筈なんだ。おれが監督だったら、絶対に君たちをキャスティングしている」

誓ってもいいが、ランヒーとぼくを組ませたのはケインだ。パウンダーの責任ではない。ジェームズ・ヴァン・スライクが予見したのは、そういうケインのデザインだった。

「でも、トリッシュとヤンは素晴らしいと思うよ」

「本当にそう思うかい？　確かに最初のセッションでは素晴らしかった。おれも思いきり笑った。でもそれは棒読みという制約があったからなんだ。パウンダーがアドリブを許したら、どんどん空回りしている。ヤンは感じていない。あいつはバカだから、オーヴァーな芝居に行っちゃう。天然ぼけはコメディでしか生きないよ。トリッシュのように、ハートのある女の子には無理だよ」

「トリッシュはハートがあると思う？」

「みんな彼女の外見にごまかされているんだ。そのことは君が一番よくわかっているんじゃないのか。トリッシュは、人を心から愛することのできる女性だ」

「そうだね」

「残念だよ。おれは、このクラスのフィナーレは君とトリッシュが飾ってくれるとばかり思っていたんだ」


話をベーグル・ショップに戻そう。

ラファエルは喜々として「ルーの決断」を告げると慌ただしく出て行った。残されたふた組のペア。ぼくたちが囲むテーブルには、何か澱《おり》のようなものが堆積していく。秒単位で少しずつ。確実に。

ぼくとトリッシュとランヒーにはそれが見えるのに、ヤンにはまったく見えていない。

ヤンはようやく充分な仕送りが届いたので壊れていたローラーブレードを修理した。それで、今週からは地下鉄での登下校を本来の姿に切り換えた。今も、ヘッドカセットで音楽を聞き、一走りして来る、と街へ出て行った。

ぼくはランヒーとトリッシュにはさまれてデーヴィッドの言う「ケミストリー」を考え続ける。

午後のクラスでは、トリッシュのペアが一番手だった。クラスは沸いたが、ぼくはデーヴィッドと顔を見合わせた。ヤンは、やり過ぎだ。

あまりにも不自然に、トリッシュのブラを飛ばしたアクシデントに匹敵するアクシデントを探している。ファックを言うのにも以前のような照れがないから、どんどんタイラーに似て来ている。しかし、ラファエルを始め、タイラーも含むクラスの大多数には受けている。

トリッシュは、それを感じていると思う。が、自分を殺している。ヤンに合わせている。パウンダーはヤンを煽り、トリッシュを挑発し続ける。

そのあとで、ぼくとランヒーが呼ばれた。

「ＰＪ、合図があるまで外で待っていろ。ドアを開けたら全力でベッドメイクに集中しろ」

「え？　ベッドメイクですか？」戸惑いが声に出た。

「設定を変える。おまえたちにはショック療法が必要だ」

意味がわからないなりに待っていると、アビゲイルが顔を出した。「心の準備ができたらいつ入ってもいいって」

短く深呼吸して、ドアを開けた。

ベッドのパーツが部屋一杯に散乱していた。マットレス・シーツ・毛布・枕・枕カバー・ベッドのポール・ヘッドボード。

ベッドメイクをしようにもベッドの形がない！　しかもふたつとも！

固まった。台詞も出なかった。ランヒーは待っている。他の生徒は笑いころげている。パウンダーは机をバンバン叩いてベッドメイクを急がせる。

頭の中が真っ白状態。とにかく台詞を始め、ベッドの組み立ても始めた。猛烈な勢いで。ところが、ランヒーがそれを邪魔するのだ。パウンダーに命じられたらしい。

ずっこける、足をぶつける、突き飛ばす、突き飛ばされる。

何が何だかわからない中でも台詞は続く。ベッドを組み立て終わると、ランヒーが枕を放り投げ、毛布を持って逃げる。ぼくが捕まえようとしたらパウンダーが大声で、手は使うな！　言葉で止めろ！

エスカレートすると途中で台詞がつまる。するとパウンダーが、ベッドメイクを急げ！　盗賊が来るから急げ！

なんとかひとつのベッドをメイクした。これを死守しながらもう一個のベッドを組み立てる。ぼくもランヒーも汗だくで攻防を続け、いつの間にか台詞を言い終わっていた。思わずランヒーとふたりマットレスに倒れた。

天井がぐるぐる廻っている。拍手が聞こえている。起き上がるとパウンダーに背中を叩かれた。グッドグッドグッドの褒め言葉が続いた。ランヒーともハグをした。

パウンダーがクラスに言い放った。

「いいか、どんなことをやっても、テキストは基本だ。おまえたちの言動の原点だぞ」

Text is a map of your behavior.

そういう表現をした。すると、マママックが混ぜ返した。

「テキストは敵じゃなかった？」

パウンダーは力強く笑った。

「気にするな。おれもおまえもみんな矛盾してる。本当に怒れ、本当に訊け。重要なのはその時の真実に全力を尽くすことだ」

何度浸かっても不思議なバス・タブだ。

周囲の壁は黒く塗ってある。ドアはなく、壁一枚で仕切られたキッチンと同じ換気扇を使っている。正面は吹き抜け部分の窓と向き合っている。ここは五階。六階と七階は倉庫だから覗かれる心配はない、とトリッシュは言う。それで、吹き抜けの側にはカーテンもなにもない。バスタブ自体はフロアより一メートル上がったところに作ってあって、階段を昇って入るようになっている。

広さは四人でも充分なサイズ。ぼくとトリッシュはバブルバスに浸り、ゆっくりとお互いのシーンの相手役を務めている。

「スリッパーズ」にも寄らず、ぼくたちはロフトに直行し、愛しあった。そのあとは授業の話も、お互いのペアの批評もせず、バス・タブに向き合って浸かって台詞合わせだ。トリッシュはもうランヒーの台詞を殆ど暗誦していたし、ぼくもヤンの台詞を憶えている。

「きょうのベッドメイクはすごかったね」トリッシュが言った。

「ベッド、何人で分解したの？」

「全員よ。というか、パウンダーもあそこまでバラバラにするつもりはなかったみたい」

「だれのアイデアだよ」

「私」

「ありがとう」ぼくはトリッシュの足首を握って引っ張った。湯舟に彼女の上半身が沈んだ。湯を吐き出しながらぼくに飛びかかってキスの雨。

「ＰＪとランヒーは組み合わせがいいよね」

「でも、どこか、ごまかしている」

「そんなことないよ」

「あそこまでコテコテにしなくちゃ機能しないってことが間違っている証拠じゃないか」

「冷静な分析屋さん」

「デーヴィッドに言われた」

「なんて？」

「ぼくとトリッシュの組み合わせを見たいって」

トリッシュはぴったりと体を寄せて来た。ぼくたちの気持ちはひとつだ。

「私、ヤンとは合わない。最初はね、すごく愉しめた。一発屋だから、彼は。練れば練るほど、つまらなくなる」

「色々なタイプの俳優がいるからね」

「ヤンはどう思っているんだろう」

「なんにも考えてないと思うよ」

「そうだよね」

「今は、お互い、ロック・ボトムじゃないかな。最後の週にはどんどん上がって行くさ」

「その後はどうなるの？」

「さあ」


正直な話、ぼくはケインの「最後の特別授業」にまつわる様々な噂をもう一回整理する必要に迫られていた。この程度の演技しか残せないぼくたちが、歴史的な「最後の特別授業」に残るわけがないと思う。

残ってはいけない、とすら思える。

才能で選ばれるとすれば、5Cでは、ルー／デーヴィッド、ラファエル／アビゲイル、オシエイ／マママックの組だけが合格ラインにいるのではないだろうか。アビゲイルの進化はすごいし、オシェイとマママックはケミストリーの勝利とでも言えるような磁場が毎回発生する。3Aや3Bにも逸材はきっといるのだ。もしもケインが今まで通りの「一〇人選抜」にこだわるなら、ぼくやトリッシュには勝負権はないのかもしれない。

トリッシュの声が悲観的な思考を止めた。

「ケインの授業のあと、どうなるの？」

「ケインの授業にすら、ぼくは選ばれないかもしれない」

「まだそんなこと言ってる。それはあるのよ。どんなに下手な芝居をやっても、あなたもテリーもランヒーもラファエルも選ばれることは間違いないのよ。5C全員が選ばれる可能性も強いのよ」

「それは楽観的すぎるよ」

「ケインの授業のあと、日本へ帰るの?」

「いや、帰らない」

「なぜ?」

「理由はふたつ。仇討ちと君だ」

仇討ちは日本語で言った。それで、トリッシュはひどく哀しい目をした。

「アダウチさんってだれ?」

ぼくは真夜中までかかってペニー・ジョーの仇討ちの話をした。それから明け方まで、自分のすべてを語った。

起きたら一一時を過ぎていた。

雨だ。どんよりとした光の中をぼくたちはビッツへ向かった。


中途半端な時間だったので午前中のクラスに出ることを諦めて、トリッシュとふたり階段サロンでみんなを待った。こちらのビルの階段は、ひさしで覆われているから雨に濡れることはない。ビッツの階段は、びしょ濡れだ。

最初にルーとデーヴィッドが来た。

「どこで遊んでたんだよ」ルーがにこにこしながら言った。

「大事なものを見逃した？　私たち？」トリッシュが尋ねた。

「全然」ルーが続けた。

「でも、あれはすごかったな」デーヴィッドが階段をぴょんぴょん上がったり下ったりしながら口をはさんだ。

「そうだよな。あれは、ちょっと来たね」ルーが応じた。

「何だよ、もったいぶるなよ」ぼくが促した。

「オーエンとテリーがさ、朝イチででたるかったんだよ。な、ルー」

「ああ。パウンダーが切れた」

「というか、パウンダーはテリーに切れたんじゃないか」

「そりゃあそうだ。煽られても落ち着いてるものな、テリーは。試行錯誤の期間ですからなんちゃってさ。逆に、オーエンが可哀想なくらい落ち込んでさ」

「それで、どうしたの、パウンダーは？」トリッシュがぼくの髪の毛をいじりながら尋ねた。

「やる気がなければやめろって言ったんだよ」デーヴィッドが答えた。

「オーエンも変わったよね」ルーが妙にしんみりとした口調で言った。

「まるくなったというかさ。なんか、耐えるんだよね。男の子って感じでさ」

「だれが見たってテリーが足を引っ張ってるんだ」

「わかってるよ、何回も言うなよ、デーヴィッド」ぼくが口をはさんだ。

「パウンダーはさ、両腕でオーエンの耳を持ってさ、引き寄せたんだ」デーヴィッドがぼくの両耳を握って続けた。「もう一回チャンスをやろうか」

「それで、セッションを再開したのさ」とルー。

「がんがんやったの？」トリッシュが訊いた。

「テリーの顔色が変わるくらいね。がんがんやった。その途中で、パウンダーはすげえ演出をつけた」デーヴィッドが興奮した口調で続けた。「『オーエン、そのまま一階まで行って事務室にハローって言って戻って来い！』オーエンは反射的にドアから飛び出したのさ。パウンダーは同じことをテリーにも言ったんだ。そしたらテリーはなんて答えたと思う？」

「意味ないですよ」ルーが首を振りながらつぶやいだ。「意味ないですよ」

「パウンダーは怒った？」トリッシュが心配した様子で尋ねた。

「いや」ルーが短く答え、続けた。「見放したんだと思う」

ふたりの話を総合すると、パウンダーは何も言わず、腕組みして窓際へ引き下がった。クラスは静まり返ってＯＢが戻って来るのを待っていた。テリーは手持ち無沙汰で待っていた。息を切らせて戻ったＯＢはその状態で芝居に入った。気分転換もできた。台詞は途切れ途切れでも熱意と明るさに満ちたものになった。

ラファエルとアビゲイル、そしてＯＢも階段サロンへやって来た。テリーの姿は見えなかった。ＯＢは何かが吹っ切れたのか、ラファエルと冗談を言い合っている。ラファエルは、ぼくとトリッシュを見て両手を広げた。

「おまえたちがいない間にヤンとランヒーがデキちゃったぜ。ダンス・ルームでミート・パウンダーズのさらなる研究をしているよ。おれも誘われたけど」

その時、アビゲイルが悲鳴を上げた。全員が、彼女を見て、その視線を追った。雨で羽根を濡らしてしまった鳩が車道に落ちたのだ。信号が変わって、車が次々と走って来る。

トリッシュが車道に飛び出そうとした。ぼくが抱きとめた。

ルーとラファエルが車を止めようと手を上げる。その時、救急車のサイレンが聞こえ、一台の車が脇へ寄せて来た。鳩を轢いた。

デーヴィッドもアビゲイルもトリッシュも、同時に何かを叫んでいる。鳩の頭だけはまだ動いている。どんどん走り過ぎる車。ルーが車道へ降りた。ラファエルが止めた。

救急車が猛スピードで近づき、サイレンの余韻だけを残してあっと言う間に走り過ぎた。鳩の頭をつぶして。

ルーが一声叫んだ。

それだけで収まらず、雨の中を走り始めた。救急車の後を狂ったように追って。ぼくはルーの後を追い掛けた。ラファエルも走っているのが目の端に見えた。

大通りへ出た。救急車の通過で一旦は停止した車が走り出そうとするところへ、ルーは突っ込んで行った。ルーには走り去る救急車のテールランプしか見えていなかった。ぼくもラファエルも、口々に叫んでいた。一台の車がルーに接触した。

その瞬間、ぼくの耳もとで急ブレーキが鳴った。

宙に舞っているのは、ルーではなくてぼくの体だった。

大した傷ではない。ちょっとした打撲傷。あとは脳震盪だ。

救急車で運ばれて検査を受ける間、トリッシュとラファエルが付き添ってくれた。診察が終わると、看護婦にエスコートしてもらいぼくは待合室で二人を待った。彼らは救急医療費を旅行保険で支払うのか、学校の保険を使うかを事務局で交渉していた。

ふと気づくとルーが隣に座っていた。大きな体をこれ以上小さくできないくらい窄《すぼ》めている。

「オレがあんなバカなことしなけりゃ、おまえが事故ることはなかった」

「大した怪我じゃないよ」

「おまえが無事で本当に良かった」

「それより午後のクラスが始まるぜ。早く行きなよ」

「いいんだ。パウンダーには挨拶してきた」

努めてサバサバした口調でルーが答えた。

「挨拶って……」

「もう5Cには戻らない。消防隊員育成プログラムに参加する」

思ってもみなかった一言でぼくは混乱した。頭の中では日本語のセンテンスが鋭く絡み合っている。ちょっと待ってくれよ、と言ったことは憶えている。そのあとは、鳩が死んだことで俳優の夢を吹っ飛ばすのか？　ワールド・トレード・センターがそんなに大事なのか？　というようなことを言ったはずだが、自分の耳には入ってこなかった。

ルーが、出走をはやる競走馬を宥《なだ》める感じで、ぼくの膝をポンポンと叩いたところを見ると、思ったことに近いことを言えたのかもしれない。

「おまえの気持ちはわかったよ。オレの話、聞いてくれ」

ぼくはルーの言葉を待った。

「オレの親父は、ワールド・トレード・センター建築中に、何度も、こっそり中へ入って夜景を楽しんだそうだ。妊娠中のおふくろに七十何階かで夜景を見せている時に、彼女は産気づいた。慌てて病院へ連れて行って生まれたのが、オレさ。どこまで本当の話かわからない。これが、運命といえば運命なんだ。要は、オレがそういう伝説を聞かされて育ったということだ」

そこまで一気に喋って、ルーは遠くを見つめる眼差になった。

「鳩が轢かれた時、オレはとんでもない光景を見た」

ぼくは息をするのも忘れてルーの唇を見つめている。

「ツイン・タワーが崩れ落ちる幻想さ」

ありえない、という一言だけは押し出すことができた。

「うん、ありえない。だけど、四年前に起きたテロは四年後にまた起きるかもしれない。今度は爆弾を積んだトラックが突っ込むだけじゃないだろう。確かなのは、その時にオレはＬＡで映画の撮影なんかしていたくないし、舞台に立っていたくもない。オレはツイン・タワーに入って一人でも多くの人を助けていたい」

ルーの決意を覆す言葉を、ぼくは探すことができなかった。

## （七）クリメント・ジャルコフの夢

手続きを終えたラファエルとトリッシュが戻った時、ルーは出て行ったあとだった。二人にはルーの決意の全てを伝えた。ラファエルは、何も言わずにうめき、トリッシュは「そういう予感がしてた」と答え「脳波には問題ないけど、今日一日は安静にしていたほうがいいそうだからロフトへ帰りましょう」と続けた。

ぼくは違う考えを持っていた。

「午後のパウンダーのクラスには間に合うよね」

「ＰＪ、５Ｃに戻ったら泡吹いて超カッコ悪ーく死ぬよ」

「ちょっと待てよ、トリッシュ。ＰＪはど真ん中に豪速球を投げるつもりでいるんだぜ。聞いてやれよ」

「鳩は死んだ。ルーが行ってしまった。そういった感情が波打っている」

胸を叩いた拳をラファエルが見つめ応じてくれた。

「今、吐き出したいんだよね」

ぼくは頷いた。

「おれもそうだ。きょう起きたことはきょうの燃料にしたい」とラファエル。

「トリッシュは？」ぼくは彼女の心からの同意を得たかった。

「ルーのことは、私にはインパクトはないけど、ルーを思うＰＪのおセンチぶりがガンガン来情！」


てる」そこで言葉を切ってトリッシュはぼくの反応を縦横斜めから観察した。ぼくは、期待を込めて、だから？　と口にした。

「オーケー、ＰＪベイビー、パウンダーに叩きつけてやろうよ。私たちのとびっきり生の感情！」

込めて、だから？　と口にした。

ぼくたちが5Ｃに戻った時、教室には感情の嵐が吹き荒れていた。オシェイとマママックが、テンションの高い演技を見せたのだ。

二人は演技を終えると、ぼくを抱き締めた。無論、症状はラファエルから連絡が入って怪我が大したものではないことはみんな知っていた。でも、まさか数時間でクラスへ戻るとは思っていなかったようだ。

パウンダーが、今まで見たこともない柔和な表情で尋ねた。

「やりたいか、ＰＪ」

「やりたいです」

「よし。ランヒー」パウンダーが客席にいたランヒーを呼んだ。

「すいません、先生」ぼくは慌てて口をはさんだ。「一回だけ。今だけ、わがままを聞いてください」

パウンダーは腕組みをして一歩下がった。それから、ジッと見つめた。

「おれは、耳になってる、ＰＪ」好きなことを言え、とパウンダーは宣言してくれたのだ。

「ごめんな、ランヒー。ヤンも、ごめん。ぼくは今持っている自分の感情をトリッシュにぶつけてみたいんだ」

クラスが静まり返った。その静けさを掻き消さないように、慎重に、パウンダーが尋ねた。

「トリッシュがランヒーの役を盗むのか、それとも、おまえがヤンを盗むのか」

「ぼくがヤンの役を盗みます」

途端に、ヤンが今までどうしても言えなかった一言を口にした。

ジーザス、ＰＪ！

ファックを言えても「ジーザス」だけはいつまでたっても「チェズィーズ」だったのだ。

間髪を容れず、パウンダーが怒鳴った。

「黙れ、チェズィーズ！」

ラファエルが拍手をした。トリッシュが雄叫びをあげた。緊張がいっぺんに弾け飛んだ。

「トリッシュ、ＰＪ。行け！」

それだけ言うと、パウンダーは、ステージをぼくたちのために空けてくれた。


失うものもあれば得るものもある。

世の中はうまくバランスが取れているのだな、とわかったのがこの週末だった。七月一八日の金曜日から二一日の月曜日にかけて、ぼくは確実に賢くなった。だれかよりも賢くなったわけではなく、前日の自分よりも本日の自分が「ましだな」と思える成長。

金曜日の午後、死んだのは鳩一羽だったけれど、生まれた感情は、測り切れないくらい大きかった。ルーを失った感情はもっと大きかった。それを、トリッシュと分け合った。

ぼくたちは間違いなくその時間の真実を生きた。

パウンダーは、即座に配役を代えた。ぼくとヤンは正式に役柄をスイッチした。ランヒーは、それがベストだと思うと答え、ヤンとの共演に意欲を見せた。ヤンは、トリッシュがランチをおごるといった途端、にっこりした。この交換では全員が「何かを得た」。


金曜日の放課後、パウンダーは、六時を過ぎて「スリッパーズ」に顔を見せ、「ルーを失った」ことを公式発表した。パウンダーはデーヴィッドを捕まえ、「代役は立てる。おまえの頑張りを無駄にはしない」と告げると生徒たちの顔を見渡し、ＯＢのところで視線を止めた。

「もう一回、チャンスをやろうか、オーエン」パウンダーが尋ねると、ＯＢははきはきした口調で答えた。お願いします！

だから、多分、ＯＢも「得た」側だ。二つの役を演じることになるが、彼にはなんの屈託もなかった。デーヴィッドと一緒に台詞合わせを始め、バーがうるさくなって来ると、ふたりで早々に退散した。


その週末をトリッシュのロフトで過ごした。着替え持参で。

土曜日は、メイ・タオも加わって、念願の「人形の家」を見に行った。ジェームズが購入してくれたティケットだ。そのあとは、三人でウェブスター・ホールへ向かった。

Ｂ１がレゲエ、一階がＲ＆Ｂ、二階が六〇年代と七〇年代ミュージック、三階がテクノ系という贅沢な総合クラブ空間だ。それだけ人気も高く、入り口でのＩＤチェックは厳重だと聞いている。しかし、トリッシュとメイ・タオには作戦があった。トリッシュの知り合いがいれば、IDチェックは問題ない。いない場合、ぼくは上海からやって来た英語のわからない中国人男性を演ずることになった。

「私が話し掛けたら日本語で答えて免許証を見せるの。どうせ、あいつら中国語も日本語も違いはわからないし日本の免許証は西暦の記載がないから平気よ」

メイ・タオが確信を持って言い切るので、その通りやった。

ウェブスター・ホールのエントランスには二〇人ほどの列が出来ていたが、トリッシュは顔パスで優先的に入ることができた。ぼくとメイ・タオが続こうとすると、IDを要求された。打ち合わせ通り、メイ・タオの中国語に日本語で答え、免許証を見せた。ガードマンはパスポートの提示を求めた。メイ・タオがまくしたてた。こんなところに持って来るわけないじゃない。

トリッシュが戻って来た。中国語と日本語のチャンポンでぼくに話し掛ける。バカ丁寧なお辞儀で締めくくる。メイ・タオとトリッシュの間で、話がエスカレートして、ぼくはいつの間にか、実はチベットからお忍びで来た高僧だという話になった。こういうところには必ずお調子者の従業員がいる。人員整理の援軍で出て来た男が、ぼくを見て「知っている」と言った。

「チベットの坊さんだ。リチャード・ギアと一緒に写真に映っていた」

それだけ苦労して入ったのに、ウェブスター・ホールで過ごしたのは二時間程度だった。トリッシュもぼくも、ふたりだけで過ごす時間に変化をつけるために立ち寄っただけだった。

日曜日に、メイ・タオはジェームズの仕事の関係で西海岸へ向かった。ランチはチャイナタウンで飲茶を食べた。ロフトに戻ってシーンをやり、休憩を兼ねてアスレチックなエッチをして、夜まで過ごした。

ディナーは、ウェスト・ヴィレッジのイタリアンだった。レストランが軒を連ねる石畳の路地はさながら知的騒音の解放区だった。彼女が選んだ店はカジュアルだが、客層はおしゃれな人ばかりだった。

この街に住んでいると自然に知的生活に触れ、文化を吸収する。ここのテラスがまさしくそれだった。冷房のよく効いた店内よりも人がひしめきあっている。ぼくたちは四人用の予約席へ案内された。だれが来るのか、トリッシュは教えてくれなかった。

「ニューヨークではものを考える人間はひきこもらないの」トリッシュがカンパリ・ソーダを一口飲んでから言った。しばらくすると、知的騒音から何オクターブか外れた賑やかな挨拶が聞こえた。ラファエルだ。ガールフレンドの腕を取り、店主と大声で話している。

「ラファエルを呼んだんだ」

ブー、という「ハズレ」の音をトリッシュが発した。

「ラファエルが私たちを招待したのよ」

「へえ。なんで?」

「知らない。ガールフレンドを紹介したいとか言っていたけど」

ぼくたちはラファエルが肩を抱いている「ガールフレンド」の後ろ姿を眺めた。店内も、それからテラスも、照明といえばテーブルの上のキャンドル・ライトが中心だ。彼らが立ち話をしているのはバー・カウンターの脇。テラスより明るいが表情を見分けられるほどではない。

「東洋人なのか西洋人なのか、全然わからないわね、あの女性」トリッシュが言って、ぼくは同意した。

「ニューヨークでしか成立しない美人かもね」口に出してから、そういう女性とは以前どこかで出会ったことを思い出した。

あら。

トリッシュがびっくりしたような声を出した。

ラファエルがガールフレンドの腕を取って、ぼくらのテーブルに向かってきた。案内するマネージャーの体に隠れていたガールフレンドが、ぼくの位置からも見えた。

寸詰まりで上を向いている鼻が、正面から見ると、細い小さな顔の輪郭と完璧な調和を保っていた。

ラファエルがおごそかな顔で椅子を引き、ガールフレンドが座った。

え。

「こんばんは、PJ。トリッシュ」タマラが言った。

ぼくたちは口を開けたまま、ふたりを見比べた。ドレスアップした恋人同士の彼らは衝撃的だった。

「いつから――」トリッシュがかろうじて音を出した。

「デキてたかって？　最初にやっちゃったのは、一九九六年の三月四日かな」

タマラは、クラスでは見せたことのないようなエレガントな笑顔を浮かべ、ラファエルをたしなめた。

「じゃあ、アカプルコも?」ぼくがやっと声を出した。

「ふたりで行ったのさ。気分を悪くしないで聞いてくれよ、PJ。おれは最初からこのプロジェクトに関わっている。タマラのお父上の要望でね」

ラファエルが体を前に傾け、囁くように言った。

「お父上って?」トリッシュが尋ねた。

「サイラス・ケインよ」タマラがきっぱりと答えた。


ぼくたちの衝撃は置き去りにされ、ラファエルはワインと料理をオーダーした。その間に、聞きたいことが次から次へと浮かんでは消えた。何からどう訊けばいいのかわからなかったし、彼らがどこまで答えてくれるのかも見当がつかなかった。トリッシュもぼくも、無意識に理解していた。何を訊くよりも先ず、彼らが何を話すかがポイントなのだ、と。

ワインは、トリッシュの好きな「ケイン・ファイヴ」だった。

乾杯したあと、タマラがおもむろに口を開いた。

「本来は、こういうことも特別授業まで伏せておく予定だったの。ところが、金曜日から土曜日にかけて、色々な意味で事情が変わったでしょう。それで」

ここにこうやって集っている、という動作をタマラは両腕でやって見せた。

「私たちが話したいのは、PJ、あなたがトリッシュとやった金曜日のセッションのことよ。

サイラスはあれを見て――」

「見ていたんですか？　小部屋で？」思わず尋ねた。

「小部屋で見ていたのは私よ。サイラスは、ヴィデオで確認したの。あれを見て、彼は自分の思惑が間違っていたことを認めたの。当初の予定では、ランヒーとＰＪが生み出すハーモニーが主旋律で、ふたりを中心に特別授業へ入っていく予定だったわ。それにはそれなりの強い理由があるのだけれど、そこは、サイラスの口から聞いてあげて。要は、サイラスが描いたマップ以上のものをあなたたちふたりが出して来たということね。パウンダーが正しくて、サイラスが間違っていたの」

「四週目が終わった時点で、パウンダーの意見は、ＰＪとトリッシュを組ませるべきだ、ということだったんだ」

　ラファエルがそう言ってタマラを促した。

「彼は、サイラスの命令で自説を曲げて、なんとか、あなたとランヒーを前面に出そうとしていた。そこに、鳩の事件よ。ＰＪの強い意志を、パウンダーは尊重したわけね。独断で組み換えをやってしまった」

「サイラスを怒らせる可能性もあったってこと？」トリッシュが尋ねた。

「一〇年前、いえ、五年前のサイラスだったら怒ったでしょう。頑固だったから。しかも、ランヒーには腫れ物に触るように大事に大事に接して、おまけに自分で指示まで与えていたもの」

「やっぱり、ランヒーは、彼と会っていたんですね」

「そう。気乗りしない彼女が出して来た条件をすべて呑んで。一〇年以上、生徒とは直接接したことがなかったのよ、サイラスは」

「一〇年以上？　一昨年、特別授業をやったって聞いたけど」トリッシュが口をはさんだ。

「車椅子で、コンピュータ声の男？　偽者よ。サイラスの旧友のひとり。それっぽい人を選んで、言うべきことを細かく指示して。その前の年は、別の人」

「なんだ。完璧に騙されていたわ」トリッシュがあっさりと言った。

「おれが演じたこともあるよ」

ラファエルがフォカッチャをオリーヴ・オイルに浸しながら言い添えた。「時々、ケイン専用のエレヴェータを使って欲しいって言うからさ。存在を感じさせるため。演出が細かいんだよ、あの爺さん」

タマラがラファエルの腕をぴしゃぴしゃ叩いた。

思い出した。一度、ケインの存在を感じてエレヴェータを追い掛けたことがある。

「じゃあ、ぼくが追い掛けたあのエレヴェータは」

「中にいたのは、おれ。お疲れさまだったね」

それから、ＰＪに隠していることはまだある、とラファエルは言った。

「どこまで話すつもり？」タマラが微笑みを浮かべ詰問した。

「おれが知っていることは全部。いいだろ？」

タマラは腕をひらりと小さく開いて、宮廷を仕切る女官のように風雅に言った。

「ご自由になさいませ」

ラファエルは向き直ると満面の笑みで、驚愕の事実その一、と口にした。

「トリッシュが邪魔しなければ、ＰＪの、より快適な住宅環境はおれが提供することになっていた」

「え？　どういうこと？」

「Ｙの窮屈な部屋、憶えているかい？」

「憶えているよ」

「窓外に何があった？」

「向かいにコンドがあって」

「いつもパーティやってて」

「はあ、そういえば」

「おれの部屋なんだよ、あそこ」

「うそ」トリッシュが奇声をあげゲラゲラ笑った。

「手を振って、友達になる予定だったのさ」

「ラファエルが？」

「そう。だけど、トリッシュが現われた。想定外さ」

「でも、その流れに乗ってみろとサイラスが指示して」タマラが続けた。

「私が現われたことで何が変わったの？」トリッシュが笑いを抑えて訊いた。

「何も変わらなかったとも言えるし、すべてが変わったとも言えるわ。ラファエルがＰＪに住処を世話することで、私たちはもっと早くＰＪと知り合っていたのよ。ラファエルが、生徒になる必要はなかったの」

「パウンダーにあんなに絞られるとは思わなかった」

ラファエルが愉しげにぼやいてみせた。

トリッシュが興味津々で尋ねた。

「驚愕の事実その二は何？」

同時にぼくはジェームズとのやりとりを思い出していた。「日本人S」の左團次以外の候補を尋ねたとき、ジェームズは「もうひとりの候補を君に告げる役目の人間はクラスに配置されている」と答えた。

それがラファエルだったのか。

「ラファエルは『日本人S』のことを語ろうとしているの？」

ぼくが尋ねると彼は上気した様子で頷き、日本語で、アタリ、と言って「の」の字を両手で描いた。それからちょっと涙目になって、オスカー像を手にした受賞者のスピーチのように吠えた。

「やっと、大好きなPJに、メヒコの民を愛し、メヒコの大地に骨を埋めた偉大な日本人の話ができる！　スーパー・リッチな気分だぜ！」

サイラス・ケインが口にした「日本人S」とは、一九〇五年生まれのセキ・サノだった。佐野碩と書く。彼は幼児期に結核性の急性関節炎で右足が曲がらなくなり、生涯ステッキを必要とした。祖父は関東大震災後に第二次山本権兵衛内閣の内務大臣兼帝都復興院総裁として東京の復興計画を立案し推進した後藤新平。つまりは名家の出身で一〇代でフランス語、英語をマスターした。

日本にいた頃のセキで特筆すべきは二四歳の時ビューヒナーの「ダントンの死」の群衆シーンと革命裁判を演出したことだとラファエルは言う。

芝居のクライマックスは「ラ・マルセイエーズ」の大合唱だったが、弾圧が厳しい時代、舞台で労働歌や革命歌を歌うことは禁止されていた。

「うるせえ官憲のやつらが日本語での大合唱を禁じると、セキは何をしたと思う？　原語のフランス語で歌うから勘弁してくれって上演許可を得たんだ」

ラファエルはまるで自分が出演者のひとりであったかのように証言する。

「初日までの数日間、役者たちはカタカナで書かれた歌詞を丸暗記したんだ。セキの特訓で発音も徹底的に鍛えられた。結果、初日の公演での『ラ・マルセイエーズ』合唱は、ＢＯＯＭ！　大爆発だよ！　舞台と観客の熱気が一つになってバカでかい感動を生んだのさ。無論、官憲も黙っちゃいない。トッコーだっけ、ＰＪ？」

「うん、多分、特高」

「特高野郎どもはこれを見てチョー大激怒さ。普段なら、即刻『上演中止！』って叫ぶんだが、そんなもんできないくらいみんな興奮してた。それで、上演二日目から大合唱を削除ってことにしやがった。すると、セキは何をした？

大合唱の代わりに市民が口々に『ロベスピエール万歳！』と盛り上がる場を作ったんだ。背景に革命を想像させる赤い星、ハンマー、鎌のスライドを映して対抗したのさ」

「日本のメイエルホリドだね」

「一九二七年、ロシア革命一〇周年に日本の演劇人小山内薫を招くことになった時、ソ連政府は案内役として、メイエルホリド演出助手団から英語もしくはフランス語の堪能な人材を二名派遣することを決めたのよ」

タマラが解説する。

「派遣された助手の一人がクリメント・ジャルコフで、彼はメイエルホリドの指示で歌舞伎の舞台機構を学ぶ傍ら、海外の戯曲を紹介する築地小劇場などの新劇関係者に会った。殊に同年代で流暢なフランス語を話す演出家と親しくなったの。それが、セキ・サノ」


自分がまったく知らなかった若き日本人の「英雄譚」を、ラファエルとタマラの、心のこもった言葉で吸収している。ジェームズ・ヴァン・スライクから二代目左團次のことを聞いたときと同じ、奇妙で心地よい不思議な体験だった。

左團次もセキも、二〇代で世界と渡り合っている！

ビッツの５Ｃでの六週間がすべてこういう学習に向かって流れ込んでいる。その流れが、新しい自分を形作っていく。進化することは楽しいことだと初めて実感した。日々進化することが生きる証なんだとも思うようになった。

一九三〇年代の日本での演劇活動は、一九五〇年代にアメリカで吹き荒れた赤狩りを彷彿とさせる弾圧で中断される。日本共産党に対する全国規模の大検挙と呼応して、著名な知識人や文化人が次々と治安維持法違反容疑で逮捕されたのだ。プロットと呼ばれた劇場同盟に属する左翼劇場の演出家セキも逮捕された。

セキの祖父新平は一九二九年に没していたが、その息のかかった人々が要職に就いていた。彼らと親族の働きかけで、セキは偽装転向をする。革命演劇と手を切り海外に出る条件で保釈されたのだ。以後は、映画研究のためにドイツに渡る名目で大学に通いドイツ語習得に励んだ。一九三一年五月、セキはアメリカに渡り、さらに九月にヨーロッパに渡った。外務省はロシア入国を禁じた。

「ここで重要なことは」タマラが口をはさんだ。「苦労してモスクワに入ったセキは一九三二年夏にクリメントと再会し、メイエルホリドの演出助手団に参加したことなの」

この年、メイエルホリドは五八歳。セキとクリメントは二七歳。まだミシガンでレイク・フォレスト大学に通っていたケインは一八歳。

セキは演出助手として、一九三四年のアレクサンドル・デュマ・フィス作「椿姫」（メイエルホリド劇場）、翌年のチャイコフスキイ作曲のオペラ「スペードの女王」（レニングラード・マールイ・オペラ劇場）で頭角を表していく。ロシア人女性ガリーナと暮らしロシア語も完璧にマスターした。娘も生まれた。

「しかし、歴史は無慈悲に動く」ラファエルが言った。

「なんだか、『レッズ』よりも面白い話になりそう」トリッシュがつぶやき、ラファエルが答えた。「間違いなく面白いし、間違いなく金もかかる」

「映画にするとなると、PJがウォーレン・ベイティになるまで待つしかないか」トリッシュが言ってタマラがいじった。『レッズ』に到達するまでにジョーン・コリンズ、ナタリー・ウッド、レスリー・キャロン、ジェーン・フォンダ、ジュリー・クリスティ、イザベル・アジャーニ、マドンナ、その他何千のガールフレンドとエッチしたのよ、ベイティは」

トリッシュが叫んだ。ファック・ベイティ！　それから優雅に微笑んだ。

「高潔に生きてね、PJ」


一九三七年七月七日、中国の盧溝橋で日本軍と中国軍が衝突、日中戦争の端緒となった。二日後、ソ連共産党機関誌「プラウダ」は「日本諜報機関の破壊工作」という論説を掲載し、翌月にはモスクワにいる日本人の追放と粛清が始まった。

セキの場合は国外追放だった。妻と娘の同行は許されなかった。

セキは、日本政府の様々な妨害に遭いながらもパリ、ニューヨークを経て、一九三九年に革新的なラサロ・カルデナス大統領が統治するメキシコに亡命することができた。語学の天才はスペイン語もマスターし、革命の経験を糧に文化を発展させたその国で、芸術劇場（テアトロ・デ・ラス・アルテス）を興した……。

たまりかねたように、トリッシュが口をはさんだ。

「ちょっとごめん。セキの人生にアメリカ女は絡まないの？」

「それがいるんだよ」

「モダン・バレエをメヒコで教えていたアメリカ人の舞踏家ウォルディーン」

「おれのダンスの先生、ウォルディーン。セキのことは全部彼女から聞いた」

「セキは彼女と結婚し、二人でメイエルホリド流をメヒコに広めたのよ」

ラファエルとタマラが交互に言って、トリッシュが歓喜の声を上げた。

それって完璧！

「メヒコ演劇の父」と呼ばれたセキは、日本に帰国することなく、一九六六年、心臓発作で亡くなった。ウォルディーンは一九九三年に亡くなるまで舞踏家であり続けた。


「サイラスはクリメントの夢を追っているの」

タマラが静かに話を繋いだ。

「クリメントは、セキの周辺には常に一流の芸術家や知識人の輪ができることに感銘を受けていた。アグネス・スメドレイ、アンドレ・マルロー、セルゲイ・エイゼンシュテイン、ディエゴ・リベラ、ダビッド・シケイロス。彼らと対等に語り合った日本人はセキだけよ。クリメントは、常々セキ・サノを演ずることができる日本人の若者を見つけてビッツで育てたい、と言っていたんだって」

トリッシュがからかうようにぼくをつつき、タマラがたしなめた。

「だからといってそのことをプレッシャーに感じないでね、PJ。あなたは自意識過剰ではないし、私たちが勝手に期待しているだけだから。セキを演ずるということはメイエルホリドに寄り添わなければいけない。ふたりはそれぞれの女神と一緒に革命的自由演劇の大きな種を世界に蒔いた。あなたの女神はトリッシュ。でも、革命的自由演劇に関しては、あなたはそのポール・ポジションにいるというだけ。レースはまだ始まっていないの」

単純に、タマラの言葉が嬉しかった。ラファエルやトリッシュの眼差に込められた信頼の情が勇気をくれた。不意にアートとのリペでの大騒ぎが蘇った。

「とことん、やったるでえ！」をリペした「トコトーアリディーイェーイェーイェー！」だったっけ？


「サイラスは体調を崩して以来、夏はずっとコネティカットの農場で過ごしているのよ。マンハッタンの夏はうんざりするんだって」

そこまで言ってからタマラはテーブルごしに手を滑らせ、トリッシュとぼくの手を握った。緑の瞳は、ぼくたちの心の奥深くに注がれた。

「サイラスはあなたたちふたりと会うのを心待ちにしているわ。この先、どんな噂が耳に入っても、そのことだけは忘れないで欲しいの」

ぼくたちは頷いた。

「殊に、PJ。わかってね。ラファエルも、私も、パウンダーも、それからサイラスも、みんなあなたを愛しているのよ。それを忘れないでね」

「私が一番愛していることも忘れないでね」トリッシュが付け加えた。


なぜ、タマラは「みんなの愛情」を強調したのだろう。

その疑問が頭から離れなかった。ベッドに入った時に、トリッシュにそのことを告げた。

「愛されることを疑ってかかるのがＰＪの困ったところね」

そう言って自分の口でぼくの口を塞いだ。


異変はその直後に起きた。


ドアベルが鳴った。時刻は午前一時。ぼくの体の上でゆっくりと腰を動かしていたトリッシュが静止した。素早くベッドから降りて、椅子にかけてあったジャージーを身につけた。

「おかしいわ。この時間は居住者以外入れない筈よ」

ぼくもパンツをはきTシャツを身につけた。一階のエントランスは高級マンションのように優雅なドアマンはいないが、しっかりとしたセキュリティの二重ドアがあった。

再びドアベルが鳴った。今度は執拗だ。トリッシュは、ごめんねといった表情でぼくを見た。

「エックスよ」

前のボーイフレンドという意味だ。

「危険なことはないから心配しないで。ＰＪ、あなたはここにいて。出て来ちゃだめ」きっぱり言うとトリッシュは吹き抜け部分の通路を曲がってキッチンを越え、ドアへ向かった。しばらくして、ドア・ロックを解除する音が聞こえた。男の興奮した声。

ぼくは、何か武器になるものを物色した。中に踏み込んで来る音。トリッシュの鋭い警告の声。怒鳴り声。足音が止まって遠離《とおざか》る。

男のくぐもった声とトリッシュの押さえた、しかし、強い調子の声が重なる。そして、ドアの閉まる音。そのまま時間が経過する。

動くな、と言われたがそうもいかない。ドアとは反対方向の広大なリヴィング・ルームへ移動を開始した。もしも、彼らがドアの前にいるのなら、吹き抜けごしに見ることができる。リヴィング・ルームの部分は暗く、こちらの姿を相手に見られることもない。取りあえずトリッシュが一番怖れていたのは、ぼくの姿を相手に見せて刺激することだった。それだけは用心して慎重にドアが見えるところへ移動した。

男は、ヤンが言ったとおり、三〇代の知的ハンサムな白人だった。泣いている。小さく動き回り、トリッシュに話し続けている。

彼女は、距離を置き、冷静に男を観察して、時折短く鋭く言葉をはさんでいる。男の興奮はおさまったようだ。武器になるものを持っている気配もない。が、監視を続ける。ドアまで何秒でたどりつけるか慎重に計算する。

トリッシュはぼくを守るために行動を起こした。次は、ぼくが彼女を守るために命がけにならなければいけない。

一〇分経ち、二〇分経過した。男は未練の塊だ。トリッシュは、一瞬たりとも弱い表情を見せない。ぼくの見立てとは大違いだ。この強靱な用心深さはどこで培われたのだろう。たった二一歳で。

そうだった。

トリッシュはニューヨークの希望そのものなのだ。ぼくが愛する将来のニューヨークのすべてを彼女は持っているのだ。


三〇分後、男は肩を落としてエレヴェータのドアに向かった。トリッシュは硬い表情のまま短く何か言った。男が振り向いた。明らかに、気分が変わっていた。目を大きく見開いて、彼女との距離を詰めた。

彼女が、一言、ノー！ と叫ぶのが見えた。

男は、胸ポケットに手を入れた。

ぼくは走った。

寝室を越える時に火かき棒を手にした。そのまま走り続けた。キッチンを過ぎてドアが見えた。ぐらっと視界が揺れた。金曜日の事故の影響なのか。ドアの直前で片足がつった。スタンドにぶつかった。バランスを崩して膝から落ちた。大きな音を立てて火かき棒が転がった。体が一回転して、ドアの方に滑った。夢中で火かき棒を拾う。その瞬間ドアが開いて、頭にぶつかった。目から火花が散った。


トリッシュが見下ろしていた。ぼくはひっくり返ったままだ。

「どうしたの？」

「あいつ、拳銃を抜いただろ」

トリッシュは手に持っていたビジネス・カードを見せた。

「新しいオフィスの名刺だって。ばっかみたい」

テリーの口調で吐き捨てるように言うとトリッシュは名刺を破り捨てた。ぼくは上半身を起こした。

「助けようとしたの？　私を？」トリッシュがドアにぶつけたぼくの頭部をチェックしながら言った。笑いを堪えている。

「火かき棒なんか持っちゃって」

笑う彼女を捕まえ抱き締めた。

「トリッシュ、愛している」

やっと、その一言が言えた。心からの真実をこめて。

トリッシュからは何倍もの愛の言葉が返って来た。

夜明けまで、ずっと。

## （八）　さまざまな愛の証

ビッツは五五丁目イーストの北側にある。

二〇世紀初頭に建てられた商工会議所を改築したものだ。正面にはビルの幅いっぱいに五段ほどの階段がついている。月曜日の午後五時一〇分、そこに一人の男が立っていた。

階段の一番下に立って、サイラス・ケインが住んでいるという噂のペントハウスを見上げている。最初に気付いたのはトリッシュだった。ＮＢＡのコーチみたいな日本人ね、と彼女は言った。

男は上背があって、きりっとしたスーツで感情を縛り上げている。それも職人気質の仕立屋でしっかりとした関係を築きながら作ったやつ。

「壇崎さん！」

ぼくは階段の上で大声を上げた。壇崎さんはボルサリーノをつまんで被り直すと、小走りに階段を駆け上がって来た。クラーク・ゲイブルみたいに唇の片端を上げ、笑った。いつの間にか口ひげまで生やしている。

「いいね、この建物は」日本語で言うと、帽子のへりに手をかけて、目顔でトリッシュに挨拶した。「こちらは？」と尋ねる。

ぼくはあらゆる思いに圧倒されていた。なつかしさは無論、ある。彼がここにいるという感動もある。しかし、何よりも圧倒的だったのは、壇崎さんの絵に描いたようなダンディズムだ。仕草のひとつひとつが一九四〇年代のハリウッド映画から抜け出たようだった。それを徹底してやっているからおしゃれだった。徹底するために、日夜練習していたのだと思うと、涙が出るくらい感動的だった。

トリッシュを紹介した。壇崎さんは、湯気が立ち昇っているほやほやの英語で、ナイス・トゥ・ミーチュー、マームと言った。

それから、極めてアメリカナイズされた発音で名乗った。

「ポール・ダンザーキ。ポールと呼んでくれ、トリッシュ」

　丁度、出て来たラファエルが壇崎さんの姿を見ただけで感嘆符を連発した。ぼくはふたりを引き合わせた。マママックも、アートも、ＯＢも、テリーも、仲間たちを壇崎さん、いや、ポールに紹介した。

　トリッシュの助言で壇崎さんに建物内部を案内した。彼女やラファエルたちとは「スリッパーズ」で合流することにしたのだ。


　壇崎さんは一階の奥にある「ラウンジ」をことのほか気に入った。正面に暖炉があり、三面の壁いっぱいに一枚一枚小さな額に入れられたモノクロ写真が飾ってある。ぼくにとっては、初めてビッツに来た時以来の空間だ。

「名だたる戯曲家や演出家を招いての授業風景の写真なんです。サイラス・ケインの写真は一枚もありません。実を言うと、彼がペントハウスに住んでいるというのも嘘で、夏はコネティカットの農場で過ごしているそうです」

「ペンちゃん、大人になったなあ」壇崎さんは椅子を引き寄せ、ズボンのタックをつまんでから座った。

「すごい美人とも五分で渡り合っているもんなあ」

「最後の最後まで気を抜かないでがんばるつもりです。母にも、壇崎さんにも感謝しています」

「おれがここに来た理由、わかる？」壇崎さんの表情がかすかに翳った。

「ええ。日曜日の夜に、サイラス・ケインの娘さんが」

「喋ったのか?」

「じゃなくて、一種の激励に来てくれたんです。それで多分、そういう知らせが入ったんだろうな、と。でも、まさか、壇崎さんが来てくれるとは」

言葉に詰まった。覚悟を決めていたのに、涙が流れ出て止まらない。

「通夜はいい形で済ませた」壇崎さんは、ぼくの耳に一番心地よく響く声音で、きっちりと告げた。

「葬式まで居ようかどうしようか迷ったけどな、おれの口からペンちゃんに伝えるのが一番だと思ったんだ」

ぼくは何度も何度も頷いた。

「意識は最後まで戻らなかったよ。だけど」壇崎さんも言葉に詰まった。涙を呑み込むためか、二、三回咳払いをした。「日に何回も、微笑んでいたそうだ。おれも、一度、見た」

会話が途絶え、階段を降りて行く生徒たちの笑い声が聞こえた。

「掃除かなんか、やらなくていいのかい」壇崎さんは妙なことを気にした。「いや、やっぱ、学校だから、掃除も当番制かな、と思ったんだけど。なわけねーよなあ。なんてったってニューヨークだもんなあ」

「息を引き取ったのは、いつだったんですか？」

壇崎さんは指を折って数えた。こちらの時間では、金曜日の昼すぎだった。

鳩が車道に落ちた時間か。

鳩が救急車に轢かれた時間か。

ぼくが車にはねられた時間か。

いずれにせよ、そのころだった。


「スリッパーズ」では、壇崎さんが人気を独り占めにした。つたない英語なのに、パウンダーとは意気投合して話し込んでいた。クラスの仲間の飲み代はすべて壇崎さんのおごりだった。一時間ほど過ごして表へ出た。

トリッシュと壇崎さんに挟まれてパーク・アヴェニューを歩いた。さほど暑くはなかったが、湿気があった。

ディナーはニューヨークで一番高い店で食べたい、と壇崎さんが言い出した。「高いってどっちの高さですか？　海抜？　値段？」と訊くと、壇崎さんはにんまり笑って答えた。

「海抜だよ、海抜。バカとヤクザは高い所が好きなの」

彼が指差したのは夜空にくっきりと浮かんだワールド・トレード・センターだった。

「あそこなら、いい店はあるだろ」

世界で最も展望のいいレストラン「ウィンドウズ・オン・ザ・ワールド」の窓側の席は予約でいっぱいだったが、トリッシュにはなんの問題もなかった。

三〇分後に、ぼくたちはノース・タワーの地上一〇七階からマンハッタン島を見下ろしていた。

壇崎さんはカタコトの英語を積極的に駆使した。少しでも早く、この街とトリッシュに慣れようとしていた。

トリッシュが席を立った時、日本語で尋ねた。

「いつまで滞在できるんですか？」

「二、三日で帰るつもりだったけど、こうなったら最後までいたいしな」

「来週まで？」

「意外とね、合ってるみたいだね、おれは」

「何に？」

「裸の町にさ」

「はだかのまち？」

「そんなびっくりするなよ。おれの世代じゃ『裸の町』っていったらニューヨークなんだよ」

「そういう映画があったんですか？」

「映画もあったしＴＶのシリーズもあった。この街とは相性がいい気がする」

「完璧ですよ」

「知ってる女がブルックリンに住んでんだよ。様子調べて検討してみるわ」

「何を検討するんです？」

「学校通うとかさ」

「え！」

「だって、おれの英語力じゃあ、ビッツの授業についていけねえだろ」

「え！」

「パウンダー先生が個人的にレッスンしてくれるって言うんだよ」壇崎さんはポケットからパウンダーの名刺を出した。老眼鏡を取り出し、活字を読む。

「まあ、本科に受かるまでは、英語学校と個人レッスンの二本立てって線は、リアリティあるんじゃねーか」

「マジっすか？」すっかり忘れていた軽薄な日本語が飛び出た。

「一度は日本へ戻るけどさ」老眼鏡を外すと壇崎さんは、再び窓外に広がる夜景を見下ろした。感極まった風につぶやいた。

「世界を腕に抱いた気分だなあ」


火曜日に一度Iハウスへ戻り、水曜日の朝、一二五丁目の駅から地下鉄に乗った。ＯＢはホームで待っていた。電車が来るまでぼくたちはハーレムの電光掲示板を眺めた。相変わらず大統領への悪口ばかりだ。

「マイケルが言うには、次の大統領選挙で共和党はジョージ・ブッシュを立てるってさ」

「またブッシュに戻るの？」

「息子の方だよ。今、テキサス州の知事なんだけどね」

「ああ、あれ」

「そう、あれ」

途中の乗り換えでも、ぼくたちは並んで歩いた。もうすぐ終わるね、とＯＢが言った。続きはあるさ、と答えた。

「特別講義に選ばれても選ばれなくても、ぼくは来週にはツーソンへ帰る」

「選ばれるよ。デーヴィッドとの芝居はとても魅力があるもの」

「でも、一勝一敗さ」

「テリーのことは気にするなよ」

「君はどうするの、この先？　トリッシュと暮らすの？」

「とりあえず、仕事とアパートを探す。本科へ進むことも考えている」

「卒業したら、ぼくは必ずニューヨークへ戻って来る。連絡を取っていいかな」

「もちろんさ」


公式授業の最終日は、教室に正装した壇崎さんの姿もあった。特別聴講生としてパウンダーに招待されたのだそうだ。

因みに、壇崎さんとパウンダーは木曜の夜にカラオケへ行って「兄弟の盃」を交わしたらしい。パウンダーが、そういう風にクラスで宣言した。壇崎さんはV字の顎をぽりぽり掻きながら笑っていた。

午前中のクラスでは五組がシーンをやった。テリーとOBから入り、ジェンジー／アレックス、ジェンドン／アート、タイラー／アニータと続け、最後がラファエル／アビゲイルだった。

パウンダーは観客に徹するといって、壇崎さんと並んで座り、壇崎さんの言うことにいちいちふむふむと頷いていた。ラファエルはかなり抑えて、アビゲイルを立たせようとしているのがよくわかった。それ以外は、みんながそれぞれ届く限りの真実を、つまり、今ある自分を精一杯表現していたように思う。それは、いつも酷評されて、最後にはクラスのだれとも交流しなくなってしまったテリーも同じだ。彼女は彼女なりにベストを尽くしたのだと思う。ただ、他の生徒は、限界以上のことをやっていた。

ジャズダンスも発声のクラスも、基本的にはお喋りで終わった。

午後のクラスでは、トリッシュとぼくが一番手だった。受けるための芝居ではなく、自分たちの心をテストする芝居に徹した。アドリブが自由に出た。

観客席で、壇崎さんが目頭を押さえているのが見えた。

デーヴィッド／オーエン、マママック／オシェイがそれぞれのピーク・パフォーマンスを見せ、トリがランヒー／ヤンだった。

ふたりは金鉱掘りのイメージをダンスで表現し、途中からは下着一枚になる熱演で、やんやの喝采を浴びた。

壇崎さんは、「ストリップまで教えるのか、さすがニューヨークだなあ」と感心していた。

最後は、パウンダーがスピーチして締めた。

サマー・セミナーを教えるのは苦手で、二年分の内容を六週間で教えることにいつも疑問があったこと。それにも増して、今回は、クラスの成立自体に特殊な事情がからんでいたこと。かなり、細部にまでサイラス・ケインが干渉し、監視された列車を走らせるような鬱陶しさがあったことなど、否定的なことを最初に並べた。

そのあとで、涙目になった。

「このクラスは、おれの生き甲斐になる。おまえたちがどこかで元気にやっているから、おれはここで元気にやっていくことができる。そういうふうに、魂が繋がってしまった」

それだけ言って言葉を切ると、両手の掌でごしごしと涙を拭き始めた。最前列の生徒全員からハンケチが提供されたが、パウンダーは自分の手だけを使った。「本来なら、これからおまえたちは、一階まで降りてラウンジに張り出された特別授業合格者のリストで自分の名前を探すことになる。3Aの生徒も、3Bの生徒も同じ条件だ。が、実を言えば、そんな授業は幻想だった。存在しなかったんだ。この何年も。サイラスは、ダミーを立てて、ペントハウスに生徒を招いただけだ」

クラスからどよめきが上がった。

「今年は違う。サイラス・ケインが一〇年ぶりに、そして、人生最後の授業を行うことになった。選ばれた一〇人は、全員、5Cの生徒だ」

再び、どよめきが走り抜けた。

「これから名前を呼ぶ一〇人は、明朝九時に正面玄関に集合しろ。一泊二日の旅行になる。選ばれなかったものは、『スリッパーズ』の打ち上げで発散しろ。それでも足りなければ、おれの義兄弟のポールが、一晩付き合ってくれるそうだ。全部、ポールのおごりでな」

クラスの大歓声に包まれて、壇崎さんが手を振った。意味は多分半分くらいしか理解できなかったと思う。しかし、肝心なところは押さえていた。

「支払い、おれ。日本マフィア、嘘、言わない」壇崎さんが英語で言った。みんな大笑いしている。

が、それも長くは続かなかった。

パウンダーのムードが変わったのだ。

彼は何か苦渋のようなものを噛み砕き呑み込もうと努力している。ひとりまたひとりと私語を慎み、ぼくたちはパウンダーの顔を見つめた。

この六週間、毎日そうやって来たように、彼の熱気に溢れた言葉を待った。

「おれは今まで、サイラス・ケインを批判したことはない」

パウンダーが天を仰ぐようにして続けた。「彼は、神だ。おれの存在の原点だ。が、今回、特別なクラス編成をすると聞いた時、おれは反対した。サイラス・ケインの名前が汚れるとも言った。が、これはおれの間違いだった。もうひとつ、最後の最後で、サイラスと議論したことがある。サイラスは、5C全員を特別講義に招待するつもりだった。当初は、おれも賛成だった。が、ルー・レオーニが脱落した時点で、おれの考えは変わった」

彼はゆっくりと視線を動かした。生徒をひとりひとり見つめ、命を込めた言葉を続ける。

「選ばれた一〇人がいて、選ばれなかった八人がいる。八人というのは、ルーを含めた数だ。そういう風に分かれるべきじゃないか、と思い始めた。おれの正直な心情だ。なぜなら、おれはいつも選ばれなかったから！」強く言い切った。

息を整えながら、パウンダーはぼくたちを睨み付けた。

最後に、ぼくを睨んだ。

敵意とか嫉妬とかそういう感情ではない。ぼくは愛されていると感じ、睨まれていると感じている。ぼくは、パウンダーを受け止めている。


ありがとう、パウンダー。

心で言った。

どういたしまして、PJ。おまえが勝ち取ったんだ。

ぼくは心で聞いた。


一陣の風が吹いたかのように、彼の激情は飛び去った。

「選ばれても選ばれなくても、この一八人の人生はこれから先、交わり、刺激し合い、助け合っていく。5Cはひとつだ。そのひとつは壊れるひとつであってはいけない。強くなるひとつであって欲しい。そのためには、伝統として築き上げた『一〇人枠』を継承してくれ。おれはそうサイラス・ケインに懇願した。サイラスは折れた。そして、一〇人」

パウンダーはリストを持ち上げ、淡々と名前を読み上げた。リストは、ぼくの名前から始まった。トリッシュ、ラファエル、アビゲイル、ランヒー、ヤン、マママック、トム・オシェイ、オーエンが続き、最後に、デーヴィッドの名前が呼ばれた。

突然、初日の光景が甦った。

ビッツへ来て最初に目に入ったクラスメイトはアートだった。最初に言葉を交わしたのがタイラー。そしてジェイミー。最初に話した女生徒がテリー。

その四人が、全員、特別講義には残ることができなかった。

一歩教室を出ると、喧噪が支配していた。

金の貸し借りの精算の声、アドレスや電話番号を交換する声、様々だ。夜の飛行機で帰郷する生徒とは学校前での慌ただしい別れになった。タイラーはそのひとりだった。アニータとの芝居のテンションの低さから、自分が選ばれることはないと判断していたのだ。

「折角ゲイに転向したのに、なんにもいいことなかったよぉ」とぼくに抱き着き、壇崎さんに流し目をくれて離れて行った。

それ以外は、ほぼ全員が、「スリッパーズ」へ繰り込んだ。Cクラスが到着した時は、Aクラスとクラスがほぼ全員揃って拍手で迎えてくれた。だれもIDのことなど気にせず飲んだ。

ひとりだけ、Cクラスで、参加しなかった生徒がいた。

テリー・アイザックソンだ。

少なくとも、彼女は「ばっかみたい」とは言わず、ひとりで帰途についた。「関係者」である自分がなぜ外されたのか、何日も何週間も自問し続けるのだろう。

落選組でもテリー以外の女性陣はまったく屈託がなかった。

ジェンジーとジェンドンは壇崎さんの二次会に過度の期待を抱き、彼の側から離れなかった。泣き虫アニータは、落ちたことで一層陽気に振る舞い、その陽気さに真実があった。どうも、アニータは壇崎さんの好みのタイプのようだ。いずれにせよ、彼女たちの面倒は、彼に委せておけば大丈夫だった。

アートとアレックスは、言葉をかけるのも辛くなるほど落ち込んでいた。パウンダーがふたりを店から連れ出した。ぼくは興味を惹かれ、距離を置いて後をついていった。

三人は、イースト・リヴァー沿いの小さな公園まで歩きベンチに座った。

パウンダーが紙袋に入れて持っていたウィスキーを回し飲みした。夕日を見ながら、話し出した。隣のベンチで寝ていたホームレスが起き上がり、ウィスキーをねだった。なんと言って断ったのかは、ぼくのところまで聞こえて来なかった。ホームレスは悪態をつくでもなく歩き去ったから、よっぽどうまい断り方をしたのだろう。

大事な生徒との別れの宴なんだよ、ごめんね。

きっと、そんな風にやさしく、だけど、一本しっかりと筋を通して断ったのだと思う。

「スリッパーズ」に戻るとトリッシュがぼくを探していた。腕を人質に取るかのように両手で握りしめ、ぴったり寄り添って来た。そういう仕草をすることに罪の意識を感じたのか肩をすくめた。

残っていた生徒たちは、あちこちでだれかとハグをして、ひとりまたひとりと帰って行く。ぼくも随分大勢とハグをした。ウェイターのおじさんともバーテンのおねえさんともハグをした。ハグの瞬間だけは、トリッシュもぼくを解放してくれた。

アニータをハグしたら、おいおい泣き始めた。すぐに壇崎さんが引き取ってくれたけれど、ぼくは念のため「売り飛ばしちゃだめですよ」と釘を刺した。壇崎さんは「なわけねーだろ」と満更でもなさそうな顔で答えた。

ラファエルが特別授業組を集めて言った。

「パウンダーはコネティカットには行かないぞ」

「ということは、ここでお別れ？」マママックが大きな声を出した。

「もう帰っちゃったんじゃない？」アビゲイルが不安げな声で応じた。

「いや、イースト・リヴァーの公園でアートとアレックスを慰めている。直きに戻ると思うよ」ぼくが説明した。

「ということはあれしかないじゃない」トリッシュがきらきらした瞳でみんなを見渡した。

「またやるの？」ランヒーが答えた。

「やるっきゃ、ないよ」ヤンが力強く言った。

デーヴィッドが割って入った。「ちょっと待って、君たち、ダンシング・パウンダーズの話をしているなら、同じことやっても意味ないぜ」

「意外性がなきゃだめだよ」ＯＢが続いた。

「どういうことだい？」ラファエルが尋ねた。

「義兄弟にも参加してもらおうよ」トム・オシェイが眼鏡をずり上げ、奥でアニータを慰めている壇崎さんを見た。トリッシュもぼくも、同意の歓声を上げた。

「ポール！」ラファエルが呼び掛けると壇崎さんが応えた。

「イヤア？」完璧にアメリカンな反応だった。

マママックが偵察に出た。ランヒーとヤンとアニータが、壇崎さんにダンス指導をしていた。

意外と、筋がよかった。ステップも確かだ。本人の乗りもいい。この人が筋金入りのヤクザだということは、ニューヨークでは絶対理解してもらえそうもない。

一五分後にマママックが駆け込んで来た時には、ほぼ準備は整っていた。

パウンダーがアートとアレックスの肩を抱いて戻って来た。

壇崎さんを加えたニュー・パウンダーズは整列して、最高の教師を迎えた。

そして、腰を大きくグラインドさせながらパウンダーの情熱を称え、踊った。

## (九) サイラス・ケインの革命演劇団

コネティカット州は西をニューヨーク州、北と北東をマサチューセッツ州、東をロード・アイランド州と接している。北西部のリッチフィールド・カウンティはなだらかな山と緑が有名だ。

サイラス・ケインが夏を過ごす家は、その最北西部にあるアッパー・フーサトニック・ヴァレーの壮大な緑の中にあった。

まさに、ニュー・イングランドの深奥だ。

地理的にも、心情的にも。

ケイン邸の作りは、一八世紀にアメリカで栄えたジョージアン期の荘園風邸宅、マナー・ハウスだった。要所を石で固めた木造家屋の建物は、特徴のある屋根を持っている。トリッシュの説明によると「ギャンブレル・ルーフ」と呼ぶのだそうだ。後で調べたら、駒形切妻屋根という日本語訳があった。

横から見ると屋根は馬の後ろ脚に似ている。スロープが二段階になっていて一番高い部分が短くゆるやかに横へ広がり、途中からどーんと落ちている。だから、屋根裏に当たる部分の天井にゆとりがあり、屋根下だけを見ると二階建てだが、実質は屋根の裏側を含む三階建てだった。その三階の窓は屋根から飛び出して独自の小さな切り妻屋根を与えられている。

家の正面は左右対象。煙突もふたつ。中央に屋根まで続く切り妻付きのパヴィリオンがくっついていて、これが玄関。大窓はその左右にそれぞれ二つ。屋根の窓もあわせれば計六つ。横手にも窓は七つあった。

さらに、家の左手後方には増設された一階建てのキッチン棟があり、そこには独立したポーチもついている。

ぼくたちは朝九時にひとりの遅刻者も出すことなく集合し、二台のリムジンに分乗してコネティカット州の北西部にやって来たのだ。

わずか二時間余のドライブだったが、ニューヨークとは異なる緑の別天地が広がっていた。トリッシュの情報によると、ダスティン・ホフマンやメリル・ストリープといったハリウッドで大成功した東部演劇人は、ほとんどがリッチフィールド・カウンティに別荘を構えているという。

車から降りたぼくたちを迎えてくれたのは前夜先乗りをしたタマラとラファエルだった。家が近いため別行動を取ったトム・オシェイとアビゲイル・デサントスも、それぞれの車で到着していた。

もうひとり見なれた顔の老人がいた。図書室の司書、リチャード・クリスプ老人だ。彼と最後に会ったのは、もう三週間か四週間も前のことだ。その時は気付かなかったが、杖をついている。そういう老人がなんのために駆り出されたのか、よくわからなかった。

家の横手には、大きなピクニック・テーブルが用意されていた。近くのレストランからやって来たという料理人やウェイトレスたちがお揃いの制服で動き回って料理を並べていく。

「サイラスはちょっと遅れて参加するそうよ。先に、ランチを食べましょうか」

タマラに案内され、ぼくたちは野外テーブルへ移動した。

一〇人の生徒の中には、壇崎さんに付き合って二次会へ参加した猛者もいた。マママックとデーヴィッドだ。マママックは、壇崎さんが泊まるフォー・シーズンズで明け方まで過ごしたのだという。彼女が帰宅した時に残っていたのはパウンダーだけだった。

「パウンダーも寂しいんだよ」マママックはつぶやいた。

長い野外テーブルは、キッチン側の椅子にタマラが座り、反対側の椅子にラファエルが座った。その間には両サイドにベンチが置かれている。

ぼくはトリッシュとマママックにはさまれて座った。ランヒーはマママックの前、その隣にクリスプ老人が座り、その横にオーエン、アビゲイル、デーヴィッド。トリッシュの向こう隣がヤン、その奥がオシェイという並びだった。タマラは、地元のピノ・ノアールとニュージーランドから取り寄せたピノ・グリージョを振る舞った。ワインに詳しいトリッシュはどちらも絶賛した。そこから、クリスプ老人との間でワイン談義が始まった。クリスプ老人はびっくりするほど饒舌で博識だった。

料理は近郊で取れる自然食品を主体にしたものだった。ヴァラエティにあふれたフュージョン料理だ。パシフィック・リムのデリカシーを集めたものだという。例えば、魚介類をライムで漬け込んだセビチェも韓国風、ポリネシア風、ペルー風の三種類があった。数種類あるパンはすべてこの家のキッチンでケイン自ら焼き上げたものだ、とタマラが解説した。

くるみを入れたパンが最も美味で、一緒に出された粗塩とオリーヴ・オイルに浸すと一層美味しかった。

サイラス・ケインがいつ登場するのか、だれもがどきどきしていた筈だが、ぼくたちは賑やかに昼食を愉しんだ。森林浴をしながらの昼食会は、六週間のセミナーを終えた一〇人には最高の「卒業証書」だった。

宴なかばでタマラが立ち上がり、皆の注意を集めた。

「そろそろサイラス・ケインが到着する頃合なので、皆、乾杯の用意をして待ちましょう」

妙な挨拶だった。ぼくたちは言われた通りグラスにワインを注ぎ乾杯の心構えをしてタマラの次の言葉を待った。

夏の陽は穏やかだった。微風が木々を渡る音が、細やかなリズムを奏でていた。会話も物音も消え、自然の音楽だけが辺りに満ちる——。

と、含み笑いが聞こえた。

見ると、ランヒーが笑っている。

「サイラス、やり過ぎよ、これ。命を吹き込んで」

ブリング・ライフ。彼女はそう言った。途端に、クリスプ老人が笑い出した。タマラも、ラファエルも、笑った。

「そうだな、命を吹き込もう」クリスプ老人が言って、グラスを掲げた。そして、ぼくを正面から見た。

「PJ、アクティングの定義は？」

反射的に答えた。

Acting is living truth under given imaginary circumstances.

「演技とは、与えられた想像上の状況における真実を生きること」

途中から、クリスプ老人が加わり、ぼくたちは唱和した。そして、クリスプ老人ことサイラス・ケインは「ペニー・ジョーに乾杯」と言って立ち上がった。

ぼくも、トリッシュも立ち上がった。

ペニー・ジョーを知っているものは、その名前を口にして乾杯し、知らないものは乾杯とだけ言った。着席したみんなにラファエルとタマラが新聞記事のコピーを配った。

「ペニー・ジョーの追悼記事だ。今朝のリッチフィールド・カウンティ・タイムズに載った」

ケインが爽やかに言った。地元紙は写真入りでペニー・ジョーの業績と、ケインのコメントを載せていた。

サイラス・ケインは生徒の様子を見たくなると「リチャード・クリスプ」として図書室で過ごした。「クリスプ」は自由に校内を動くための隠れ蓑でもあった。

野外テーブルで、ケインはそんな話題から切り出した。雑談を始めるかのように講義は始まった。ぼくたちはワインを飲み、デザートを食べながら彼の言葉に耳を傾けた。

「一言で言えば、5Cはネポティズムの実験室だった」

ネポティズム。縁故主義とか身内びいき、と訳される。

「一番君たちにとってわかりやすいネポティズムは、ハリウッドにまん延しているネポティズムだろう。俳優の息子が俳優になる。あるいは監督になる。その妻がプロデューサーになる。妻の弟がエージェントになる。その従兄弟が脚本家でデビューし、その子供が俳優になる。ハリウッドの創世以来、ずっと営まれて来た人生ゲームだ。わしは、こういったネポティズムを悪しき習慣として忌避して来た。ところが、ある時、本当にネポティズムは悪しき習慣なのだろうか、という疑問が芽生えた。ネポティズムは悪いものかね？　どうだ？」

ケインは生徒たちを見回した。

「ネポの語源はラテン語の『甥』だ。もともとはローマ教皇が、愛人に産ませた子を要職につけるために自分の甥だと偽って登用させたことに始まる。格好の例はなんだっけな、タマラ？」

「ボルジア家出身の教皇カリストゥス3世でしょうね。ふたりの息子を枢機卿に任命しました。一二世紀以降、ネポティズムのまん延が教会の腐敗に拍車をかけたと言ってもいいと思います」

「権力の座からトップ・ダウンのネポティズムはこうやって様々に形を変え様々な人種に実践され、否定されるべき言葉となった。だが、家族愛はどうなのか。ネポティズムを突き詰めれば畢竟、家族への愛に辿り着くのではないか。政治絡みはネポティズムで政治絡みでなければ家族愛か？　アホなガチョウだよ」

ケインの「ばっかみたい《シリー・グース》」にみんながテリーを懐かしく思い、慎ましい笑い声をあげた。

「世界を見てごらん。ラテンアメリカ社会のネポティズムを否定して国家が成立するか？　経済が動くのか？　アジアのネポティズムはどうだね？　フィリピンの政界は典型的なネポティズムの実験工場だろう。日本ではどうだ？　ＰＪ、政界と財界はどうなっている？」

「二世だらけです」

「じゃあ、歌舞伎、能のネポティズムはどうなんだ？　世襲制という名のネポティズムは奨励されているじゃないか。どれも修業しなければ後を継ぐことはできない。が、政治家だってそうだろう。枢機卿だってそうだ。世襲制がヘルシーなネポティズムならば、すべてのネポティズムがヘルシーだ。違いは――」と中断して炭酸水のヒルドンで喉を潤した。

「違いは、実践している年月が長いか短いか。短いと、否定されるのが日本なのかな。例えば、ペニー・ジョーの息子が俳優になりたいと思う。ペニー・ジョーがなんとかしようとすると、悪しきネポティズムだと糾弾される。それが日本じゃないのか、ＰＪ？」

「そのとおりだと思います」

「彼女から話を聞いたよ。日本のネポティズム解釈は特異だ。世襲制は大事だ。国の根底にある。これを拡大解釈した政治経済界のネポティズムはイエスとノーが入り交じる。組織的な実践ではイエス。個人ではノー。さらに下って、映画演劇の世界では拒絶だ。なぜならここは個人の世界だから。成り上がりの個人が、ネポティズムを実践することは忌み嫌われる。家族愛も、拒絶される。話を元に戻して、君たちの興味を集めるハリウッドのネポティズムに焦点を絞ってみよう。もう一度問いかけるぞ。ネポティズムは本当にすべていけないのか？　極論すれば、ハリウッドとは縁故の社会だ。現役の映画人の九割以上が縁故によって、職を得ている」

ケインは、「ゴッドファーザー」の成功は、コッポラがネポティズムの実験工場として作品を使ったことにある、と言った。コッポラ・ファミリーの重用だ。そこに、彼のインナー・サークルの役者や親戚筋のスタッフやその擁護者や新しい血を巻き込んだ。

「世襲制度の実践として考えるなら、極めて正しい選択だったと思うよ。これは、グッド・ネポティズムの一例だ。悲劇的なネポティズムの実践例も、ハリウッドにはごろごろしている。愛人を主役にして映画を作るなど極めて当たり前だ。スキー教室の先生に映画を監督させたお偉方もいれば、マッサージ師をアクション・スターに育てたパワー・エージェントもいる」

ケインはラファエルを見た。

「ブーツ・セローンはどうだったんだね、ラファエル？」

「ドラッグの縁故でしたね。プロデューサーも『神童』監督もブーツ・セローンも。だから、親がこけたらみんなこけちまったんです」ラファエルが隠された真実を口にした。

「今はクリーンです。ドラッグからは解放されました。新しい友人も増えて、新しい希望の芽も出て来た。タマラがいるから間違った道に戻るわけがない」

「ポイントは」ケインは満足そうに頷きぼくたちを見回して続けた。「ネポティズムには、すべての人間と同じように善もあれば悪もあるということ。とりわけ重要なことは、受け取る側の責任がすべてだということだよ」

ケインはテーブルごしに手を伸ばして、ぼくの手を軽く叩いた。

「そして、もうひとつは、これからのアメリカがどういう国になっていくのか、ということだ。よくも悪くも、ネポティズムのゴールデン・エイジが始まる。二〇〇〇年の大統領選挙は、ネポティズム決戦になるわけだ。共和党はジョージ・W・ブッシュを担ぎ出して来る。民主党は、予定通り副大統領のアル・ゴアで対抗する。どちらが勝っても、ネポティズムの勝利だよ。こうなると、ネポティズムの善悪の境界線が政治レベルでしか解釈されなくなってしまう。そこで注目すべきなのが、ニュー・グッド・ネポティズムといったものだ」

ニュー・グッド・ネポティズム。

ぼくはその言葉を心で繰り返した。ケインは誇らしげに宣言する。

「それは、虐げられたものを核として権威に立ち向かうために結成される闘士の輪だ。ひとつの民族ではいかん。多民族の繋がりを持っていなければ意味がない。気概としては一九二〇年代から三〇年代にかけて世界で沸き起こったプロレタリアート演劇のそれと近い」

ケインは、イタズラ小僧のような笑みを浮かべた。

「革命的労働演劇の小さな種を、わしは、人生の最後に、自省を込めて蒔いたわけだ」

マナー・ハウスは、玄関を入ると廊下の両わきにパーラーと呼ばれる広間があった。右のパーラーはライブラリーと呼ばれる書斎につながっており、左のパーラーはダイニング・ルームに続いていた。階段は、書斎の側にあった。

全員が野外テーブルから書斎につながったパーラーに移り、そこにあるソファやら椅子やらに思い思いの姿勢で腰を下ろした。ぼくはトリッシュと並んでフロアで足を伸ばした。ケインはロココ調の猫脚ソファにゆったりおさまった。

「ところで、ビッツはなんの略称か知っているかね？」ケインの問いに、デーヴィッドとヤンが通り一遍の解釈を口にした。ケインは促すかのようにタマラを見た。

「ビッツはメイエルホリドが考案した人体力学・ビオメハニカの最初の二文字BとIに、TとSを加えた呼び名よ」とタマラが半分だけ明かし「じゃあ、TとSは何の略でしょう？」と生徒たちを見回した。

オーエンとヤンが同時に「Theatrical Society」と答えた。タマラは「それって退屈よね」と冗談っぽく切り捨て、両手をクロスさせ三つの単語を押し出した。

Theatrical shangri-La。

Sの略が、ジェームズ・ヒルトンの小説「失われた地平線」の理想郷シャングリ・ラだったと知って、ぼくたち幼い「革命演劇団」のメンバーは奇声を上げた。ランヒーは、サイラスらしいおとぼけ、と言って手を叩いて喜んでいる。

ケインは黒板に書かれた間違った答えを慌てて消すかのように、右手をひらひら振った。

「ヒルトンが書いたシャングリ・ラは仏教徒や神秘主義者の理想の国家シャンバラをベースにしている。一九三三年にこの小説が出版された時、わしは二〇歳で、大恐慌と第二次大戦に挟まれた暗い時代を生きていた。だから新時代の演劇桃源郷を夢見てそう名付けたんだ。若く生真面目な命名なんだよ、ランヒー。ところが、相棒のクリーマが許してくれなかった」

ケインはクリメントのことを愛情込めて「クリーマ」という愛称で呼ぶ。クリメントという名前はラテン語では「慈悲深い」という意味なのだそうだが、学校名に関して彼は慈悲深くはなかった。

「ハリウッド・メロドラマの匂いがすると言うんだよ。妥協案が、略称だけで学校を立ち上げることだったんだ」

タマラは、彼女のクラスもビル・ベアのジャズダンスのクラスも、ビオメハニカのシステムから導き出されたものだと証言する。ビオメハニカはパブロフの「条件反射」理論を発展させた人間の、他者からの刺激によって起こる生物学的な反射神経を体系化した肉体表現、なのだそうだ。

ケインは、アメリカへ亡命する意志を固めたクリーマとセキが巨匠《マーステル》に亡命を勧めた経緯を、言葉を選びながら話した。今、思い出してもつらい記憶なのだろう。巨匠の答えはいつも同じだった。

私は一〇代の頃から心に、ラディカルで最大限の革命を抱き続けてきたボリシェヴィキの少年だ。どんな扱いを受けようとも、祖国を捨てるわけにはいかない……。

一九三九年、メイエルホリドは「人民の敵」として逮捕された。拷問によって虚偽の自白を強いられ、一九四〇年二月処刑された。六六歳だった。

そして一九五五年、軍検察総局の一人の軍検事の果敢な行動によって、メイエルホリドの名誉回復はなされた。

## エピローグ　イン・メモリアム

メイエルホリドのことを話し終えたケインは、疲れを隠さなかった。声質も際立って落ちた。一時間話すことで寿命が何週間か縮まる、そんな様子だった。命を削ってでも、この「ネポティズムの実験」を完遂しようとしている決意は明快に伝わってきた。

ケインがよろけるように立ち上がった。慌ててタマラとラファエルが支える。だいじょうぶ、というように二人を振り払うとケインは声を絞り出した。

「私たちを、きょう、ここに導いてくれたフセーヴォロド・エミーリエヴィチ・メイエルホリド、クリメント・ジャルコフ、セキ・サノ、そして何よりもペニー・ジョーの演劇魂に感謝と黙禱を捧げたい。わしが君たちに何かを伝えようと思ったのも、ここにこうやって集っているのも、すべては彼女のおかげだ」

そういってケインは目を閉じた。全員が起立して黙禱した。

タマラが声をかけ皆が着席すると、ケインがハリのある声で話し始めた。黙禱が彼の気力を回復させたようだった。

「この講義は、ペニー・ジョーの追悼をかねている。無論、当初はそうなるとは思わなかったが、予想はしていた。それについては、ここで、だれとだれがどういう『ネポティズム』で繋がっているのか明らかにしてから、あるパフォーマンスを観賞してもらう」

そう言ってケインは、トリッシュとぼくが既にラファエル、タマラと確認しあった「相関図」といったものを明らかにしていった。

改めてわかった事実を列記すると、アビゲイルはやはり、デサントス・ファミリーとのリンクだった。彼女自身は役者としてよりも、エージェント、あるいはメジャー・ステュディオ重役としての未来を嘱望されている。知らなかったのは、彼女の二番目の姉が、デーヴィッドの伯父と付き合っていることだ。そういうことも含めてデーヴィッドは、若手映画作家としての将来が約束されている。トム・オシェイは文才と父親の縁。オーエンとヤンは面接時の高スコアと演技者としての資質。彼らがIハウスに住むことになった環境作りはビッツがアレンジしたものだった。そして、マママックは文字どおりランヒーの「縁故」で引き込まれ、ランヒーは——。

ケインは、片手をあげてランヒーに合図した。喋っていいぞ、というジェスチャーだった。彼女は、驚きの目で状況を見守っているオシェイに振った。

「トム・オシェイ、『スター・ウォーズ』フリークのあなただったら、私とPJにどんな役を割り当てる？」

「そうだね、ランヒー、君がルーク・スカイウォーカーで、PJがプリンセス・レイアかな」

ぼくがプリンセス・レイアだって？

「そうよ」ランヒーが残念そうな顔でぼくを見つめた。「あなたは、弟よ」

ちょっと待ってくれ。

心で叫んだ。

地球を止めろ！　ぼくは降りたい！

「私たち、母親は違うけれど父親が同じなの。韓国人の彫刻家よ。ブルックリンに住んでいるわ。会いたければいつでも連れて行く」

ということは、ぼくはコーリアン・ジャパニーズ？

ジャパニーズ・ジャパニーズじゃなくて？

ふらふらしているぼくをトリッシュがしっかり抱きとめてくれた。彼女の体温が、皮膚に伝わり心を洗ってくれた。

自分を日本人・日本人と思ったことはない。アジア系アメリカンだ。となると父親はどう考えたらいいのか――。

「ぼくの父親はひとりじゃないよ、ランヒー。大勢いるんだ。今でも、多分、シフトし続けている。ひとりに落ち着くことは永遠にないと思う。でも、いつか、気持ちの整理がついたら、君と一緒に、韓国人の父親に会ってみるのもいいかもしれない」

「了解よ」

突然、背後でジョン・ウェインの声が聞こえた。振り向くと、タウンゼント・ハリスを演ずるウェインが日本式の風呂につかっていた。

書斎との仕切りにある大型ＴＶの中で。

「先ずは、ペニー・ジョーの時代をもう一度見直してごらん」ケインはそう言ってヴォリュームを上げた。

日本人の女優がデュークと呼ばれた大スターの背中を流し、一緒に湯船に浸かって日本人の美徳を語った。次はウイリアム・ホールデンと日本人女性。

「007」のショーン・コネリー、「将軍」のリチャード・チェンバレン、「ミスター・ベースボール」のトム・セラック——。

日本人女性に背中を流してもらうハリウッド・スターの数はぼくが見たヴィデオ・メイルよりも多かった。5Cの革命演劇団はげらげら笑った。

やがて、ペニー・ジョーと白人スターたちの混浴シリーズになった。

同じようなシーンが相手役を代えて五回続いた。

笑い声が途絶えた。

画面が揺れて、ケインが映った。カメラがパンすると、タマラがいた。レンズに向かって話しかけた。

「ラファエル！」

オフからのラファエルの声。

「だいじょうぶだって、おれにも撮影できるって」

そうこうしているうちにペニー・ジョーが登場した。ケインと談笑している。

トリッシュがぼくの腕をぎゅっと摑んだ。

「昨年秋、ペニー・ジョーがビッツにやって来た時の映像だ」

ケインが解説した。「二十何年ぶりかにニューヨークへ戻って来たんだよ、彼女は。わかるかい、ＰＪ。君への遺言のヴィデオ・メイルを撮ってほしい、と頼みに来たんだ」

　ぼくは震えた。

　画面の中では、ペニー・ジョーとケインが話し込んでいた。カメラが近づくと彼女のニューヨーカーらしい英語が聞こえて来た。

「長いこと芝居から遠離っているでしょ。おまけに日本のＴＶも映画も、いやになっちゃうくらいレベルが低いのよ。とてもじゃないけど、息子に真実を伝える自信なんてないわ。ああいうものに影響されて、あたし、バカになっているもの。だからといって、演出家が必要というわけでもないのよ」

「勘を取り戻すコーチも不要だよ、ペニー・ジョー。こうやって話しているだけで、君は昔の勘を取り戻す。だいじょうぶだ」

「そうかしら」

「いつまで滞在できる？　昔の仲間にも会って行くんだろう？」

　ペニー・ジョーは悲しい笑顔を浮かべた。

「あまり時間はないのよ」

　それから、画面は、以前見た映像に変わった。カメラを見つめた母がいきなり英語でこう言った。

「ガンが転移しちゃってるから、長いことないんだって。面倒くさいから入院するけど、抗ガン剤みたいなもん、打ちたくないんだよね。そんなことはいいんだけど、あんたの将来について、ちょっと一言」

カット。再びメイキングの映像になる。ケインがセットアップしたカメラの後方から現われ、ペニー・ジョーに話し掛ける。彼女の肩を抱き、歩き回り、彼女に言葉を吐き出させて行く。感情を上げる。下げる。右へずらす。左へずらす。早口で喋らせる。撮影済みの素材を見せる。

そして、再び撮影する。

ドライ・シェリーのオンザロックを渡すタマラ。レモンのトゥイスト入りを要求するペニー・ジョー。

ケインが尋ねる。なぜ英語にこだわるんだ。日本語で残すのが自然じゃないのか。日本語を使うことに抵抗を示すペニー・ジョー。

「ペニー・ジョー、君の言わんとしていることはわかる。が、あんたの人生をあんたに委せておけない、だから、私が決める、というのは英語では、典型的なパターナリズムのフレーズだ。君のニュアンスを生かしたいなら日本語で言うことを薦めるね」

ペニー・ジョーが肩をすくめ、日本語を喋る。

「あんたの人生をあんたに委せておくとろくなことにならないでしょ。だから、あたしが決めることにしたから」

ケインが頷く。

それから、彼女はビッツで受けた演劇訓練のことをカメラに向かって話した。

「頭に来ちゃったのよ、お風呂のシーンばっかりで。日本人からは国辱女優だなんて言われるしさ。女優としてしっかり出来るってこと見せてやりたかったのよ。……死ぬ気でがんばったわよ。ビッツの二年間。それでハリウッド戻ったら、仕事が来ないの。まいったわ」

そこまで一気に言って、「あのときは本当にまいったわ」と繰り返した。

しばらく言葉が出て来なかった。最初に見た時は、女優のペニー・ジョーとしての言葉を出そうともがいているのか、母親の言葉なのかわからなかった。今はわかる。

人生を込めろ、だ。

「あいつらにはあいつらのイメージがあって、それに従わない日本人女優なんてだれも使おうとしないの。……で、結局、日本に戻っておめかけさんだよ。くやしいじゃないの。いつか仕返ししてやるぞってさ」

うなるような呪詛の言葉がしばらく続いた。

ぼくはひとりの観客として、ペニー・ジョーの痛みを共有した。彼女の可能性をつぶした男たちに筋金入りの憤りを覚えた。

トリッシュも食い入るように画面を見つめていた。ランヒーも、マママックも、ラファエルも、タマラも。そこにいる全員がペニー・ジョーのパフォーマンスを見つめていた。

「だからさ、ペン、仇とってよ」

母の呻きが聞こえた。

日本語でもう一度「仇討ってよ」と、ペニー・ジョーはつけたした。

再び、英語に戻ったとき、彼女の表情には母親としての威厳があった。

「アメリカ映画で当り前の日本人を当り前に演じてくれればいいのよ。……それで業界紙かなんかに取材されたら、ペニー・ジョーがやりたかった演技ってこういうものなんだって言ってくれれば、あたし、大満足なのよ。アカデミー賞のスピーチで言ってくれたら、もっとザマアミロだけど、そこまでは要求しないわよ。親バカになったらみっともないしさ。とにかく、スタートの一歩がビッツよ。あんたにやる気さえあれば相当なことができる筈よ。時代が違うんだから」

そこまで吐き出して彼女は自分の言葉に頷いた。

「そうなんだよ。時代がね、違うんだよ」

「そうなんだよ！　時代が違うんだよ！」マママックが共感を込めて叫んだ。ヤンも、オーエンもかけ声をかけた。拍手が起きた。

色々な思いが心を駆け巡っていくのを、ぼくたち全員が味わっていた。

「ニューヨークに着いたら、最初の日曜日にはメトロポリタン美術館に行くのよ。六月中旬から六週間、あんたがニューヨークで生活すると思うと、そのころはあたしも元気が出ると思うわ。行く前にくたばったら仕方ないけど」

派手な笑顔。一気に若返るペニー・ジョー。尖ったナイフの眼差。

「一旦ニューヨークへ行ったらあたしの葬式ぐらいで帰らないこと。ルール違反しないでよ。もうちゃんと葬儀の手配は済ませてあるから。あんたのすることはなんにもないから」

それから、ふっと思いついたように言い足した。

「昔の仇討ちってのはね、親の仇をやっつけるまでは何年も何十年も国へ帰れなかったんだから。あんたもそういう日本人を見習ってよね」

母は頭を下げた。

「たのみます」

デーヴィッドが泣いていた。アビゲイルもトム・オシェイもマママックも泣いていた。ランヒーはTVの前で膝を抱え、肩を震わせていた。

ぼくは、みんなの涙を胸いっぱいに仕舞い込んだ。

最後の場面は、セントラル・パークだった。

トリッシュが目を真っ赤に泣き腫らし画面を見つめていた。

そこは、七六丁目から入ったところにある長いベンチだった。ペニー・ジョーとサイラス・ケインが腕を組んで座っている。ペニー・ジョーは人生最後のセントラル・パークの秋を存分に愉しんでいた。

ケインがカーテンを開け放った。日差しはまだ高かった。

「ペニー・ジョーはセキ・サノを知らなかった。が、わしは二人を知っている。クリーマの夢も憶えている」と言ってケインはぼくを手招きした。近づくと肩を抱いてくれた。

「ハリウッドは十何年かのサイクルに一度、とてつもない冒険をしてくれる。喝采のためではない、金儲けのためでもない。フセーヴォロド・エミーリエヴィチ・メイエルホリドの登場のように大胆に腕を振り上げ空想を果てしなく飛翔させる冒険だ。そういったハリウッド・ルネサンスを君たちの手で二一世紀に蘇らせてほしい。そこに、セキ・サノを果敢に演ずるＰＪを見つけることができたらアダウチは、ニュー・グッド・ネポティズムのもうひとつの呼び名になる」

老人はおごそかに言い放つとリズミカルに杖を突き、階段へ向かった。

振り向くと、大きな声を出した。

「さあ、行こう。革命演劇団の真実を見せてくれ」

ぼくはトリッシュの手を握り、後に続いた。

階段の上には稽古場があった。

頑丈な黒と剝げかかった黒と剝げた黒の稽古場だった。

客席は、なかった。

主要参考文献

A Life by Elia Kazan
In Praise of Nepotism : A History of Family Enterprise from King David To George W. Bush by Adam Bellow
The Underground Guide to New York City Subways by Dave Frattini
Eyewitness Travel Guide New EnglandSanford Meisner on Acting by Dennis Longwell
The New York Public Library : The Architecture and Decoration of the Stephen A. Schwarzman Building
by Henry Hope Reed and Francis Morrone Photographs by Anne Day
Dorothy Parker by Marion Meade
Star : How Warren Beatty Seduced America by Peter Biskind
『モグラびと：ニューヨーク地下生活者たち』ジェニファー・トス　渡辺葉訳
『ニューヨーク・ガイドブック』ニューヨーク・タイムズ（編）　高見浩・井上一馬訳
『メイエルホリド：粛清と名誉回復』佐藤恭子訳
『暗き天才メイエルホリト』ユーリー・エラーギン　青山太郎訳
『メイエルホリドの全体像』エドワード・ブローン　浦雅春訳
『メイエルホリド　ベスト・セレクション』フセヴォロド・メイエルホリド
諫早勇一・岩田貴・浦雅春・大島幹雄・亀山郁夫・桑野隆・楯岡求美・淵上克司訳

『歌舞伎と革命ロシア：一九二八年左団次一座訪ソ公演と日露演劇交流』
『自由人佐野碩の生涯』岡村春彦
『ビバ！エル・テアトロ！：炎の演出家佐野碩の生涯』藤田富士男
『芸術家馴らし：スターリン政権下の芸術家の生活』Ｊ・イェラーギン　遠藤慎吾訳
『二十世紀劇場：歴史としての芸術と世界』鴻英良
『新劇とロシア演劇：築地小劇場の異文化接触』武田清
『ブハーリンとボリシェヴィキ革命：政治的伝記：１８８８～１９３８』
スティーヴン・Ｆ・コーエン　塩川伸明訳
『ブハーリン裁判』ソ連邦司法人民委員部／トロツキー　鈴木英夫訳
『宮本百合子全集第八巻　道標　第三部』
『宮本百合子全集第九巻　ソヴェト紀行』
『宮本百合子全集第十巻　ソヴェトの芝居』
『現代英米文学セミナー双書14　ユージン・オニール』山内邦臣編著
『土方梅子自伝』土方梅子
『なすの夜ばなし』土方與志
『私自身』マヤコフスキー　小笠原豊樹訳
『南京虫』マヤコフスキー　小笠原豊樹訳
その他、ニューヨーク・タイムズ、ロサンゼルス・タイムズの「９・11」に関する記事を多数参照させて頂いた。記して感謝したい。（著者）

本書は書き下ろし（1000枚）です

原田眞人（はらだ・まさと）

一九四九年静岡県沼津市生まれ。沼津東高校卒業。ロンドン語学留学を経て、ロサンゼルスで映画評論家として活動。帰国後、七九年に『さらば映画の友よ インディアンサマー』で監督デビュー。主な監督作品に『バウンスko GALS』『金融腐蝕列島〔呪縛〕』『突入せよ！「あさま山荘」事件』『クライマーズ・ハイ』『わが母の記』『日本のいちばん長い日』『関ヶ原』『燃えよ剣』『BAD LANDS バッド・ランズ』などがある。映画シナリオを元にした小説作品に、『バウンス』『ブルーザーのキス』がある。他の著書に『原田眞人の監督術』など。

---

ACT《アクト》！

二〇二四年六月十日　第一刷発行

著　者　原田眞人《はらだまさと》

発行者　花田朋子

発行所　株式会社　文藝春秋

〒一〇二-八〇〇八

東京都千代田区紀尾井町三-二三

☎〇三-三二六五-一二一一

印刷・製本所　大日本印刷

DTP制作　ローヤル企画



ISBN978-4-16-391857-0